武林爭雄記

白羽 —— 著

刀光劍影的武林風雲 ✕ 快意恩仇的少年壯志 ✕ 天蒼野茫的牧野豪情

一個平凡卻真實的武林——

以豪放而不失細膩的筆觸，描寫眾多複雜的人心

【北派武俠名家白羽經典之作再現！】

U0078312

目錄

目錄

第一章　丁武師封劍閉門

這一天，晨曦甫上，微風送爽，雀鳥尚在枝頭喧噪。山東省膠東文登縣城內，一條大街上，路東有所住宅，嘩啦的將大門開了；出來僕役模樣的兩三個人，把木刻的朱紅楹聯裝在門榜上，又在門楣上懸結綵綢紗燈。這一望而知，本宅是有什麼喜事。頂城門進來的菜販，剛剛挑菜來到門前，就問道：「借光！二哥，這裡是綢緞丁家嗎？」於是又出來一個廚子模樣的人，把菜挑領進去，跟著送雞鴨魚肉的也來了。

這家宅主丁朝威，字伯嚴，在本城經營絲店，專營本省土產大絲綢，行銷冀遼，和山東祥字號等有來往。但丁朝威卻是一個武術名家，為了學武，幾乎把家產丟去一半。現在，他居然成為北五省武林中的巨擘了，可是人也老了。

丁朝威幼習技擊，幸遇名師，獲得太極拳、奇門十三劍、十二金錢鏢的三絕技；大河南北，名重武林。當他研習武術時，他的已經分了家的叔父，罵他是敗家子，他毫不介意。隻身遊遍河北、江南，直到技成名立，方才歸來，於是他不做絲店財東，反要給綢緞本行祥字號等保鏢護運。他這保鏢與鏢店不同，可以說是玩票。

當他押著山東特產，行經冀北時，身旁只率領一個弟子袁振武，和一個趟子手、兩名夥計。綠林人物折服他的武功，沒有人敢動他的鏢。可是鏢行的一班名鏢師們，因為山東地面現放著七八家闖出「萬兒」的鏢店，他竟敢挾技擅走「黑鏢」，這分明是藐視山東省保鏢的無能；曾經唆使出人來，向他小開玩笑。但是敵不住他的奇門十三劍、十二金錢鏢；被他一戰成功，到底打開了冀遼這條鏢道。他的師父知道了，把丁朝威數說一頓；又把北方著名鏢客，給他引見了。鏢客們提出條件：

丁大爺要是押運自己的鏢貨，我們不管；可是你不能外攬生意，破壞

我們的行規。這樣說好，才得相安無事。

丁朝威想保鏢，不過是高興，隨後也就不幹了。他又改了，在自己家拆了一片房，設下把式場子，招收徒弟。結果，陸續收了九個弟子；內中一人，姓袁，按師門排號，名為袁振武，後來以「飛豹子」三字的綽號，蜚聲於遼東牧野。又有一人，名俞振綱，字劍平，後來江南武林中稱他為「十二金錢」俞劍平。

丁朝威出身豪富，交遊頗廣。光陰荏苒，壯士已到暮年。

他的膝前唯一的愛女丁雲秀，勸他閉門頤養。到了這一天，丁武師撒請貼，備筵席，宴請山東、直隸的武林至好和同門師友，要擇吉日實行「封劍閉門」；同時呢，還有一個意思，就是要把本門心法傳授給獲得薪傳的弟子。

丁武師把這事預備了好幾天。凌晨時候，早早起來，步至廳房；門弟子也都衣冠楚楚的，來到丁宅伺候。二弟子袁振武，赤紅臉，豹頭虎目，英姿豪氣，武功早得升堂入室。三弟子俞振綱，白面劍眉，外和內剛，精神內斂。四弟子石振英，早已出離師門，遠遊在外。五弟子胡振業，年紀雖少，武功也頗出名，太極拳打得很精熟。其餘各弟子，也各人有各人的特長；就中以九弟子蕭振傑年紀最小，功夫也差。

丁武師穿著肥大的袍子，袖長過指，襟長及踵，乍看很像個老儒。身材短小，朗目疏眉，精神壯旺；談起話來，聲若洪鐘。雖然年及六旬，還是齒不豁，頂未禿，乍看也不過象四十五六歲。早晨起來，由內宅款步徐行，來到廳房太師椅上一坐；眼望群弟子一瞬，含笑拈鬚道：「你二位師祖呢？」群弟子答道：「還沒起來呢。」丁朝威道：「不要驚動他，路太遠，他老人家一定累了。」因又問：「老六、老七呢？」二弟子袁振武答道：「他們到櫃上借紗燈去了。」丁武師眉峰微蹙道：「值得這麼鋪張！」隨又笑了，說道：「我看看你們布置的。」丁武師站起身來，三弟子俞振綱搶行了一步，挑起門簾，丁武師率群徒來到院中。

院中抱柱上、角門上，全都掛上朱底黑字木刻的匾聯；廳房門口還掛了綵綢，居然是辦喜事的景象。丁武師道：「誰出的主意？怎麼還掛起綵綢來？」三弟子俞振綱忙答道：「這是師妹教掛的。今天是師父封劍閉門的好日子，師妹說師父以武功成名，臨到收場，一帆風順，正是可喜可賀的事。」丁武師笑著，微把頭點了點，道：「我丁朝威一生好武，臨到今日，能夠這樣收場，我不能不知足。只不知你們將來怎樣？振武，你們這些弟子，老大不用說，觸犯門規，被我除名，逐出門牆了；現在就數你和振綱年長，你們將來，打算怎樣去做，才對得起我老頭子十幾年來教導之勞？你們可以說一說你們的志向，給我聽聽。」

二弟子袁振武，眼望三弟子俞振綱，向師父面前湊了湊，控背鞠躬道：「師父，弟子仰承師恩，不敢說『報答』二字。弟子今後唯有刻苦精練，為本門放一異彩；使本門武功獨霸武林，這才是弟子的私願。至於做得到做不到，那卻不敢說，總之，我們不能不勉力振奮一下，使師父大名永垂來世，這就是做弟子的一點孝心。」

丁朝威點點頭，又向三弟子俞振綱問道：「你呢？」俞振綱謙然答道：「師父，弟子武功造詣，沒到爐火純青之候；弟子不敢騖遠，打算著師父就是封劍閉門，情願在師父身旁，多服侍幾年。弟子的家境，師父是知道的，弟子我也沒有地方去。

只要師父不嫌棄，我情願留在這裡；誠如二師兄所說，但能盡一分孝心，必盡一分孝心。」

於是，丁朝威又問五弟子以下。有的自說親老要回家，有的自說家貧要做事；各人有各人的志願，各人有各人的打算。

丁朝威與弟子們閒談著，又舉步往把式場中走去，笑著說：「你們不要盡自圍著我轉，也照管照管前後各處，看都安排好了沒有？把式場子的香案設好沒有？今、明天來的賓朋和同門師友，多是武林中成過名、闖過『萬』的人物；你們要好好的款待，別教人家笑話咱們外行侉鬧。」袁振武

道：「師父不用操心，從昨晚就吩咐好了，把式場地也布置妥了。一共預備了二十桌席，還怕不夠用吧？」丁朝威道：「用不了這些，太多了。」帶著弟子往把式場走來。

迎面從內宅轉出來一個少年女子，淺月色的衣裳，頭挽烏雲，耳垂珠璫，瓜子臉，不施脂粉，正是丁武師的愛女丁雲秀姑娘。一見乃父，往旁一站，先叫了聲：「爹爹！」一轉身，又向一班師兄弟招呼道：「袁師哥！俞師哥！」袁振武賠笑道：「嚇，師妹今天起得更早了，怎麼你還沒換衣裳嗎？」

丁雲秀笑而不答。俞振綱道：「師妹到把式場去了沒有？那裡香案都擺好了。」丁雲秀道：「我早去看了。這香案大概是你擺的，是不是？俞師哥，你漏場了；你把香爐蠟扦都擺上了，可是怎麼還沒把師父那把劍掛上呢？你忘了，這不是封劍閉門嗎？」俞振綱道：「我倒是沒忘，想著了；不過劍在內宅呢，師父、師妹又都沒起來。」丁武師道：「走，咱們都看看去。」眾人一齊來到把式場。

這把式場乃丁武師特地搭造的，是很大的一所罩棚；這樣的建築，就是雨天也可以聚徒傳技，不致阻雨停練。這時候，果然在把式場坐北朝南的方位，擺妥供桌，供好祖師牌位；香花供品，羅列滿案。丁朝威素日所用的那把純鋼劍，已由丁雲秀姑娘從內宅取來，繫上綵綢，懸在案前。由香案兩旁起，雁翅般排起數行桌椅，以備來賓宴集觀禮。罩棚很大，雖然排列供桌和賓席，仍空著很大一塊空場。丁武師說，封劍之後，還要當場考驗弟子的武學。

丁武師來到場中，興致勃勃，又指點著安排了一回。丁雲秀姑娘忙前忙後，眾弟子也都相幫著操勞安排。不久門上進來通報：本城陸華堂師傅，跟海陽縣拳師周達，相偕來到了；丁朝威忙率群徒迎接進來。隨後，丁武師的師弟太極拳李兆慶，率四個門徒，也趕來道賀。於是，遠近的賀客陸續到場，見面之後，互道契闊。這裡來到的人，有五龍山設場授徒的

鐵掌鈕祿、直隸的陰陽臉辛德壽、青州的半趟長拳震遼東翟雲鵬、泰安的五行拳韓志武。還有丁武師的兩位師叔左世恭、左世儉，這老弟兄二人，隱居冀南，也不傳徒，也不傳子；這次居然肯為本門長門的師侄，遠奔文登縣來，實是丁朝威想不到的事。

這二老由前天趕到，就下榻在丁宅；還有別位遠道趕來的朋友，丁武師不肯教他們住店，特騰出三間客廳來款留。

此外陸陸續續又來了不少客人，大抵為武林中人物，也有鏢行中的達官。在丁朝威少時，雖曾因保黑鏢，與鏢客鬧過意見，可是後來早恢復了交誼。這日來的，有曹州府鏢客崔起鳳、濟南老鏢師鐵膽谷萬鐘、三才劍徐勇、鐵鈴鏢樂公韜，和樂公韜的盟兄趙夢龍；東昌府呂氏雙傑呂銘、呂鑄，也全來道賀。共計來賓八九十位，還有些人沒有下帖，聞訊趕來的，丁朝威對他們好生抱歉。

太極拳李兆慶，陪著師叔左氏雙俠談了一會，轉向丁朝威說道：「師兄，巳時已過，該入席了。」丁朝威道：「人還有沒來的呢。」李兆慶道：「那可以留出兩桌來，現在可讓大家先吃杯喜酒。師兄可以先不拈香；等到午正，那就不管還有來的沒有，你們師徒逕行大禮，也沒有包涵了。」丁朝威又稍候了片刻，便請來賓入席。丁朝威親自執壺，安座敬酒；晚輩的就由袁振武、俞振綱把盞；人客未齊，卻已坐了十四五桌。

丁朝威設場授徒，與眾大有不同。別人鋪場子，不過是倚此為生；丁朝威卻是家資富有，自己拿出錢來賠墊。二弟子袁振武、三弟子俞振綱、五弟子胡振業、六弟子馬振倫，都裡外照應。內中苦了九弟子蕭振傑，年歲既小，入門最後，並且來自鄉間，禮節未諳；隨著師兄們接待來賓，時時的提心吊膽，看著二師兄袁振武的神色。袁振武的一雙虎目，有時射出強光，蕭振傑便嚇得低了頭。

轉瞬午時，暗數來賓，已請未到的計有十四位；可是不速而來的倒有二十多人，二十桌酒席，險些不夠用的。丁雲秀姑娘笑說：「俞師兄，你

瞧，若依著你的主意，一準坐不開了；你打算的道兒總是往後退一步。可是，若依著袁師兄，預備三十桌，可又多了。」俞振綱微微一笑，說道：「這宴席的事無多無少，就是少兩桌，擠一擠也坐下了。」丁雲秀道：「所以這才是你的見識啊，你和二師哥再不會一樣。」說著，二師兄袁振武忙忙地走來，就插言道：「這有什麼難辦？少兩桌，到飯館現叫，多了更不要緊，不會退回去嘛？你瞧這會子很忙，老五哪裡去了？老三快來張羅張羅吧。」俞振綱應了一聲，連忙過去。丁雲秀笑道：「還是二師兄有主意，多了會退，少了會再叫，我就沒想到。」一扭頭進去了。

袁振武不做理會，仍是尋前覓後的找五師弟胡振業。尋著了，就屬聲斥責了幾句：「你怎麼跑到這裡來？前頭的酒喝完了，快去拿去。李師叔嘗著咱們的酒好，快再灌兩壺去。」又道：「師妹別走，你領著老五灌酒去。」胡振業忙即起身入內，一面問道：「就要兩壺嗎？」袁振武道：「喝，你真死心眼，我說兩壺，你就拿兩壺？」丁雲秀已經進去了，聽著他們的話，轉身道：「二師哥，你到底說明白了，究竟是兩壺還是幾壺？」

袁振武收去怒容，笑道：「嗜，這是我的口頭語；我說兩壺，就是幾壺的意思，師妹看著辦吧。大概十幾壺也不夠，他們都說咱們丁家收藏的陳年家釀，外面有錢沒處買去。」丁雲秀道：「本來嘛，收藏了好幾十年，從我祖父那時埋存的，總捨不得喝；他們倒嘗出口味來了。走，咱們拿去。」

胡振業跟著丁雲秀，到內宅灌酒；袁振武又一陣風似的到了廚房。九弟子蕭振傑剛剛到了廚房門口。袁振武一眼看見，問道：「老九，你上這裡來做什麼？我不是叫你在西房照應客人嘛？」蕭振傑囁嚅道：「三師兄剛才告訴我，教我來催菜。翟雲鵬師傅他要嘗咱們這裡的五香燜雛雞。」袁振武哼了一聲道：「他自己不會來催！你不知道這西房客人，全是清真教友嘛？你要好好地伺候著，不要教他們不幹不淨的。快去吧！老三他幹什麼去了？」蕭振傑道：「他本要來，師父把他叫住了。」袁振武道：「師父

叫他做什麼？」蕭振傑道：「我不知道。」袁振武笑了，把蕭振傑一拍道：「你這孩子，就知道吃！我眼瞧你偷吃席上的山楂糕了。」蕭振傑臉一紅，同時覺得肩頭上熱辣辣的疼痛；原來袁振武這一手拍得重了點。袁振武進了廚房，對廚子吩咐了幾句話；匆匆出來，轉到前邊去。只見三師弟俞振綱、六師弟馬振倫，正在師父身邊服侍著呢；一見袁振武，俞振綱忙將酒壺遞過去，馬振倫也忙退下來。

　　華筵初開，丁武師到各筵上周旋，長輩、平輩由丁朝威親自把盞，晚輩的就由弟子代勞。袁、俞二人年齒較長，自然周旋中禮。在這二十桌宴席上，倒坐著老老少少，百十多位賓客；武林中人占了多半，本地紳士豪商也都來祝賀。頭幾桌是遠客和上賓，首席正是老鏢師鐵膽谷萬鐘。其次便是丁朝威的兩位師叔左世恭、左世儉。這一席的來賓各個都鬚眉皓然。那鐵膽谷萬鐘年齒尤高，論武功又是終南北支形意派的老前輩；更有一手絕技，善打鴛鴦鐵膽（就是人們常團弄的保定特產鐵球）。他這對鐵膽打出去，十丈內可取敵人性命；谷萬鐘將這一對鐵膽鎮日的團搓，搓得錚光如銀。這時候他高據首席，卻將鐵膽揣起來，手綽酒杯，欣然歡飲。他有很好的酒量，一面飲，一面向左氏雙俠談談當年在江湖上闖萬兒的舊事，說起來，都是四十年前的老話了。

　　丁朝威在末座相陪，等到酒過一巡，丁朝威站起來，手提著酒壺，要到各桌再敬第二巡酒。谷萬鐘卻將手中的筷子一指，說道：「喂，伯嚴！」丁朝威站住了，谷萬鐘笑吟吟的說：「我說伯嚴，你太客氣了。」大聲對四座來賓道：「諸位老哥，我說咱們跟丁大爺全是知己的朋友，和武林中多年的同道；今天是丁大爺大喜的日子，依我說，咱們把這些俗套子免了。……伯嚴，你不要把盞，咱們點到為止，敬過一回酒了，咱們大夥誰喝誰斟。」大眾一齊說：「這話對極了，今天是丁大哥封劍的好日子。要說敬酒，我們應該借花獻佛，先敬你三杯才是。」

　　丁朝威賠笑道：「這可不敢當！」陸華堂師傅道：「這麼辦，有事弟子

服其勞；丁大哥現有這些徒弟，這敬酒的差事，你就派了他們吧。丁大哥，你不要忙前忙後的，你老老實實入座，咱們弟兄好久沒在一塊喝酒了。再說谷老前輩又是海量，你應該陪著他喝個一壇半壇的。」谷萬鐘將筷子一轉，望空畫了一個圓圈，哈哈大笑的說道：「你看，大家都是這個意思不是？來吧，你就陪著老哥哥喝幾盅吧。我說袁老弟、俞老弟，你替你師父把盞。」袁振武、俞振綱肅然含笑應諾。那鐵鈴鏢樂公韜，恰挨著丁朝威的座次，就湊著趣，果然把丁武師按在椅子上，道：「谷老前輩這麼說了，主人就說恭敬不如從命吧。」

丁朝威謙然笑道：「這可是太失禮了。今天是弟子封劍的日子，承諸位先輩英雄不棄，遠來捧場；我丁朝威無以為謝，這一杯水酒總是要敬的。各位師傅，總要賞臉寬量。」頓了一頓又說：「我弟子今日邀請諸位師傅來，也是因為我弟子由封劍之日起，從此就不再論武。可是我教的這幾個徒弟都年輕無知；說到本領，更是有其師必有其徒，個個都是糠貨；往後仰仗諸位先輩指教照應的地方很多。所以借這杯水酒，把諸位請來，教他們和諸位先輩見見面，日後好求老師們的照拂。不過這麼涼的天，勞動眾位，我心上太過意不去。還有舍下這裡是個僻地方，諸位路稍遠的，我都沒敢驚動。可是諸位不嫌棄我，竟有的大遠道趕來，這更叫在下不安了。」

來賓答道：「客氣，客氣！我們不知信便罷，既然知道了，自然要來道賀的。至於令徒個個都是英才，我們也正想見見。」

丁朝威還要說謙謝的話，谷萬鐘道：「得了，你這幾個徒弟都很漂亮。老夥計，你不要客氣了，咱們先喝兩杯，劃兩拳吧。」

把手一伸，道：「來來來！四喜呀！五魁呀！」谷萬鐘人老興致卻不老；這一劃起拳來，丁武師也不好再敬酒了。於是在座的武師們，也五啊六啊，捉對劃起拳來；賓主之間，喝得十分痛快。

丁武師沒忘了心中的正事。容得稍酣，自己站起來，挨到師叔左世恭、左世儉面前，又敬了一杯酒，這才說道：「五師叔、六師叔，今天弟

子封劍閉門，二位老人家賞臉駕臨，這是弟子的大幸；少時還請二位師叔給弟子拈香賜訓。」

左世恭、左世儉老弟兄二人含著笑，接了丁武師的敬酒。

左世恭把酒放下，說道：「賢契，你不用客氣。我們弟兄在本門中，雖比你長著一輩，但是論到武功造詣，真沒你鍛鍊的精純。能夠昌大這『山左太極派』的門戶，全仗你們師徒了。你也算在江湖上闖了半世，到今日安然封劍閉門，又有這幾個頂起門戶的弟子克承衣缽；丁家三絕藝，足可執武林中的牛耳，連我們弟兄的面上都有光榮。這股香是你一個人賺得的，我弟兄卻不便代庖。」說到這裡，觸動一樁心事；微頓了一頓，長吁一聲，側臉看了看左世儉，轉向丁朝威說道：「我弟兄將來的結果，只怕還不易落到你這樣的一個收場哩。我們弟兄早年間鋒芒太露，遇事不知抑斂，以致欠下了不少冤孽債。俗語說：『父債子還』，可是我們哥兩個直到今日全是孑然一身，雖有幾個不肖的子姪，也當不了大用，再說這一種債，又不是子弟們所能代償的。我們弟兄自身的事，自身了。粵東的多臂禪師，三兩年內必來找我；你想，我們兩人的收場，自己還沒有一點把握。這祖師面前的頭股香，我們又怎能替人交心願呢？」

丁朝威聽了，不禁動了同門中同仇敵愾的義氣；一時間，竟把自己今日盛會的意思忘了，慷慨說道：「師叔，您不必把這事縈繞在心裡。多臂和尚不守沙門戒律，當年師叔只不過略施儆戒，他還要二次尋仇嗎？他如果敢來，屆時師叔賞弟子一個信，弟子替師叔打發他吧。」

丁武師方說到這裡，旁邊跟左氏雙俠聯席的鐵膽谷萬鐘，掀髯長笑道：「丁大爺，算了吧！你忘了你今天辦什麼事了。我沒見過已然封劍閉門，還要替人出頭抱不平的，你們這太極門真夠惹的了。這些事乾脆讓我們弟兄露回虛臉，也顯顯咱們山左武林的義氣。左老哥，哪天多臂和尚來了，你賞給我一個信。」左世恭、左世儉立刻向谷老師父抱拳拱手，道：「多謝谷老師的盛誼。左某不才，不能為我們山左武林爭光，也就很覺愧

對同道的了；哪敢再勞動師友們？」復側臉向丁朝威道：「時候不早了，你快拈香去吧。」

丁朝威這才依次來到賓席上各武師的座次，謙讓了一番，然後退到香案前面。由僕從們把紅燭燃起，又點起一爐檀香。

那二弟子袁振武也把一束料香的紙籤划去，遞了過來。丁武師舉起這束香，向燭火上燃著；雙手捧香向上一舉，插到爐中。

香案前的紅氈早已鋪好了；丁武師虔誠叩拜，又叫門下眾弟子挨次行禮。

禮畢，丁朝威轉身站在香案前，向闔席來賓深深一拜，道：「弟子丁朝威，猥以菲材末技，得列太極門下。我山左太極派，比我丁朝威門戶長、輩分高的，還有三兩位；不過早已封劍閉門，一心歸隱，不願再傳弟子了。我丁朝威秉承先師遺命，不得教山左太極門嗣續中斷；我在下負這重責，因此愚不自量，收了幾個弟子。又蒙本門的尊長寬容獎借，這幾個徒弟也還肯於用功，如今他們已經略窺本門武功的門徑。不過要說到頂立門戶，還差得很遠，若按他們所學，還得虔心鍛鍊幾年，方能小成。只是我丁朝威今年虛年五十九歲，只為內功火候不純，以致近來很覺體力日衰，精神日減，塵寰中怕不容我久戀。所幸者朝威叨列武林，數十年來踏遍江湖，多結朋友，罕樹仇敵，無恩無怨，倖免大過。人貴知止，及早回頭，朝威此日封劍閉門，以後就絕口不談武事了。朝威這點末學微技，也已傾囊傳與了這幾位頑徒。今日請諸位武林前輩到來，一者當眾封劍閉門，二者為得是教他們把所練的武功，當筵一試，敬請老前輩們指教。如以為他們堪承衣缽，可以附驥武林，弟子就把本門的薪傳交付他們。他們將來能否昌大門楣，還請老前輩們推情誘掖，朝威感激不盡。我在下從此退出武林，聊保殘軀，這全拜眾位老前輩之賜了。」

丁朝威致辭甫畢，老鏢師鐵膽谷萬鐘首先站起來，向闔座的賓客說道：「我們山東六府的會家子，以人家太極丁伯嚴的武功造詣最深；丁家

三絕藝，說得起壓倒武林，給咱們山東道上爭光露臉，這不是我當面奉承吧。今日丁老師封劍閉門，像他四十年來馳譽武林，今日收場落個完整，實在難得。我們大家幸叨盛會，我說我們應該恭賀一杯！」眾賓客齊聲歡呼道：「該賀，該賀！」

於是列筵群雄各舉杯盞，四座生春，欣然一飲而盡。丁老武師自然陪飲答禮，由徒弟們斟過一杯來。丁武師舉杯在手，道：「諸公過稱，愧不敢當，但是盛情不能不領！」當下也是一飲而盡。

谷萬鐘又說道：「丁老師今日封劍傳宗，叫他及門弟子接掌太極門，使山左太極門發揚光大，這尤其是可賀的事。丁老師並叫他的弟子當筵試藝，這更妙了。我們都曉得：丁家三絕藝名震江湖，太極拳獨得祕要，為各家拳術所不及。奇門十三劍尤屬劍術中難得的絕技；十二金錢鏢擅打三十六道大穴，會此種絕藝的，大河南北更可以說絕無第二個人。我想丁老師既以衣鉢傳授他的門下弟子，這丁家三絕藝，他門下弟子定已獲得薪傳。我們得趁今日，看一看丁門眾位小英雄各試身手，藉此開開眼界，也是件難逢罕遇的事。這也值得恭賀一杯吧！」

谷萬鐘話才說完，在座的眾武師噼噼啪啪鼓起掌來。歡讚聲中，眾武師共舉酒杯，仰脖一飲而盡；酒入歡腸，分外的快意。萊州府散手名家張毅侯插言說道：「賀酒應該連敬三杯；我說眾位師傅們，咱們應該再來一杯呀！」眾人湊趣道：「好好好，咱們來個連中三元。」正要再舉這第三杯，老鏢師谷萬鐘忙將酒杯一按，道：「且慢！」眾人停得一停，齊看谷萬鐘。

谷萬鐘精神煥發，伸二指當筵前懸空畫了一個半圈，朗然說道：「我們這第三杯賀酒，可是不能現在喝。依我說，我們要等得了丁老師那幾位高足，把本門的絕藝，當筵試練出來，給咱們大家開過了眼；我們就把這第三杯賀酒，敬獻給丁老師的掌門大弟子。你們說對不對？」說著回顧這位散手名家張毅侯。張毅侯歡然跳起來，拍掌道：「對對對！我說袁老弟，

你就好好的大賣一手吧。丁門三絕藝：一拳、二劍、三錢鏢；袁老弟，不用說，你是樣樣精通的了。」

群武師的眼光一齊注視到侍筵捧壺的丁門二弟子袁振武、三弟子俞振綱。袁振武面皮一紅，忙將酒壺順手遞給三師弟俞振綱，垂手向前，遜辭答道：「弟子年少無知，雖承恩師教訓，我的功夫差得很遠。只不過先前的大師哥誤犯門規，被逐門牆之外，弟子拳、劍、鏢是矮子隊裡出長子；其實弟子是拳、劍、鏢一無所長。」

這樣說著，丁武師微微一笑，屏後的丁雲秀姑娘也微微一笑。座客們齊聲說道：「丁老師，你瞧你這徒弟，夠多精神！夠多有禮貌！說出話來，不亢不卑；真是的，你這二弟子足可以給你支撐門戶了。」「大竿子」于隆道：「只可惜丁老師的大弟子姜振齊，他的武功已然很可以了，是怎的誤犯門規，被你老斥逐了？」於武師把眼光注視著丁武師，等他回答。

丁朝威忽然臉上罩上了一層黯淡之色，想起了這個開山門的大弟子；講體格，論資質，說聰明，樣樣都比二弟子、三弟子強。他卻恃長而凌暴師弟，挾技而侮慢鄉黨；更有一件要不得的毛病：言大而浮誇，飄忽而無信。曾有一次，對待鄉婦竟說出昏誕的話來；雖然是言者無心，具見他輕狂在骨。丁武師為此發怒，又因為別的幾件小事上，看透了姜振齊的為人，遂毅然決然，毫不姑息，把相隨長久、得藝較深的弟子趕逐了，當時險些把姜振齊廢掉。如今時過境遷，卻給丁武師留上很深的戒心，深知擇徒不可不慎，否則必為門戶之玷。當下微吁了一聲，道：「還提他做甚？左不過小渾蛋罷了。」

在場的來賓齊聲讚揚丁家三絕藝，又轉而讚揚袁振武。袁振武面色報報的雖在謙辭，可是少年得意的神氣，未免流露出來。丁武師微微含笑，說道：「小孩子們，功夫差得遠哩；眾位師傅們不要過獎了，沒的叫他們張狂。」立刻向七個弟子說道：「你們今日當著諸位前輩，和本門師祖、師叔，把各人的功夫好好練一回，請老前輩指教，也可以長長見識。」

九個門徒，在場的七個人，是二弟子袁振武、三弟子俞振綱、五弟子胡振業、六弟子馬振倫、七弟子謝振宗、八弟子馮振國、小弟子蕭振傑。此時由二弟子袁振武率領著，一齊領諾，肅立筵前。

　　二弟子袁振武曉得今天是師父授衣鉢，自己接掌「太極門」的日子，這哪得不努力一顯身手？「嘸」的先應了一聲，唰的將長衫一甩，回頭看了俞振綱一眼。俞振綱慌忙過來，給師兄接衣服；小師弟蕭振傑慌忙遞過那把劍來。袁振武微微一搖頭，把手一揮；蕭振傑退回原處，俞振綱捧著師兄的長衫馬褂，也歸了班序。只見袁振武虎目豹頭，口角微向下掩，而呈著英武亢爽之氣，果然英雄出少年。在場的武師，齊聲歡贊；尤其是他這一出位、一甩衣，真個是矯若游龍。

　　這長衫一脫，但見他穿一身短裝，二藍綢子短衫，黃銅鈕扣，青縐綢的中衣；百忙中，已經打好了黑、白兩色倒趕水波紋的裹腿，換上山東造千層底搬尖魚鱗沙鞋。又見他將黑鬆鬆的長髮辮往頸項上一盤，登時身軀微轉，向眾人深深一揖；手指自己的短裝，向眾人道：「請恕弟子放肆，弟子只好脫了長衣服。」倏轉身，立在師父面前；雙手一拱，道：「師父，弟子愚昧無能，在老前輩面前獻醜，只怕貽笑大方！」當袁振武筵前甩衣，將要開練時，老武師丁朝威眼光正看著小弟子蕭振傑，打算叫末一個弟子當先練起；八弟子、七弟子，依次下場；初學先練，高足繼登，也顯著一個比一個強；不想袁振武已經下場了。丁朝威哂然一笑：「好一個子路！」目含著笑意，說道：「振武，你就練吧。」又望著當前的眾弟子道：「你們務要各展所學，好好的練一趟；老前輩們定然指教你們，哪能笑話你們呢？」

　　筵設在練武場中，罩棚之下，本已預留下一大片空地。袁振武精神滿腹，笑臉堆歡，走到練武場中，回頭顧視道：「師父，我先練什麼？是劍是拳？」

　　眾賓的眼光都隨著袁振武的身子轉，轉注到空場上。那丁武師的師弟太

極拳李兆慶，忽回頭看到屏門後。屏門後露出半個粉面、一隻玉手。這隻手正捏著綠雲盤頂的髮辮，是個妙齡少女。李兆慶高聲大笑，道：「等一等，等一等練。」且說且走到丁朝威面前，道：「大哥，你的徒弟全到場了麼？」

丁朝威愕然道：「我只有這九個徒弟，大徒弟教我斥逐了，四弟子石振英為著家貧，已經棄武習商。就是五弟子胡振業、六弟子馬振倫、八弟子馮振國，也是我現把他們找來的。我面前就是袁振武、俞振綱和謝振宗、蕭振傑，常在我家裡。」

眾武師聽這師兄弟二人說話，有的回了頭來看，鐵鈴鏢樂公韜道：「哦哦哦，丁大爺，你還有一位女弟子哩。你怎麼不教她出場，練一套給我們瞧？」這話一出口，屏門後噗嗤的一聲笑，那粉面玉手驀地不見了。左世恭、左世儉齊聲說道：

「可不是，我還有這麼一個女徒孫哩。喂，雲秀，雲秀，你過來練練，別跑啊！」

丁朝威方才想起他的女兒丁雲秀來，賠著笑道：「丫頭子家，她任什麼也不會，師弟，你怎麼思索起你侄女兒來了。」

李兆慶只是笑，連聲叫道：「雲秀侄女兒，雲秀侄女兒！」

左氏雙俠這一對白髮老頭兒更是湊趣，竟飛似的追到屏門後，把雲秀姑娘尋來，定要逼她先練。丁雲秀滿面嬌羞，眼望著父親，模樣兒很窘。場中的袁振武此時已經走入場心；雙手往下一垂，眼觀鼻，口問心，凝神斂氣，腳下不「丁」不「八」，抱元守一，剛剛展開了太極三式。忽見師妹入場，哎呀一聲，慌忙收式，往旁一讓，道：「可不是，我怎麼忘了師妹了。師父！」叫這一聲，來到丁朝威面前道：「師妹比我們誰都強，請師妹先練吧。」丁雲秀一雙盈盈秀目把袁振武盯了一眼，將身子一扭，對父親說道：「爹爹！」又搖了搖頭：「我不練。」

扭頭又要跑，師祖左世恭、左世儉，師叔李兆慶，三個老頭兒把丁雲秀姑娘的去路擋住，笑道：「姑娘，你不練可不成；你有本領把我們三個

老頭打跑了，我們讓你回去。」

丁雲秀姑娘從耳根下烘起兩朵紅雲，銳利的眼光把左氏二老一瞅，又向師叔李兆慶一望，情不自禁的一雙玉手擺出了一個「如封似閉」的架式。忽復省悟，雙腕垂下來，低頭道：

「師祖，我真是不會；師叔，你老怎麼作弄起侄女兒來了！」

眾武師一齊喝著彩，慫恿雲秀姑娘起拳；丁家父女再三遜辭，只是推託不開。谷萬鐘老英雄看丁雲秀神情踟躇，急忙從中解圍，含笑說道：「左老兄，算了吧。依我說袁老弟已經下場了，就叫他先練。他練完了，再請我這侄女兒一展身手，列位你看好不好？人家女孩子家，叫她劈頭一個先練，怪不好意思的。你說是不是，李賢弟？」說時，眼望著正堵門的李兆慶，李兆慶一笑作罷。

左氏雙俠這鬚眉皓然的一對老頭兒，笑嘻嘻的一邊一個，守住雲秀姑娘，說道，「姑娘聽著了沒有？咱就這樣辦。老頭子求你這半天了，你回頭可一準練，不許溜！」

丁雲秀姑娘已於擺筵時，趁空換好一身新衣。瓜子形的清水臉，不擦脂粉，自來皓白，只於櫻唇上略點紅脂，耳墜珠瑙，腕戴金釧，窄窄袖口，露出春蔥，微與尋常閨秀不同的，是滿手的指甲剪得短短的。穿淡黃綢衫，繫深月色短裙；縵立在筵前，雙蛾微蹙，兩靨泛紅；似欲規避，又躲不開，只管笑著謙辭。袁振武說道：「還是師妹練吧。」丁雲秀似笑不笑的說道：「二師哥，你也作弄我！」說時雙眸一轉，覓路欲退。

三師兄俞振綱正提著二師兄的長袍長褂，側立在對面，群弟子散立在隅角，微微含笑；小師弟蕭振傑湊上來叫道：「師姐，你這邊來吧。」丁雲秀姍姍的走過去，對俞振綱道：「三師兄，你倒做了跟班啦！二師兄很得練一會子哪，這衣裳還不給他掛上？」俞振綱依言，把袁振武的長袍馬褂搭在兵器架上，丁門中六個門徒、一個愛女，一齊侍立旁觀二師兄袁振武的演拳。

第一章　丁武師封劍閉門

第二章　群弟子筵前試藝

　　丁朝威重新吩咐道：「振武，你就先練一趟拳吧。」袁振武領諾道：「是！」再向筵前一揖到地，想好了幾句客氣話，賠笑說道：「弟子袁振武蒙恩師不棄，收歸門下，名列第二個門徒。弟子雖然名列第二，可是大師兄早不在門內了；現在恩師門下，就屬弟子居長。可惜弟子年空痴長，於本門武術毫無心得，練出來恐怕給師門丟醜。既奉師命，不敢不前；弟子練的有對不對的地方，還求諸位老前輩指點。弟子放肆了！」又復一躬，登時亮開太極拳的起式，往下一殺，露出一手「攬雀尾」。拳式既起，但見他一招跟一招，一式跟一式，逐段走開。

　　果然名師門下，不同凡品！演到第十一式「如封似閉」、第十二式「抱虎歸山」最難練的這兩招，腕、胯、肘、膝、肩，處處見功夫，招招很嚴密。才一開招，還看不出什麼特色；直到這拳勢走開，身手起落，吞吐撒放，英華內斂，精氣神自內貫達四梢。掌風發出後，力厚勁猛，進退疾徐，無不如意。在座諸武師停杯不飲，注目諦觀；看到精彩處，多半離了座位。

　　袁振武直練到第三十四式、第三十五式「退步跨虎」和「轉腳擺蓮」，這兩手更見精熟。眾賓不禁喝彩道：「好！」當下一套太極拳從頭到尾，練到「彎弓射虎」末一招；袁振武一個收式，仍還到「無極含一炁」原式上。氣不湧，神不浮，徐徐走到賓筵之前，向上深深一揖，口稱：「弟子獻醜，前輩指教！」意度安閒，如行所無事。

　　兗州府鐵鈴鏢樂公韜、五龍山老拳師鐵掌鈕祿，一把拉住了袁振武，將大拇指一豎，笑嚷道：「高！」回頭對丁朝威說道：「老哥哥，你瞧，多難練的功夫，難為你怎麼教來！名師手下無弱徒，憑袁老弟這幾手，足能給你支撐門戶了。」樂公韜卻又回臉來，向袁振武說道：「老弟，你就好好

的下功夫，將來成名露臉穩拿沒跑。二十年後，山左太極拳名家，一準是你的了，保管成就在俺們以上。」鈕祿又特對大竿子于隆說道：

「臭于，你說是不是？長江後浪催前浪，一輩新人換舊人，咱爺們算是頂到這裡啦，往後只有多長抬頭紋了，盡瞧著這班娃娃們稱雄逐霸了。」大竿子于隆嘻嘻的直笑，說道：「鈕老五，你又倚老賣老了。袁老弟的功夫實在不壞，一招一式都很到家。」

座上客人盛誇袁振武的拳技，老武師丁朝威捋鬚微笑，一時無言。小弟兄們胡振業和蕭振傑，在場隅低聲悄話。丁雲秀姑娘獨立在一邊，忽有所思，走過來，到三師兄俞振綱面前，眼望著五師兄胡振業，說道：「你們講究什麼？一拳、二劍、三鏢，二師兄眨眼這就練完，回頭就該輪著三師兄、五師兄你了；你們還不換衣裳，拿兵刃去嘛？」胡振業道：「哦！可不是！三師兄你還不打裹腿，換鞋去？」俞振綱應了一聲，輕輕說道：「師妹，你不練嗎？」丁雲秀道：「我練？這有我的什麼事？我告訴你，三師哥，回頭你聚精會神的好好練吧！還有五師哥，你們也爭點氣，別那麼懶懶怠怠的……」往場中瞥了一眼，不再往下說了；改口道：「我一準不練；三師哥，我可是告訴你了。」俞振綱遲疑道：「但是師妹……」丁雲秀嗔道：

「我不練嗎！……你們瞧，袁二師兄這就要練劍了，你們也瞧著點。」眾弟子一齊住口，忙看著袁振武。

袁振武得了全場的好評，精神越旺；笑嘻嘻的復向座客一揖，道：「弟子末學晚進，粗拳笨腳，老師父們過於抬愛了。弟子對於恩師所授技業，不敢不努力精修；只是限於天資，實在百不得一。現在弟子再把太極劍練幾手，一發的求老前輩指教。」說罷一回頭，蕭振傑兩眼直勾勾的正聽師妹丁雲秀和三師兄、五師兄說話，卻忘了送上劍去。袁振武點手叫了一聲，蕭振傑慌忙緊行數步，把袁振武常用的那把青鋼劍，雙手連鞘遞了過去。袁振武看了他一眼，伸手拔劍，低聲說：「你心裡惦記著什麼？」蕭振傑臉一紅，慌忙接過劍鞘，退了下來。

袁振武亮劍在手，重走到場子當中；站好方位，劍交左手，右手往劍柄上一搭，向闔座賓客一舉手，說了聲：「弟子獻醜！」倏然右手駢伸食指、中指，將拇指、無名指、小指一扣，緊貼掌心，掐了個劍訣，向前進三步。左手倒提劍柄，右手劍訣往前一圈，立刻把劍換交右手，劍尖外吐，往前面一指；左手卻掐劍訣，一領劍鋒，立刻展開了奇門十三劍的招數。劍走輕靈，「金針度線」，劍鋒遞出去，如龍飛蛇舞，如電掣星馳。

　　這趟劍本是太極門頂門戶的功夫，袁振武精心苦練，深得奧祕，比他的太極拳特別出色。劍勢走開去，妖嬌如龍游，奔騰似浪翻，封閉吞吐，進退起落，無不如法；「點、崩、截、挑、刺、扎」，六字訣一一精到。袁振武軀幹魁梧，卻是身法輕快，劍術純熟，身劍合一；一招一式走起來，如狸，如猿，如輕絮一團；速小綿軟巧，色色驚人。在座武師，濟南徐勇以三才劍出名，東昌府呂氏雙傑呂銘、呂鑄，也深通劍技。一見袁振武這套太極奇門十三劍，果然招數變化神奇不測，確比三才劍高妙。徐勇不禁首先喝彩，呂氏雙傑也指指點點，講究起來。

　　轉眼間，袁振武把六十四手太極劍，練到第九手「大鵬展翅」、第十二式「丹鳳朝陽」、第十四式「寒雞拜佛」、第二十四式「恨鴉來遲」。這幾手最為難練，袁振武卻能操縱自如，身法手法，於迅疾中見穩練，於沉雄中見輕捷；果然是「得過名師授，下過苦功夫」。曹州鏢客崔起鳳、泰安五行拳韓志武、青州翟雲鵬、五龍山鐵掌鈕祿，異口同音，讚不絕口。就是師祖左氏雙俠左世恭、左世儉，這兩位老頭兒也綽著白鬚，含笑誇獎。那一邊小弟兄們，五師弟胡振業、六師弟馬振倫、七師弟謝振宗、八師弟馮振國、九師弟蕭振傑，也在嘖嘖噥噥，稱說哪一招巧，哪一招妙。三師弟俞振綱一雙眼也瞧著二師兄的劍光身影，上下亂轉。忽然丁雲秀姑娘說道：「三師哥，看呆了嗎？你瞧二師兄比你怎麼樣？」俞振綱恍然若悟的說：「還是二師兄，若只論劍，實在比我們都強。」丁雲秀微微一抿嘴，笑道：「一個人不要自暴自棄！你留點神吧，你看他末幾路。」

當下，袁振武如駭電驚濤似的，劍勢越走越快。練武場中泛起一團劍影，倏高倏低，倏左倏右；六十四太極奇門十三劍，一招也不落，從頭到尾演完。袁振武驟然收式，把劍仍交左手，歸返原式；趕緊的一正身，向賓筵施禮道：「前輩指教！」又一點手，小師弟蕭振傑慌忙上前，接劍歸鞘，退回一旁。登時罩棚之下，賓筵之前，噼噼啪啪起了一陣掌聲。

一拳、二劍、三錢鏢，丁門三絕技，袁振武練了兩種，博得滿堂的彩聲；現在該練第三種絕技了。袁振武走了過來，走了過去，稍稍的活動筋脈；轉到丁武師面前道：「師父，這裡地方窄，人又多；現在就打鏢呢，還是等一等？」丁朝威未及還言，眾賓客齊聲慫恿道：「袁老弟，你就打吧，我們給你騰地方。你有十來丈地方，足夠用的了吧？」

來賓紛紛起動，亮出一片廣場。小師弟蕭振傑，先意承志，把袁振武常用的鏢擋子搬了過來。這個鏢擋子與尋常箭靶子大致無異；一塊寸半厚的木板，高有五尺，略如人身，寬才一尺五寸。上畫三個紅光子，也就是三寸的直徑，茶碗口那麼大；板子上打得一點一痕的，儘是些錢鏢袖箭的眼子。蕭振傑督促著眾人，把這鏢擋子立在廣場南頭。

老武師丁朝威眉峰一蹙道：「怎麼搬這個來，那打穴圖呢？」袁振武忙過來說道：「師父，我就用這個吧。」丁朝威拿眼看了看袁振武，不禁說道：「你打這個麼？」袁振武賠笑說道：「弟子不打這個圓光子，我可以另畫圓點。」丁朝威道：

「你不用打穴圖麼？」袁振武低眉無言，忽然抬頭笑了笑，悄聲道：「大庭廣眾中，弟子怕……回頭你瞧瞧，我先打這個。」說時，扭頭看了看四面。丁武師唇吻微動，不再說什麼了。

袁振武急忙到罩棚北廳廊下，從眾兵器架上，摘下那個皮囊；從囊中掏出十二枚康熙官廠鑄造，加大的青銅錢；這錢磨得鋥亮。又取了一塊土粉子，急急地走到鏢擋子前面。手捏白粉子，由木板左上角起，一連斜畫了銅錢大小，半寸直徑的三個小粉圈。每個粉圈中點上一點，三圈相隔五

寸。從第四個粉圈起，又由右往左下，斜畫下來；也是三個粉圈，也相隔五寸。反覆轉折，四層共畫了十二個粉圈。畫完，把土粉子扔在地上；袁振武軒眉一看，退了幾步，又相了相，這才把十二枚金錢鏢扣在掌心。旋身走回來，向闔席的賓客又施一禮道：

「諸位老師們，弟子這一手功夫還欠精練，只不過會打個準頭罷了，老師們多多指點我！」袁振武每試一番身手，必交代一場話，頗有慣家子登場試藝的派頭，有的武師就禁不住微笑。

當下，袁振武又復一揖，霍地翻身，一雙虎目只一睜，吐露英光。乘著這一轉身，又一長身的功夫，暗將掌中十二枚錢鏢，分交在兩手，左掌心握著九枚銅錢，右掌心只留著三枚。

這金錢鏢是武林中最方便的防身暗器；名為金錢，實在就是十二個青銅大錢；正如金刀銀槍，也並非真是金銀打造的，不過是叫著好聽的字眼。這銅錢隨身隨手，袖口襟底，都可以放置。不過錢小力飄，練得不精熟，腕力、指力沒有真傳授、真功夫，便打出來不能及遠，不能傷敵，有時反誤事。袁振武從師有年，於丁門三絕藝，殫精研習，以劍術為最高，拳法也勝過同門諸友。唯有錢鏢，打得也有準頭；只是打三十六處穴道，總覺沒有十分把握，不能得心應手。今日當筵試藝，他在師門同輩居長，於師門三絕技怎能不勉？又想到師父此日封劍閉門，傳授衣鉢，自己更得要在人前誇耀，一念及此，立刻把精神抖擻起來。魁梧的身軀，昂然立在鏢擋子前面，中間相隔三丈以外；一雙虎目又往前一看。立刻把身軀側轉，斜身錯步，「獅子搖頭」，一抬手，唰的發出一隻鏢去；立刻噹的一聲響，第一支金錢鏢正打在鏢擋之上。錢唇嵌入木板內，恰打中第一個白粉小圈上，賀客們一齊說一聲：「好！」袁振武「犀牛望月」式，早又發出第二支鏢。跟著，噹噹！噹噹當！噹噹當！噹噹當！鏢擋子一陣響，幾枚青錢飛似的脫手出來，一一鏢打在木板粉圈之上。

這最難得的是十二支金錢個個都中的，沒有一支打空，也沒有一支打

出粉圈以外的。一群武師譁然叫好，有的就奔過，到鏢擋子上驗看。這一驗看，更見功夫；難為十二枚青錢個個深入木板，不偏不倚，小粉圈正嵌著錢唇。真是又快又準，又有手勁；在場武師個個都交口稱揚。

袁振武連試三絕藝，幸未辱命，不覺的欣然大悅。尤其是末一手打鏢，自己事先未嘗不懸著心，深恐一招失手，貽笑方家，現在竟通場騰歡，眾口稱頌。袁振武立刻上前周旋道：

「弟子實在練的不好，太欠功夫了。老前輩們不要過獎，給弟子指正指正手法吧。」鐵掌鈕祿拍袁振武的肩膀，滿面笑容的誇獎道：「老夫今天開眼了。袁老弟，你真有兩下！還客氣什麼？」泰安五行拳名家韓志武，又殷殷的問他打金錢鏢的功勁，又問他練了多少年。

袁振武很高興的露出了天真的欣笑；就把金錢鏢的打法，滔滔講說起來。腕力、指力、目力，這處處都有講究。手該怎麼揚？指該怎麼捻？錢該怎麼發？怎樣才有準頭？怎樣才有力量？陪著韓志武、鈕祿幾位前輩，袁振武一字一板的說。一面說，一面謙遜道：「弟子實在不行，弟子的同學現有六位，他們都比我強；頂數我年歲大，天資笨。若說起打金錢鏢，你老還沒有看見我師父打哩；他老人家的打法，真是神妙……」武師崔起鳳、呂氏雙傑都湊過來聽，聽得很入神。大竿子于隆，和陰陽臉辛德壽、鏢師趙夢龍，就到鏢擋子前面，用手試起那嵌入板面的錢鏢，試一試嵌入的力量。辛德壽連起下三個錢鏢，眼望趙夢龍道：「唔？……哦！」微微的點了點頭，又搖了搖頭。趙夢龍笑道：「好！十二支鏢，鏢無虛發，這就很難得了。」辛德壽笑道：「是的，很難為他。」這些武師們依然七言八語，讚不絕口。

然而場隔那邊，一幫小弟兄們，胡振業、馬振倫、謝振宗、馮振國，以及蕭振傑等，卻嘖嘖噥噥，互相耳語。丁雲秀姑娘忍不住走了過來，到鏢擋子前望了一望；忙扭身退了回去；向那三弟子俞振綱、九弟子蕭振傑一點手。俞振綱、蕭振傑挨過來就問怎麼樣；丁雲秀姑娘低聲說了幾句

話，俞振綱笑著點了點頭。蕭振傑就忙忙的也跑到鏢擋子那裡，看了又看的，回頭從人叢中擠了出來，咕咚咕咚，又跑回場隅，對丁雲秀說道：「師姐，真是的……」俞振綱、胡振業一齊攔阻他道：

「老九，你又張揚了，你瞧二師哥正瞪你呢，回頭你又鼠避貓了。」蕭振傑是鄉下孩子，年紀最小，立刻的一吐舌頭，躲在俞振綱身後了。但是袁振武這時眼光雖罩到這邊來，卻並沒有看見蕭振傑；眼角傳神，剛剛的瞥見丁雲秀姑娘，和三師弟俞振綱正在說話。袁振武不由湊過來，說道：「師妹，你瞧我打的怎樣？」丁雲秀笑道：「好極了，你瞧你十二支金錢全打得正準，比你往常打的更好。」袁振武道：「師妹別笑話我了，我哪裡行？」

丁朝威老武師本立在罩棚北面，陪著德高望重的幾位來賓觀場，此時就微微把頭一搖，對谷萬鐘說道：「小孩子家，功夫實在荒疏得很，沒的教老前輩見笑，晚生慚愧無地了。」谷萬鐘未及開言，青州翟雲鵬含笑過來，說道：「丁大爺，你這可是假客氣，咱們武林不來酸的。其實袁老弟這一手也就難得了，武林中能及得上他的，還有幾個？」

丁朝威不以為然，對師叔左世儉、師弟李兆慶說道：「師叔，你老人家以為他打的怎樣？李賢弟，叫你說！」左氏雙俠拉著谷萬鐘、翟雲鵬走了過去，李兆慶也隨著丁武師，來到鏢擋子面前。李兆慶把沒有起下的九枚銅錢，逐一驗看了一遍，笑道：「可不是，深淺不大一樣。」丁朝威道：「這不完了？就能打準，那可怎能打穴道？」左氏雙俠點了點頭，承認道：「比起他的劍來，可就差多了，但是這也就難得。」谷老英雄捻著一對鐵膽，站在鏢擋面前，左看一眼，右望一眼；一面揉眼道：「不行了，眼花了，看不真切了。……」頓了一頓，向丁朝威說道：「丁門三絕藝，你這大弟子總算八九不離十，你別不知足了，他哪能比你？依我說，這就很夠瞧的了。」

丁朝威含笑道：「老前輩過於抬愛了；我在下今日封劍閉門，以後我

就很放心了。不過，若說到打鏢……」一扭頭，看見三弟子俞振綱正在那裡，和胡振業、蕭振傑說話，也不知說的什麼；俞振綱只是搖手往後退，好像正在謙讓。丁朝威叫道：「振綱，你過來！」

俞振綱「嘁」的答應一聲，立即走了過來，到師父面前一站道：「師父叫我？」丁朝威道：「你看你師兄打的這鏢如何？」

俞振綱脫口說道：「師兄打得很好，很準。」丁朝威眼光一張道：「什麼？」俞振綱微微一震，忙道：「師兄還是劍法好。」丁朝威方才放下臉來，點點頭道：「這還像你們師兄弟相知最切的話。」師徒一問一答之間，左世恭手捻著頦下的灰髯，也微微的把頭點了點。俞振綱自知失言，不由垂下頭來。

袁振武正和丁雲秀說話，忽一抬頭看見了，忙走過來，要對師父說話，鐵膽谷萬鐘卻已說道：「丁大爺，你們掌門大弟子的功夫，我們全瞻仰過了；可否再請這位俞師弟一顯身手？」

丁朝威不由臉露笑容，答道：「他倒……」袁振武恰已走到近前，不等師父說完，就搶著插言道：「叫我俞師弟練吧。我雖是叨占了師兄的名分，論到功夫上，俞師弟可比我高的多。」俞振綱輕聲笑道：「師兄別這麼抬舉我，看教外人笑話了。」鐵膽谷萬鐘道：「你們親師兄弟，還這麼客客氣氣的。來吧，俞老弟，練一套，給我們開開眼。」俞振綱賠笑道：「弟子更不行了。」口說著，眼望師父的神情。丁朝威道：「振綱，這該著是你練了，不用嚕嗦，過來練吧。你們的功夫自然拿不出手去，好在師伯、師叔們一定指教你們。不要怯場，只管拿出本領來，好好的練；不許敷衍了事，我可不答應你們的。」

俞振綱諾諾應命，轉身脫袍，到場心一站；面皮報報的，頗有慚容。卻是站在那裡，躊躇起來，向師妹丁雲秀望了一眼，露出叩問的意思；丁雲秀皺眉搖頭，她一定不肯下場。俞振綱又一側臉，看見袁二師兄一雙虎目，正注視自己。俞振綱不覺的有點慌張，也學著袁師兄的樣子，一拳、

二劍、三錢鏢，要從頭練起。轉身對眾，正要施禮；忽聽師祖左世儉叫道：「俞振綱！」俞振綱急答道：「是！」轉身垂手，道：「師祖喊我嗎？」左世儉道：「我聽說你的金錢鏢打的還不壞，這裡現成的鏢擋子，你就先打一回鏢，我們瞧瞧，回頭你再練拳、劍。」俞振綱應了一聲，抬眼看著師父，見師父是個默許的意思，卻又張眼望瞭望鏢擋子，向師父面前緊行數步，側身問道：「師父，我可以把上面的錢起下來嗎？」丁朝威道：「那還用問？」

俞振綱過去，把鏢擋子上的九枚銅錢，都起下來。陰陽臉辛德壽道：「這裡還有三個哩，俞老弟接著！」開玩笑似的，抖手打出來；三個金錢散漫空中，當頭罩下。俞振綱不暇思忖，倏地一側身，又一探身，右手一抄，把三枚金錢都抄入手內。

登時聽耳畔喊了一聲：「好！」回頭看時，是師兄袁振武。俞振綱方才省悟，自己有點忘情了；可是，斷沒有使錢落地的道理。

俞振綱把十二枚金錢扣在掌心；那邊場隅，丁雲秀姑娘向五師弟胡振業說了一句話：「老五，你知道三師哥的打穴圖麼？」胡振業道：「知道。」蕭振傑一陣機靈，跑過來問道：「三師兄，你要打穴圖不要？我給你搬去呀？把這個鏢擋子換下來吧。」別人不曾留意，俞振綱心中是明白的，暗向二師兄看了一眼，心中一動，道：「這可使不得！」遂一擺手，低聲道：「我就用這個吧。」蕭振傑道：「你瞧師父不是說……」俞振綱擺手，道：「快躲開吧！老九你糊塗！」蕭振傑笑道：「你才糊塗呢。」咕咚咕咚又跑開去了，對丁雲秀姑娘道：「他不用。」

丁雲秀冷笑道：「活該！」

第三章　俞劍平三擲錢鏢

俞振綱親自過去，把這三環套月的鏢擋子，穩了一穩。拾起那塊土粉子來，照師兄那樣，重畫了十二個小粉圈。一面走，一面尋思，到了筵前，主意已定；於是向眾賓一揖到地。

見眾人都看著他，不由訕訕的賠笑道：「諸位師長，弟子俞振綱獻醜……」又作了一個揖，退下來，一轉身，這才把精神一振；十二金錢登時分握到兩手內，左、右手的拇指各按住六枚。身心一整，身形一亮，亮出了太極拳「攬雀尾」的架式。

左腳往前一抬，健步急進，走近鏢擋，十二步站住。在場的武師們差不多都會打暗器，只不過暗器各有不同罷了。像袁振武，手打金錢鏢，打出三丈六遠，已很難得了。現在，俞振綱竟相隔十二步收住，這距離已有六丈了。俞振綱的錢鏢還沒有出手，只這一番功架，便聳動了在場的群雄；個個說：「這小夥子比他師哥還強？」

只見俞振綱腳下一停，右腳趨前，向左一搶步；側身斜轉，「葉底偷桃」，左掌橫於胸前，右手連用陽把，將拇指捻動錢鏢；撐指力，攢腕力，往外作勁。錚的一聲微嘯，一枚銅錢脫手飛出去。就原式不動，錚，錚，連發三鏢，當，當，當，鏢擋粉圈中，錢唇橫嵌，連中三下。發鏢自有先後，中的卻在同時。闔座突然的喝起來了一片彩聲道：「好！」

餘音未歇，俞振綱身形陡轉，左腳尖趨左向後一劃地。

「鷂子翻身」，左掌隨身勢一翻，唰，唰，唰，又是三鏢。這三鏢卻下打鏢擋最末的三個粉圈；打的是堅鋒，錢唇直立，嵌入木板中。指力、腕力暗暗加重，鏢擋被震得札札有聲。闔座群雄不覺的又喝采一聲！

俞振綱倏又換式「跨虎登山」，右手甩腕發鏢；這一次卻一發雙錢。跟著往右一個收勢，反手捻鏢，左手下穿右腕底，唰地又連打出兩鏢。這時

候，左右掌心尚還各扣著一枚錢鏢。

卻從右往左一換，換成太極拳「野馬分鬃」、「玉女穿梭」兩式，把雙掌的鏢一攢力，唰的齊打出去。鏢擋上噹噹的連響了最後的兩響，俞振綱早已收招還式，又回為太極拳「攬雀尾」的原樣。撤步轉身，到筵前一躬到地，道：「弟子獻醜，師長指教！」鐵鈴鏢樂公韜「啪」的將桌子一拍，直著嗓子大喊道：

「好 —— 鏢！」跟著把大拇指一挑，卻將筵上的酒杯帶翻了，灑了一襟的酒，跳起來了。別個武師也都讚不絕口。

俞振綱試鏢已罷，退到師父面前，叫了一聲：「師父！」丁朝威把俞振綱看了又看的說道：「你！你怎麼也用這三環套月的鏢擋子？」俞振綱忙道：「我，我還沒聽師父的分派……」丁朝威雙目一張，道：「什麼，我沒告訴你們嗎？教你們各展所長；要好好的練，不要敷衍了事。你怎麼就不聽我的話？」

丁朝威在這裡責備俞振綱，座上的來賓也有人說了話，道：「久仰丁門三絕藝，十二隻金錢鏢打三十六穴，威名震山東，蓋河北。可是他這兩位高徒各展身手，果然與眾不同；只是打穴的招數至今沒露，不知我們可有福分，看一看十二金錢鏢飛打人身三十六穴道的絕技沒有？」又一個武師笑道：「人心不知足！我想我們丁大爺的絕技，也許還沒有傳給他的二高足哩。丁大爺，我們煩求你老人家親自下場，把你那一手絕活，當眾演一遍，咱可不許藏招。」說著又嘻嘻哈哈的笑起來。說這調皮話的乃是丁朝威的同鄉野雞毛毛敬軒；那先說話的是姚振中老武師，兩個人簡直有點起鬨。

丁朝威聽了這反嘲的話，不禁軒眉一笑，正要答言；不想他的老師叔左世恭已經先答了腔，笑著說道：「姚老哥、毛老哥，說這話可該罰你。我們伯嚴可不是那藏私的人，他的玩藝兒從來不肯自祕；只要來學的天資夠，誰願學就教誰，不過今天大庭廣眾之下，在場的高朋貴賓，各個都是

練家子，我這袁、俞兩個小徒孫，在人前試藝，可真是班門弄斧了。他們自然要把他能夠拿得出手的技業，應眾試練出來。稍微含糊一點的功夫，他們當然不敢輕於一試，免的在高人前獻醜。我說是這話不是，伯嚴？」

丁朝威笑道：「師叔的話，真是我心裡要說的話。這金錢鏢打穴，我不是沒教過他們，只是練這種暗器，當然難得多。他們還沒有練熟，倒不是我藏私不教，也不是他們會了，不肯當眾試練。」緊走兩步，到毛敬軒面前，笑道：「毛老哥，只有你挑眼吹毛，你沒瞧見我這裡正數說三徒弟嗎？他倒是練過打穴鏢，老哥少安毋躁，我這就叫他獻醜。」。

毛敬軒笑道：「也饒不了你。」丁朝威道：「那個自然，我也得練一回，請毛老哥指教。」丁朝威立刻吩咐俞振綱，快將打穴圖取來。

俞振綱連聲諾諾，即待往取，早過來五師弟胡振業、八師弟馮振國和小師弟蕭振傑，自告奮勇，跑回去搬打穴圖。蕭振傑小孩子淘氣，向俞振綱扮了個鬼臉，道：「三師哥，怎麼樣，挨說了吧？小弟的話說對了吧！」俞振綱嗤的笑了一聲。不大工夫，胡振業、馮振國兩個同門，從後面各扛出來兩副奇形怪狀的鏢擋子來，蕭振傑竄前跑後跟著過來。

眾武師多有看見過打穴圖，可也有從來沒見過的。這打穴鏢擋子异出來，眾人都把談鋒頓住，眼光全看這兩副鏢擋子。

胡、馮二人把這打穴圖立好；是兩副活葉的木牌，高矮恰如人身；畫著人形，分為兩扇。一扇畫正面，一扇畫背形，用油漆繪得和人的肉色一樣，五官四肢都全；只於在上、中、下三盤，反、正兩面，都點出三十六個穴道來，是小小的一個黑色點，並沒有文字注腳。有的貴客沉不住氣，竟離席走到廣場南頭去看；這一看，不由點頭稱讚起來。

自來點穴的功夫是用手指，打穴的功夫是借重於器械。雖用器械，可是這門功夫不僅難在打的方位準，尤其難在打的力量均；使的勁大了、勁小了，就是點著穴道，也難收功。打穴用的器械，不外是點穴鑭、判官筆，也有的用外門武器打穴的，那自然又難進一層了；到底都在掌握內，

總可收得心應手之效。若用暗器出手，飛打穴道，在武林中可說是罕見難得。

丁門三絕藝，尤其這十二金錢鏢名噪一時，其故就在這一點上了。有沒見過丁朝威飛鏢打穴的，未免疑心他盛名之下，過甚其辭；所以一聽毛敬軒、姚震中等慫恿丁朝威下場親試，個個都眉開眼笑，願意看一看丁武師的手法。現在聽丁武師說：錢鏢打穴的功夫，他的三弟子俞振綱居然也會，眾人越發的歡噪起來；一迭聲催促道：「俞老弟，快打一套，我們瞧瞧。」

此時胡振業、馮振國已將兩扇打穴圖立好，那三環套月的鏢擋子當然用不著了。蕭振傑走過去，把它扛開；對三師兄說：「三哥好好的打，給咱們丁門露露臉。」俞振綱笑道：「老九，你的嘴討人嫌，你自己大概不理會。」蕭振傑把小眼一瞪，道：「三哥，你不知道好歹人，我告訴你……」俞振綱回頭看了看，道：「是呢，是呢，走你的吧。」

俞振綱接過十二隻金錢鏢來，又穩了穩打穴圖，方要轉身，跟著走過來好幾位武師。有終南北派形意門的邵雲章師父，他深獲形意門神拳李的真傳，兼擅大拿法、卸骨法，在南派武林中是很有名的。有直隸省的陰陽臉子辛德壽；他素以點穴術，被稱為北派武林名手。還有那位詼諧老野雞毛毛敬軒，他是懂得打穴的，雖然不精，卻並不外行。這工夫，三個人都來觀摩丁家的這副打穴圖，驗看上面的穴道。少年武師中也過來兩個人，一個是「地堂拳」江嘯源，一個是「摩雲神爪」司徒瞻。俞振綱忙站住了，一側身道：「各位師傅們多指教。」

邵雲章含笑不答，直湊到打穴圖對面，拿手指按著，竟數起穴道來：

正面圖形，上盤頭面上，眉中心神庭穴，眉央陽白穴，身旁聽會穴，上唇承漿穴，喉門天突穴，眉梢後盧里穴；這是六處大穴。

中盤胸腹部，咽喉下璇璣穴、華蓋穴，肋骨旁乳下二寸五分天池穴，肋骨上大乙穴，臍下一寸五分氣海穴，臍下二寸五分關元穴；也是六大穴。

下盤六穴，唯有會陰穴是死穴，尚有膝骨上的血海穴，胯上的伏兔穴，腿脛上的三陰穴，胯後的風市穴，膝下三寸三里穴。

那一邊「摩雲神爪」司徒瞻，卻也和「地堂拳」江嘯源，站在打穴圖背面前；兩個人一個唸誦，一個指點，也數說起來：

背面圖形，上盤是六處重穴、死穴、啞穴。頭一穴是百會穴，下面是腦盧穴，穴旁一寸，穴下五分是五枕穴，再下五分是風府穴，再下五分是啞門穴，兩耳後是竅陰穴；這是上盤背面的六處大穴。

背面中盤，腋後脊旁一寸天宗穴、靈臺穴，肋後魂門穴，脊背第七節玄樞穴，此穴下一寸五分為陽關穴，及後肩下、臂後一寸的乘風穴；這也是六大穴。

下盤背面，脊尾會陰穴，胯上環跳穴，胯下陰市穴，膝後承筋穴，腿脛的外環飛陽穴，此穴下一寸為懸中穴；也是六穴。

這正背面三十六穴，和少林、武當、玄門各派，不盡相同。這就因為點穴與打穴的手法不同，錢鏢打穴更有差異，所以穴道的方位自然有同有異了。創這錢鏢打穴的人，自然非同紙上談兵，一一必須本諸實地的證驗，才得運用一舉手之勞，致敵人於或死或傷。邵雲章只看完正面打穴圖，便向辛德壽欣然一笑，說道：「好！莫怪邱老四誇說人家這三十六穴全是重穴，我在先還不敢深信；今天這一看，果然人言不虛。」辛德壽回顧道：「俞老弟，你果真打得很準，那可真是難得了。你今年二十幾了？」俞振綱答道：「弟子今年二十四歲。」野雞毛道：「怎麼，你才二十四？我不信，我不信。」又道：「這更難得了！實在難得。」說著閉目搖頭，以為太不容易了；把辛德壽拉了一把，道：「咱們快過來，教人家孩子練吧。你不見他們直瞪咱們，嫌咱們打攪了？」三個老頭子嘻嘻哈哈的走了開去。

俞振綱容得他們走開，立刻移動身形，由打穴圖起，走出十二步，約六十尺，將身一站。反轉身來，向闔座一拜；便又側身，眼望著師父。師父丁朝威道：「你就打吧，照往日那麼打，不許隨便。」俞振綱應聲雙臂一

分，亮式為「牽緣迴環手」，左臂一晃招，左掌作「擒拿手」的第一式「金絲纏腕」；錚的一聲，第一隻錢鏢脫手打出去，直打在第一副穴道圖正面的上盤神庭穴上。這一鏢打得不差累黍，闔座來賓鴉雀無聲，齊將眼光注定了俞振綱。

俞振綱口唇微斂，雙目炯炯，倏向右「摟膝拗步」，腳下暗踩「七星步」；「仙人換影」，運擒拿手「倒掛金蓮」，斜臥身軀，一足著地，一足微蹺。右手只一抖，錚的一聲響，金錢鏢發出第二隻；當的一震，錢鏢嵌在打穴圖上，正打中了中盤華蓋穴。身手迅捷，幾乎眼力追不上他那手法。

觀眾的眼光剛剛由俞振綱的手，追到打穴圖那邊；俞振綱這邊早又換了一種身法。左腳上步，倒踩「七星步」，反走四步。沒容停腳，一斜身，「海底撈月」、「金波戲鯉」，錚的又一聲，鏢打穴眼，趨奔下盤伏兔穴。

三鏢連發，更縮身形，突往起一長身，「鶴沖天」，俞振綱凌空拔起一丈六七。 ── 這一手勁，觀眾誰也沒想到。只見他輕飄飄斜身往下飄落，竟到打穴圖前，伸手輕輕將打中的三隻鏢起下來。野雞毛毛敬軒首先怪叫道：「好小子，真有兩下子麼！」眾武師同聲誇好。

但俞振綱才發三鏢，突然住手，眾賓客正不曉得他是什麼意思。不想俞振綱剛剛拔鏢到手，他師父丁朝威就吩咐弟子馮振國、蕭振傑道：「振國、振傑，你給你三師兄抱擋子。」二人應了一聲，雄糾糾跑過來，到打穴圖前，立刻轉到圖板後面。

板扇後面原有預選好的抓手，兩個少年人就像打擋牌、打執事似的，每人扛起一扇打穴圖來。馮振國扛的是打穴正圖，蕭振傑扛的是打穴背圖；兩個少年一個站在東，一個站在西，一聲不響，立在那裡，卻在眾目睽睽下，忍不住要發笑。這一笑，兩扇打穴圖一動一動的亂晃起來。

眾武師有的就不解，有的暗暗點頭。只聽丁朝威朗然發話道：「眾位老前輩，剛才小徒末學後進，連試三鏢，過承諸位稱獎。不過這打穴的功

夫，若照剛才這樣打，恕我說話放肆，這還不算功夫。怎麼講哩？使用錢鏢，擊敵制勝，全憑手法熟，腕力強；認穴須準，運勁要勻，這道理諸位老師們全都明白。但有一節，要打在敵人的穴道上。要他軟麻就軟麻，要他死傷就死傷；像剛才那樣打法，可就不見得準行了。敵人是活的，他不會立準了，站穩了，把穴道擺在你眼前，靜等著挨打。」說得眾賓都笑了，野雞毛道：「那是自然嘍！」

丁朝威道：「所以，運用錢鏢打敵人的穴道，除了打得手準，運得勁勻之外，還要跟得眼神快，發得鏢路疾。才能夠在這與敵交手，奔勝搏鬥之際，趁機運用，窺隙進擊，攻敵人的不備。若總是這麼把打穴圖立在地上打，就練熟了，還是沒用……」大家聽到這裡，不由歡呼叫好道：「對極了！丁大爺，快請你那高足，打一個活的試試。」

丁朝威把眼看了看俞振綱，又轉向眾賓道：「剛才毛老兄笑我藏私，現在可知我不是藏私了吧。不過小孩子們練得不準，那卻難說。現在我叫小徒獻醜了。振綱，你快照往日打一套，給老師們看看，一發請他們指教。只是你不要慌，不要怯場。」遂又向馮、蕭二徒，舉手一揮。

此言一出，俞振綱剛剛答了一聲是；只見馮振國、蕭振傑兩個師弟，登時扛起打穴圖來，一個由東向西，一個由西向東，登時遊走起來。起初是徐行，隨後是疾走，再後是大灑步跑，最後越跑越快，一來一往，一往一來，竟穿梭似的飛跑過來。雖然跑著，卻是斜扛著打穴圖的木板！板面總衝著北面。

兩個少年扛著這一人多高的大木牌子，好不逗笑，眾武師哄然叫起好來。

就在嘩笑聲中，三弟子俞振綱早將十二隻金錢，分握在兩掌中。依然站在十二步開外，側身作勢，目注雙牌；左手一揚一落；右手一揚一落；只聽得錚錚噹噹，錚錚噹噹，竟照那飛動的打穴圖鏢打起來。一陣響，響罷十二聲，丁朝威喝聲道：

　　「住。」馮振國、蕭振傑將打穴圖扛了過來，請師父驗看準頭；丁朝威命昇到筵前傳觀。十二枚錢鏢一個一個都打在穴道上，而且分為上、下、中三盤，每一盤兩鏢，一點也不差，一點也不走；錢唇吃入木板中，一樣的深淺。罩棚之下，賓筵之中，登時彩聲如雷。

　　「好，實在是好。難得，實在是難得。」眾武師正在盛讚中，那野雞毛毛敬軒喝得紅頸脹臉，突然走到丁朝威面前，道：「丁大哥，我要考考你這徒弟，行不行？」丁朝威微微一怔，旋即露出笑容來，道：「毛大哥要考考小徒，正是指教小徒，就是抬愛我師徒。毛大哥，你說怎麼考法吧？」

　　野雞毛眼看眾人，眾人立刻住了歡贊之聲，要看看這位野雞毛，怎樣考驗人家丁門弟子。野雞毛道：「我想給令高徒作鏢擋子，好麼？叫他發鏢儘管往我身上招呼，手法上輕著點。我能夠接的接，不能接的就躲，躲不過去就挨。只要別把我野雞毛廢在這裡就行，你說這個考法怎麼樣？」

　　眾人聞言，又是一陣嘩笑。有的說道：「這個考法卻新鮮。」又有的說：「這可不是鬧著玩的！」

　　丁朝威卻臉色一變，嘴唇一動，正要答他一聲「好」，忽然想道：「且慢……」忙說：「這可使不得！大哥賞臉來捧場，雖說他小孩子手法不濟，大哥你又擅長躲鏢，只是我師徒斷不敢如此放肆。」野雞毛道：「那沒有什麼，就打著我，我也無怨。」把身子一拍，道：「俞老弟，你來，我這一身賤骨肉，還能挨兩下子。你就往這裡招呼吧。咱們相隔六丈，我跑你追，你打我接，你若打著我，小夥子，你就成名了。」

　　丁朝威詫然，說不清野雞毛是酒醉賣狂，還是故意搗亂。

　　但今天是自己封劍傳宗之日，野雞毛是邀來的高朋貴客；真個教徒弟跟他打，打著了他，弄個不歡而散；打不著他，丁門三絕藝威名何在？丁朝威看定了毛敬軒，胸中熾起了少年的火氣，正在默籌應付的話，不想他的師叔左氏雙俠又接過話來了。左世恭哈哈笑道：「毛師傅今天要以身作『的』，足見你老哥抬愛了。只是你這麼一來，我這小徒孫怎敢那麼膽大妄

為？別說是我這小徒孫，就是伯嚴吧，他也不敢當著眾位，拿你老兄當活鏢擋子啊。」

形意拳專家、點穴名手邵雲章老師傅，也覺著毛敬軒這番舉動離奇，走了過來，笑向野雞毛說道：「毛大哥，你是酒入歡腸，未免的太高興了，你的本意，是器重人家丁門三絕藝；可是老哥你就忘了丁大哥今天設筵的原意了。」

眾武師想過味來，也多有不以為然的；可是恐怕過分勸阻，太掃了野雞毛的高興。只有鏢師崔起鳳，和野雞毛素稱莫逆，過來拍著野雞毛的肩膀，低聲點醒道：「毛老弟，你一喝酒，就要鬧毛。你可明白，跟一個小孩子較量，勝之不武；敗了，可就栽得更著實了！老弟你要想想，別惹得賓主不歡哪！」

野雞毛省悟過來，但是不認錯，強笑了笑道：「我倒沒想到這些過節兒，我不過想跟俞老弟湊湊趣。既然這麼說，好了，咱們這麼辦吧。」一晃一晃的站起來，道：「俞老弟，我給你扛鏢擋子，我念你打。我念哪一個穴道，你就打哪一個穴道，這麼來可行了？我知道我們丁大哥，怕他的令高足一下子打死我，會出了人命，可是呀，你不會叫你的徒弟，別往死穴上打呀！」說罷，嘻嘻哈哈笑了起來。在場諸賓也立刻笑起來，連說：「這麼辦，好極了。」把剛才緊張的空氣又和緩下來。

但是丁朝威仍有點為難。想這野雞毛，倘若故意作弄人，把穴道圖唸得飛快，只怕俞振綱沒有這麼快的手法，要當場出醜吧？不過事情擠在這裡，若不依著這位毛爺辦，丁門三絕藝多少當眾栽個小跟斗。

俞振綱素常最謙退的。此時看出師傅遲疑不決的神色來，遂來到跟前，說道：「毛師傅這麼抬愛弟子們，弟子們怎好辜負毛老師的盛意。弟子不敢準說打得上來，唯有勉力練一回看，也許不致出醜。倘或失手打走了，那也保不定，卻是弟子心粗之過，並不是師傅督教不嚴。……毛師傅，你老多指教，念慢著點。」抬頭向丁朝威一看，輕輕說道：「師傅放

心，弟子可以試試。」

丁朝威目注俞振綱道：「你……」俞振綱道：「師傅望安。」

丁朝威這才欣然點頭道：「你就練一下看，毛老師的盛意是不能推辭的。你是晚輩末學，打走了手，不過是大家一笑，老師傅們還要指點你的。」說著哈哈一笑。野雞毛也哈哈笑道：「你們師徒倒很好的一派做作！得啦！俞老弟。你就趕快練，我可要念啦！」丁朝威連說：「好好！就請毛師傅帶小徒下場子吧，我先謝謝你費心。」

野雞毛毛敬軒晃晃蕩蕩走下場子，姚振中瞪了他一眼，以為野雞毛未免多事，野雞毛還是不理會。於是俞振綱跟了過來；兩個小師弟馮振國、蕭振傑忙將打穴圖預備了，站在那邊，靜等招呼。闔座的武師談鋒頓斂，都眼含笑意，望著這不識起倒的野雞毛，場子裡鴉雀無聲。野雞毛嘴裡噴噴噥噥，先來到打穴圖前面，把兩副打穴圖穴道看了又看，卻將丁門所定與別派不同的穴名，默記了幾個。返身來，對俞振綱道：

「俞老弟，我唸錯了不算，你打錯了也不算，咱們對付著來。」

說著向馮、蕭二位一揮手道：「小夥子，你們跑起來，我就要念了。」

馮振國、蕭振傑兩個人各扛著一扇打穴圖，一個往東、一個往西，又穿梭似的遊走起來。到底師兄弟有關照，誰也沒囑咐他，他兩人不約而同，竟都走得慢多了。俞振綱立身於十二步，六十尺以外，凝神調氣，視聽並用，唰地一亮拳式，雙拳扣住十二枚錢鏢，卻另外有二十四枚青銅錢暗藏在衣袋內。

那野雞毛毛敬軒雙手一抱，丁字步立在俞振綱身旁，忽然仰面大笑起來。陰陽臉辛德壽道：「老毛，你犯了什麼病了？」

野雞毛回頭道：「我犯了什麼病？我什麼病也沒犯，我只瞧著這兩個小夥子，扛這兩塊木板，蹓躂著很有意思。正像娶媳婦打執事的，又像跑旱船的，只是太穩當一點。」丁朝威微笑不悅；突然厲聲喝道：「蕭振傑、馮振國，跑快點！俞振綱好好的，就是試練也要認真，不準兒戲！」馮振

國、蕭振傑立刻飛跑起來。突然間，似破鑼一般，野雞毛叫了一聲：「聽會」、「天地」。旁人方一怔，倏見俞振綱拳勢一變，用「截手法」，裡封外展，唰的一抖手；連兩鏢，吧吧，全打在馮振國那扇打穴正面圖上，一在頭部，一在身上。

野雞毛忽又急念道：「會陰」、「魂門」。俞振綱就「懶龍出洞」，用左手甩腕一鏢，正中會陰穴。可是那魂門穴卻在背面圖上，蕭振傑才由西跑到東，尚沒翻回來。俞振綱用了一手小巧的功夫，自左往右一旋身，藉轉身旋轉之力，「蜻蜓戲水」；頭胸朝地，脊背朝天，橫竄出七八尺。身軀往地上一落，左臂向外穿，穿掌轉身；一抄手，背圖上吧的一聲響，鏢又打上。

這一鏢打得迅妙，全場賓客哄然叫絕，毛敬軒也不禁大喝道：「好！」跟著他又「神庭」、「懸中」，連念了兩個穴；一個是正面第一穴，一個是背面第末穴。俞振綱用「雲龍三現」、「怪蟒翻身」，二指拑鏢，連打二穴，錚錚噹噹，一一都中。

野雞毛雙手拍張，把脖頸伸得很長，連聲叫了七八個穴名；忽上忽下，忽左忽右，忽前忽後，沒有一個穴道是挨著的。可是俞振綱應聲發鏢，眼快手疾，一鏢一個姿式，一鏢一個打法；身手矯捷，意思安閒，登時把闔座武師喜得歡聲雷動。十二個錢鏢打完，大家竟不管打得準不準，只就野雞毛這種唸法，俞振綱這種打法，大家已經是不勝稱羨了。立刻跑過來兩三位少年武師，把俞振綱拉住，握手拍肩的給他道賀。野雞毛還是不放過，見馮、蕭二徒把打穴圖一扎，照例的來請他師傅丁朝威驗看成績，野雞毛就吃喝攔住道：「小夥子，你別給你師傅看，你得先給我這正考官看。我看你師兄打得到底對不對，準不準呀？」

眾武師又一齊圍上來，看這兩扇打穴圖。丁朝威最為關心，逐一看去；十二枚錢鏢個個打得很準，用力也很勻，這才放了心，露出得色來，但是野雞毛忽又說出異乎尋常的話來，把腦袋一晃道：「可是的，我剛念了十二個穴名，到底哪個是先念的，哪個後念的呀？俞老弟，你沒打錯先

後的次序麼？」

丁朝威噗嗤一笑，眾人也哄然大笑起來。左世儉拈鬚笑道：「毛老兄真有趣，你自己念的，難道都忘了不成？」野雞毛道：「你看，我真就忘了呢，怎麼好？」丁朝威皺眉道：「忘了不要緊，教他再練。」辛德壽、姚振中都嫌毛敬軒太搗亂了。

兩個人硬把他拉開，道：「人家丁大爺今天是封劍閉門，毛大爺耍滑頭，也不看看黃曆，挑個時辰嘛？」

俞振綱把身上帶的二十四文青錢，掏出十二枚來，向野雞毛說道：「弟子不過是僥倖。若不然，毛師傅你老把三十六個穴道隨便寫在單子上，你老照單子念，弟子應聲打，這就好考究中的次序了。」又回頭向師父說道：「師父看，這麼辦，可行嗎？」

丁朝威哼了一聲。呂氏雙傑走過來，把俞振綱一拍道：「俞老弟，你打的實在好，十二隻金錢鏢，鏢鏢打中，我們嘆為觀止了。你就不要聽老毛瞎胡鬧，他是耍酒瘋。丁大哥，你也不要怪他，他素常就是那樣。俞老弟，索性請你把太極拳、太極劍練一套，給我們開開眼好了。」鐵膽谷萬鐘、五行拳韓志武、鐵鈴鏢樂公韜，一齊慫恿練拳試劍。丁朝威方才回嗔作喜道：「小徒的本領不過如此，實在拿不出，像毛大爺這麼指教，我師徒都很感謝他。諸位既是這麼說，那就不必再教他練鏢了吧？」姚振中道：「不用打了，再打還不是百發百中；快請令高徒練拳、劍吧。」

丁朝威又看了毛敬軒一眼，扭頭來對俞振綱說道：「聽見了沒有？把你的劍拿來。」俞振綱正要取劍，二師兄袁振武把自己的劍遞過來，道：「老三，我要看看你的劍法，一定比我還強。」俞振綱怔了一怔，方才說：「我哪能比師兄呢！」袁振武道：「哼，你還客氣！這正是人前顯耀的時候，快好好賣一下吧。」俞振綱驀地紅了臉，不再言語，默默的接了劍；袁振武徐徐地走了開去。

馮振國、蕭振傑這時已將打穴圖撤去，卻也把俞振綱常用的那把劍捧

了過來。俞振綱只得將劍換了，仍用自己的劍，把袁振武的劍賠笑送回。左手倒提劍，來到場上，即將右手往左手上一搭，躬身施禮，道：「弟子現在要在老師們面前獻醜。弟子劍術上的功夫太淺太差，練的不好，求老師們指教。」

又望瞭望師傅，這才隨手亮式。他左手提劍，右手掐劍訣，指尖抬到眉際，步眼移動，前進三步。倏然一矮身，雙臂往胸前一攏，劍換右手，右手握劍柄，雙臂唰地往外一分，左手早掐好劍訣。又連退三步，然後行招開式。施展開奇門十三劍，崩、點、截、挑、刺、扎，劍走輕靈，連走十數招。在座的賓客擅用劍的，像三才劍徐勇、呂氏雙傑等，都注目觀看。只見俞振綱進退疾徐，吞吐封閉，處處頗見功夫。只是劍式走開來，四梢不能與劍合為一體，覺得運用上還欠自如，泰安韓志武對崔起鳳道：「你看，他這趟劍可不如他師兄了。」崔起鳳點了點頭。

不一刻，十三劍練完，眾賓喝彩。俞振綱插劍歸鞘，遞給了小師弟，隨向眾武師說：「弟子的拳、劍功夫太差了，請老師們正誤。」谷萬鐘嘻嘻的說：「哪裡的話！滿好滿好。我們貪得無厭，再請你走一趟拳可好？」俞振綱道：「是。」復又走到場上，立起太極拳的門戶；從「攬雀尾」起，一招一式練起來，崩、提、擠、按、采、挒、肘、靠、進、退、顧、盼、定，十三字拳訣，越走越快。只練得一半，在場武師大覺情緒又復一振。俞振綱這一套太極拳雖俱是丁朝威所授，卻與師兄袁振武練出來的不同，兩個人可說是各有心得。俞振綱深得以巧降力之妙，功夫以沉著穩練見長；那袁振武卻是大氣磅礴，運用起招數來，有走挾風雷，坐擁山岳之勢，功夫以雄奇迅猛取勝。

俞振綱將這一套太極拳走完；左世恭、左世儉兩位師祖俱都喜得笑吟吟，不住點頭。師叔李兆慶更對自己的門徒低低議論、誇獎，仍向丁朝威說道：「難得，難得！大哥，你就憑這兩個徒弟，便足以稱雄山左了。我這兩位師侄一定給我們太極門爭光露臉。」丁朝威謙笑道：「外人還沒有

誇獎，怎麼師弟你倒戲臺裡喝起彩來了！」一語未了，野雞毛毛敬軒，突然喊了一聲，道：「好嘛，我在戲臺底下喝彩來了。真真的好嘛！丁大哥，你這幾個徒弟真不含糊。我問問你，你怎麼教來的？你一共七個徒弟，個個都這麼棒嗎，老哥？」姚振中笑道：「醉鬼，你就睜大眼，等著開竅吧，你不要打岔！」

在場的武師三五成群，依然不住的議論、稱揚。按大家的意思，是袁、俞二人各有所長，各有所短。大抵袁振武的太極十三劍，功夫最為精熟；俞振綱的十二金錢鏢，技藝最為神妙。說到太極拳，則就兩個人各有心得，取徑不同，造詣自異了，可是將來皆足以自立。

眾人又猜議袁振武，怎的鏢法比他師弟相差這麼遠；也有人議論俞振綱，怎的劍法如此的差池，兩個人不是一同學藝的嗎？局外人自然不曉得，丁朝威的師弟李兆慶卻明白。袁振武素日就不喜歡暗器；俞振綱呢，本是帶藝投師，早先就學過幾種暗器。李兆慶當場對鐵掌鈕祿說道：「鈕師傅你老不知道，我這三師侄他素常是用太極棍的，劍法上本來稍差。今天師門試藝，指定要練拳、劍、鏢三種，他只好舍長用短了。」韓志武也詢問左氏弟兄：「你老這個二徒孫，大概不會打穴吧？」左世恭點頭道：「是的，袁振武一心要學的就是十三劍。他的馬上步下的功夫都可以，盤馬射箭，逐步射飛，樣樣都來得；他本來不是江南人。」

眾人在嘖嘖稱讚，丁門七弟子還有五個未得試藝。丁武師遂向三弟子俞劍平說道：「你們幾個師弟也該換個下場子，把自己所學都練一下，叫老師傅們一發指教。」五弟子胡振業站在場隅，正和丁雲秀姑娘，及幾個同門說話；蕭振傑催他趕快上場，胡振業只是退縮道：「方才兩位師兄各展絕藝，我哪裡比得上袁、俞二位師兄。珠玉當前，像我這磚頭瓦塊還不藏在一旁，免的教外人恥笑，倒給師父丟臉。」丁雲秀抿嘴一笑道：「五師弟又犯酸了，我看你有本事脫得開！」剛說到這裡，俞振綱已然穿好長衣，走過來道：「五弟、六弟，你們怎麼還不預備？師父教你練呢。」一聲

末了，丁朝威已經又催促了，大聲的道：「振業、振倫！」胡振業「嘛」的應了一聲，忙同六師弟馬振倫上前。

丁朝威一看胡振業，長衫未脫，意中不悅，道：「該你練了……」胡振業道：「弟子實在不行。」丁朝威道：「那有什麼？不但你，連振傑也得練。不過時候不早了，這麼吧，你們兩個人不如一同下場子，全練對手好了。你們兩個人先練拳；好好的練，別怕丟人，不許敷衍。」胡振業、馬振倫不敢違拗，立刻甩衣下場。丁朝威忽又說道：「你們倆不大合手。這麼辦，振業，你跟振國對手練一趟拳；回頭再叫振倫和振宗練一套劍。」眾賓一聽大喜，連忙讓出更寬綽的場子來。

五弟子胡振業果然和七弟子馮振國做了對手，兩個人相率下場。胡振業尚老練一點，那馮振國才十八九歲，尤其靦腆，滿臉通紅地走過來，連頭也抬不起來；也不向人說客氣話，就要動手開招。胡振業忙攔住他，同向席前作了一個揖，這才開門立式，展開了太極拳，對面過起招來。兩人功夫雖淺，可是摟、打、騰、封、踢、彈、掃、掛，運用拳訣，都很認真用力。胡振業不過二十二三的年歲，居然發出拳來，輕捷沉穩，和袁、俞兩高足比，居然具體而微，座上的武師們看了，點頭稱許。

霎時，兩人把太極拳三十六式走完；馮振國輸了四招，大庭廣眾下，臉上越發掛不住。丁雲秀姑娘躲在場隅，看著馮振國和胡振業練完了拳，不由微微一笑。馮振國訕訕的退下來，到丁雲秀面前，道：「師姐，本來頂數我不濟，師父硬要教我下場子，當著外人，讓我現眼，不現又不行。惹得師姐也笑話我！」

丁雲秀道：「你疑心生暗鬼，你怎麼就知道我笑話你？我還替你僥倖哩。你這是跟五師兄對掃，要是二師哥給你領招，像你那手『高探馬』，二師兄一定氣你不記心，非狠狠的摔你一下不可。你振業師兄哪肯毀你？」又笑道：「你們二位，瞎貓鬥死耗子。老五那手『玉女投梭』，招兒也用老了；你要是跟著用『白鶴亮翅』，他那條右臂豈不就賣給你了？你卻

有了漏，也不知道撿；我看你簡直有點怯場，對不對？」

這話正說著馮振國毛病上。馮振國紅著臉，囁嚅道：「誰說不是？當著這些人，心上總發毛，手底下也發慌。」又道：

「我也不知怎麼回事，那『高探馬』和『七星』兩招，總練不對勁。就只這兩招，我也不知挨了二師兄多少回打，越挨打，越弄不轉。」丁雲秀笑道：「笨！」

胡振業練完了，便催馬振倫和謝振宗下場子。馬振倫道：

「不對，還是五師哥和八弟對手試劍。你們把拳、劍、鏢都練完了，才該著我們哩。」胡振業道：「不是，不是……」才說得「不是」，丁朝威已然叫著馬振倫、謝振宗的名字，催兩人試劍。丁朝威的意思，好像就要這麼跳過去；拳、劍、鏢三絕技，只叫他們這四個小弟子，捉對兒分試一種。

馬振倫、謝振宗勉從師命，開始對手試劍。謝振宗的太極劍功夫太差，腕力也弱；勉強和馬振倫走完這一趟劍，已是氣嘶面紅。二師兄惡狠狠看了謝振宗一眼，來到老師面前，道：

「師父，你瞧，還叫九師弟下場子嗎？要不然，倒是叫師妹練一趟。……師妹的武功，倒很看得過。」

丁朝威並不言語，只把手一揮，叫袁振武退下去。老鏢師鐵膽谷萬鐘道：「丁大爺的令愛，我們久仰她頗得丁門真傳，正好請她試一試身手。」大家又重理前說，不邀而同，齊催丁雲秀下場。丁朝威笑吟吟說道：「一個女孩子家，有什麼本領？就教她練練，也沒有什麼……」隨向場隅一點手，叫道：「雲秀、振傑！」

第四章　丁雲秀踏沙行拳

丁雲秀姑娘情知再脫不過去，只得俯首走到父親面前；小弟子蕭振傑也跟著過來。這些來賓含笑旁觀，要看看丁武師的愛女，於本門武功有何心得，比別個門徒成就如何。鐵膽谷萬鐘笑對左氏昆仲說：「我就愛看女孩子們練拳，有意思極了。」

有幾位年輕的武師，更睜大了眼，來看雲秀姑娘。當下，丁朝威想了想：這一個愛女，一個幼徒，兩人功夫相差太多，本來不好做對手；但是別的徒弟都練過了，現在就只剩下他倆。略一沉吟，遂命雲秀和振傑，用太極劍和太極棍對招。叫雲秀用劍，振傑用棍；兩個人一面行招，一面試鏢；要他們動著手，互用鏢來相打。眾賓聽了，越發欣然，互相告語的說：「這更有意思，這倒要欣賞欣賞。」

但這師姊弟二人，並不是真用錢鏢來對打；他們另有試練的器械。蕭振傑領了師父的吩咐，立刻把太極劍、太極棍抱來；隨手另提著兩個鏢囊。囊內盛的是核桃大小許多小紗囊，內裝白粉子和鐵砂子。丁門群弟子尋常對手試鏢餵招，就用這小小的粉砂囊，代替金錢鏢。打在穴道上，只留下一團白痕，藉此可驗技藝的準頭，也不致誤傷了人。因金錢鏢又名「羅漢錢」，所以這粉砂囊也有一個名色，叫做「羅漢珠」。蕭振傑把劍遞給師姐丁雲秀，將一袋羅漢珠也遞了過去；振傑自己就手把盛羅漢珠的鏢囊掛在肩上，然後把太極棍橫在手內。

丁雲秀微微一抬頭，在場百十多位來賓，二百多眼睛，都灼灼的望著自己；不由忙將頭低下來，睫毛下垂，兩頰緋紅，心上也不覺的有點發慌；卻又被師祖、師叔逼勒定了，不練不成。低頭垂項，立在父親身旁，輕聲道：「爹爹，我不練……」

丁朝威道：「不相干，那大丫頭還怯場？都是叔叔大爺，怕什麼？」丁

雲秀無法，只得說道：「我和九弟只對一套劍棍，就算了吧，省得白耗工夫，你老還得拈香傳宗哩。你老看，天不早了。」

丁朝威明白女兒的意思，勉勵她道：「你只管隨便練。老前輩們都要看看你，也不要太敷衍了。」又道：「振傑功夫太差，你兜著他一點。」說著，又命振傑、雲秀，各換上一件練武的青衫，這是專為打「羅漢珠」穿的。

丁雲秀赧赧的捧劍下場；蕭振傑把小腰板挺得直直的，單手提棍，跟著也來到場中。他倒滿臉的不含糊。師兄馮振國嗤的笑了，溜過來說道：「師姐，好好的打羅漢珠，不要跟他客氣。我們今天又可以看花雞蛋了。」謝振宗也嘔振傑道：「九師弟今天可以在人前炫耀了。人家會撒手棍，打出手。打急了，撒腿就跑；回手就把煙火棍丟出手，師姐可留神。」別位師兄，胡振業和俞振綱低聲說話，馬振倫在旁聽著。獨有二師兄袁振武，一手扶著屏風，默默的看著場子；一雙虎目翻上翻下，面現沉著之色。他那微向下掩的唇吻，此時緊閉成弧形，越發顯得往下掩了。

雲秀姑娘沒有更換全副的武裝，此刻就只穿了那件青衫子，腳下仍穿著弓鞋，裙子卻已解下來了，露出灑花的深月色敞腳褲，腰間只繫著一條紫巾。那羅漢珠粉砂鏢囊就斜掛在右肩頭、左肋下，寶劍倒提在左手。本想向這些老前輩說幾句客氣話，到底弱顏，沒有說得出來；只偷眼看了看左氏二師祖和李氏師叔，又看了看老英雄谷萬鐘。老英雄們一齊說道：「姑娘不要害羞，只管把你爹爹掏心窩子的能耐都使出來，給俺們看看吧。」丁雲秀趁此機會，客氣了一句話道：「侄兒實在不行，教老伯見笑了。」於是向蕭振傑一點手，催他過來開招。

九弟子蕭振傑年紀頂小，外鄉人憨頭憨腦的，卻極活潑，一點也不怯場。素常他只怕二師哥；圓溜溜的一雙眸子，此時向人叢中轉了一圈。隨手將太極棍一提，走了過來，方向師姐說話；忽聽馮、謝二師兄譏笑他。他就一探脖頸，道：「你們不用講究我，我今天一準挨揍，那是沒什麼說

的。可是有一節，今天師姐用的是劍，你反正不能真宰我，我一點也不怕。今天是老師的好日子，師姐憋著點勁，多少給我留點面子，回頭我請客。」

丁雲秀目含嗔，道：「咄！」蕭振傑是不怕雲秀的，將棍一撅，道：「師姐說，咱們怎麼打？別看我歲數頂小，功夫頂糟，我絕不含糊。不過，你老那粉砂鏢，可要手下留情，別往我臉上打呀！看瞇了眼睛，不是玩的，我師父也不答應你的。」丁雲秀也不答理他，只將劍交在右手，意待發招。

蕭振傑還是要說話，說道：「師姐，他們要看我的哈哈笑。你老人家千萬別聽他們的；這可當著外人哩，真格的，你老別叫我當眾丟醜。」雲秀姑娘雙眉微顰，輕輕斥道：「老老實實快練吧，哪來的這些廢話！你再淘氣……」一拍羅漢珠囊，道：

「我一定先打你的鼻子、眼睛。」

蕭振傑吐舌道：「別價師姐。好意思的嗎！師姐別生氣，我好好的練，你也別打我。」說到這裡，左手提棍，右手往握棍的左手背上一搭，說道：「師姐請！」立刻把太極棍一掄，一個盤旋，將棍往身後一背，用走勢，斜身側步，往右盤走。丁雲秀姑娘左手提劍，也用斜身側步，往右盤旋過來。兩人卻是背道而馳，按行拳的規矩，一個由右而左，一個由左而右，來回盤旋了兩趟。眼間，蕭振傑復又繞到起手的地方；倏然轉身，向丁雲秀叫道：「師姐賜招！」

丁雲秀也倏然轉身；旋身變勢，立刻將青鋼太極劍，換到右手。身隨劍走，唰的一縱步，來到蕭振傑面前。劍鋒突往外一展，亮了一招「金蜂戲蕊」；嗖的一劍，照蕭振傑華蓋穴刺來。蕭振傑忙揮太極棍，往外一攔。丁雲秀的劍變招極快，立刻化為「玉帶纏腰」，攔腰橫砍。蕭振傑左腳尖往外一滑，「怪蟒翻身」，甩棍梢，悠地帶起一股寒風；翻身一棍，照丁雲秀的太極劍砸來。棍勢迅猛，雲秀驟往回一撤招；蕭振傑的太極棍吧的一

聲，砸在地上，登時帶起一團浮塵。丁雲秀輕輕一躍，把小師弟這一棍閃開。微微一笑，轉身獻劍，唰地一變招，「乘龍引鳳」，直奔蕭振傑左胯點去。蕭振傑一招撲空，慌忙一帶，將太極棍翻轉來；用「青龍擺尾」，棍尾往外一撥。

雲秀姑娘倏復收劍，用「金針度線」，一展劍鋒，猛照蕭振傑右腋刺來。這一招太險太驟；蕭振傑還想用「怪蟒翻身」的招數，借轉身旋轉之力，展棍梢，自下往上翻，可將這一劍磕開。哪知招疾劍猛，身才半轉，丁雲秀嬌叱一聲：「呔，看招！」劍尖已刺到腋下，蕭振傑再躲來不及了。把式場中，轟然如雷鳴，起了一片彩聲。丁雲秀姑娘容得劍尖一沾敵衣，趕緊的往回一撤。乘危進招易，驟攻停招難，丁雲秀居然懸崖勒馬似的，硬將這一招收回。全場武師看了個明明白白，個個說：「好得很，真不容易！」

蕭振傑嚇了一跳！一個「猛虎出洞」，往後一撤身，直躥出一丈多遠，圓臉頓時一紅。但是他也有些詭聰明；就在這往外一縱身時，急欲找場，早將太極棍交到左手；障身探囊，暗把羅漢珠扣入掌心兩個。丁雲秀姑娘笑道：「振傑別跑！」一矮身，腳下一點，輕登巧縱，隨後追趕過來。蕭振傑背著身子，回頭一看；故意一吐舌，急頓足，往前又躥出兩三丈。只聽後面丁雲秀喝道：「追！」蕭振傑暗喜，立刻微微一偏身；估量著夠上遠近，猛然一個斜翻身，微揚手，猛喝一聲：「打！」一個白影向丁雲秀姑娘上盤盧里穴打來。滿以為出其不意，敗中取勝，這一下可以撈回本來。

霎時，眼看羅漢珠撲到雲秀臉上；丁雲秀縱身急迫，似不介意，卻俟到暗器迫近，只微微一側身，用劍往外一撥，早把一個羅漢珠打落地上。蕭振傑卻又一抖手，第二個羅漢珠照雲秀中盤天池穴打來。丁雲秀忽地一仰身，一個「鐵板橋」的功夫，全身後仰，單足立地，這第二粒團貼胸而過。——鐵膽谷萬鐘大喊了一聲：「好俊功夫，好鐵板橋！」

但是，蕭振傑連發兩鏢未中，急急的左手壓棍，右手再探囊取鏢，把

這粉砂袋羅漢珠，一把取了三個。正要撒個賴，滿把的揚出去；卻未防丁雲秀姑娘用這鐵板橋的功夫，挺身只一收，就勢又一躍，早已猛撲過來。嬌叱一聲道：「看劍！」嗖的一下，「泰山壓頂」，急砍過一劍來。蕭振傑暗道：不好！霍地倒退，揮棍一搪。殊不知丁雲秀這一劍是虛。左手中早藏著三個粉砂子；便趁蕭振傑手足失措之際，一抬手也飛起一團白粉。吧的一響，蕭振傑眉心神庭穴上，重重的挨了一下。哎呀的一聲，粉屑簌簌，幾乎瞇了眼。蕭振傑掩面又逃，背後吧的又挨了兩下。武師們哄然大笑，連丁門幾個弟子也笑得前仰後合，齊說：「蕭老九管保要給打成花雞蛋了！」

蕭振傑抱著太極棍，很難為情。這時候丁雲秀挺劍急迫，將次趕到。蕭振傑一想，要贏師姐，非用虛實莫測的法子不可。索性不嫌丟人，倒提太極棍；嗖嗖的連連縱躍，連連退逃，仗身形輕快，眨眼間躍出四五丈。圍觀的武師們齊往兩旁閃躲，把場子讓出來。丁雲秀追了幾步，低聲招呼道：「振傑，你要是總跑，就收場吧，不用練了。」蕭振傑不答，猛然一旋身，厲聲道：「怎麼不練？著鏢！」驀然一揚手，三個粉點照丁雲秀中路灑打過來。這顯見是中盤面積大，好歹可以打著。丁雲秀一偏身讓過，正沒好氣，要數說他不打穴道。哪知蕭振傑這三鏢是假，突又一抬手，一糰粉影奔雲秀上盤承漿穴打來；丁雲秀又一閃身躲開。正要還鏢，不想蕭振傑滿把粉砂袋，一個勁連打起來，沒上沒下，忽上忽下，十幾個粉團圍著丁雲秀亂舞。丁雲秀顧上不能顧下，鬧了個手忙腳亂。蕭振傑還嫌不趁心，竟打著倒趕過來。兩人相隔越近，躲閃越難，霎時丁雲秀姑娘在下盤膝蓋上、中盤腰間，留下了兩三處粉跡。

丁雲秀不禁臉一紅。看蕭振傑得理不讓人，也不知他打出了多少羅漢珠，滿武場全是粉跡了。雲秀姑娘不由嬌顏生嗔，隨手往皮囊中一探，也摸出三個羅漢珠。卻暫不往外發，一伏腰，往前一縱，竟衝開羅漢珠，趕到蕭振傑面前。身到劍到，劍走輕靈；突然一撒招，「魚躍龍門」，照蕭振

傑左臂便削。蕭振傑方自欣然，不防劍到，微微一吃驚，將一把羅漢珠足有四五個，信手劈面打來。喝道：「師姐看鏢！」騰出這隻手，往右一上步，雙手推棍，「斜栽楊柳」往外一封。丁雲秀急側臉，鬢邊又挨了一粉團。像這麼亂打，實在撒賴得氣人。

丁雲秀紅顏愈緋，恨了一聲，沒容得劍棍碰在一起，趕忙左手掐劍訣，一領劍鋒；一個連環繞步，劍隨身轉，立刻變招為「霸王卸甲」、「金雞抖翎」；一招分兩式，對蕭振傑毫不留情的攻來。蕭振傑手忙腳亂，「橫架金梁」，把頭一招架住；第二招「金雞抖翎」，再也搪不開了。嗤地一聲響，青衫肩背上早劃了一道口子，嚇得他「噯呀」一聲，立刻往前一縱身，躥出七八尺。腳方沾地，不防丁雲秀的劍追蹤又到。這一劍更為迅猛，蕭振傑不禁嚇得出了聲。緊跟著只聽「啪」地一響，丁雲秀突將劍鋒一扁，作作實實，斜拍在蕭振傑後肩背上。「嚇，好疼！」這一下，分明打得極重。

蕭振傑拚命的又一躥，縱出一丈多遠；雖然挨了打，卻將羅漢珠又抓了幾個。猛然一回頭，抖手照丁雲秀關元穴打來。

這是下部的穴道，丁雲秀姑娘粉面倏然飛紅，恚怒起來。一擰身，右腿抬起，「金雞獨立」式，卻將手中劍往下一掃；嚓的一聲，把這羅漢珠打出兩丈多遠。一聲嬌叱：「好振傑，可惡的東西！」劍換左手，右手一揚，「找打！」連發出三個羅漢珠。

頭一珠奔蕭振傑的下盤環跳穴，這一鏢先招呼，後鏢打；蕭振傑一擰身，往右一滑步。丁雲秀是故意叫他躲；容得蕭振傑閃在右邊，丁雲秀倏地續發雙鏢，噗！噗！兩個羅漢珠全都打中。一個正打中天突穴，在腋後脊骨旁；一個打中在頭上後腦風府穴。

這雖是試藝的粉砂袋，內有鐵砂子，份量也不輕，況又距離得很近，這兩下最屬風府穴打得重，蕭振傑頭一暈，險些摔倒。慌忙的把太極棍一拄地，伸出一隻手來，捂著後腦海，咧嘴吸氣，道：「師姐，你幹什麼真

揍人家？我認輸吧！⋯⋯」

　　一句話未了，丁雲秀姑娘喝道：「看鏢！」嗖嗖嗖，一連氣又是三鏢，直奔上盤打來。蕭振傑一點也沒有提防，哎喲一聲，「啪噠」的一響，太極棍墜地。這個小師弟蕭振傑一隻手捂著不夠使的，竟兩隻手捂起臉來；三個粉砂袋都打在臉上，果然又瞇了眼。在場武師哄堂大笑，喝彩道：「好鏢法，好手法！」

　　丁雲秀姑娘一笑收劍，用左手倒提著，笑著低頭跑到場隔那邊，插劍歸鞘，就要彈塵拂土，換穿長衣服。她那師祖左氏雙俠和師叔李兆慶含笑攔阻，道：「雲姑娘先別忙，你們打了一陣，我們倒要驗看你們的手法和準頭呀！」丁雲秀聞言，慢騰騰走了過來。蕭振傑瞇得眼淚交流，也揉著眼走過來；眼圈上依然帶著粉跡淚痕，真像個小花臉似的了。幾個師兄無不指他竊笑。

　　丁朝威道：「師叔、師弟，不用驗看了。振傑這孩子一點也不用功，一味瞎胡鬧，實在該打！你看他只是信手亂打亂扔，管保沒有一處打對穴道的。」原來這師姐弟下場試藝，丁朝威老武師負手觀看，只看了幾招，便生了氣，罵這蕭振傑胡鬧、欠槌，當著人，還不好生練。太極棍運用得不熟，鏢打得不準，這還沒有什麼；他卻功夫既生疏，又不按規矩練。若不是當著眾賓，丁武師定要揍他。但雲秀姑娘卻正正經經的試技，眾武師一齊稱獎。鐵膽谷萬鐘和左世恭、左世儉、李兆慶等，細細的驗看兩個人的青衫；果然蕭振傑身上的粉點，處處都被丁雲秀打中穴道。丁雲秀身上粉跡雖多，卻是一處輕，一處重，僅僅有一處打著了穴道，而且也偏了。鐵掌鈕祿稱揚道：「將門出虎女！丁大哥的令嬡手法實在準；羅漢珠雖然不是金錢鏢，打到這個地步，可算是升堂入室了。這位小師弟，他的手法其實也罷了，才多大年紀呀，不過認穴稍差，他可是夠詭透的。不過火候不到，將來好好用功，也一定有成就。小夥子，你有這麼一位好師父，你再肯用心用力，將來不愁不成名。」泰安韓志武、野雞毛毛敬軒和呂氏弟

兄，都盛稱丁雲秀的劍法。

　　野雞毛又出主意，對眾人說：「我們還沒有瞻仰丁小姐的拳法哩。雲秀姑娘給我們走一趟太極拳，行不行呢？」太極拳李兆慶笑對鐵膽谷萬鐘說道：「我這師侄女，拳、劍、鏢都練得不錯。谷老師傅你只知道她的劍法好、鏢法準，你還不曉得，她還有一手絕技沒露呢……」谷萬鐘把臉一俯道：「噢，還有一種絕技，是什麼絕技呢？」李兆慶正要說，丁朝威恰巧聽見，笑著走過來，道：「別人不作弄你侄女，賢弟你怎麼也作弄起她來了？她小孩子家，有什麼絕技！」李兆慶笑著正要還言，谷萬鐘、鈕祿齊說道：「丁大爺，你就教我們開開眼吧。李賢弟，到底你這師侄女有什麼絕技？」李兆慶道：「我這師侄女，她的輕功提縱術實有過人的地方。尤其是她的『輕身太極拳』，打出來更叫人愛看。」

　　鐵膽谷萬鐘聽了，歡然發話道：「原來雲姑娘還有這一手奇技，我們更得要瞻仰瞻仰了。雲姑娘，你可肯一試身手，叫我們得飽眼福嗎？」

　　丁雲秀臉一紅，立刻向鐵膽谷萬鐘說道：「老伯，別聽我師叔的話，我哪會什麼輕身太極拳？我不過小時候，剛練功夫時節，因為站椿不穩，下盤不固，所以我父親教我練一練，也不過是練著玩，練過幾天就不練了。沒的教師叔看見了，就硬說我會，其實我哪裡會呢？」但是這些武師不容丁雲秀謙辭，大家一齊慫恿，定要她練一套看看。丁雲秀還是再三推辭；丁朝威見推辭不過，遂笑道：「雲兒，既然你師伯們這麼說著，你不練一場，也不能替你李師叔圓謊。你就練一回吧，反正是練不好，大家一笑。」

　　丁雲秀無計可施，忽一眼瞥見蕭振傑，想起他剛才試藝時的撒賴可恨來，遂說道：「爹爹教我練，就練吧。不過還得找個對手才好，教誰跟我對手呢？」丁武師眼光一尋，看見了三弟子俞振綱，便喊道：「振綱！」俞振綱應了一聲，忙走過來。

　　丁雲秀忽然臉一扭道：「爹爹，還是叫振傑跟我對手吧。」蕭振傑把頭

搖得像撥浪鼓似的，連忙說道：「不行，不行，練這個我更不行了。師姐你還沒打痛快嗎？」丁朝威瞪了振傑一眼，道：「又不是真打真鬥，有什麼行不行？快跟你師姐下場子。」

蕭振傑扭頭衝俞振綱一吐舌頭，輕輕說道：「三師哥你替我行不行？」俞振綱肅立在師父面前，還是聽候吩咐。

丁朝威道：「不叫你了，你去叫振國、振倫把沙簸籮搭來。」俞振綱應聲教著馮振國，一同跑到後面。霎時從小廈子裡，搭出一個大簸籮來，往場子當中一放。馮振國直起腰來，向丁雲秀說道：「師姐還用打穴圖嗎？」丁雲秀一揮手，道：

「不用。」馮振國道：「師姐可是叫振傑接招嗎！」丁雲秀道：

「只好教他跟我練。」馮振國看了蕭振傑一眼，道：「九師弟看你不出，你倒敢陪師姐練這套功夫，難得的很！」

蕭振傑道：「師哥別捧我了，師父硬教我來，我不來行嗎？你瞧吧，回頭我的腦袋準腫了。」馮振國笑道：「你別冤枉師姐，師姐歷來手底下不狠。要是你跟二師哥接招哇，小夥子，可夠你受的。」

正說著，丁雲秀走到簸籮前，叱道：「振傑、振國，你們嘮叨吧，怎麼還不把沙子掏出一半來，等什麼？」馮振國、蕭振傑慌忙俯下身去，蹲在那裡，用兩枝木杓，往外掏那簸籮裡的沙子。一面掏著，兩個人還是低聲鬥口、嘻笑。忽一眼瞥見二師兄袁振武從那邊走來，振國忙扯了蕭振傑一把，兩人立刻不敢言語了。袁振武道：「當著這些客人，嘻嘻哈哈的，是什麼樣子！」蕭振傑低著頭，不敢答言，只忙著拿木杓舀沙子。

蕭振傑一抬頭，又一扭頭，袁振武忽然走開了。蕭振傑拿著那枝木杓，便仰著臉兒，翻著眼珠，對丁雲秀道：「師姐，簸籮裡沙子不多啦，三師哥可就是這樣練的。師姐你叫我全掏出來嗎？」馮振國道：「嚇，那多麼懸哪？」丁雲秀眉一蹙道：

「我要這麼練，礙你什麼事！用不著你替古人擔憂，教你再掏出一半

來，你就掏出一半來。」

蕭振傑見丁雲秀隱含怒意，不敢再絮叨了，趕忙把簸籮裡的沙子掏出一半來，滿裝在一個布袋裡。丁雲秀道：「不用再掏了，就這樣吧。」蕭振傑依言，把布袋和木杓往旁一撂，轉身來向雲秀道：「師姐還用什麼不？」

丁雲秀道：「不用什麼了。這次教你接招，用不著你嘀咕，只有你的便宜，沒有你的當上。我在這簸籮上，只接招不還招；只許你打我，我絕不打你。這麼練，你總合算的？」蕭振傑笑逐顏開道：「敢情那麼著好……」

丁雲秀道：「可有一樣，我們三招見輸贏。卻不是只練三招，是我輸三招才算完呢。只要搭手，你能夠把我從簸籮上打下來，你就算贏了我一次。你連贏三次，就不用再練了，算你戰勝了，聽明白了沒有？」

蕭振傑大喜，這算是最合算的事，自己先栽不了跟頭。笑嘻嘻的點頭道：「謹遵師姐之命。你請練吧，我就跟你接招。」

丁雲秀道：「你別盡往占便宜上想。我若是走完了這趟太極拳，你還不能把我打下來，可算你輸！咱們有話說在頭裡，我不愛看你吃了虧，亂嘟噥。你發招用不上，可趕緊往回收；我就是不還招，我可得拆你的招，你拆慢了招，上了當，挨了摔，別怪我呀！我反正腳不能沾地。」蕭振傑暗想：「你真不還招，我不論怎樣不濟，也得把你打下來。」心裡覺著便宜，不覺的形於辭色。丁雲秀微笑，又向馮振國、馬振倫說：「勞駕，你們把那個鏢擋子也給我立好了，我要來打幾鏢。」

一切預備舒齊。丁雲秀站在簸籮邊，向在座的群雄道：

「老前輩多指教。這輕身太極拳，我真練不好。」谷萬鐘、樂公韜道：「練吧，雲姑娘別客氣了。」丁雲秀向眾人一福，又一轉身，這才輕輕一提氣，輕輕的躚上了簸籮邊。把身形一亮，展開了太極拳的起式，腳下斜八字形，僅僅踩著簸籮邊沿。又往前上步，兩臂做了個「攬雀尾」式，步移目轉，身法走開；繞著簸籮邊，慢慢地走過了一圈。由徐而疾，繞行三

匾，身法沉穩，如履平地一樣。眾武師嘖嘖喝彩。

這沙簸籮的份量很輕，尋常人蹬在上面，就不易站住。力量拿不勻，只一側身，或者步眼稍重，就會將簸籮蹬翻；何況還要在簸籮邊上行拳？但是丁雲秀居然在沙簸籮上，迴環奔馳，步法這麼穩，手法這麼快，身法這麼輕；拳隨身轉，已將太極拳一招一式打開。蕭振傑這小孩子卻也早早蓄勢以待；按向來過招的手法，容師姐繞行三匾，方才交手。窺定了丁雲秀的拳招，走到「抱虎歸山」這一手上，蕭振傑乘虛而入，一縱身，到了丁雲秀身旁。

丁雲秀身蹬簸籮邊，把這「抱虎歸山」的招往外一展，半轉身勢，一腳踏實，一腳提空，隨即收招換式。蕭振傑撲過來，立刻用「高探馬」，往上一躍，照丁雲秀上盤打來，這要是招架，卻非容易，簸籮也並沒有招架迴環的餘地。但是丁雲秀縱身一躍，凌空躥起來，輕飄飄，落在簸籮邊的對面。蕭振傑使足了勁，搗出這一拳，卻撲了個空；趕緊收招，拿樁立穩。丁雲秀微微一笑，輕說道：「來！」

蕭振傑往四面看了一眼，老實說，他已輸了一招。這時丁雲秀躍過去，唰地連趕了三步，眼盯著蕭振傑，依然把掌式展開。輕巧迅捷，眨眼間連走數招；百忙中一抬手，只聽鏢擋子上吧，吧，吧，連響了三下。眾鏢師暴喊如雷的喝了一聲彩。

蕭振傑忙又蓄足了勢力，再發第二掌；第二掌是「彎弓射虎」，來勢猛狠，而且很快。丁雲秀腕底生風，把蕭振傑的手臂一撥，突然似蜻蜓點水，柳腰一閃，似要掉下來；卻只一挺，雙足一躍，似風擺荷葉般，輕輕落到簸籮另一邊上；同時又聽見鏢擋子吧，吧，吧三下。蕭振傑連忙的一抹身，追趕過來，不想丁雲秀腳尖一找簸籮邊，借勁一點，早又反躥回來，拳招依然接著往下演；刷然一抬手，喝一聲打！三隻錢鏢直從蕭振傑頭頂上打過去，俐落的全釘在鏢擋上。

蕭振傑吃了一驚，不自覺的往旁一閃。看了看，健步如飛，立刻又趕

回來，邀截到丁雲秀前面；用「玉女投梭」，劈胸一拳。丁雲秀不慌不忙，「怪蟒翻身」，左腳上步，腳點簸籮邊；又一撐身，玉軀半轉，右腳往回撤，腳尖急找左踵後的簸籮邊緣。玉腕輕揮，展「七星手」，往下一按蕭振傑的手背。

　　蕭振傑應招一撤，唰地往後懷外一撒掌，就勢反照丁雲秀腰腹擊來。丁雲秀急用小巧之技，「金絲纏腕」，一將蕭振傑的手腕，「順手牽羊」，往旁一帶；急忙的腳先一踩簸籮邊，嗖的躍到對面簸籮邊上。身形似金蜂戲蕊般亂晃，卻只一拿樁，「金雞獨立」，猛然將身軀站穩。一足獨立，屹立如山，身子一點不動了。可是右手「手揮琵琶」式，倏然捻出三鏢；跟著又一翻身，又打出三鏢。小師弟蕭振傑卻被這一牽之勢，帶得往前直栽；側閃而又側閃，拿樁而又拿樁，到底沒拿穩；撲登登地一個嘴啃地，栽在簸籮旁邊。拚命的往外掙，才把臉躲開，沒磕在簸籮上。觀眾譁然鼓掌，亂叫起好來。

　　丁雲秀燦然一笑，一個女子在人前如此顯耀，當然歡欣。

　　她就趁勢收篷，嗖的跳下平地來，向闔座武師，深深一拜道：

　　「弟子獻醜了！」眼角一瞥，看見蕭振傑還賴在地上；忙過來要攙扶他，道：「師弟，別生氣，我收不住招了。」蕭振傑不等攙扶，一骨碌爬起來，努著嘴道：「回回收不住招，回回給我苦子吃。不是講的你不發招嗎？冷不防給人家這麼一下子，那功夫倒不如我跟你動真的呢。」同門師兄們嘻嘻的嘲笑他，道：

　　「算了吧，老九，你還吹大話；你幹什麼不把真的拿出來？」蕭振傑做了個鬼臉，道：「拿出真的來，我更吃虧。我要真打著師姐，師姐一發狠，哼，保不定就把我扔在沙簸籮裡頭。還像上月那次，叫我吃了一嘴沙子，把眼也瞇了。」嘮嘮叨叨向三師兄俞振綱、五師兄胡振業訴冤。俞振綱笑著安慰他道：「你年紀小，輸了也不算出醜。」

　　在場這些武師個個對丁朝威誇獎雲秀，難為她小小年紀，骨格又像單

細似的，功夫卻這麼純熟。難為她一面走沙簸籮行拳，一面招架蕭振傑，一面還打出十二鏢，鏢鏢都打中。將門出虎女，真是一點不假。那個不得人心的野雞毛毛敬軒卻說：

「丁大爺偏心眼，教出來的徒弟，只教他給自己女兒餵招挨打，當鏢擋子使用。」說得太極拳李兆慶直笑，丁朝威卻沒有聽見。

但是丁武師到底也發了話，對谷萬鐘說道：「雲兒太好爭強，這是不對的。」正色的向丁雲秀說：「你怎麼不顧振傑的功夫深淺？剛才你那一手太重了。其實你輕輕撥他一下，豈不也拆開他那一招了嘛？摔他做什麼？對待小師弟哪許這樣子！」

說得丁雲秀紅頭漲臉，輕聲道：「勁兒拿不準，我一著急，怕輸招，手就重了。」低著頭，看了蕭振傑一眼，蕭振傑這才心平氣和些。

群弟子試藝完畢，天色已經不早。丁朝威向二弟子袁振武、三弟子俞振綱一點手，兩個人一齊走過來請命。丁武師道：「振武、振綱，你們預備著；等我換了衣服，就拈香行禮。」袁振武應了一聲，精神一振，轉身來，率領俞振綱重整香案。那蕭振傑躲在一邊，仍對師哥胡振業、謝振宗、馬振倫等，訴說師姐的不是：「哪有當著人摔同門師弟的？連師父都說她不對了。」丁雲秀湊過來，穿上長衣，向他賠不是，哄他；誰想越哄他，他倒越有了理，嘮叨起來更沒完。

忽然二師兄大踏步走了過來，道：「還嘮叨什麼？快把香案收拾乾淨，師父這就拈香了。」蕭振傑和馮振業等你看我，我看你，誰也不敢答言；低著頭，相率奔了香案。拂塵的拂塵，剪燭的剪燭，一齊忙起來；事少人多，反倒有插不上手的。俞振綱把劍譜一冊、劍一口、錢鏢十二枚，都擺在案頭；袁振武搶著接了過來，重新布置了一回。俞振綱退到一邊，自去取來幾個跪墊，一一列在案前。

於是各弟子齊在案前伺候著，俱各穿齊長衫馬褂。丁雲秀姑娘卻趁人不見，溜回內宅去了。

　　丁武師向闔座來賓，一一周旋，又向師叔左氏弟兄施禮告僭，然後重拈起一束香來。群弟子左右侍立，丁朝威插香下拜，向祖師神位肅然叩頭；叩罷起立，復又跪倒，向逝世的恩師頂禮。禮畢退立一旁，令這一班及門弟子，挨次向祖師前，和師祖前叩拜。直等到末一個弟子蕭振傑叩拜完了，眾弟子雁翅般分立左右。

第五章　太極門越次傳宗

　　丁武師站在香案前，微微偏向右首下位，身軀半側，復向闔座眾賓深深一揖，謙然發話道：「弟子濫竽武林，四十年來，深承先師教訓、前輩庇護，得至今日。今日是不才閉門封劍之時，又承武林先進不棄，遠道光臨；武夫至此，幸感何如！不才叨列太極門下，仰承恩師錯愛，教我接掌山左一派。」又向師叔左氏弟兄一拱手，道：「又承我左師叔隔省噓植，使我得以太極門拳、劍、鏢三末技，開門授徒，這都是在下叨竊過分之處。在下自問年老，從前年就打定主意，封劍閉門；但因幾個小徒武功還差，所以又延遲了兩年。現在不才自顧精力日頹，衰齡談武，實不應該。今日當著諸位師傅，在下我先行封劍。由封劍之日起，不再拔劍，不再談武，也不再收徒了。使我全始全終，這都是祖師的大恩，我當頂禮叩謝！」

　　遂由弟子左右環侍，丁朝威轉身肅立，將案上的純鋼利劍雙手捧起來，一按崩簧，嗆的拔出半尺來長。對祖師聖像高舉過頂，口中低祝：「弟子今日封劍，誓不再用；全始全終，祖師保佑。」祝畢默立了頃刻，即插劍歸鞘，將劍囊包起，放在案前；然後躬身下拜，三叩首，一揖起來。── 封劍的大禮，遂在莊嚴的儀節中完成。眾武師嘖嘖讚嘆：「武林中得這結果，真是難得；四十年一點挫折沒有，煞非容易。」

　　丁朝威設誓封劍已罷，又向來賓致謝。這封劍閉門的儀式，所以廣邀武林賓朋到場，這就是隱拒江湖同道，從今不要再以武學相嬲。人家已對祖師封劍設誓了，再有請求拔劍助拳的事，當然不好開口了。而丁武師又不止為封劍閉門，他還要傳宗授劍，還求武林有朋友承認他的掌門高足，照應他的門下弟子。

　　丁武師轉身來，退到供桌右首下方，對眾抱拳，朗然發言：「多謝師傅們賞光，弟子丁朝威今日封劍閉門，諸位就是見證。弟子邀請直、魯群

雄光臨蓬蓽，一來封劍，二來傳宗。

敝派太極門，我左師叔賢昆仲向在冀南，以太極拳、劍，持掌第三門門戶，老人家向不授徒。我師弟李兆慶，以太極拳、劍，昌大長門次支門戶。我丁朝威仰承恩師遺囑，令我以太極拳、太極劍和十二金錢鏢，在山左一帶，延續一門宗派。可惜在下無才無能，年輕不正幹，空自持掌太極派長門第一支的宗派，竟一事無成，沒有克紹師門絕學。收了這幾個頑徒，竟沒有一個把拳、劍、鏢三末技一手兼擅的；會了這個，就不會那個，沒有一個全才。按武林傳宗的成例，向來是衣鉢授受，純依弟子入門先後，這就叫『傳長不傳賢』……」說到這裡，武林群雄竟有幾個人睜著詫異的眼，猜想丁武師下文要說什麼話。

丁朝威果然接續說道：「只是在下的大劣徒姜振齊，觸犯門規，已被在下逐出門牆；衣鉢授受，再沒有他的份了。若是序齒傳宗，那自該二弟子袁振武來繼掌我長門第一支的門戶……可是我丁朝威仰蒙先師授藝十餘年，曾受師門諄諄至囑，選徒授技，繼承宗派，第一要人才可靠，足以昌大門戶；第二要拳、劍、鏢三末技，色色兼精，尤其側重的是十二金錢鏢。因為太極拳，太極劍，還有三門的師叔，次支的師弟接著往下傳；唯有這十二支金錢鏢，先師切囑，要教本派負起擔子來，必須把這一種技藝流傳下來，發揚開去。就到這一點，可就實令在下痛心。我那大弟子姜振齊天才膂力，在在都是可造之資，偏偏他人品有瑕。自此以後，我在下選徒授技，越加審慎，頭一樣要人品，第二樣才要人才……」

說著，喟然嘆息了一聲。眾武師聽丁朝威這番話，個個摸不著頭腦，丁門弟子更是惶惑。那二弟子袁振武雙目大張，已然聽呆了。

丁朝威陡然把話收轉，折到本題，道：「現在不才封劍之後，就要傳劍授譜，派定掌門弟子了。大弟子已被開除，『傳長』已屬不能，在下就只好『傳賢』了。傳賢的準則，自然是慎選人品，奉行先師的遺囑，要從群弟子中，選取那拳、劍、鏢三末技全有所擅的人才，尤其是側重鏢法。」

二弟子袁振武聽到這裡，一雙虎目倏然一轉……

只聽丁朝威道：「我這幾個門徒，論功夫，就屬二弟子袁振武；三弟子俞振綱還看得過；五弟子胡振業也還罷了，其餘六弟子、七弟子以下，就差多了。論人品，他們都還知道尊師敬業；只是二弟子性情剛點，三弟子韌點，五弟子精幹，六弟子樸質，七弟子、八弟子、九弟子是小孩子。我如今就參照著他們的功夫、人品、才氣，我認為將來要昌大我太極派長門的拳、劍、鏢三末技，是以……是以三弟子俞振綱，比較的合適些……」此言一出，群雄互相顧視。丁朝威這樣做，似要越次拔取三弟子為掌門弟子。那麼，把二弟子袁振武可放在什麼地方呢？

丁朝威也似看出了眾武師的疑訝，忙又大聲說道：「是的，我把這件事仔細考慮了兩年。我曾把二弟子、三弟子仔細考校過。二弟子的劍法好，三弟子的鏢法好，他們兩人的拳法都好，正所謂八兩半斤，勢均力敵，各有所長，各有所短。我又考查二人的性格，二弟子英銳，三弟子堅韌，性情也是各有所偏。但若論到持掌門戶，昌大宗派這一點上，那可就以三弟子較為相宜了。怎麼說呢？太極派本得『柔』字訣，三弟子的性情恰近於韌柔，二弟子卻偏於剛烈。況且先師遺訓，既然教我昌大本門三末技，卻偏重在金錢鏢上；現在我這七個弟子，只有三弟子的金錢鏢打得最好，若以他為掌門弟子，恰符先師之望。因此我左思右想，左右為難。我情知二弟子相從日久，素無過犯，無奈我今日，有長立長，無長傳賢，從各處比較，只有三弟子接掌太極門，較為相宜。並且還有一點很要緊，掌門弟子的重責，是在領導師弟。若說到指教師弟，細心耐煩，三弟子又比二弟子強些。我這二弟子為人剛強，替我辦事，是把好手；可是教他傳授技藝，指撥師弟，我看他總似乎沒有耐心似的。為了日後的領導群弟、調停同門起見，我看俞振綱好得多……」

滔滔說了這些話，丁朝威最後毅然把裝在劍囊裡的那口太極劍，又雙手捧起來；叫道：「三弟子俞振綱過來，聽我授訓贈劍！」

　　二弟子袁振武如晴天霹靂一樣。聽了這意外驚人的師訓，竟幾乎暈倒。但他是個硬漢，把胸中沸騰的感情，按了又按，費了很大力氣，竟把「難堪」按住。任眾賓客的眼光一對一對的向他掃射，他默默無聲，挺然侍立著，並不低頭，也不開口。

　　然而師叔李兆慶卻發話了。這樣越次選拔掌門弟子，在武林中真是少有。眾武師不知內情的，都以為怪事；卻是互相耳語竊議，一時還沒有發言的。只有那個野雞毛毛敬軒剛叫了一聲，被他的同鄉韓志武阻住，叫他先看看聽聽，不要多嘴惹嫌。

　　李兆慶是太極本門中的人，聽師兄這番措施，以為大悖武林成例，先看了看袁振武；袁振武雖然力遏心情，揚揚如平時，到底赤紅的臉泛成灰白色了。又看看俞振綱，白素素的一張臉，已是刺促不寧，泛成了赤紅色了，可是俞振綱受寵若驚，一時也愣住了！他師父叫他過去，他竟茫然失措，不知所為。李兆慶就忍不住了，又轉而看師叔左氏雙俠；左氏雙俠卻只點頭，還沒說話。李兆慶對自己的弟子低聲商量了幾句話，奮然走過來，大聲叫道：「丁大哥慢著！」

　　丁朝威回眸一看，笑道：「二弟，有什麼話見教？」李兆慶道：「大哥，你先別授劍，我有幾句話，要請教！」丁朝威看了看李兆慶的神色，徐徐說：「二弟可是對我這越次傳宗的事有什麼意思嗎？」也放低了聲音道：「賢弟，你可以問問左師叔去，我這是不得已。」李兆慶搖了搖頭道：「我也不用問，我只請教大哥，我這二師侄袁振武，可是素日為人品行不端嗎？」

　　丁朝威：「笑話，他要品行不端，我早把他逐出門牆了；我那大劣徒就是榜樣！……」還要解說，那野雞毛毛敬軒，到底也擠過來，質問道：「丁大爺，你這麼廢長立幼，越次選拔三弟子為掌門戶、承衣鉢的高徒，到底是怎麼個講究？我本是外人，不應該多嘴，可是我打聽打聽，行不行？」

　　丁朝威想不到這些人替袁振武抱同情；女兒丁雲秀曾悄勸自己，這樣子辦要小心，不可當眾廢長立幼，恐怕有人說閒話。丁武師只是不聽，他

說：「這是我們自己的事，外人犯不上干預。」況且他這番廢長立幼，多一半為幾個年幼技弱的小徒弟將來打算，覺得選一個性情和藹的人為群徒之長，可以攏住人心，可以昌大本門技業。袁振武不是不知自愛，不是不肯用功，只是他性情剛傲，缺欠人和；而他的金錢鏢又確乎打得不好，所以丁朝威一再籌思，兩年考核，到底看中了俞振綱。

　　他當眾宣布此事，正也有一番深心，為得是好教大眾承認，把俞振綱立為掌門弟子後，將來可以有人照應；省得二弟子退有後言。雖知袁振武必然難堪，他還想另行設法安慰他一番，卻不料袁振武不肯再受他的安慰了！

　　李兆慶、毛敬軒一齊質問丁朝威。丁朝威力說二弟子並無過犯 ——「我只為謹守師訓，要發揚錢鏢打穴的技藝，所以才立俞振綱。剛才俞振綱的鏢打得好，諸位都看見過了。」仍然又提起二人的性格：俞振綱的性格學本門的技藝，可稱資性相近，袁振武卻似乎格格不投。可是丁武師儘管這樣解說，在場武師有一少半不以此舉為然，但也有一少半武師認為俞振綱的謙和韌柔，有當大弟子的氣度；另有一半不置可否，只想看看此事如何了斷。

　　丁武師志決意堅，定要立俞振綱為掌門弟子，見眾人不滿，賠笑說道：「諸位先輩，諸位同仁，我在下設場授徒，已非一年了。教導這幾個弟子，傾囊倒篋，絕無半點偏私愛憎。不過他們的性情各有所偏，因此就對本門武功各有所好，各修各路，各盡所長，他們的成就自然各個不同了。現在選擇掌門弟子，為的是繼承先師遺志。先師既命我以昌大本門三末技為務，又叫我特別側重十二金錢鏢法；我苦心籌思多日，無可奈何，這才為了將來打算，越次拔取了振綱。藝能所限，我有什麼法子呢！」

　　但丁朝威儘管有理由，這件事在武林中究是破例的，並且掌門弟子只是一個宗派的宗法所繫的主體，並不一定要技藝絕倫，壓倒同門的。各派中掌門大師兄武功不如師弟的，一向很多很多。在座武師總以為丁武師的話乃是飾詞，也許骨子裡另有難題。他們既然不知道，也就不便多嘴了；

卻還是低聲嘖嘖的竊議，臉上帶出了種種不同的神氣。

僵了半晌，太極拳李兆慶到底忍不住了，就又朗然發話道：

「伯嚴大哥！」丁朝威道：「福同賢弟。」李兆慶湊過來，說道：

「大哥，你這麼辦，實在好像差點。振武的鏢法稍遜，這是無可諱言。但是學問無止境，現在他所差的，將來難保他不邁進軼倫。若是他沒有什麼大過犯，何妨激勵他一番，叫他潛心苦修，再將鏢法鍛鍊幾年。延緩傳授衣鉢，這也是一個變通的法子，唔？」又低聲道：「到底老二哪點差事呢？」

丁朝威笑了笑，答道：「師弟，你誤會了。我對振武沒有不滿，我的心就只在恪遵師訓，絕非意氣用事。三弟子鏢法精純，我料他再有兩三年，便要青出於藍。我這二弟子袁振武卻不然，他生性豪邁，不喜細琢細雕，不喜練金錢的。最近這幾年，我哪一天不催他好好的練鏢？無奈性之所遠，我到底不能硬勉強他……」說到此，他把袁、俞二弟子叫到面前，正色說道：「振武、振綱，你們跟我不止一年了。你們說，我這師父待承你們，有沒有偏心眼？我傳徒授技，是不是把你們幾個人一視同仁？我的拳、劍、鏢三末技是不是全搬弄給你們學？振武，尤其是你，你想想看，我這幾年是不是逼著你練鏢？我說本門中拳、劍、鏢三技並重，頂要緊的還是鏢法，這句話是不是我天天叨念？現在到了選擇掌門弟子的時候，我萬不得已，才越次拔取了振綱。振綱，這不是我偏愛你，這是你自己鏢法掙出來的。振武，我更不是不滿意你……雖然這麼說，我也知道叫你難過。但是，你師祖的遺命如此；我今日封劍閉門，為光大門戶計，我只可如此做。振武，你也用不著難過，我已經另想了辦法，我自然另有安排你的道理。」

只見俞振綱垂頭望地，只偷睨了二師兄一眼，一句話也沒敢說。二弟子袁振武，此時面色已經如常，晃徘徊悠，竟賠著笑臉，走了兩三步，來到香案前面，突然大聲回答道：

「是是！師父的安排很是！弟子實在不及三師弟。論技藝，論品性，我全不如！老師這番安排，誠然是『選賢與能』的意思。弟子我袁振武從

師有年，久承訓誨，老師的苦心，弟子我很明白。這只怨弟子自己沒有耐心，沒把鏢法學好。現在老師為發揚本門鏢法起見，選取我三師弟為掌門高足，這是弟子求之不得的事。弟子情願退讓！」說罷，他一揖到地。側身來，向三師弟俞振綱突然改口，叫了一聲：「大師兄！」忽地他又一翻身，走到太極拳李兆慶面前，顫聲說道：「師叔，你老不要替弟子費心了！常言說得好，知徒莫如師，弟子的不肖，師叔知不清，我老師卻看得最真。老師這樣辦很好，只要借這一番廢立，本門武術將來日益發揚，那就是弟子的大幸！」頓了一頓，他又滿臉賠笑對丁武師說：「師父，你老不要為難，弟子的心事，你老是知道的；弟子是專為習武健身，並非爭雄逞勝。弟子遠道從師，忝列門牆，就是一個心，來學能耐；絕不是為承繼宗派來的。這次俞師弟繼掌本門，最好不過；弟子從此以後，倒可以虛心受教，專心獨善了。再用不著陪伴各位師弟，餵招傳技了。現在各位老前輩們全候著師父授劍傳宗。就請老師趕快完成大禮吧，別叫諸位老前輩們久等了。」說罷，俯首而退立到群弟子的身後。

這時候全場中百十對眼睛，一齊注視著袁振武。袁振武侃侃而談，不動一點聲色；俞振綱卻慌忙拉住了袁振武，道：

「二師兄，你不要折殺小弟了。小弟是……絕不敢當！」袁振武笑了一聲，把俞振綱的手甩開；俞振綱忙又向師父說道：「師父，弟子我實在不敢越過二師兄，我哪能比二師兄呢？……請師父務必收回成命。」袁振武倒很鎮定；俞振綱卻惶恐失措，萬分不安起來。

丁朝威武師也不禁動容，雙眸注定袁振武，點了點頭。卻又側臉來，對俞振綱說道：「振綱，你不許違拗我！」

丁武師這回舉動，在大庭廣眾之下，廢長立幼，實在弄得不很漂亮。但他卻是一生闊大爺的脾氣，不認錯，不服輸的。

當下，只向師叔左氏雙俠使了個眼色。

左氏雙俠道：「且慢！」眾人一齊看這一對老人。要聽聽丁武師的這兩

位前輩的說話。左氏雙俠由上首席次，轉到香案前，向眾人抱拳道：「諸位師傅們！伯嚴這一回封劍傳宗，單單擇定了俞振綱徒孫，情實差點；可是他也有他的難處。在事先他曾經向我弟兄請示過，他並沒有別的意思，更不是有何愛憎之見。他所以這樣，一來他是為奉行我們先師兄的遺命，二來是為了他這些小徒弟將來的技業打算。剛才他自己也對眾說過，其實是肺腑之言，絕非飾詞。袁振武這孩子很自愛，伯嚴也常誇獎過他。這一回廢長立幼，伯嚴心上也很為難。他這番越次擇取了俞振綱，在伯嚴捫心自問，固是一秉大公，良非得已；可是伯嚴他總覺對袁振武這孩子，有點歉然。況且振武從師多年，有功無過，一旦越過他去，伯嚴實在難過了好些天。

　　所以才對我弟兄商量，求我弟兄給他想個變通的方法，可是我也想不出法子來。這怎麼辦呢？後來還是伯嚴自己想出一個主意，教我弟兄把振武承繼過來。我弟兄也想到自己空修武術多年，一個可心的徒弟也沒有；現在我就把振武收攬過去。教俞振綱這孩子，仍舊跟伯嚴，承繼山左太極門。振武呢，跟了我弟兄去，就教他承繼我這冀南太極門一派。如此，他二人各得其所，也就沒什麼為難了吧。不過這一來，我這一對老頭子卻不費一點力氣，憑白揀了這麼一個掌門戶的大徒孫，我老頭子倒揀了便宜柴禾了。」說著哈哈大笑起來。

　　「好！」野雞毛毛敬軒首先喊了一聲道：「這還罷了。若不然，可真叫人家孩子窩心呀！」

　　丁朝威微微一笑，道：「在下這片苦心，左師叔說得明明白白。振武，你聽見了沒有？你就轉在你師祖門下吧。可是，這只是名分上的事；振武，你不要難過，你就是承繼師祖門下去，你還是照常在我這裡練功夫，我還是照常指點你，我叫振綱他們仍然稱你為師兄。只不過我把這傳劍授譜、繼掌門戶的事，傳授給你俞師弟罷了。也無非是叫他多擔一分責任，替我管教你這幾個師弟而已。這麼辦，總算對得過你了。」

　　袁振武一聲不響，聽到此，搶行一步，跪了下去道：「我謝謝師父。

弟子不肖，師父還是這麼成全我，弟子實在感激，至死不忘！」拜罷，又退回去，立在群弟子背後。丁朝威看了他一眼，道：「振武，還有你左師祖，從今後兩位老人家，可就是你的嫡親祖師了，你還不過去行禮？」

袁振武諾諾連聲，道：「是，是！」這才又走到左氏雙俠面前，道：「師祖，我謝謝你老，給弟子留……」話沒說完，頭面一俯，雙眸一轉，趕緊的跪拜下去。拜罷起身，堆下笑容來，又退回群弟子背後。

在場群雄看見這個樣子，各個轉念。丁朝威的師弟太極拳李兆慶點了點頭，也不再說什麼。眾賓有的就歡聲敷衍道：「這麼辦很好。丁大爺，你就趕快行禮吧。」

丁朝威笑了笑，先向師叔左氏雙俠謙遜了一聲，轉身伸手，把那柄青鋼太極劍捧起，隨手將劍囊褪落下來。又轉身向外，叫道：「振綱，過來。」俞振綱很踧踖的應了一聲，走到師父面前，垂手一站。丁武師眼光向全場一瞬，肅然捧劍當胸，說道：「振綱，我今日授劍傳宗，選定了你。你要敬謹拜受我這把劍！」

俞振綱心中一惶亂，應了一聲：「是。」偷眼一看，遲遲說道：「師父！弟子不敢……」丁朝威道：「什麼？」左氏雙俠道：

「振綱，你就不要謙辭了。你要遵從師命！」左世恭把手掌一伸，俞振綱前趨半步，跪在丁朝威面前。

丁朝威捧著劍，將面色一整道：「振綱！我今日廣邀武林同道，封劍閉門，同時授劍傳宗，把這柄劍傳授給你。你接了這柄劍，你就是掌太極門山左一派門戶的人了。從今以後，昌大本門三絕技，保持已往的名聲，發揚以後的聲望，全繫在你一人身上。這把劍該授到你身上，並不是你隨隨便便可以推辭掉的，可也不是輕輕易易就接得過來的。我今日把這柄劍傳授給你，振綱，你可知道我為什麼傳到你身上？你知道你該怎樣使用這劍？從今以後，你擔著什麼責任？」

丁朝威發出這一問來，在場眾賓一齊看俞振綱。俞振綱跪在恩師膝

前，心神稍定，卻還是撲通撲通的心跳；驟承師問，顫聲答道：「弟子愚笨，辜負師恩，弟子實不知自己有何寸長，得邀意外的期許！不過弟子既承恩師賜劍，弟子今後唯有盡心竭力，精研本門絕技，恪遵門規，昌大門戶。將來仗劍跋涉江湖，能不辱沒老師這把賜劍，這便是弟子的一片痴望。只怕弟子有心無力，未必能做到。」

鐵掌鈕祿喝了一聲彩，道：「答得好！」對野雞毛道：「老毛，你別看他年輕，說話哆哆嗦嗦的。這幾句話不傲不狂，答的實在好。」野雞毛從鼻孔哼了一聲道：「誰不會說話呢。這有什麼！」

丁朝威聽了俞振綱的答辭，點頭說道：「你說的話大致不差，你果能如此存心，倒也罷了。不過我所以授劍給你的一番微意，你難道體貼不出來嗎？」俞振綱囁嚅道：「弟子實在糊塗……」丁朝威笑了笑，道：「看你樣子好像聰明，你竟這麼粗心嗎？振綱，你聽我告訴你。我自承師訓，在江湖上浪跡將四十年，幸沒玷辱了恩師的賜劍。今日我授劍給你，自然我也望你不要玷汙了我這把劍。我從今日起，封劍閉門，就不再談武，也不再授徒了。可是，我身上說不定還有未了之事。將來萬一有人找到門上來，也許是朋友相煩，也許是仇敵來擾；那時節你是掌門弟子，可就該由你替我出頭，這是一點。並且我又收了你這幾個徒弟，在你以下還有五個小師弟；我既然封了劍，閉了門，這以後指教他們、約束他們、照應他們，可又是你這掌門弟子分內的事。本門中全副的擔子，全丟在你一人身上了；擔得動也得是你，擔不動也得是你。你可明白了嗎？」

俞振綱俯首答道：「弟子明白了。」丁朝威突然反詰道：「你明白了什麼？」

俞振綱本在跪聽師父解說他被選為掌門弟子的緣由，不想老師只說了些掌門弟子應盡的本分，便突然反問過來。登時面紅過耳，又不知所答了。

丁朝威道：「振綱，你聽著。你接劍之後，你的責任是很重的。你剛才說得好，你須要昌大門戶，發揚本門拳、劍、鏢三絕技；但是你將由什麼法子來做到呢？這第一要著，便是由你本身做起，要精研三技，以盡所

長，謹守門規，以善其道。另一方面，便是開門授徒，把本門技藝廣傳出去。可是開門授徒乃是後話，眼前的事呢……」

用手一指道：「便是你這五個小師弟，全要你好好的操心，把拳、劍、鏢三絕技，認真教給他們，一點也不許藏招匿技，一點也不許偷懶懈怠。無論如何，你要造就他們。你明白了嗎？」

俞振綱這才有點明白了，老師的言中微意，原來是在這一點上。

丁朝威又道：「你接掌門戶之後，第一不許妄自尊大。管束他們自然要嚴，督促他們自然要勤；但是你不要忘了師兄弟還是師兄弟，你不許頤指氣使，任意凌辱他們。你看待他們，要如親兄弟一樣，要耐煩，要柔和，不可動不動就罵他們笨。

他們有的是初學不得門徑，當然教著費力。試招餵招，不可用力逞強，打重了他們，誤傷了他們，那都是你的不對。我深盼你寧寬勿嚴，寧嚴勿苛。將來你持掌門規，清理門戶，你又不可一味護庇瞻徇。同門中如有挾技為非做歹的，你該罰則罰，該懲則懲；總以剪除害馬，力保門風為要，不要濫充好人。振綱，我言盡於此，你要努力自愛！我把這口劍傳給你了，我可也把五個小徒弟託付給你了。你要尊師、敬業、守法、愛群。對待師弟們，要傾心授技，不得藏私，不得偏待；你好自為之，勿負我望。來，接劍！」

俞振綱恭聆師訓，趕緊叩頭起來；往師父面前，搶行半步。丁朝威俯身授劍，俞振綱雙手捧接過來，便要放在香案上；丁朝威忙道：「振綱，先不要釋劍。來，你站在香案這邊，受師弟們的參拜。」

俞振綱局促起來，但是禮不可缺，依言退到香案前下首。

卻不料師父先不呼喚群徒，竟緩步走到拜墊前面，側身朗然說道：「振綱，你今日接掌本門，受我丁朝威託付，昌大門戶，一肩重責全在你身。但盼你一心向上，不負我丁朝威的一番期待！」說到這裡，深深一揖。俞振綱慌得捧劍答禮，手忙腳亂起來。

丁武師滿面春風道：「振綱，我拜的不是你，拜的是我山左太極長門這一枝接掌門戶的傳人。你受我這一拜，我願你來日能替我丁某發揚光大本門的藝業。」說罷轉身，向兩旁侍立的弟子說道：「現在我立振綱為掌門弟子，以後便由他替師父持掌本門門規；凡屬本門的弟子，全應受他的約束，你們理應上前拜見。不過，我這次越次他，我也情知是破例的事。你們如有非議的，要趁未行大禮之前，趕快說出來；此時他的身分尚在存廢之間，盡有議論餘地。若是一行大禮，名分已定，他就是掌門戶的人了。你們個個都要遵從他，受他的訓戒管束；有敢蔑視他的，那就是叛規悖師。你們可有什麼說的嗎？」

群弟子相顧錯愕，只偷看二師兄袁振武。袁振武本立在首位，卻退處五師弟胡振業的背後，悄然無話。丁門弟子胡振業以下，一時愣住，既不持異議，也忘了行禮，更沒人出言。丁朝威又說了一句：「這正是該討論的事，我正要問問你們的意思；你們有話，儘管說出來。要是你們認為師父這番舉措不為無理，那你們就上前來，拜見你俞師兄。」

群弟子到此才微微蠕動起來；但由胡振業起，竟遲疑不敢舉步，只等著二師兄袁振武的舉動。袁振武忽然微吁了一聲，從胡振業背後閃出來，笑聲答道：「是啊，快拜見大師兄去，我們很久很久沒有大師兄了。」笑湧滿臉，拔步上前，向丁武師說道：「我山左太極門幸得傳人，乃是我本門中天大的幸事。凡屬同門弟子，誰不歡慶；哪有當著老師的面，倒非議的？老師快別這麼說，我們都願意。弟子自己比師弟們痴長了幾歲，就由我引頭行禮吧。」

袁振武龍驤虎行，趨行至拜墊前，將長袍一挎，口稱：

「師兄！小弟袁振武，給師兄叩喜。」說的快，拜的更快。左氏雙俠、丁朝威剛要說話，袁振武已經拜了下去。俞振綱十分惶恐，趕忙把劍放在香案上，轉身攔阻，已經不及。急忙一栽身，也還拜下去；袁振武早已拜罷，站立起來。俞振綱顫聲道：「二哥，你別這樣，叫小弟無地自容了！」

袁振武哈哈一笑道：「禮當如此，這是師父的意思。師兄若不受小弟一拜，小弟更無地自容了，那我可真是門外漢了！」立刻拜罷，立刻轉身，立刻退到原立處。

左氏雙俠搖了搖頭，便看丁朝威；丁朝威板著臉，不說話。左世儉向袁振武點手，道：「振武，你過來。」低聲說道：

「振武，這個不是這樣的。我告訴你，你還是振綱的師兄，振綱還是你的師弟，你師父不過教他接掌門戶罷了。」袁振武笑道：「師祖快別這樣說。俞師兄持掌門戶，當然是大師兄；名分如此，不能亂來的。你老還不知道弟子的性情，我師父是很清楚的。弟子只是一心學武，對這名次先後，一點芥蒂也沒有。況且俞師兄樣樣比我強，弟子心又粗，又沒耐性，又不會教導師弟們；現在老師授劍傳宗，名分已定，弟子不是那糊塗人，弟子絕不敢再叨竊大師兄的名分了。」

袁振武只是二十幾歲的人，這番話光明正大，倒說得左世儉一時沒話了。點了點頭，拍著袁振武的肩膀道：「振武，你很好！我老頭子很愛惜你。你是有志氣的。要不然，你就跟了我去吧。我們老哥倆還有點糟把戲，索性都傳給你；將來你就替我持掌門戶。」袁振武怔了一怔，答道：「那是師祖的抬愛。」

並未說出願否來，就又退回原處。

丁朝威任由兩位師叔安慰袁振武，他仍叫著五弟子胡振業、六弟子馬振倫、七弟子謝振宗、八弟子馮振國、九弟子蕭振傑，挨次拜見掌門師兄；胡振業等欣然行過禮，俞振綱一一答拜。群弟子拜畢退下，低聲的七言八語，悄悄議論起來。這裡面頂喜歡的是蕭振傑和謝振宗。六弟子馬振倫卻嘆了口氣，悄對胡振業道：「這真想不到！五師哥，你想這工夫，袁二師兄不知怎麼難過呢。」胡振業搖頭，道：「少說話。」

俞振綱也要退下來，卻被師父叫住。丁武師在香案旁，復將案上一具金漆拜匣似的東西，取過來打開。這是丁門三絕技之二的奇門十三劍的劍

譜，和太極拳的圖說，劍譜末頁還附著劍術傳宗的題名錄。丁武師展開劍譜，抬筆題名，在自己名下，添寫上俞振綱的姓名、年歲、籍貫，和某年拜師、某年繼承門戶，這末一項就填得今天的日子。然後丁武師投筆捧譜，對俞振綱說道：

「振綱！這本劍譜，乃是我前兩年親手抄摹的。當年我出師時，也承恩師手賜一冊，我依此譜，傳授了你們，現在我封劍閉門了，我就把這一冊傳給你。你可照這本劍譜，自己用心參悟；你的劍術本來差些，你要好好用心，太極劍的訣要都在這譜中了。你自己弄熟之後，再挨次傳給本門弟子們。凡我門中的弟子，先練拳，次練鏢、劍，不鍛鍊到火候，不得以劍術示人，免貽門戶之羞。」又拿過「太極拳圖說」來，道：「這一本拳譜，是你師妹替我抄寫的。你可以照抄一份，交給你這幾個師弟。但是不得允準，千萬不準他們轉授別人。」

丁朝威說罷，將兩本譜仍放入匣內；另將自己常用的十二個金錢鏢拈起來，也放在劍譜匣內，對俞振綱道：「這十二個金錢鏢，雖是平常的康熙大錢，卻曾用它打敗了江南賊一撮毛，和魯南巨寇七爪狼。我由此在武林中，贏得虛名，立定腳步。現在我也送給你，做個念想；今日我算是傾囊相授了，但願你將來也傾囊授給你這幾個師弟，替師父盡一番心，給本門爭一口氣。此後本門的名聲，全在你一人身上。做師父的不再多囑了，你要勉力自愛！」

俞振綱叩頭拜受，接過來仍放在香案桌上。丁朝威命振綱親手拈香，插在香爐中；重新行禮，叩謝祖師、業師，拜見本門長輩、武林先輩。丁武師封劍閉門、俞振綱受劍掌門的大禮，到此完成。丁朝威率這新授的掌門弟子，重與到場眾賓周旋致謝。跟著撤下香案，重開華筵，和大家歡敘。

第六章　飛豹子飄然遠引

隨後筵罷，群雄一一告辭，握別時，丁武師向大眾重重託付一回，請大家照應這個掌門弟子俞振綱。到場武師都是友好，自都欣然領諾；那搗蛋鬼野雞毛毛敬軒也挑大拇指，說：「丁大哥，你還不放心？你這掌門弟子滿不含糊，我們自然互相關照，說實了，我還要求你們爺們照應呢。」

眾賓有從遠道來的，當日假館於丁宅，盤桓了一兩天也就陸續回去。到第三天，賓朋散盡；丁宅內外除了主人師徒，只剩下師叔左氏雙俠，和師弟太極拳李兆慶師徒數人，沒有外人了。李兆慶到底悶不住，背地埋怨丁朝威：「大哥，你這事辦的不漂亮！」丁朝威笑道：「怎麼不漂亮？你說我廢長立幼不對麼？但是我沒有法子呀！」李兆慶搖頭閉目，道：「廢長立幼本來不對。左師叔告訴我了，你是為了你幾個小徒弟，不得不然，這還有的說。但是你不該當眾宣布呀！你不會不請外人，暗含著只叫本門的人到場，不就完了嘛？何必當著這些人，廢長立幼，豈不叫你那二弟子太過不去了嘛？人有臉，樹有皮；大哥，你想一想，況且年輕人誰不爭先要強？」

丁朝威微籲一聲，道：「唉！二弟，你不知道，我正為廢長立幼，才擠得沒法子，廣邀武林到場觀禮。若不是越次選拔俞振綱，若是順條順理的辦，我邀這些人做什麼？」李兆慶愕然不解，左世恭道：「福同，伯嚴的意思就是怕將來有爭長的事情，這才迫不得已，廣邀大眾。他不只為邀武林同道觀禮，他是無形中邀他們做見證。你明白了？」左世儉嘆道：「究竟不很妥當，振武太難堪了。我只怕他和俞振綱，從此不爭長，難免將來結怨！」

丁朝威默然不語，半晌才說：「事難兩全！」轉對李兆慶道：「福同師弟，你只知這樣一來，太教振武難堪，你可不知道振武這孩子太教他幾個

師弟難堪了。他的規矩比我還大，賢弟你是沒看見；他一下場子，師弟們都得把應用的器械給他預備好了。練的時候，手法又重；一個不釘對，他把眼一瞪，那幾個師弟竟會嚇得一哆嗦。練完了，他往那裡一坐，這幾個師弟就像小跑似的，給他打熱毛巾，斟茶，弄這個，弄那個。我的四徒弟就是跟他合不來，嘔氣走的。若論他這個人，很知要強，也很自愛；就是脾氣不好，太剛太傲，眼中沒有別人。說話更嘴冷，隨便一句話，就把人的心扎一下。」

李兆慶微微一笑，師兄丁朝威批評袁振武的性情，倒跟丁朝威當年的脾氣有些相類。丁朝威就是生性傲冷，只是看待同學不甚嚴刻罷了；別的毛病簡直跟今日的袁振武難分上下。

丁朝威當年也是沒有耐性；李兆慶記得自己那時候以小師弟的地位，跟大師兄學藝時，丁朝威往往不肯耐著性子指點，總嫌自己笨。現在，轉眼四十年，易地而處了，他這徒弟袁振武指教同門，也是不耐煩，他倒看不下去了。可見兩個人的脾氣稟性，如果真是一樣，反倒不易投合。丁朝威的性格偏於剛直而冷傲，他卻看中俞振綱的韌柔而腸熱，這真是相反相成，剛柔相濟了。

丁朝威既不受勸，成事不說，遂事不諫，李兆慶也就不再言語了；半晌，才笑著說：「大哥，你還記得咱們那時候不？」

但左世儉卻說：「伯嚴現在就是這樣辦了；不過，還得安排將來。你以後怎樣發付袁振武呢？」

在封劍傳宗的當晚，左氏雙俠看出袁振武的處境難堪；為了安慰他，曾特地把振武找來，屏人很勸慰了一陣；打算臨別時，就把袁振武帶走。雙俠既然答應收他為掌門戶的徒孫，就要認真把他收歸門下；一對老頭子說是趁著還能動彈，要好好的指撥他，成全他。袁振武沉了一沉，稱謝道：「師祖的意思，是怕弟子在師門不好看。師祖，你老看錯了，弟子實實在在絕沒有爭長爭名的心思。弟子跟我老師多年，我們爺兩個脾氣非

常投合，跟親父子一樣。他老人家這回廢長立幼，實在一秉大公。若依著我老師的私心，倒恨不得把衣鉢傳給我；無奈弟子鏢法不行，我老師又得遵行先師祖的遺訓，沒法子，才選中了我俞師弟。究其實我老師心上最偏疼我，我不是體貼不出來……弟子的技業還欠鑽研，弟子打算仍在我丁老師門下學習幾年；只要老人家不攆我，我絕不走。別看弟子不得當掌門弟子，弟子還是捨不得離開這裡，我還想讓師父好好的教給我錢鏢打穴法呢……這麼辦吧，弟子還是先伺候我丁老師兩三年。等到三年以後，師祖如不嫌棄我，那時我再往冀南找你老人家去，那時節我再求二位師祖栽培我。」

說話時，態度自然，毫沒有慚恨怨妒之意流露；左世恭、左世儉這對老頭子，倒教他這一番話感動了，拍著袁振武的肩膀道：「好！振武，你這孩子真明白，真有容讓，難得的很，我最喜歡像你這樣的。你今年二十幾了？」袁振武道：「弟子二十七了，實在沒出息。」左世恭眼看著老弟左世儉道：「不忮不求，這孩子真是難為他。我一定要收下他。振武，三年之後，你只管投奔我去。」袁振武道：「師祖過獎，弟子一定要去的。」

大禮已成，華筵已罷，丁宅上下還是很忙。袁振武照平常一樣，忙前忙後，提起精神來，給師父照應一切。但由授劍之日起，名分已定，自然不便再教師弟們練武了；就有同門找他，他也笑著推辭，道：「找大師兄去吧，我還要找大師兄呢。」這句話倒像捫之生棱似的，可是他也不得不這麼說。同門群弟大半跟俞振綱不錯，自然這是俞振綱好脾氣，有耐性所致；他又口懦，不好說人。但馬振倫卻與袁振武交情深厚，最談得上來。馬振倫避著人，私問袁振武將來的打算；並且說：

「老師這一回辦的實在不大妥……」袁振武連忙擺手，道：「你不要瞎說！振倫，我盼望你揭過這一章去，你別跟我談這一段，好不好。」馬振倫看著袁振武的神色，忍不住又叩問他的心思，和將來的打算；袁振武通通拿別的話岔過去。一晃五天，左氏雙俠走了，李兆慶師徒也告辭回

去了。

　　袁振武和往日一樣，照常替師父料理家事；只不過有的地方，只幫忙，不再作主了。遇事請教俞振綱，稱俞振綱為師兄，俞振綱再三謙拒，又稟知師父。丁朝威道：「振武，你還是師兄，你不要這樣稱呼他。」但袁振武說道：「師父，這是什麼話？弟子不能由我這裡錯了轍，亂了行輩。」丁朝威年雖老，稟性依然倔強；聞言怫然，遂吩咐俞振綱：「你二師兄既然總這麼說，你何必謙讓，由他叫去吧。」

　　袁振武一切都和往日一樣，只有三樣不同；第一是改了稱呼，第二是不再教學，第三是他往日常上街閒逛，現在有事沒事，總在自己屋裡坐著看書。丁朝威也時到他屋裡看他，他忙站起來侍立；丁朝威翻動袁振武所看的書，只是一部《三國志》罷了。振武平日不好看閒書的，現在卻是上場子練功夫，下場子就到屋裡一坐，看書，練字，寫大楷。這是他先前沒有做過的事。一群師弟們遵師切囑，稱俞振綱為俞師兄，袁振武為袁師兄，禮貌照前。可是下場子教功夫，倒是胡振業的事了。袁振武依禮不再教，俞振綱據情不好教；丁朝威明明看出來，背地裡把俞振綱數說一頓，教他以後當仁不讓，不許再謙退了。

　　光陰有時過得迅速，有時過得遲慢。自經授劍之後，袁振武覺得光陰過得太慢，好像挨過一整年似的，實際才兩個月有零。到第四個月頭上，袁振武忽然接到家信，掉著眼淚，告見師父。一進上房，便磕了一個頭，道：「師父，弟子的母親病了，病得很厲害。這是弟子的家信，催我趕緊回去。」丁朝威道：「哦！你母親病了？是什麼病？」袁振武滿面淒惶道：「信上沒有提明，不過家母原有肝氣病的病根，一定是又犯了。家中又沒人，叫人很不放心……」丁朝威望瞭望袁振武手中的信，袁振武忙雙手呈上去。這封信上寫著：「字寄山東文登縣東關丁府袁二爺振武平安家報」，下款便是袁振武的故鄉「直隸樂亭南鄉袁家莊」。丁朝威只看了看這信的封皮，就把信原封交還了振武，沉思一回，道：「你母親既然病了，那麼

你打算怎麼樣呢？你可是要回去，看望看望嗎？」

　　袁振武側立在師父面前，自己將信箋由信封筒內擗出來；是兩頁花箋，寫得滿滿的字。信手翻動著，對師父丁朝威微唱一聲，道：「弟子此刻心亂如麻。家母是上了年歲的人，她老素有氣喘的病。弟子打算跟你老告幾天假……」

　　丁朝威「哦」了一聲。袁振武忙道：「弟子也知道自投師門，技藝未成，實在不應該半途而廢。但是家母上了年歲，又是老病，弟子的內人又打五年前死去了，家裡實在沒人服侍。這封信催得著急，叫弟子馬上就動身。老師，你老瞧，這不是說著：『病重思子，見字速回，遲之一日，恐貽終身之悔。』……你老瞧這話！」雙手又把信舉過來。

　　丁朝威擺手道：「不用看了。我們武林中人，最講究孝、義二字。你老娘既然抱病思子，自然你應該趕緊回去才是。但盼吉人天相，你母親早早告痊，你再敞開功夫學藝，也易得安心，作老師的焉能強留你？不過是，這信你多會兒接到的？我聽說你是行二，你大哥呢？他現在家嗎？」

　　袁振武道：「信是咱們文登縣本城威遠鏢局給捎來的。我的大哥倒不常出門，不過他有時候到保定鋪子裡看看，這信裡沒提到他，也許他上保定去了。你老看，這信上不是說，家中一個男子也沒有，連請醫生抓藥都為難嘛？我大哥多半許沒在家。」

　　丁武師沉吟道：「那麼……就是令兄在家，你母親若是真格的病了，她自然也盼望你回去，你打算哪天走呢？」

　　袁振武皺眉道：「師父府上這兩天也沒什麼事。若不做什麼的話，弟子打算今天就走，我可以到煙臺搭海船。」丁武師笑道：「今天就走？那太疾促了。你我師徒也相處多年了，你這次回家……」改換話頭道：「我想你母親既是老病，也不見得遲誤兩天就怎麼樣。我還要給你餞行呢！你看明後天走，可行嗎？」

　　丁朝威非常和氣，坐在椅子上，伸手一指茶几旁的坐凳，命袁振武坐

下，和他藹然敘話。袁振武肅立不動，囁嚅道：

「老師給弟子餞行，弟子萬不敢當。況且家母病癒，弟子稍為在家耽擱個月期程，還要立刻翻回來呢。弟子既然忝列師門，總盼望恩師始終成全我，等到我學藝粗成，才肯拜別師門哩。

老師既然這麼說，弟子就多耽誤一天，明天一早走。弟子打算現時就打聽船去。」丁武師默然尋思了片刻，道：「你明天一定走，我也不勉強攔你。本來我立的門規，弟子藝業未成，絕不願他輕離師門。你這回卻是例外。你關懷母病，歸心似箭，做師父的絕不能強把你留下，耽誤了你的孝心。就是這樣，今天晚上，我和你這幾個師弟，給你送行。你我師徒也可以借一杯水酒，暢談一回，你不要推辭了。」又說了幾句閒話，把手一揮，令袁振武下去預備行裝。

丁門中群弟子立刻全曉得這件事了 —— 袁師兄接得家信，要旋里省視母親去了，頭一個就是得承師傳的俞振綱，先來到袁振武的房下；口稱師兄，黯然動問。他口齒素訥，很想開解幾句話來，只是說不出口。袁振武看了振綱一眼；特別的客氣，卻將方才的話照樣說了一遍：別師門，探母病；母病痊，就回來。別的話卻沒有。跟著胡振業、謝振宗、蕭振傑等，也都來見袁師兄，慰問敘別，商量著也要給袁師兄備筵相送。袁振武笑道：「諸位師弟們，咱們不過是小別；家母病好了，我還回來呢。剛才師父說，也要給我餞行，沒有折殺我吧？我在師門中，鬼混了這些年，於師門三絕技毫無心得；我又不是出師，只不過暫時告假，你們送的什麼行？不過我比小弟痴長了幾歲，又早投師門幾年，在俞師兄沒接薪傳前，師父命我給諸位領招；我呢，笨手笨腳，常不能善盡先導之責，我就很覺對不住大家了。大家還要給我餞行，這不是罵我嗎？」只匆匆的打點行囊，看覓船隻；對師門餞別，堅辭不肯當受。

六弟子馬振倫，和袁振武交深莫逆，聽說袁振武突然告歸，心中詫異，趁振武到各處辭行，抓了個機會，忙來陪他一同上街。暗中動問道：

「二師兄，你這回可真是老伯母有病了嗎？」袁振武豹頭一低昂，虎目一翻，微微笑道：「六弟，你這是什麼話？還有拿老娘有病說著玩的嘛？」馬振倫緊握著袁振武的手，嘆道：「二哥，你我弟兄彼此換心，你不要瞞我。你心上不痛快，我們是曉得的。我問你，你這一去，還回來嗎？」

袁振武不答。馬振倫又問了一句；袁振武低著頭方要張嘴，卻又笑了，大聲道：「六師弟，我怎麼不回來？我的金錢鏢法直到現在，還沒有練成。既入師門，必得絕藝，我怎能半途而廢，一去不回呢？」

馬振倫非常嘆息，徐徐說道：「二哥，你的心我最明白，二哥，咱們學的是能耐，爭的是志氣。若叫我說，你竟可投到左師祖門下去。左師祖老哥倆既然那麼愛惜你，我看你要是投了去，一定能得他老哥倆的重看，好歹把功夫學到手裡。哪裡不能學能耐？哪種功夫不能爭名露臉呢？二哥，你千萬不要因為這小小的波折，就灰了心。老實說，師父這一回事辦的並不很對，我們作徒弟的敢說什麼？那天李師叔和毛敬軒都不服氣。說句不中聽的話吧，二哥你性子太直，脾氣太剛，你又愛憎是非太明，不像俞師兄有個韌勁。你那樣教導我們，你是一份好心。可惜有好心，沒好話，招得這幾個同學都鬧著受不了，有的說師父好伺候，師哥不好伺候。二哥，你就吃了這個虧了。只有我知道二哥的，二哥你是刀子嘴豆腐心，別看話厲害，心上滿沒什麼！」

袁振武默然，跟著咳了一聲，道：「我知道蕭師弟嫌惡我。」馬振倫道：「他是小孩子，他的話有什麼關係？」袁振武恍然道：「這一定是俞……我明白了，我袁振武就只知道憑良心一直做下去，我不會討人的歡喜，我也不會哄師父；我不如俞，我很明白。」不覺的臉上變了顏色。但是馬振倫卻說：「二哥，俞師兄人前人後，總是那樣，他也沒有什麼。我告訴你二哥，你存在心裡，可別說出來；這裡頭第一個不痛快你的，實在是我們那位師妹雲秀姑娘，和胡……」

袁振武矍然說道：「是她不滿意我呀？」這卻是袁振武不曾想到的事。

他自五年前喪妻之後，家中老娘屢催他續娶，他大哥袁啟文也曾來信勸他。他抱定了初娶由父母，再婚由自家的主張，竟把母兄給他幾乎聘定了的一門親事，硬打退了。他要於武林中，物色一個女同好。而這個小師妹，雖比自己小著六七歲，他想自己久當掌門師兄之責，等到藝成出師之後，便可以敬煩大媒。哪曉得遇著這廢立之事！俞振綱一個後起晚進，帶藝投師，入門既淺，技藝平常，想不到他竟越過了自己。他更想不到這個小師妹，平日載笑載言，同場習藝，師兄妹間似無芥蒂，怎麼她會對自己大為不滿呢？

袁振武忍不住了，陡然轉臉，抓住了馬振倫的手，道：

「這是真的嗎？你怎麼知道她不痛快我？」馬振倫道：「唉！過去的事不必提起了。」

袁振武道：「不然，不然！我知道師父素常沒有看不起的意思。前月這回事，真出我意外，我正不知道從哪裡受病。這麼說，竟是我得罪了雲秀的結果嗎？我可是怎麼得罪她的？她是老師的女兒，又比我們小，又是女的。我，我，我怎麼會惹惱了她？」馬振倫道：「二哥不要誤會了。雲師妹倒沒有說出不滿意你的話，她卻是每逢看見你和俞師兄爭勝，或者你跟我們練對手的功夫，你偶然失手，打重了我們，雲師妹就不很痛快。她常說，袁師兄挾長恃藝，總想壓人一頭；這是她常說的話……」

袁振武爽然大悟了，半晌道：「好！我明白了。不錯，你瞧雲姑娘跟你俞師兄怎麼樣？她又說俞師兄如何呢？」馬振倫道：「她說俞師兄有耐性，心細膽大，將來一定有成就。」

袁振武道：「噢，這不是跟老師說的話一樣了嘛！她一定說我沒成就了？」

馬振倫道：「她倒沒有那麼說。她說二哥你有個狠勁，將來也有成就，就怕將來要多碰釘子；她說你性情暴！」袁振武猛然笑起來道：「好一個女孩子！她是說我有個狠勁嗎？她說我性情暴，沒有人緣，將來要多碰釘

子，可是這樣說嗎？」馬振倫道：「大概師父跟她都是這樣說。」

袁振武竟忘了走路，沉思道：「她也算是我的知己了。她說我有狠勁；哼，我就不會那麼娘娘們們的，細嚼爛咽的，所以我就練不好金錢鏢打穴道。但是，走著瞧吧；我和姓俞的天生就不一樣；他會柔，我會剛；他會和氣，我會硬氣。我是男子漢，我不是女人！」

說到此，袁振武陡然噤住，覺得說話太多了，忙又換出笑臉來，對馬振倫道：「練武這種事，也不過是健身而已。我呢，到底也不過是奉了先父之命，叫我學會一套武功，在家鄉住，省得受那幫土混混的氣。你還不知道，我們樂亭那地方軟的欺、硬的怕。我父親萬貫家財，常受本縣紳士們的欺負。我先父就叫我大哥習文，考秀才，中舉，求官，借此支撐門戶。又叫我習武，練功夫，應試武場，也無非是頂門戶、守家業的意思。可是我既入門徑，我又不打算跑馬射箭了，我偏愛我們拳家技擊；我覺得做了武官，也沒什麼意思，還不如做個武林名拳師，倒也可以鎮懾鄉黨肖小。我們鄰縣的名武師童敬林，家有兩頃地，徒弟盈門，誰也不敢欺負他；他的功夫我是很羨慕的。只是那時他已經閉門不授徒了，承他推薦，把我引到咱們丁老師門下。我已經學會這一套太極拳，又學會一手太極劍，夠用的了。實告你說吧，我這次回家看望家母的病；母親病好我也不回來了。我從此要洗手不再練武，我要在家務農了。有這點功夫，足可以支撐門戶；再練得更好，又去作什麼？我不想開門授徒，我也不想保鏢為業，我從此不幹了。」

馬振倫道：「倒是我說錯了，二哥千萬別灰心，還是更求深造。依我講，還是投左師祖去的好，他也是直隸人，和三哥同鄉。」袁振武微笑搖頭。馬振倫不覺淒然，喟嘆道：「這麼說，你我弟兄相見無日了！」言下頗有戀別之意。

袁振武收拾起一切的話，轉而安慰他，道：「六弟，那日後的事也不一定。沒腿的山碰不到一處，兩腿的人說不定何時何地，再會湊到一處；

你不要惜別呀！你家的住腳，我是知道的，你我弟兄今日暫別，咱們還可以常常通信。青山綠水，我們相見有期！」

　　到了傍晚，丁府上果然擺上酒筵，給袁振武送別。袁振武不再推辭，開懷暢飲。群師弟問他：何時歸來？他答得很好，只要老母病癒，把家事稍為料理料理，即便回來。他笑說：

　　「我在家裡是待不住的。我在這裡，上有老師，下有同門師弟，多麼樂！到鄉下一蹲，出門看見莊稼，回家看見土炕，多麼悶？」說得話氣很自然。又對師父說：「這裡沒有外人，老師，何不把師妹也邀出來，一同坐坐？」丁朝威笑道：「她女孩子家，哪有她的座位？」袁振武向師父一屈膝，道：「弟子這就走了，老師賞弟子這回臉吧；她也是你老的徒弟啊！」丁朝威笑了笑，無所容心的把女兒雲秀叫來。丁雲秀不肯出來，但被催請不過，就來到內廳筵前，在她父肩下坐了。

　　袁振武眼望師父，又看到俞振綱，然後看到丁雲秀姑娘。

　　又對一群師弟胡振業、馬振倫、謝振宗、蕭振傑看了一眼，他就歡然斟酒，敬獻在師父面前，道：「弟子借花獻佛！」丁朝威接來一飲而盡。眾人又依次向袁振武敬酒；袁振武欣然不拒，依次還斟。然後酒過數巡，又斟起一杯酒，向群師弟說道：

　　「小弟幾年濫竽師門，奉師命替師父傳藝，給諸位領招；在小弟自己，盡心竭力，從不敢藏奸偷滑。只是小弟性情粗魯，未免有望成太切、餵招太猛的地方。這是小弟的大錯，想起來就很自悔；縱然安心為好，也許無意中，有面子上叫諸位下不去的時候。這實是小弟的糊塗，還求諸位老弟原諒我個居心不壞罷。」他竟將這杯酒送到俞振綱面前，道：「俞師兄賞臉飲這一杯，就算我向大家謝過！」然後又斟一杯，仍推到俞振綱面前，站起來說：「小弟這番回去，省侍母疾，所有師門一切服勞之事，有掌門師兄在，倒也用不著小弟越俎操心。小弟此去雖暫，可是本身功夫絕不敢放下。我這人天生粗坯笨料，性子又不好，不像俞師兄這麼有耐性，時常惹

得師父替我著急。我以後知過必改，一定努力振作一下；就拿這趟小別，作為我袁振武悔罪知非的起日。俞師兄，你就看我的將來吧！」

俞振綱臉色一變，站起來方要答話；丁武師微微一笑，早把話接過，道：「好！但願你將來出人頭地，不但振綱，就連我做師父的，也在這裡睜著眼盼望著你呢！振綱，把你師兄這杯酒喝了，我也陪一杯！」袁振武叫道：「好！我謝謝師父，謝謝俞師兄。」

袁振武又斟上一杯，意欲還敬丁雲秀；顧及男女之嫌，遂推杯交給蕭振傑。道：「九弟，你替我敬師姐一杯。我袁振武自入師門，上承師父、師母的錯愛，下承師妹沒拿我當外人，相處這些年來，真像一家人一樣。現在暫別，請師妹賞飲這一杯。我今後一定把自己的壞脾氣極力改掉，我得要自勉，就到十年、二十年以後，我也絕忘不了師門相待之恩！」

丁雲秀忙道：「師哥，這可不敢當。我父女始終沒拿師哥當外人，師哥也看得出來。我敢說我父親待承二哥，跟我亡故的大哥一樣。只盼二哥回去之後，老伯母早占勿藥；二師哥還是趕緊回來，咱們在一塊好好的研究鏢法和打穴法。你想，你在這裡，忙前忙後，我父親省去多少心？我父親一天也離不開你，你還不明白嗎？」袁振武笑道：「我明白。」丁朝威道：「你能明白，很好！這就全在你了。」

袁振武酒泛上臉來，滿臉通紅，不禁說出幾句話；跟著連飲數杯，忽然嘔吐起來。眾弟子齊說：「袁師兄醉了。」把他扶到屋內，眾人終席而散。

丁雲秀進了內宅，找到內書房父親面前。丁武師正飲茶看書，抬頭看了看女兒，道：「你還沒睡？」丁雲秀立在案旁，手扶桌邊道：「爹爹，你看袁師兄他這次回家，還回來嗎？」丁武師道：「怎麼，你以為他不回來了？」丁雲秀道：「只怕是吧。」

丁武師眉峰微蹙，道：「我倒看不出！我辛辛苦苦教了他將近十年，固然也受過他們的贄敬；他們總該明白，我姓丁的不是指著授徒過活。我

傳給他們的是真實本領；我哪點對不住他，他會不等出師，藉詞告退？」
丁雲秀默然的笑了。丁武師就好像真看不懂袁振武的悻悻之態，半晌又說
道：「你莫非說我待他有不好的地方？」雲秀姑娘低頭道：「不是這話，還
是爹爹傳宗的那一回事；女兒可不該說，那好像太跟袁師兄過不去了，又
當著那麼些人。爹爹你看，連李師叔不是都說了話了？何況袁師兄素來心
高氣傲，近幾年他早以掌門師兄自居，爹爹卻把他按下頭去……」

　　丁朝威怫然道：「我為什麼越次傳宗，我還不是為發揚門戶嗎？振綱
比振武強，我自然傳給振綱。振武要爭氣，怎麼不好好的練能耐，練鏢
法？怎麼，你也嫌我傳得不公嘛？」

　　丁雲秀粉面通紅，知道父親又發了那不認錯的倔強脾氣了，忙打岔
道：「爹爹，你老怎麼又這麼樣想了！誰說你老不公平？只是說你老越次
傳宗，該給袁師兄留點情面。女兒不是早就說過麼，你老等他們倆全出師
的時候，只對自己的人一說，在自己家裡行個傳宗禮，就可以了；你老卻
大請客，當著大庭廣眾，廢長立幼。袁師兄又是剛強的人，他怎會下得
來？胡師弟私自告訴我好幾次了，從那回事以後，直到現在，袁師兄看表
面上馴如綿羊，可是他心上非常難過。胡師弟說他夜夜都沒有睡著過，總
翻來覆去的折騰。爹爹只是看他面子上好像滿不在乎似的；若叫女兒看，
他未嘗不是暗中較上勁了。他這一走，女兒早就想到，只怕……」

　　丁朝威把書本一放，冷笑道：「他較勁？好！我盼望他較勁；他能要
強，豈不是更好？你們總以為我廢長立幼，當眾辱了他；你可不知道我為
什麼當眾傳宗？我正為有這廢長一節，我才當眾宣布。我若暗地把衣鉢傳
給俞振綱，哼哼，只怕將來我死之後，就有同門爭長的戲唱哩！一個年輕
人不想要強，肚子只裝著一罐子醋，我老頭子就看不上。我真沒想到他還
有這一種壞脾氣，我總算沒瞎眼。他剛才那種話，我就聽不慣！我倒要等
著他！」老頭子越想越怒，就拿自己女兒當了袁振武似的，鬧了起來；其
實袁振武何嘗吐露出不著跡的話來！就是別筵上那幾句話，也不過引咎自

勉罷了。丁雲秀粉面愈發通紅，也似含嗔的說道：「你看，你老人家倒和我吵起來了。我只怕袁師兄這一去，不再回來，還是小事；我只怕他後來和俞振綱作對啊！」

丁朝威霽顏道：「你說的也是。不過，我不懂什麼叫作對！我既以俞振綱為掌門弟子，若有個風來雨來，他竟一點擋不住，我也就要不著這掌門弟子了。你不用過慮，袁振武這孩子，我早就看透他了；他剛傲有餘，沉著不足，我看他只怕壓不過俞振綱去！但是丁武師的片面推斷錯了，袁振武這個人不僅驍雄，他還有個堅忍沉著的狠勁！」

餞別筵上，袁振武扶醉歸寢。掌門弟子俞振綱在終席之後，師父、師妹回歸內宅，一群弟子也都散去，他就懷著不安，退入私室。袁師兄的話風，已經微露稜角，自己怎麼連一句表白心情的話都造次說不出來呢？袁師兄的脾性是這樣，師父的脾氣又是那樣；當著師父的面，要想對袁師兄表說兩句，也真是左右為難。

反覆思量，俞振綱輾轉不能成寐；悄悄的起來，邀著胡振業，要到袁師兄房中，做一度剖心惜別之談。但是袁振武已經沉醉大睡，呼喚未醒；與他同舍的馬振倫，也已解衣而臥了。

俞振綱退了出來，心想著明天早晨，可以親送袁師兄登程，有話那時再說；想了想，遂解衣歸寢。

直到次日天曉，雞鳴三唱，俞振綱起來，率同門師弟胡振業、謝振宗、蕭振傑等，來到袁振武房門。與袁振武同舍的馬振倫剛剛起來，穿著短衫往外走；一見俞振綱，迎著叫道：

「俞師兄，你瞧！袁師兄也不知道什麼時候，竟悄沒聲的走了！」俞振綱、胡振業一齊詫異道：「昨天說得好好的，師父還叫我們大家送袁師兄上船呢，他真自己個走了嗎？」幾個同門隨著馬振倫，一齊進了屋。只見袁振武的房內四角空曠，床上只留下一條薄被、一床褥子；他昨日打點好的網籃被套等物，已經先時送出去了。這時屋中是人去樓空，任什麼也

沒有了。

　　俞振綱不由一呆。胡振業道：「這不能吧！他昨天喝得大醉，怎麼會老早的就走了？」忙到門房詢問，門房道：「袁二爺由打四更，就自己開門出去了。臨走叫醒我，教我關門。我問他：『袁二爺這就走嗎？』他說：『不，我先去看車。』」胡振業道：「這麼說，袁師兄恐怕還沒有走。」馬振倫搖頭道：「不然，我猜他十有八九走了。」

　　蕭振傑道：「這得稟師父一聲去。」胡振業一把將他扭住，道：「你先別忙。俞師兄，師父本來吩咐你我三個人親送袁師兄登程，現在他若沒走倒罷了，他要是真走了，咱們是不是進去回一聲？」俞振綱略一沉吟道：「好在袁師兄昨夜就說過了，今天走得早，就不再驚動師父了。袁師兄也許真是看車去了，我們先找找他。」

　　於是俞振綱、胡振業和馬振倫三個人，急忙穿上長衣，去到車驟店打聽；但是車驟店竟沒見袁振武來。又到城裡鏢局詢問，鏢局也說袁振武並沒有來請搭伴同行。文登縣城地方不大，三個人找了一圈，沒得袁振武的影子。胡振業道：「也許袁師兄這工夫回了南大街了，我們回去看看呢？」三個人又折回丁朝威的宅內。

　　此時天色大亮，丁朝威早已起來了。按照平常的規矩，就該督促徒弟下場子、練功夫了。從封劍之後，這督促之責，便交歸俞振綱。丁武師一起來，記起女兒昨夜之言，漱洗已畢，便問了下來：「袁振武起來了沒有？」蕭振傑冒冒失失的答道：「袁師兄天沒亮，就悄沒聲的走了；現在各位師兄都出去找他去了。」

　　丁武師奇怪道：「他悄沒聲的走了？他什麼時候走的？叫你俞師兄來。」

　　蕭振傑見師父面色似不平善，慌張的答道：「俞師兄、胡師兄、馬師兄都出去找袁師兄去了。袁師兄是起四更走的，我們都還沒起來呢，我們都不知他走了。」

丁武師勃然大怒道：「好，他公然不辭而別！他還沒有離開我眼皮底下，就敢這麼狂傲忘恩。我老頭子有什麼虧待他的地方，惹得他寒心？去，快去到碼頭上，把他追回來；我倒要問問他！若容他這麼離開文登縣，我丁朝威沒臉見人了。」

蕭振傑嚇得連聲答應，只是站住了發怔。丁武師把桌子一拍，喝道：「怎麼還怔在這裡！你這小廢物，快把你俞師兄找來。」

丁朝威大發雷霆，丁雲秀姑娘忙走過來，勸道：「爹爹別生氣，袁師兄昨天不就說了嘛，他要趕船，怕動身要早；走的緊，就不驚動你老了。他昨天不就給你老磕頭辭行了嘛？你老別聽振傑這孩子胡說，他有好事，也說不出好話來。振傑，你快去把俞師兄找來吧。」

蕭振傑如逃難似的退下來。剛剛的徘徊著，要出去找俞振綱；恰巧俞、胡、馬三人已經一同回來。蕭振傑一五一十告訴了俞振綱，道：「師父又發脾氣了，嫌袁師兄私走，要找你要人哩。你快把話編好了，再上去吧。」

俞振綱道：「袁師兄走了，師父怎麼找我？」蕭振傑道：「你不信，師父剛才就直找你。」

胡振業：「得啦，又是你這個砸鍋匠，把師父招翻了。」正說著，丁雲秀不放心，已然走了出來。忙對俞、胡關照了幾句話；又囑咐了幾句話；叫俞振綱自己上去，把胡振業、馬振倫全留在外面。

俞振綱見了師父；丁武師鐵青著面色道：「振綱，你上哪裡去了？你可知道袁振武不辭而行了嘛？」俞振綱道：「弟子知道！袁師兄這可不對了，他簡直像叛師忘恩；所以弟子才一曉得，就擅作主張，跟師弟們趕下他去了。弟子追上他，要當面請問他，師父哪點錯待了你，你這麼拔腿就走！他若說不出個所以然來，弟子就不能好好放他離開文登縣！」

丁武師的怒火稍息，倒背手，說道：「對！好孩子，是這麼著。你剛才沒有打聽著他的去路方向麼？」俞振綱道：「剛才在城裡找了個到，他

竟沒在城裡，也沒人見著他。」丁武師想了一想，道：「他一定奔碼頭去了。」

俞振綱：「弟子也這麼想，弟子這就奔碼頭找去。」轉身就要走。丁武師道：「且住！你一個人去，差點。」

俞振綱道：「弟子還是叫胡師弟、馬師弟，我們三個人一同去。」丁武師道：「好，就是這樣，越快越好。你對他說，師父有話，要當面對你講。他只要膽敢說出一個不字來……」俞振綱道：「那，弟子哥三個就不能叫他容容易易的走了。」丁武師臉上的怒容越發消釋了，並且露出笑容，道：「對！可是，你們也不要太魯莽，你們還得拿他當師兄看待。」俞振綱道：「那是自然，只許他無禮，咱們可不能錯了轍。師父的心，弟子很知道，你老只管望安。」

丁武師十分快慰，一擺手，叫俞振綱退下；臨行又催了一句，道：「你們立刻就去。」俞振綱道：「是的，弟子不吃午飯了，我們在外面買點什麼吃。」說著，大岔步走了出來，丁武師倒背手進了書房。丁雲秀姑娘在旁聽著，借了個機會，跟著出來。

俞振綱來到外面，抹了抹頭上的汗，群師弟紛紛動問：

「師父交派了什麼了？」俞振綱搖手道：「振業，振倫，快穿上長衫，咱們趕緊到碼頭上走一趟。」三個人忙忙的穿上長衫。

丁雲秀追出來，叫住俞振綱，道：「俞師兄，你真要追趕袁師兄去嗎？」俞振綱皺眉道：「師父正在氣頭上，怎麼辦呢？」雲秀姑娘道：「我告訴你，你當真把袁師兄追回來，老爺子一定要先責罰他一頓，再把他逐出門牆。那豈不更反恩成仇了嗎？俞師兄，你要明白，袁師兄為什麼灰心？豈不是因為爹爹傳宗贈劍，把他越過去了？你務必要從中轉圜一下子。現在頂要緊的是，先把老爺子哄得不生氣，也就罷事的了。」俞振綱沉吟道：「師妹說得是，我這一去，見機而作。」

雲秀姑娘搖頭，道：「不然，不然！我告訴你，你趕上他，最好開誠

布公的，先安慰安慰他，然後催他趕緊回家。」說著，又把自己手抄的一本劍譜找出來，交給俞振綱；低言悄語，說了幾句。叫他萬一趕上袁師兄時，可以假傳師命，把這本劍譜贈給袁師兄；反正他是不回來的了，倒也不必再說別的。俞振綱點頭默喻，立刻率兩個師弟，奔往碼頭。

俞振綱想：這一次見了袁師兄的面，好好的剖心露膽勸勸他，第一，恢復了師門感情；第二，化解了同門怨恨。卻是打算得盡不錯，哪裡知道，奔到碼頭上，尋遍各船，何曾有個袁振武的影子？

袁振武飄然遠引，正不知他是走水路，還是走旱路？也不知他究竟是回家探母，還是別走異途？總之，他從四更一走，自此文登縣就不再見他的面了。就是在山東地界，起初還有人偶爾見過他一兩面，以後就銷聲匿跡，中原武林中，再不聞袁振武這個名字了。丁朝威老武師當然忿怒，經愛女開解，愛徒哄勸，日久天長，也就把這件事忘懷了。

文登縣城南大街「綢緞丁家」，自從廣宴眾賓、封劍閉門之後，丁朝威這老人果然不再談武。但是丁門中，照樣的由掌門弟子俞振綱代師授徒，把拳、劍、鏢三絕技，日日精練。卻是起初在袁振武未走時，丁武師督促俞振綱還不甚嚴；自有這一變，丁武師口頭上任什麼不說，卻逼迫俞振綱和胡振業的課藝越嚴，就是女兒丁雲秀，也天天催著她下場子了。

還有袁振武的故鄉 —— 直隸樂亭縣城，本來沒有鏢局，卻有信局。丁朝威託了朋友，打聽過兩回。打聽的結果，袁振武之兄袁啟文先曾出仕，現時在家。袁振武早婚喪妻，已生一個女兒；家資富有，是當地首戶。袁振武卻是回家了，卻是稍住便又出門。 —— 這樣看來，丁朝威這老人表面剛傲，骨子裡並不是沒有心計的人，他似乎無形中也有了戒備，也有顧慮。

日移月轉，一晃半年。忽一日山東濟南府盛字鏢局，來了一個行色匆匆的少年，求見總鏢頭鐵膽谷萬鐘，和鏢師三才劍徐勇。雖只半年，這鐵膽谷萬鐘谷老英雄，已因年衰告休了；三才劍徐勇也已押鏢出去，不在鏢

局。這少年又打聽其餘的鏢客，恰有滁州名武師楚寶珩，接任盛字號總鏢頭；一看名帖是袁振武三個字，想起來是文登縣太極劍名家丁朝威二弟子，立即接見。袁振武以晚輩禮，拜見了楚寶珩。楚寶珩讓座獻茶，看袁振武滿面風塵之色，動問來意，說是路過此地。問他近來做什麼？說是給一家大戶護院，刻下護著宅主的少爺、少奶奶進京赴試。此來不過是過路，來看望看望谷老師傅，此外別無事情。手上還提著幾包點心，都是濟南的土產，是在街上現買的。

坐定閒談，楚寶珩問候袁振武的師父，近來精神可好。袁振武起立恭答，道：「家師托福平安。」慢慢談到師門中事，楚鏢師盛誇丁門三絕技，又誇袁振武得遇名師，跟著說：「我在下和令師只是慕名，沒見過面；得便我還想到文登縣，看看令師去。」袁振武信口應對，漸漸露出不寧貼的神情來。忽然，袁振武反問道：「楚老師傅，我向你老請教一件閒事。這武林中傳授掌門弟子，向例是論能耐好歹呢，還是論入門先後？」

楚寶珩不知原委，據情答道：「這掌門弟子，照規矩一向就是大師兄；誰先進門，誰就是大師兄，不論年歲大小的，敝派就是如此。」袁振武道：「這大弟子的功夫要不如二弟子呢？」

楚鏢師道：「功夫就是稍差，他也是要替師父持掌門戶的。五個手指頭，哪有一般齊的？掌門弟子是個名分，不論功夫。就說我們敝派吧，我們一共師兄弟十一個人，頂數九師弟功夫硬，頂數老大、老四糟。可是掌門戶、持家法的，還是我們大師哥。我們大師哥不但武功稍差，而且歲數也小。論歲數就是我們老三最大，跟我們老師只差四歲。」袁振武道：「哦，原來如此。」楚寶珩道：「一向如此的。怎麼，袁老弟，你忽然問起這個來？」

原來袁振武把這傳宗之事，很打聽過幾個人，認識的人知道他們這件事的，自然不肯實說，只權詞安慰他。他就成了心病似的，但凡遇見武林中人，定要盤問盤問傳宗掌門的事。

袁振武停了一停，又問道：「聽說家師聘女兒了，你老人家接著請帖沒有？」楚定珩詫異道：「接著了，怎麼你不知道嗎？」袁振武臉色一變，道：「弟子到南邊去了些日子，沒有得著家師的知會，半路上我才聽人說。也不知聘給哪一家？也不知道是哪天辦喜事？所以我要跟你老打聽打聽；我好預備點禮物，親去一趟。」楚寶珩道：「那就是了。我說郝先生，丁老師父是哪天聘閨女來著？他給咱們的那帖呢？」帳桌上的司帳郝先生站了起來，從一堆單據中，找出那份請帖：

謹詹於某年某日某時，為小女雲秀于歸之期，潔治樽觴，恭候臺光！席設山東文登縣南大街本宅。

丁朝威再拜

袁振武看著這帖，郝先生道：「這裡還有一張帖哩。」看時：

謹詹於某年某月某日某時，為長佷振綱授室之期。潔治樽觴，恭候臺光！席設山東文登縣剪子巷。

俞松坡再拜

袁振武虎目一瞬，陡然醒悟過來，道：「噢，嚇，原來是這樣，怪不得了！」一語出口，掩飾不迭。楚寶珩疑疑惑惑的問道：「你說什麼？怎麼樣了？」袁振武滿臉通紅，愣呵呵的說道：「我聽說，我們老師是招贅，這新郎原來是我們同門師兄弟啊！」

楚寶珩道：「我也聽人說了，入贅的新郎是丁老師父的一個最得意的弟子。」

第七章　鷹爪王北遊鎩羽

流光易逝，草綠春城。忽一日，文登縣南大街，「綢緞丁家」又復懸燈結綵；出來僕役模樣的兩三個人，把木刻的朱紅楹聯，照樣裝在門榜上，裡裡外外比前更忙。——那已是到了丁雲秀姑娘于歸吉期的前一天了。

老秀才俞松坡從故鄉遠來，給孤姪主婚。在文登縣城剪子巷，暫租下小小一院，作為新房；可是一切花費，全出自丁家。俞振綱是這麼孤寒，最親最近的長親，就是這位遠房五堂伯了。

他這是入贅，恩師丁朝威膝下無兒，只此愛女；東床選婿，老早的看中了這第三門徒。自從封劍閉門、傳宗授劍之後，這第三門徒便做了丁門掌門戶的大弟子。二弟子既因母病，出離師門而去，現在一切事都由這第三弟子代師主持了。

三弟子俞振綱頗知自愛，感恩知遇，敬業尊師，對同門師弟傾心授技，頗代師勞。上得師父愛重，下得同門歡心，只半年工夫，他的人材越發秀出了，他的武功更孜孜日進，他的老師督促他仍然很嚴。他的太極劍本來練得不甚精純，他常常用他自己最得意的太極棍；丁武師卻天天教他習練太極劍，直等到獲得劍術訣要為止。至於更求精進，那就專靠學者的自修了；到這一步，丁武師才稍稍放寬，不親眼督促了。

這師生的脾氣，一個外剛內熱，一個外柔內韌，似乎性情相反，而實際上竟很相投。弟子的武功日臻大成，老師心上越發欣悅，自以為老眼無花，承授得人。就時常把弟子叫到書房，隨便談心；往往清談徹夜，師生宛如良朋，簡直可說這是一種前緣。

忽一日，丁武師的良友曹州府安利鏢局老鏢頭崔起鳳，被邀來到文登縣。歡宴之後，這位崔老鏢頭就把俞振綱叫到客廳，屏人告訴他幾句話。俞振綱臉紅紅的感激無地，口中說道：「弟子幼喪生父，身世飄零，多承

弟子的始業師乖愛，把我從學徒的地位上提拔出來，一力成全我六年。後來看弟子菲材可教，我郭老師父就又懇懇的寫了一封信，把弟子轉薦到了丁門。在這裡數年，又蒙丁老師過於錯愛，把我這帶藝投師的後進，超拔為掌門弟子。弟子今日莫說學有寸進，深感師恩；就是弟子當年得免溝壑，也都是生受郭、丁二位老師的大恩。弟子感恩知遇，視師如父，並不知將來如何才能報答！不想恩師又這麼看重我，不嫌我出身寒微，竟要把他老人家膝前唯一的愛女，下嫁給我這個孤獨貧賤的小子，我實覺對不住恩師，怕耽誤了師妹的終身！」

俞振綱素不善言，對這提媒的大賓感激零涕的說了這些話，連自己也不知道這是感激，還是推辭；但是他口頭說得儘管欠明白，他臉上的神氣，卻帶出感切入骨的真情來。大媒撚鬚答道：「俞老弟，你不要心裡不安了。你師父沒兒子，你應了這頭婚事，你從此便是你師父的愛徒，又是你師父的愛婿，你將來正好拿這半子之分，繼子之親，來好好報答你老師。日後養老送終，全都靠你了，你還愁沒機會報答恩師嗎？」哈哈的一陣大笑，跟著道：「老弟，你說我這話對不對？你要是願意，來，跟我見你師父去；磕上三個頭，改了稱呼，親親熱熱的叫一聲岳父，不就完了嘛？」又一陣大笑，登時拉著羞澀驚喜的俞振綱，到內室拜見岳父、岳母。

同門眾師弟聞此喜信，個個來給老師、師兄、師姐道喜。

老武師丁朝威這天卻真是喜動顏色，俞振綱更是說不出的欣幸。丁雲秀姑娘在事先，早已知道父親的意思，這天叫小師弟們一哄，禁不得嬌羞滿面，俯首不能仰視，索性躲在內室，不敢下場子了。丁武師把這事預備得很快，一提親，便納采；才過禮，便備妝奩。只兩個月的工夫，俞振綱便和丁雲秀涓吉成婚了。

表面上是親迎，實則是招贅。丁武師不願叫自己的愛婿落個贅婿的名稱，所以地點，雖在文登縣辦事，仍請俞振綱的族伯來主婚。一切花費，

丁武師變著花樣，替愛婿措辦。

　　到吉期這一天，懸燈結綵，鼓樂喧天，高搭喜棚，盛開吉筵。山東、河南、直隸、江蘇各地的武林同道，和綢緞丁家的親舊友好、同業同鄉，紛紛前來道賀；車水馬龍，裝滿了文登縣半個縣城。丁武師精神歡旺，撚鬚含笑，款待眾賓。到帳房一看，竟收了一千二百多份賀禮；那喜幛、喜聯，添妝首飾，一盒一軸，不可勝計，都是先期送來的。內中卻有一份飛來的禮物，直到發轎時才送到。不過是一軸喜幛，帳房登簿時，首先詫異起來；這送的禮怎麼會姓「段」，名叫「段賢」？再看幛詞：做成金字，乃是「如兄如弟，共效於飛」八個大字。這「如兄如弟」四字出於《詩經》，上句是「燕爾新婚」，但是這麼引用，和「共效於飛」的這個「共」字合起來，未免視之刺目，捫之生稜。

　　帳房覺得離奇，忙盤問那送禮的人。送禮的竟沒等開腳力，丟下禮走了。帳房急叫來門房根究來人。門房說：「這個送禮的不是生人，就是本街上那個負苦的老柯；他說這頂幛子是今天早上，一個外鄉人出了一吊二百錢，臨時雇他來送的。送禮的人囑他放下就走，不要謝帖，也不許要腳力。」

　　這分明是故意惡謔了！帳房先生盤算了一回，曉得此事若被家主知道，必然發怒，大喜事也許生出枝節來。忙將幛子的金字藏起，又囑咐了門房，把這事揭了過去。丁武師忙著聘女兒、款來賓，一點也不理會，依然歡天喜地的，但是男家俞振綱那邊卻驚動起來。

　　丁家這邊於千數份賀禮中，收到這份怪幛子；俞家那邊，只收了幾十份賀禮，竟而也有這麼一塊紅幛子。下款是「愚弟段賢敬賀」，題辭更是惡謔。被新郎的伯父俞松坡看見，不禁駭異，盤問起來，道：「振綱，這是誰送的？是你的同學嗎？」

　　俞振綱過來一看，登時變色。俞松坡不由含怒，道：「這必定是你的同學，跟你作鬧；這太過了，太不像話了！」以為俞振綱跟同學頑皮慣

了，才抬出這樣惡謔來；俞振綱竟無法分辨，被俞松坡抱怨了幾句，自然也將幛子藏起來了。入洞房後，新郎俞振綱，和新娘子丁雲秀，鴛枕私語，話引話，說道這罵人不帶臟字的幛子；俞振綱疑心是謝振宗、蕭振傑幹的。丁雲秀姑娘笑著問幛詞，略一尋思，便猜出這個送幛子的人來。但是一場喜事，到底不因這兩幅幛子的惡作劇，便打破了人家的高興。新人夫婦依然兩情歡愛，丁武師依然大慰老懷。

　　成婚對月之後，新郎辭退了新租的新房，仰承老岳父的雅意，小夫婦搬回丁府。丁武師特辟了三間精室，給這嬌嬌愛女居住。三間房陳設著精緻富麗的嫁妝，另外一個陪嫁丫鬟，服侍著姑爺、姑奶奶。自此不久，俞振綱竟在丁府作了少主人。

　　丁朝威把家產分成三份，一份給了女婿、女兒；一份分給同族，堵住了遠房侄兒的閒言；另一份說是自己留的養老田，實在也要留給女兒的；——這更是俞振綱不曾夢想到的事。但是，當俞振綱在師門中欣得艷妻、享盡艷福的時候，那飄然遠引、怒出師門的袁振武，竟為別求絕技，跋涉風塵，受盡了坎坷！

　　袁振武自離師門，先回到故鄉樂亭縣，探看老母，一敘天倫之樂。在家裡勾留了些天，快快無聊，還是想出門。母親和哥哥勸他息遊家居，擇配續弦；袁振武搖頭不肯，把他的小女兒仍然交與祖母撫視著，乳母護養著。袁振武決然束裝上道，多備資斧，先遊冀南，又折入山東省境，在山東徜徉經月，一事無成；愧然住在店內，盤算了一番，想要更進一步遠遊訪藝。屈指算來，本省武強周家，他已經登門拜訪過，沒見著本人，不得要領而退。順路又到大名府去了一趟，也是徒勞奔走。從大名府折到曹州府，可惜曹州府佟家塢的佟老英雄，據他門上人說，已經北上進京了，機會不巧，也未得遇上。

　　於是悵悵盤遊。這一日來到魯垣，往訪盛字號鏢局。未得會著鐵膽谷萬鐘，由新來的滁州名鏢師楚寶珩接見。匿情閒話，潛訪師門動靜，竟在

鏢店櫃房上，看見了師弟俞振綱和師妹丁雲秀的完婚喜柬！不由得精神一振，失聲大呼！楚鏢頭摸不著頭腦，疑疑思思的看著袁振武的臉，說道：「令師招贅，聽得新郎是令師門下一個最得意的弟子。你不去賀喜去嗎？」

乍聞喜訊，刺耳椎心，袁振武倉卒不能置答。半晌，心神稍定，唯唯諾諾的應了一聲，道：「是的，是的，弟子這就要去。」不由得呆坐在那裡，默默發愣。

但是袁振武神思不屬，也不過片刻之間，旋即提起精神，口頭上和楚鏢師講些閒話，心中暗打算盤。忽說道：「弟子這是路過來拜訪鐵膽谷老師傅的，來得不巧，沒有遇上。楚師傅，我再向你老打聽一件事。現在武林中打穴、點穴的功夫，頂數哪家有名？會打暗器，和會接暗器的，頂數誰呢？」

楚寶珩道：「講到打穴，頭一位自然是令師，他能用金錢鏢打人穴道，這門功夫太難太好了。其次曹州佟家、武強周家，這都是有名的；可是點穴一功……」袁振武道：「這幾位，弟子都聽說過，是北方的名手，不知道南方還有誰？」楚寶珩道：「南方嘛，聽說鄱陽湖有一位出家人，叫做五峰山僧，也擅點穴，又擅按摩接骨之術；四川也有一位能人，好像是姓解呀，也不知是姓謝？此人也擅點穴。至於會打穴的，除了令師而外，成名的人歷歷可數，不過三五個人罷了。江西南昌有一位老英雄，叫做什麼金剛聖手范海陽的，善用點穴鏢，曾經單人匹馬，驚散了一夥江洋大盜，聽說此人現時還在。」

袁振武忙問：「這位范老師傅現時在哪裡？」楚寶珩道：

「大概還在南昌設帳授徒哩。不過他這人選徒弟很苛，專挑品貌清秀的，又討厭北方人，有的遠道慕名，登門獻贄，只要不入他的眼，他就峻拒絕收；合了他的脾胃，他又多方羅至門下。這位范爺總算是最負盛名的了。還有，湖北漢陽城內，也有一位名聲不大響，功夫實在高的打穴名

家，此人姓郝名清，乃是一個大財主。（說起來，這郝清就是後來的漢陽打穴名家郝穎光的叔父。）

楚寶珩接著又道：「河南烏龍集的銀笛晁翼，是用判官筆打穴的。山西龍門薛筠，是用點穴鑭的，就中以龍門薛筠的年紀最輕，威名也大；但是薛家向例只傳子，不傳徒的。那銀笛晁翼字良弼，也是才四十六七歲的人；為人知書能文，兼通內外家的拳技。有一個心愛的徒兒，叫做姜羽沖，這小夥子就很夠料。晁翼不但打穴的功夫好，也善接暗器。」

袁振武問道：「是嗎？這位晁師傅現在河南嗎？」楚寶珩道：「此人還在他的老家烏龍集住著。聽說此人曾經出仕，做過兩任守備，後來就退休了。我們這裡的汪開平汪師傅，跟他師徒有個認識。據說這位晁老夫子最初是以判官筆打穴成名的；成名以後，他倒不用判官筆了。他這人喜歡吹弄笛子，他打造一管銀笛，天天擺弄著；他能用這笛子，點打人的穴道。

他這人外表滿不像個武人，倒像個黑墨嘴、耍筆桿的，他的愛徒姜羽沖，也是個清秀文雅的少年人。乍一見面，師父文縐縐的，像個紹興師爺，徒弟像個小書僮兒，外行再看不出他們有本事。這爺倆常常騎驢遊山逛景。旱路上的大盜狗眼張飛，冒冒失失的拾買賣，被晁氏師徒遇見，上前好言攔阻。狗眼張飛糊裡糊塗，把他看成平常人，一不搭碴，動起手來。狗眼張飛一連發出七支飛叉，都被晁氏師徒接了去。姜羽沖這小夥子手疾眼快，比他師父也不含糊，竟接了三支叉。狗眼張飛這才看出不好來，撒腿要跑，沒有跑開，竟被人家點成殘廢。至今狗眼張飛還拄著拐，跑到江北跳槽，靠吃賭局為生了。這便是晁爺成全他的！」

楚寶珩說得高興，屈著手指頭，幾乎把當代有名的英雄說盡。隨後講到善打暗器的名手，這比會打穴點穴的人又多了；一口氣竟舉出二十多個人來，暗器的種類也是無奇不有。內中能打又能接的，也有這麼七八位。八臂哪吒葉天來，如今已是六十多，奔七十的人了，他就善打連環鏢，又善接鏢。早年能夠在夜間聽風接鏢，近年老了，二目昏花，只能白天接鏢

了，可是手法照樣很俐落。「不過聽人說，這個人去年已經謝世了。」

袁振武聽了，細追問善接暗器的名家，現存的都還有誰？

言者無心，問者有意；楚寶珩想了想，也舉出幾個人來。如子母神梭武煥揚，如陰五雷馮靜、陽五雷馮泰，如鷹爪王王奎，如驢臉葛春茂，如紙捻兒鄭三多，都是善發善接的好手，都是現時健在的人。袁振武記憶力特別強，聚精會神的聽著；這些人也有他聽說過的，也有他不知道的；他卻把這些人物的能耐、年歲、籍貫、住處、收徒不收徒，一一打聽來，都謹記在心。

又談了一會閒話，袁振武道：「楚老師這一席暢談，開我茅塞不少。弟子涉世淺，哪裡知道這些名人前輩，真個的芥子不知江湖大了。弟子現在告辭，改日再來候教，谷老師、徐老師面前，就煩你老代達吧。」起身抱拳，行禮告退。楚寶珩攔住道：「吃了飯再走吧，忙什麼？我還有事煩你哩。」袁振武忙問何事。楚寶珩道：「我這裡要給你令師備點人情。你師父又沒有兒子，只一個女兒，這回出聘，這理當親身往賀，無奈頂著這份生意，不能分身。我們這裡備了一副屏，和一些匹頭，我現在打算托你捎了去，對你令師，替我說客氣一點……」

袁振武道：「這個，你老人家最好還是……因為弟子現在店中還有僱主等著我哩，這樣辦吧，我先出去辦事；你老要是沒人送，等我回來也好。不過，路程遠，只怕弟子半月裡翻不回來。」說著匆匆的往外去，口中還是盤問一兩個善打穴、善接暗器的名手的住址；因為他對這一兩個人還沒有打聽明白。

袁振武且問且說，直走到鏢店大門，楚寶珩直送到大門以外。袁振武深深施禮，抽身告辭；楚寶珩眼看他下了前階，走入大街，低著頭一步一步，轉彎抹角走開去了。楚寶珩這才轉身歸內，含笑說道：「這個小夥子真愛打聽，把那一對豹子眼都聽直了，真是閱歷淺。任什麼不曉得，聽什麼都覺著新鮮。」

說過了，也就自幹己事，丟在腦後了。

袁振武一路上尋思：「跟子母神梭武煥揚素有認識，無奈趕上人家不在家，白撲了一空，只遇見他的兒子武勝文。那鷹爪王的下落，總算打聽出來了，卻不知準對不對。那郝清是可以的，但又距此太遠。現在投奔哪裡去好呢？」又想到那兩份喜帖：「師妹丁雲秀果然下嫁了俞振綱了。果然傳言不虛，一定是招贅；不然，怎麼俞振綱的伯父俞松坡，反倒上文登縣來辦喜事？……」深思默揣，忘其所以，猛聽對面吃喝了一聲；急抬頭，忙閃身，才曉得自己行路忘情，險些把人家一個三十多歲的婦人碰倒，不禁自己臉紅起來。那婦人一手提竹籃，一手拿著半捆大蔥，竟潑刺得很；順手掄蔥，照袁振武打了一下，破口大罵起來。袁振武把一對豹子眼一瞪，碗大拳頭一舉，忽的微喟一聲，急急的抽身跑開了。隱隱聽見背後閒人們的哄笑，和那個婦人的惡聲穢語，袁振武夾耳根燒起來。但是他仍然一言不發，只顧像被鬼趕似的緊走，於是走出了這條街。

回轉店房，往床上一躺，店房中當然只他一個人，也沒有偏主，也沒有旅伴。直到萬家燈火齊照，方才迷迷糊糊的走出來，尋到一家飯館，買酒獨斟，喝了一斤半女貞。醉眼強睜，重返店房；命店夥泡茶濃飲，對著燈愣了一晌。把俞振綱入贅的日子掐算了一回，隨即倒頭睡下。次日起早，離濟東行。半月後，沒精打采的出了山東境界。

袁振武踽踽獨行，心懷餘恨。古道驢背上，茅店燈影裡，悵念前塵，唯有一嘆。一者，師門廢立之事，予以難堪；再者，雲秀下嫁，振綱入贅，說不出口的留下一種遺憾。馬振倫私告自己的話，丁雲秀對己不滿的話，一想起來，就疑恨參半，「真的嗎？」

翻來覆去的尋思：「在丁門這些年……年未弱冠，初入師門，那個小師妹才十二三歲，一派天真，嬌如小鳥，同堂習藝，載笑載言；至今記得她蹬小蠻靴，披鵝黃短衫，打起拳來，玉腕輕揮，纖腰俏轉，每每的叫著自己：『二師哥！二師哥！』這一招發的姿式對不對，那一招打得力量勻

不勻，互相切磋，毫無避忌；似乎倍有親情，視己如兄。等到她的胞兄夭逝，身在師門也已日久，越發相待如家人父子了。並且師母在病中，也曾滴著眼淚說道：『振武，你師父老運不好，把獨生大兒子糟塌了，往後我們只指望你了！』自己也感激零涕，替師門服勞，代操家事，毫不外道。就是師父也說過：『師徒如父子』的話，叫我給師妹領招，把她當胞妹看承。……既而光陰荏苒，雲秀及笄，她還是照常下場子；只不過在內宅獨練的時候較多，逢到練對手時，才換上蕭振傑，給她接招罷了。

起初自己『使君有婦』，未存他想；等到身婦悼亡，不由得潛動了求婚之念。又慮到年歲稍差，恐有不合，一時猶豫未言。

到了這時，可就俞振綱帶藝投師來了；漸漸的情形有變！……而現在，舊夢成空，『羅敷有夫』！自己那番打算，幸而沒有冒昧煩冰啊！……從今以後，自己將如孤鴻斷雁，飄泊江湖，另尋際遇了！還有什麼說頭呢！」

思索著，袁振武搖了搖頭。因又想起了俞振綱，看外表平平常常，他倒會買住了師父的歡心。又想起石振英，和自己吵過架；還有胡振業、蕭振傑；只有馬振倫，是個直腸人，和我不錯。……又想起了師父丁朝威，可憐自己一番熱忱，臨到末了，大庭廣眾之下，廢長立幼。……封劍傳宗那天的情景，火似的兜上心來。「我袁振武至死要爭這口氣，到底誰行誰不行！」啪的一鞭子，胯下騎的驢被打得一進，箭似的飛奔起來。

後面的驢夫慌忙跟著飛跑。

袁振武忿然的踏上「訪藝」的程途。楚鏢頭所說的南北武林名手，他定要挨個兒訪到；不過這自然要由近而遠。師祖左氏雙俠情意拳拳，頗有垂青的意思，本要投了他去。轉念一想：「算了吧！除了太極門，就沒有別的路子不成？」脫然的離開冀魯，決計走河南，訪江南。

一路上櫛風沐雨，飽受旅途顛頓。袁振武出身富家，人甚能幹，在路上少不了與車船店腳搗亂。但他已然自覺性情剛硬，居然處處檢點，痛加

克制著。一路平安無事，這日到達豫南；歷訪武林，專心求藝。

在豫南空勞跋涉，竟無所遇；盤算著，要投烏龍集，拜訪打穴名家銀笛晁翼，和他弟子姜羽沖，學學判官筆打穴的招數。又想要南下漢陽，投奔鷹爪王王奎；王奎鷹爪功在江漢一帶，稱得起威名遠震，他又會接暗器，正是袁振武要訪的人。

正在計擬不定，忽從豫南一家鏢局中，掃聽到鷹爪王的下落，說是鷹爪王現時正在豫北彰德府，是知府老爺邀他去當教頭去了。

袁振武聽了皺了眉頭；大遠的撲到豫南，這麼說，又得翻回去，越發的徒勞奔走了。但是，豫南這邊並沒什麼出色的拳家；烏龍集的銀笛晁翼，據說最近家中出了岔事，被仇家尋上門來。豫南武林中盛傳他身受重傷，已經閉門養傷謝客了。袁振武聽了，又是一愣，道：「那麼說，這位銀笛晁師傅的武功也不怎樣啊？」

鏢局那人笑道：「強中自有強中手，不過這裡面還有別情。銀笛的武功當世無比的，你只聽他受了傷，你可不知他把仇人毀得怎麼樣了。十幾個仇人夜襲他家，被他師徒二人料理了七八個；他那徒弟姜羽沖一手就打倒了三四個。」

袁振武道：「噢，原來是這樣，仇人是誰？」鏢局道：「晁家避諱不肯說，只以尋常賊情報官；人們猜想著，這仇家脫不了還是狗眼張飛支使出來的。」又勸袁振武道：「現在烏龍集鬧得風聲很緊，地面本來就不大太平。你老兄去了，恐怕不大妥當；還許被他們疑心是臥底來的呢。」

袁振武很懊喪，銀笛這裡只好留為後圖。默想一回，終於打定主意，略歇征塵，重複折回豫北。

到彰德府城，先覓店投宿，第二日便忙著打聽那個鷹爪王的行跡。好似走了背運一樣，又不湊巧，鷹爪王竟在當地因了某種罪嫌，被官家抓去了。袁振武不由大恚，出門訪技，一連數處，竟連半處也沒有爽爽快快訪出眉目；回想前情，越發的怨恨了。當下把鷹爪王犯案原由，仔細打聽了

一回。據說這鷹爪王果然武功出眾，膂力剛強，被湖南一家巨族，聘請來護送遠嫁的小姐，由湘入豫。因妝奩豪華，誠恐路遠不穩，所以特聘名武師護送。鷹爪王貪財好利，欣然應徵；帶著他四個得意的弟子，又借用了湖南鏢局幾個趟子手夥計，親手護行下來。

聽說半路上真就遇上成幫的強盜，被鷹爪王王奎施展鷹爪功的功夫，鎮住了盜魁。盜群中的二當家的武功很精，尤善打暗器，和三當家的、五當家的一齊動手攻圍鷹爪王。鷹爪王以少御眾，一點也沒有傷。群盜用鏢箭等暗器，遠遠攢打他，也被他將暗器接了去。大當家的一見這種情形，遂一笑借道放行。

鷹爪王從此聲威遠震。得意之餘，可就未免驕狂。僱主聘請他，禮貌本優，他還要挑剔。半路住店，因爭待遇，他的大弟子將人家一個親信的管家，打得險些嘔血。本家隨行的二老爺很不滿意，向鷹爪王說了幾句話，教他約束弟子。鷹爪王又性情護短，竟與二老爺鬧翻了。這位二老爺一見鷹爪王瞪著眼，直著脖頸大嚷，鬧得很不得下臺；知道鏢客們武夫氣質，翻了臉就許別生枝節。雖說護行的還有家丁兵卒，究竟可慮。

便換了一副笑臉，倒賠小心，把鷹爪王安慰了一回，才將這場過節揭過去了。二老爺既是巨室，又是捐過功名的職員，怎肯認栽？無形中啣恨下了。等到到了彰德，辦完喜事，會過新親，把這鏢客無禮的話，告訴了男親家彰德府知府。知府就將鷹爪王師徒抓了來，打了二十板子；把鷹爪王和肇事的徒弟，一齊送入監獄；先押他幾天，折一折他的野性。心想押些日子，圓過面子，便可以開釋了。

哪知武夫們寧死不辱，鷹爪王師徒在獄中鬧得翻江攪海，把二老爺和知府醜罵得不堪。他的二徒弟、三徒弟、五徒弟聞警先期逃走，卻潛伏在獄外，一心要給師父報仇出氣。粗魯漢子，糊塗主意，一下子把事弄大了。鷹爪王的徒弟一面通賄賂、遞消息，一面盤算怎樣幫助師父越獄，一面又要騷擾仇人。一著錯擲，滿盤全輸，外面的三個徒弟也有兩個被

捕了，只逃走一個。師徒四人竟飽嘗縲絏之苦，而且罪名也弄得吉凶難測了。

幸而有湖南鏢局派來的那一個趙子手、兩個夥計，還算是有心計、有擔當的人。出事時，他們沒有回去，忙忙的先藏起來，略避風色，跟著找到彰德府武林中的朋友，和當地鏢局同業，拿著江湖道的義氣，請求他們幫忙。

彰德府的名武師田鴻疇，和泰記鏢店的總鏢頭尤敬符嚇了一跳，相顧說道：「想不到王五爺成名的人物了，竟不曉得民不鬥官，力不鬥勢，我們又有什麼法子呢？」當不得鷹爪王的徒弟愣頭羊屈勵才，和趙子手方大福再三的央求，田鴻疇和尤敬符勉強答應下，先給託人打聽案情。按理說，應該先從受禍處入手；田鴻疇便托當地紳士，求見二老爺，勸他看開一步。

又道是：「我們仕宦人家犯不上跟這些武夫結怨，有壞處，沒好處的。就是把鷹爪王毀了，他們還有同門同派；固然我們不怕他們，可也不值跟他們一般見識。」這位二老爺也覺得把事做得過火，心上未免有點疑慮；但是這一案可惜已經弄到能發不能收的地步了。

那位知府正在氣頭上，對人說：「這些亡命之徒膽敢陰謀破獄，幸虧我查覺得早。若當真被這個鷹爪王鋸斷鎖鐐，破獄逃出來，他又有好幾個徒弟，怕不要弄炸了獄，連死囚也許被他放出來呢。他們太目無法紀，情同叛逆了；不重辦他們，怎麼能行？」話風中，又捎帶著打聽獄外是否還有鷹爪王的同黨。

這一來，那個說話的紳士也不肯多管了；反而有枝添葉，故甚其辭，對田鴻疇、尤敬符學說了一遍，勸二人不要蹚渾水，把禍害攬到自己身上。

田、尤二人越發的頭皮發麻，立刻把鷹爪王的徒弟屈勵才，和那趙子手方大福找來，一五、一十，照樣學說了一遍，抱怨他們：「既然托我們

說人情，就不該瞞著我們胡鼓搗，敢情你們爺幾個竟往獄中傳遞犯禁的物件了，你們倒說得稀鬆？現在知府大爺很動怒，口口聲聲說是叛逆，還要查拿黨羽。這可不是鬧玩的，我勸你們哥們趕緊奔回去想法子吧。這幾天，外面風聲很不好，你們又是外鄉口音，一個弄不好，都打在網裡，更壞了！」

連連的搖頭嘆氣，把事情說得很凶險。鷹爪王的徒弟愣頭羊屈勵才又驚又怒，就在泰記鏢店大罵起贓官劣紳來：「娘賣皮的，賴我們造反，我們就造反！我爺們倒要鬥鬥這贓官！」把武夫的粗魯脾氣發作起來，不住的拍大腿，頓足亂跳。趟子手方大福愣呵呵的聽著，也不知道該怎麼好了；鏢頭尤敬符和田鴻疇卻嚇了一跳。

田鴻疇就抓住了屈勵才的手，按他坐下；尤敬符就掩住了他的嘴，變顏變色的說：「這是胡嚷的嘛，爺！這鏢店緊挨著大街，要叫做公的聽見，你們倆一個也跑不掉，連我們也吃不消啊！」異口同聲，催屈勵才和方大福趕快離開彰德府。仍恐二人在此逗留，生出別的枝節來；尤敬符急急的到櫃房上，支出三十兩銀子，分做兩份，拿來塞在屈、方兩人手內。田鴻疇也從身上掏出一錠銀子，說：「這幾兩銀子給你們哥幾個買路菜吧，千萬千萬別在這裡鬧事；那麼一來，反倒給你師父添罪了！」

愣頭羊冷笑著告辭。真個的不出二鏢師之所料，出離鏢店，他就跟趟子手方大福商計，求方大福火速翻回去，給他師母、師叔送信。方大福很熱腸，滿口答應。

屈勵才自己竟藏伏在彰德府關廂外小店內，想了三整夜的主意。起初要探獄救師，又要找二老爺行刺；隨後想出一個「插刀留柬」的法子，他要夜探府衙。可惜他僅僅認識有限的幾個字，連封明白的信札都寫不出來；若要漂漂亮亮、厲厲害害的寫一封柬帖，把知府郁錦棠威嚇一頓，叫他把鷹爪王開釋出來，可惜他又辦不到。這愣頭羊真有個猛勁兒，買了兩張信紙、一個信封，想好了辭句，拿了幾百錢，就奔大街，要找擺卦攤的

先生，求他代筆。

出離店房，一找便得。卻不意屈勵才二天三夜，憋出了這麼一個好主意，才對算卦先生一說，便把算卦的嚇得搖頭擺手，峻拒絕遑，道：「爺臺，你老這是做什麼，跟誰開玩笑啊？這可不是作耍的！」

任憑愣頭羊出多少錢，怎麼說法，算卦先生一定不肯代筆，而且瞪大眼睛，倒把屈勵才看成半瘋，再不然就是陷害誰。愣頭羊又問別的卦攤，也是依然推辭。

愣頭羊怒極，氣哼哼的走開。猛抬頭一看，街上有一個茶館，靈思一動，走進去喫茶，就便問茶櫃上借筆硯。研好了墨，他就在茶桌上，滿把握著那枝破筆，一筆一劃，像耍小槓子似的，自個哼哼唧唧的寫起來。這才曉得筆太重，信紙也買少了；核桃大的字寫了好幾個，墨淡了，竟潤了一大塊。賭氣扯碎，重買了一疊信紙，如意細寫。費了一頓飯工夫，扯了好幾張紙，居然寫成了七八五十六個大字。文云：

「字諭贓官郁金棠，不該陷害忠義良；我今與你三天限，快快釋放鷹爪王。三天若不將他放，鋼刀之下命染黃。贓官問我名和姓，江湖人稱愣頭羊。」

屈勵才鏤心刻肝，想出這麼八句詩，寫成看了看，非常痛快。只有一節，把知府郁錦棠的名字寫錯了一個字了；「忠義良」三個字大約也很費解；「鋼刀之下命染黃」更稀奇了，大概只有他一個人明白：「黃」字下還有一個「泉」字，被他趁韻刪掉了。

屈勵才拿著這枝禿筆，當槓子耍時，茶桌旁也有一兩個茶客看見了，覺得很蹊蹺，就試著盤問他：「我說二哥，你這是寫什麼？」屈勵才把眼睛一翻，道：「少管閒事！」直等到寫完，裝入信封，便會了茶錢，交還筆硯，傲然的走出去了。

用過晚飯，在小店閉目養神。挨到三更時分，是夜行人活動的時候了，愣頭羊屈勵才穿上長衫，拿著一個小包袱皮，內穿短衣裝，不帶鋼

刀，只攜匕首。問路石子沒有，卻預備了幾塊碎磚頭。輕輕出來，倒帶房門；出離店房，脫下長衫，施展夜行術，嗖嗖的奔向城門。不意身臨切近，城門早已關上了；屈勵才矍然罵道：「娘賣皮的，忘了這個了！」

屈勵才繞到城牆僻靜處，思量著要爬城而過。這個愣頭羊，人雖然愣，功夫並不含糊；只是壁虎遊牆功，他不曾深究過，現在他要幹一手了。尋到一處，城牆稍頹，灌木叢生；愣頭羊四顧無人，把匕首插在裹腿上，書束揣在懷內，長衫包在小包袱內，繫在胸前；單找城牆磚縫，用手指扣住，腳先登牢，就這麼臉面朝外，一步一步往上倒步。也虧了他，居然累了一頭汗，眼看要爬上去了。卻在他翻身換把，要往城堆上跨大腿時，一腳懸空，一手搬堆，一個勁兒沒拿勻，手把雖沒撈空，那一隻腳竟滑下來；暗道：不好！急急的手爪用力，雙手搬堆口，使勁往上一翻。身懸力重，把這半坍的堆口上的磚搬了下來；嘩啦的一聲，連人帶磚全墜落下來了。

愣頭羊身往下墜，情知城牆的建築是往上傾斜的，必要搶破了臉。就在下墜時，愣頭羊腳往內踹，頭往外探，貼著牆滑墜下去了，「咕咚！」一聲落地。多虧他預備著挨摔的架式，沒很摔實，拂土立起，拍拍手，頓頓腳，只把手蹭傷了一些，頭臉幸沒搶破，腰腿也沒墩壞。愣頭羊罵了一句：「倒楣！」愣呵呵望著城牆，束手無計。沉了一會，還不死心，試著又爬了一回；照樣功敗垂成，又掉落下來。早知道城門已關，就該暗帶釘鞋，便容易爬城了。

愣頭羊繞著城又轉了一圈，哪裡都一樣，都不好爬，頓頓腳走回去了。翻牆入店，幸未遇上人；倒在鋪上，翻來覆去睡不熟。

次日天明，便去買釘子，要穿在鞋幫上，以備爬牆之用。

買來回店，鼓搗了一陣，把鐵釘一個個穿入鞋幫之內。弄完了，忽然捶頭頂，自罵了一聲渾蛋；「你何必定要一死兒爬城，你就不會白天先搬進城去嘛？」真是當局者迷，愣頭羊不能不自罵渾蛋了。

　　愣頭羊屈勵才立刻算還了店帳，遷入彰德府城內一家店房中。挨到三更，心想這一去，如果馬到成功，定可以把知府嚇酥，就可以救出師父來了；也算給田鴻疇、尤敬符一個難堪。

　　又想：事情如不順利，我可以不回店，一徑翻城牆，逃回故鄉去；面見師母、師叔，再想辦法。那麼，這雙釘鞋仍還有用。

　　遂照樣穿了釘鞋。候至夜闌人靜，悄悄的溜出店房，雄糾糾的奔到府衙附近。先繞衙一轉，覷定出入路口，飛身上房。

　　愣頭羊只是一個鄉下小夥子罷了，夜行功夫並非行家，也沒有踩道，就撞來了。在店房設想：一入府衙，立可尋著知府的臥室，輕撬門楣，掠身入室，把帳子挑開。認清了知府，把匕首刺入案頭，將書柬穿在匕首上；然後把桌子重重一拍，喊道：「贓官！無故屈辱英雄，小心你的項上狗頭！」把他驚醒，自己就飛身出去；知府醒來，勢必嚇得抖衣而顫。一定連夜找師爺，想善後之策，把我的師父開釋出來。我們師徒欣然還鄉，我師父從此一定要看重我了。」

　　愣頭羊想得這麼好，不意一入府衙，竟茫然失措。站在房上，往下一看，想不到府衙前前後後，竟有這麼許多房間。各房間多半熄了燈，當中一層層的儀門、大堂、二堂、花廳、簽押房、內宅、穿廊，左右一處處的四合房，數也數不清；這和愣頭羊理想中的府衙太不同了。他想府衙不過是一所三進的四合房罷了，左跨院是監獄，右跨院是庫房，三班六房都在前院，夫人小姐都在後院，當中院子便是大堂。再不料府衙房舍雖然破舊，格局竟如此之大。

　　愣頭羊既然奔來，有進無退，飄身下落，躲避著巡更官役，亂摸起來。沒燈光處，先不尋著，單找有燈光處。他卻小看了府衙的關防。繞到一處花廳，猜想不是大堂，定是二堂，堂前掛著氣死風燈，四周闃然無人。愣頭羊伸頭探腦，往花廳內一窺；屏風之後，似通著過道。愣頭羊從黑影中鑽出來，躡手躡腳，東張西望，頭像撥浪鼓似的，剛剛走了幾步，

陡聽一人喝道：「什麼人？」

　　愣頭羊急急的一看，平地無人，更樓上有燈光閃耀，黑影中一排廂房的門扇卻猛然一開闔。驀然間，有兩三處地方聽得厲聲叫喊，愣頭羊抽身欲逃。這一來，越發使府衙中人看出破綻來。從東一處、西一處的迴廊牆隅，轉出十幾個人來，有的往裡跑，有的往外跑。亂嘈嘈中，有兩個人提著花槍，虎似的奔來。

　　愣頭羊屈勵才尚欲留戀，把身形藏在黑影中，不往來路跑，仍往裡面鑽。登時府衙內外喧譁成一片，裡面砰的一聲，似關上大門了。燈光紛亂，竟有人高喊道：「有賊了，外花廳進來賊了！不好，賊奔延暉堂去了！」又有一人大聲招呼道：

　　「快傳大班來，快快護獄！」當下，又由班房竄出兩個彪悍的大漢來，掄鐵尺追趕愣頭羊。愣頭羊一伏腰，將匕首拔出來。早有更夫一槍戳到，被愣頭羊一閃，伸手便來奪槍，竟被他一用力，把更夫掄倒，將槍奪過來。更夫爬起來，大嚷便跑。那兩個快手立刻迎上前，齊聲吶喊：「夥計快告訴魯頭，護內宅要緊！」

　　聲喊之際，聽見一片關門加栓之聲。愣頭羊挺匕首，傲然顧盼；見又有府衙捕快趕到，遂聳身一竄，搶奔西面牆根；要找一面倚靠，以免腹背受敵。騰身一躍，腳落實地，方一個轉身；那兩名捕快中，一個黑大漢很凶猛的撲來，喊罵道：「瞎了眼的賊，也不看看這是哪，竟敢來送死！這是府衙！」

　　這黑大漢特為叫出府衙二字來，威嚇愣頭羊。話到人到，鐵尺也到，照著屈勵才，摟頭蓋頂，就是一鐵尺。愣頭羊還罵道：「爺爺正要宰你們贓官惡吏！」往左一上步，「砰」，那鐵尺打在牆上，崩得碎磚飛濺。愣頭羊「夜叉探海」式，斜探身，一匕首，竟嗤的一下，把黑臉快班的右胯扎傷一大塊。黑快班哎喲一聲，往左擰身，急急的一閃，不知怎麼的腳下一絆，撲通，像倒了一面牆，摔倒在臺階之上。

愣頭羊哈哈一笑，道：「叫你嘗嘗三大爺的厲害！」那第二快手大叫道：「賊人拒捕傷人了！快來人，快來人！」只顧救護同伴，竟不敢搶奔愣頭羊。愣頭羊心想：府衙的快手原來這麼膿包！不由膽氣越豪，轉身仍往裡闖。

忽然，從迴廊下，又竄出一名邏卒模樣的人，掄一把單刀，攔腰便剁。愣頭羊見來人又是一個力笨漢，用匕首一撥，刷地一個「掃堂腿」；噗通的一聲，又把邏卒掃躺在地上。

嚇得邏卒鬼叫似的連滾帶爬，拚命逃走。愣頭羊此時頗有虎入羊群，目無餘子的氣概，得意之餘，竟任那倒地的邏卒一路翻滾，逃奔後堂去了。

愣頭羊飛似的奪路再往裡闖，竟一點顧忌也沒有了。連躍數丈，前面有一道角門阻路。正要奔過去，忽然見角門一開，鑽出兩個人來，兩個人都手拿著腰刀。愣頭羊大喝道：「閃開！」凶神似的撲過去，不防那兩人驚叫一聲，翻身退入角門以內。忽隆的一聲，把角門閂上，在後面頂上什麼東西，一疊兒聲的叫：「盧頭、李頭，快來！賊在左角門呢。」

愣頭羊用肩頭一扛，角門並不嚴緊，險些被他撞開；角門內越發驚叫起來。但是，在這紛亂之際，全衙早已驚動。從前面湧來許多人，借廊柱隱身，看不清人數；唰的一響，斜奔角門射來一排箭。愣頭羊聳身急閃，幸而地勢迂迴，處處掩錯，不能支支瞄準。但雖這樣，愣頭羊便已支持不住了。唰的又一排箭，愣頭羊挨著一下，急忙一躥，藏在一片牆後面；伸手拔下箭來，血流不止。愣頭羊這才覺得情形不妙，慌忙抄夾道，奔逃過去。後面人聲呼噪，挑著燈籠，俐落追來。

愣頭羊出離夾道，躥上牆頭，往下一望，情勢愈非；一層層院子，都已燈明人晃。更一張望，院中人登時瞥見了他，亂喝道：「賊在房上哩！」立刻從兩層院子，上上下下射出來幾枝箭；卻未取準，都掠身而過。愣頭羊大罵道：「贓官郁錦棠！……」

正要往上報字號，猛一回頭，嚇了一大跳；府衙中竟有能人。在他立身處的東面、北面，不知什麼時候，竟上來兩個人，登房越脊，如飛撲了過來。兩人手中，全拿著明晃晃的刀，身法敏捷，至少也是個行家。跟著又聽見一陣陣梆子響，和邏卒奔馳吶喊的聲音。

愣頭羊道：「不好！」張眼急奪逃路，就在這一顧盼之間，驀地見又有十幾個人上了房。唰的一聲，那先上房的人追到切近處，一抬手，竟打出兩枝暗器。愣頭羊閃身急躲，耳畔又聽得弓弦響，亂箭如飛蝗，從牆下往上射來。愣頭羊慌忙躍身一跳，落到夾道內；又一撐身，躥出牆外，牆外便是府箭道。愣頭羊前瞻後顧，順箭道飛跑，那兩個人竟施展輕功提縱術，飄身翻牆落地，一步不放鬆，跟綴下來。

愣頭羊這才曉得自己輕敵太甚了，拚命的奔去，耳邊還聽見府衙內喧成一片。奔出箭道以外，才吁了一口氣，忽又見一小隊兵卒，打著燈，搜緝過來，刀矛如林，人數至少也有三五十個。愣頭羊越慌，頓足一躍，跳上民房。

群卒急喊，愣頭羊連連奔竄，穿入小巷以內。回頭一看，幸已拋開了隊卒；那兩個行家卻一步不放鬆，跟踵追趕下來。

愣頭羊不敢回店，只得亂藏亂繞。也不知奔跑出多麼遠，才漸漸聽得屁股後頭沒有腳步聲了；把愣頭羊累得氣喘如牛，藏在僻巷內，良久良久，喘息才定。愣頭羊至此始知自己的一條妙計，原來是一番拙想。當夜幸逃出邏卒之眼，竟耗到天明，另投入別一家店房中。

這一夜府衙鬧賊，上下人等俱都驚擾。次日知府傳諭查拿匪類；茶寮酒肆、旅店妓館，有許多做公的來盤查。愣頭羊越發存身不住，第三天便棄掉行李，逃回故鄉，給師叔、師母送信去了。最僥倖的是：知府只知昨夜衙中曾鬧飛賊。那時恰有個飛賊名叫「雲來霧」的，在豫北鬧得正凶，府中人都猜疑愣頭羊必是「雲來霧」，還沒有人聯想到鷹爪王身上，這是鷹爪王最便宜處。

第七章　鷹爪王北遊鍛羽

第八章　飛豹子訪藝探監

鷹爪王照舊在彰德府囚禁起來，案情仍然苦不得解。袁振武老遠的奔走，訪藝投師，偏偏就遇上這等事。袁振武思前想後，不禁惱恨自己運氣太不濟了；在店中唉聲嘆氣，走來走去。忽然靈機一動，道：「疾風知勁草，患難見交情，我何不到獄中探望探望他去呢？」

打定了主意，他買了幾包禮物，帶著銀兩，竭誠敬意，投奔監牢。袁振武雖然精明，這一手可露怯了；這幾包禮物全被獄卒打開，搜檢了一個到。凡是食物都用銀針炙過，連點心都給掰開。袁振武懇請探獄，也被拒絕了。

那牢頭說：「王五爺是個人物，我們不能錯待了他。無奈他是炸獄犯，案情太重，上頭很緊，要不看尊駕是個外場朋友，恐怕就是送這點東西，也於你不便。依我說，袁爺你算了罷，只把這十兩銀子送給他，倒真當用。這幾天王五爺正苦著沒有使費哩。」那點心都搓成碎末，也不好拿進去了。

袁振武打定主意，百折不回；牢頭的話，他倒聽懂了，順口答音的說：「這王五爺和我也不認識，他是我們鏢局子一個姓郭的同事的師叔，他們托我來看望看望，我不好不來。不過大遠的來了，總得有個交代，見不見倒沒什麼。」遂將鷹爪王的案情，有一搭沒一搭的問了一遍，把自己的姓名也說了。道是：「姓袁，名叫袁振武，在山東濟南府鏢局做事，專程來看王五爺。」重託牢頭，務必把這話帶進去，然後告辭回店。

次日，備了數十兩的賄賂，重去探監。走出店房不遠，忽想不對，竟往街上閒溜了一轉，徑復回店。直隔了三四天，方才穿上長衫，重到牢獄來。把牢頭陳頭調出，在小酒館談了一回閒話，定要跟陳頭交朋友。將三十兩銀子送給他；另外二十兩，煩陳頭替鷹爪王鋪墊一下。陳頭滿面笑容收下了，不待細說，就應允明天設法，叫鷹爪王跟袁振武會面，而且還可以多談一會。牢頭說：「明天的機會太巧了，上頭昨天剛查過監，明天

一準沒事。」

　　到了這天，袁振武居然順順利利的見了這大名鼎鼎的鷹爪王；王武師卻早已囚磨得蓬頭垢面，越顯著凶相了。

　　鷹爪王今年五十一歲，雖是南方人，高身材，圓眼睛，黑面孔，頗帶北方人的相貌；滿腮短髯，目光如炬，兩隻手爪瘦而且長，青筋暴露，胸膛很寬，此外沒什麼異樣。拖著刑具，直著眼說道：「是哪位姓袁的瞧我？」牢頭說：「就是這位。」鷹爪王細看袁振武，二十六七歲，豹頭虎目，氣度英銳，一看便知是會家子。遂說道：「你這位老哥，是從濟南來的嗎？」袁振武高高拱手道：「是的，弟子……在下是打山東濟南府盛記鏢局來的，在下名叫袁振武。因為受了你的老朋友郭師傅的託付，特意來看望你老。」鷹爪王一愣，上眼下眼打量袁振武，道：「哪一位郭師傅？」袁振武道：「就是你老的老朋友郭爺……」一回頭，見牢頭稍為閃開，特意的給他們留出說話空兒來；袁振武急忙將自己來意說出，卻只說是：「我在下久慕王老師的英名，聞知慘遭不白之冤，稍盡寸心，特來看望。因恐牢卒猜疑，所以在下假托出姓郭的名字來。」

　　忙忙的說道：「老師的案情，在下已經粗粗的訪明；只可惜在下在此處人地生疏，恐怕沒有力量設法幫忙。可是要照應你老，或者給你老跑跑腿、送送信，弟子還可以略盡綿薄。」

　　袁振武這番舉動，在鷹爪王看著，卻是突如其來，未免有點惶惑。鷹爪王性子雖粗，年紀不小，不是一點世故不通的人；呆著臉，把袁振武端詳而又端詳，沉吟半晌，先致謝意，隨後說出一番話來，是：「總怪自己不好，情屈命不屈，我倒認命了。」說罷，又看袁振武的臉色。袁振武一片至誠，慕名訪賢，但初見不便吐露真情，先說道：「弟子自幼好武，訪求名師，老師鷹爪功的功夫盛傳江湖，弟子在北方久已欽慕。不遠千里，投奔此處，不想老師遭著這番逆事。老師如果有什麼事，要找外面人辦，只管吩咐下來，弟子當效微勞。」

這一次探監，袁振武輕描淡寫，略表慕名訪賢之意，別的話沒肯深談。鷹爪王更是心存顧忌，只信口說了些感謝的話；並沒托袁振武打聽什麼事，代訪什麼人，也沒有深詢袁振武的身世和來意。袁振武旋即告辭出來。

隔了幾天，袁振武又去探監，所有鷹爪王師徒的監飯，竟由袁振武出資供給。等到下一次探監，鷹爪王這才誠心實意的道謝。半個月以後，袁振武方才重明己意，說到訪藝求師的話。鷹爪王唯唯諾諾敷衍著，說出：「不敢當，不敢當！」順口談及武功，鷹爪王重新把袁振武的身世、技業、門戶、師承，扯東拉西問了一番。袁振武略陳身世，自承學過太極拳，別的話仍沒詳說。臨別時，鷹爪王託付袁振武，請他到自己原住的客店內，找一找姓屈的和姓方的；後來，又托袁振武替他找彰德府某某兩個人。袁振武盡心盡力的都替他辦了。但是姓屈的、姓方的早不知跑到哪裡去了。袁振武卻已打聽出屈、方二人曾在外面設法；設法無效，才先後失蹤的，把這話也悄悄告訴了鷹爪王。鷹爪王聽了，皺眉無語。

一晃過了一個多月的工夫。鷹爪王大魚大肉吃慣了，在監中苦得不得了；自從袁振武給他立了飯摺子，中間雖經牢頭剝一層皮，到底食能下嚥了。這是鷹爪王師徒最感激不盡的。

但是，任憑袁振武這麼苦心積慮的照顧這師徒，鷹爪王的官司卻依然沒有指望，出獄更是遙遙無期。袁振武藉著探監的時候，用話來試探鷹爪王的本意，和下一步的打算。在頭幾次見面時，鷹爪王口口聲聲說是：「雖然陷身囹圄，自己絕不敢生怨忿之心，判什麼罪，領什麼罪而已。」等到現在，相處日久，鷹爪王又知道了自己真個一時半時不易出獄了，就未免顯露出愁煩之態、怨忿之言。耳風中他又聽得罪名深重，將來判罪之後，一收到後監，恐怕再不能像前監這麼舒服了。

鷹爪王想到自己年齒已大，生還恐怕無望，對於來日之事不能不加緊盤算一下。等到這次，袁振武重來探監，鷹爪王正色說道：「袁老弟，我倒絕沒想到我在患難中，竟遇上你這麼一位熱腸的朋友，來照顧我們爺

們，實在難得！不過我這官司不大好摘落，罪名一定不輕。你的來意我也知道了……」袁振武插言道：「弟子實在羨慕老師鷹爪功和接暗器的絕技。」鷹爪王搖搖頭，浩然長嘆一聲，道：「還提絕技哩，我若不會這勞什子絕技，怎會鑽到牢獄來！……無奈你這番盛情，這時我可太對不過你了。只要我王奎這口氣不咽，咱們總能後會有期。可是據我想，你無須乎在這裡空耗光陰了。你年輕輕的，一個出門在外的人，總往衙門口溜，一點益處也沒有。況且賊咬一口，入骨三分，我這場官司就是個好榜樣，你何必自找不心淨？你聽我的話，趁早離開此地。假使我不死，掙扎出來，隔過一二年以後，我們再圖相會！」鷹爪王說罷淒然，從濃眉虯髯中帶出一種慘淡的神情，頗有些英雄末路之悲了。

袁振武聽了這話，也為之慘然；但是他絕不失望，向鷹爪王慨然說道：「老師傅，據弟子看，這場官司既是負屈含冤，怎好就這麼認命領罪？還是竭力的斡辦一下子；萬一能夠摘落出去，也未可知。老師有用什麼財力、人力的地方，請儘管言語；弟子只要力所能及，絕不叫老師傅失望。所差者，弟子在此處乃是作客，一點門徑也沒有，有力氣沒處施展。你老人家千萬不要過意，只要有可用力的地方，儘管說出來；不瞞老師，弟子還薄有一點傢俬，動個千二八百兩的，還來得及。」

袁振武的意思說到至矣盡矣。但是鷹爪王微把頭搖了搖，沉吟半晌，從眼角往旁瞥了一眼。見那獄卒在離開四五步遠近，來回躑躅；鷹爪王抽冷子低聲道：「我不是……我有些話想跟你細談，但是他們監視的太嚴，有許多不便。你能……夜間來嗎？你可估量著，不可勉強。若是沒有把握，千萬不要涉險；既把你個人害了，我也被累。」說到此，把一雙迷離的眼一張，炯炯放光，緊盯著袁振武；輕輕又遞上一句，道：「晚上，你明白？」

袁振武憬然一震，但見鷹爪王不錯眼珠的看住自己，忙將面色一整，一口應承下來，絕無難色，道：「老師放心，我明白了。」隨即放大語聲道：「你老不必客氣，買個一二兩銀子的東西，算不了什麼。你老沒有事，

我走了；咱們過兩天見。」

鷹爪王道：「過兩天見，我謝謝你。」復低聲悄囑：「十七號監，單號，三更後。要來，務必帶飛爪、鋼銼和破鎖的傢伙，若不便，就罷。」袁振武做出不理會的樣子，卻暗暗點頭，轉身舉步，道：「好，一定來看你。眾位爺們，你多受累。我要走了，咱們過兩天見。」這一句話，卻是面對牢卒說的。獄中人因為袁振武話硬錢硬，特別對他閃面子，站得遠遠的，故意給他留出跟犯人說話的空來。鷹爪王和袁振武暗遞約言，他們竟似不曾覺察，裝著笑臉說道：「袁二爺，會完朋友了？忙什麼，這邊喝茶。」竟陪著袁振武，出離大獄。袁振武仍照往日，託付了幾句話，從袖中遞出二兩銀子。獄卒一聲不響的接了，送到門外，抱拳作別。

默默的回轉店房，袁振武不禁搔著頭，猶疑起來。罪犯越獄，加重本刑；外人助惡，罪刑尤重，這簡直與叛逆同科。想一想自己的本領，學會了輕功提縱術，卻從不曾夜入民宅，試用過一回。又想：自離丁門，流浪半載，雖也結納幾個江湖豪客，自己卻不敢作奸犯科。像這樣輕蹈法綱，夜探牢獄，卻不是作耍的事呀！鷹爪王的話，含而不露，可是他分明要越獄，已無可疑。他先說的話，是勸我速離此地，免受連累。後說的話，分明要我私進監牢，相助一臂了。若不然，他三更半夜，邀我帶飛爪做什麼？

袁振武唉了一聲，倒在床上，不飲不食，肚裡揣摹此事的利害。想到自己為慪一口氣，才別尋門路，訪師學藝；現在竟為求師，要偷進監牢，甘冒國法，這個可值嗎？我袁家世代務農，只為了爭執田界，受不了吏紳土豪的欺凌，我先父才於患病中，堅囑叫我弟兄一個習文，一個習武。文得中舉為紳，武能挾技禦侮，在故鄉圖個再不受欺負便罷。現在我們已經爭過這口氣來了，哥哥是廩膳生員，我又會這麼一點武功。東鄉蘇秀才每遇征發，已不敢硬向我袁家來派大份，捏肉頭了。本街蔡大個子仗著半套長拳，無事生非；自經教我摔了他一溜滾，再也不敢拿刀唬人了。我弟兄求文習武，志在守護產業，如今已經辦到。我又何必深求？我又何必慪

氣？……還是算了吧！

這樣退一步想，頓時索然興盡。可是又一轉念：鷹爪王現在患難之中；學成武藝，就該仗義急難，義無反顧，那才是大丈夫。

袁振武睜開了眼，從床上坐起來。暗道：我真要丟開手，我這不成了懦夫了嗎？我不過是二十七歲的年輕人，鷹爪王人家乃是成名的英雄。他現在陷入縲絏之中，空有豪氣，難脫牢籠。他把我看成患難之交，有忘年之好。我學藝不學藝，還在其次，我下了這一兩個月的苦心，來結納他，到了這緊要關頭，我難道竟縮頭一溜，甩手不管嗎？鷹爪王他把我看成什麼東西了？豈不以為我滿口的交情，稍擔沉重，立刻脫韁？豈不罵我是個畏尾的小人！況且我剛才如要不肯，就該當面明言推辭；我卻一時激於義氣，人家怎麼說，我竟怎麼應。末了給人家一個不見面，人家豈不要唾我！大丈夫想在江湖上闖蕩事業，伈伈倪倪，成何人物！莫說是探監，他就叫我劫獄，不答應便罷，既已面允，就應赴湯蹈火，誓死不回！

想罷，袁振武奮然的一拍床，道：「幹！我姓袁的是人，應了不能不算！……我倒要夜探府牢，看看鷹爪王做何舉動，我只小心一些就是。」復又從頭盤算了一回，暗道：我應該改裝，多加小心，也可以試試我的本領。我不要帶凶器，不可傷官人。料想憑我現在這點能耐，還不至於叫他們掩捕住。是的，我一定如此，不可猶豫！

袁振武賦性剛決，把這事翻來覆去的籌慮了兩過，反正兩面，利害兩端，都斟酌過了，便不再多想，多想徒亂人意。遂從床上一蹶劣跳下來，吩咐店家，沽酒市肉，大吃大喝。醉飽之後，拿定主意要踐約，便將踐約的入手辦法，前前後後再盤算一過。怎麼去，怎麼出，帶什麼，不帶什麼？一一相妥，就脫然的丟開。披上長衫，到彰德府街市上，又買了幾樣東西，又盡情遊逛了一番。直到夕陽下山，萬家燈火初上時，才暗溜到府牢前後，轉了一周，這就叫踩道。

踩道已罷，回轉店房，用過晚飯，袁振武早早的歇了。睡到二更後，

坐了起來，聽了聽，闔店之人多半入睡。遂將油燈挑得半明，挪到近窗的茶几上，不叫窗戶上現出屋中人影來。

又看了看窗紙，遂將白天買來的幾樣東西取出。一雙千層底的軟布鞋、一疊火紙、一包松香末、四寸多長的一根竹筒、一個乾的豬尿泡、一塊白粉子、一隻鐵爪，二丈長一根絨繩、一隻布袋，另外一把鋼銼、一把剪刀、一把小刀、幾根鐵釘、一把匕首；袁振武自己本有匕首，這一把是給鷹爪王預備的。

袁振武把這些物件擺在桌上，眼看著想了想，自覺應有盡有，一物不缺了，便動手做起來。將豬尿泡浸在臉盆裡，先裡外洗了一回，刮淨擦乾，比照自己臉面的輪廓，用剪刀剪好。

然後往臉上一蒙，比量剪裁得熨帖了，便輕輕揭下來晾著。晾得稍乾，便將口、眼、鼻孔剪挖出來，做成一個面具。又將火紙鋪在桌上，用酒先噴一次，將松香末撒上一層，折疊一次；再噴一次，再撒一層松香，一共疊起四層紙，弄好放在桌上陰乾著。然後吁了口氣，歇一歇，又看了看窗，復又鼓搗起來。

用小刀把布鞋底全劃破，使它一縷一縷，毛毛毿毿的，也灑上一層松香末，將鞋底破綻處黏合起來。又將鐵爪繫上絨繩，做成一具飛爪。收拾略畢，把火紙摺子取來，就燈火試燃著了，吹熄火苗，再試著一晃，居然能夠晃著，這才裝入竹筒內。其他應用之物都收入布袋內；袋口繫上繩，以便攜帶。直收拾了一個更次，將這些刺眼的東西都包藏在小包袱內；然後解衣熄燈就寢。

次日清晨，袁振武盥漱已罷，心神浮動，在店中竟坐不住；便又披上衣衫，出去逛了半天。復到府衙府監前後，蹓了個第二遍。直到天晚掌燈，方才施施然回店用膳。記得鷹爪王囑他三更再去，不能過早；袁振武只得在店中轉磨，抓耳搔腮，坐立不寧。耗到街上梆鑼敲了三下，袁振武先已結束停當，便霍地竄下床來。換上軟底鞋，復將鞋底噴了一口酒，撒

了一些松香；腰間帶著現做的百寶囊，綳腿上插上兩把匕首，卻將那豬尿泡挖成的假面具提在手內。熄燈開門，躡足輕走，向屋外一探頭。全店早入睡鄉，但聞輕一陣、重一陣的鼾聲，不時起於各房間罷了。

在白晝，袁振武早將出入之路看好。於是張眼四顧，躡步急行；出東廂房，試了試腳下，非常得力，鞋底既無聲，又不滑。然後一伏腰，躍上房頭，翻短牆，下小巷，直奔府牢而去。夜深人靜，正可放膽而行；袁振武枉自學藝多年，這夜行功夫還是初試，心頭小鹿不由怦怦跳動。直走出兩三箭地，伏在暗隅，倚牆而立，調了調呼吸，攝了攝心神，這才把膽氣一壯，雄糾糾的走向西箭道，尋監獄大牆。

獄牆高夠兩丈，袁振武自料自己的輕功提縱術，還可以一提勁，躍攀上去。不過牆頭上密排著鐵壁，憑自己的本領，要想超乘而過，實在不敢輕試。袁振武忙戴上假面具，把飛爪取出來；抖開絨繩，相看好了，揚手只一拋，將飛爪扔上去。卻不能得心應手，吧嚓一聲，沒抓牢，竟滑落下來。

夜靜聲清，袁振武嚇了一跳；忙縱身竄到牆隅，傾耳細聽，牆內幸無動靜。袁振武重複撲奔獄牆，連抖飛爪；這一下恰巧抓住了鐵壁，用力一揪，扯繩而上。到了牆頭，但見這鐵壁三叉倒鬚鉤，森如排牙，既不能跨腿而過，也不能攀手而登。外行疏忽，忘了帶一床棉被。袁振武就像耍猴似的，扯著抓繩，在上面盡打「提溜」，沒個入手處；心一慌，便又掉下來。他的夜行經驗，和那愣頭羊比，除了心細，強得有限。

袁振武抓耳搔腮，盤算主意。把飛爪抖下來，心想：這上面有鐵蒺藜、鐵箅子，不好上。我莫如不走這裡，換個地方進去。圍著府獄大牆，火速的又轉了半圈，分明都是一樣的鐵壁高牆。袁振武仰著頭發怔，無可奈何，只得鋌而走險，硬往上躍了。聽了聽，牆內巡更的似有兩撥人，一撥剛繞過去，一撥還沒繞回來，隱隱的聽見梆鑼在偏東面響。袁振武重抖精神，仍戴上面具，把飛爪一抖，連拋了兩次，抓住了鐵箅子，雙手扯上去。縱身倒繩而上，到得牆頭，左手捋牢了抓頭下的絨繩，騰出右手，把

末一段絨繩撈上來，往腳上一套，估量夠了長短，把腳蹬在繩套內。隨即用迅捷的手法，把末段抓繩，往一根鐵篦子上緊緊一拴，做成了一個懸套。左腳蹬在絨繩套內一試，有力，夠勁！蹬好了，然後一長身，把整個身子都懸踩在絨繩上；騰出雙手來，抓住了鐵篦子。然後手抓鐵篦，往身後一看，夜深無一人；又往獄牆內一探，獄內更夫鳴鑼而來。

袁振武急急的一縮身，將身藏下牆頭。直等到更夫走遠，吁了一口氣，便換右腳踩繩；伸左手握鐵篦子，用右手抓著另一鐵篦，使勁一晃。他要拔下一個鐵篦子來，以便爬進監牢。

這鐵篦子嵌在牆頭內，很牢固。袁振武用力往上拔，又往裡外晃。懸身用力，很是險難，又不敢拔猛了，恐怕灰泥掉落得太多，叫人聽出動靜。慢慢的牽就著，費了很大的事，居然把一個鐵篦子晃離了槽。跟著用力一提，碎土簌簌的落了一陣；其實遠處聽不出來，袁振武卻大吃一驚，忙往牆內看看，又往牆外看看。隔過一會，沒有什麼動靜，這才將鐵篦子整根的拔出來。這鐵篦子露在外面，不過尺許，卻是砌在牆內的，足有二尺多長。就這樣跋前顧後，累了一頭大汗，方才得手。

略緩一口氣。看這空隙，足可爬過去了，便不再拔。將這根鐵篦子掛在旁邊鐵篦子尖上，自己輕身提氣，翻上牆頭。這空隙過過二尺寬，袁振武伏在那裡，重往牆頭內端詳。這裡正是獄中的大門裡，二道柵門外，在獄門上有一隻破燈籠吐出淡黃的光來。高牆峻宇，四面影得昏暗異常，陰森森另有一種怖人景象。又聽了聽，不知哪裡，好像有一種嘖嘖喳喳的聲音，隨風一掠而過；再傾聽時，又聽不見了。

袁振武雖然膽大，到了這時，也不由悚然毛戴。卻已窺定無人，不敢俄延；正了正膽氣，解飛爪，抽絨繩，倏然的輕輕翻身而過；越過了牆頭，懸身於牆頭之內了。卻嗤的一下，把褲腳扯破一塊；同時簌簌地又響了一陣，自然是把牆頭碎土又拂下來一片了。

拔下來的鐵篦子，仍舊虛按在原處，免被人看出。飛爪團在掌心，不

敢湧身下跳，就依然輕輕的倒著絨繩，溜下牆來。

於是袁振武午夜蹈險，已經身入監牢。

袁振武他的腳剛一著實地，立刻連右手，一抖飛爪，把鐵爪抖落下來。不待它觸地有聲，忙伸左掌接著；張皇四顧，掏土粉子，在牆上畫了個記號。立刻嗖的一個箭步，撲奔獄內；倏又將身形一隱，藏在暗影中，蹲身稍停，耳目並用，急急的又一尋。

近獄門一排屋內，猛聽見有人說話：「喂，我說盧頭……」

不待聽清，早把袁振武嚇得驚悸亡魂。急墊步，撐身躥上近身處一間屋頂，快快的伏在屋脊之後，凝神屏息，傾耳潛聽。

矮屋內有一個啞喉嚨，睡裡懵懂的嚷道：「誰呀，誰呀？……蔡頭是你嗎？」又一個人應聲發話，只聽得一句，道：「你又炸廟！……」底下的話喔喔嚨嚨，更是含糊不清，但聽語氣，似是抱怨同伴，無故驚擾。那啞喉嚨辯道：「怎麼大驚小怪！你睡得死狗似的，你娘的什麼都聽不見。喂，外頭是盧頭嗎？……我分明聽見嘩啦的一聲。」

那另一人說道：「你耳朵尖，你耳朵長，你出去看看，無緣無故的鬧，叫上邊知道了，又該給大夥找晦氣了。」屋中人嘵嘵的爭辯，話音忽高忽低。袁振武極力傾聽，也不能聽清。但是已猜出屋中人已經被驚動了；越發的伏在房上，不敢動彈，兩隻眼窺定下面，暗暗預備著逃路。哪知屋中人亂了一陣，一個也沒有出來，只空問了幾聲便罷了。

袁振武稍稍放心；剛要縱身移動；忽然對面屋門一響，出來一個瘦長人影，一隻手提著燈籠，另一隻手拿著一物，猜想像是皮鞭。這人口中也是嘟嘟嚨嚨的，來到院內，往四面一看，重重咳嗽了一聲。矮屋的啞喉嚨忽又隔窗詰問道：「是盧頭嗎？」那瘦長身人影喪聲喪氣答道：「做什麼？我的班，怎麼不是我？你要替替我嗎？」屋中啞喉嚨還罵道：「剝皮盧，爺們好好的問你一聲，你犯什麼病？積點德，少剝皮吧，也教你老婆少靠二百五十六個人。」剝皮盧扭頭對窗罵道：「陳癩狗，你娘還在家嗎？」

這剝皮盧提燈拖鞭，竟奔柵門。到了門前，把燈籠插在柵上，摸摸索索，從身上掏出一物，大概是一串鑰匙。跟著對柵門鼓搗了一會，嘩啷一響，柵門大鎖已開。剝皮盧提燈邁步，推門進去了。袁振武到了此時，就一咬牙，乍著膽子，從房上一躍，翻過一道牆，進入第二道柵門以內。

柵欄門裡面，是很長的一道甬路，和一排排的監房，全是一色的黑色牢門。每一個門上，有一個不足一尺的長方洞，從那方洞中透出來黯淡的微光，可是甬路中並沒有燈亮。只仗著七八個黑門中透出來的光亮，辨出那剝皮盧的身形，提著燈籠，拖著皮鞭，輕輕走著；每到一牢門口，便伸頭探腦往裡偷看。這一排排的監房，全建在東面；袁振武卻是立身於西面房頂，倒正可以看到對面監牢裡的情形。輕身提氣，從西面的房後坡繞過來，可是仍不敢欺近了，只在兩三丈外遠遠的瞭望。

只見剝皮盧巴著那不足一尺的長方洞，挨門偷看；忽然嘩啷一響，剝皮盧開鎖推門，進入一間牢房。猛聽得一聲斷喝道：「哦，該死的囚徒，深更半夜裡，竟敢不守監規！你敢炸刺，我教你炸刺！」跟著聽吧吧幾聲鞭子，裡面的犯人失聲慘號了一聲，卻又吞聲忍住。半晌，只聽得囚犯低訴道：「我不敢，我沒有……」

袁振武聽了，不由毛髮森然，心頭跳個不停。想著又不得不看看這犯人是否熟人；遂悄悄從後坡挪到前坡，仍然伏身，往這面監房裡看。昏慘慘的燈光微透，那黑色的木板門已經陡開，裡面迎門一鋪炕。燈影裡恍惚看見在炕上，躺著五六個犯人，囚首垢面，亂髮蓬蓬，如死人一般，擠臥在那裡，一動也不敢動。那個剝皮盧嘴裡依然不乾不淨的罵著，那被打的犯人輾轉哀告。剝皮盧冷笑道：「小子，你只要有骨頭，你就跟爺們耗耗。你這東西進監牢不拋杵（給錢），反倒比誰都不含糊。你要打算在這裡闖出天下來，哼哼，我倒沒把你看透！」一邊說著，一邊跨出監門，一邊把那扇牢門一關，仍將鐵鎖鎖上。

又往裡溜，走到第五個牢門前站住了；從那裡板門上的小方孔，又往

裡看了看，喝叱道：「怎麼挺屍還不好好挺，是哪一號說話了？」監房中竟沒人答聲；剝皮盧勃然大怒，罵道：

「好小子們，你們敢裝聾，好，我就不問好壞，一律看待！」氣哼哼又把牢門挑開，走進監房，劈劈啪啪，登時皮鞭亂掄起來，登時起了一陣同聲的低號。連打數十下，已經有一個犯人，在囚床上忍受不住，哀號著道：「盧老爺，我可沒言語一聲。你老趁早問那姓宋的，全是他要鬧茅（大解），才叫喊值班的頭兒們方便他。只顧他這麼一鬧，我們跟著受這種冤枉。多冤哪！」

剝皮盧嘿嘿冷笑一聲，道：「冤？我看一點不冤！既到這裡來，就沒有好百姓。」挪了兩步，到一個犯人跟前，低頭看了看，冷然說道：「哦，敢情是你這小子；莫怪呢，別人也不敢這麼半夜收封後炸毛的。你在外頭橫吃橫拿，跑到獄裡吃牢食不解恨，撑的你又要鬧茅了！」話沒落聲，手中的鞭子啪啪的一連幾下，打的犯人哎呀哎呀鬼叫，往旁一陣亂扭亂閃。鋪小人多，車動鈴鐺響，鞭子落一下，滿鋪犯人的腳鐐項鏈，便嘩啷啷一陣亂響。這一陣暴打，只疼得那犯人爺娘亂叫，剝皮盧方才住了手。

剝皮盧又提著那隻破燈籠，走出這段甬道，轉向後面另一院落去了。袁振武目睹心驚，不由動怒。又一看這牢獄，不知有多少監房，十七號也不曉得在何處。聽剝皮盧腳步聲已經走遠，便輕身提氣，從房上一竄，落到甬路上。把心神一凝，閃目再看；黑影昏昏中，不知從何處何人，不斷的發出輕微的呻吟之聲來，夾雜著鐐銬擦動之聲，比在房上，越聽得清晰了。

袁振武禁不得頭皮發炸，身上起雞皮疙瘩；忙急趨到本柵門前。門左右兩排矮房，左三間，右兩間，門窗與別的監房不同。一墊步，輕竄到左首房窗下，就紙窗破洞往裡偷窺。兩明一暗的房子，明間迎門設著一張公事桌，案頭疏疏的擺著硃筆、鈐記、印泥盒，不多幾樣物事；還有幾十根紅頭的、黑頭的白油木籤，都是六寸多長，又疊著一堆簿冊公文之類。後山牆一隻木架子上，有著大小不同的許多木格子，每一木格標著天地元

黃……的號碼。卻是下面木格子也雜置著衣服什物，凌亂異常；這都是從犯人身上沒收的東西，更窺看暗間，卻有四具床，睡著三個人。袁振武已經看明，這大概是獄吏獄卒的辦事所在了。

袁振武又抽身，到對面兩間房前。這兩間房連在一起，靠東山牆有四副板鋪；西山牆也有一副木架子，上面堆置著多件囚衣。在近門處牆上掛著腳鐐、手銬、項鏈、皮鞭子、大小竹板子等物，牆根下兩個木墩子；自然這不是囚所。遂一轉身，撲奔監房。到頭一號，往那黑板門的方洞上一湊，未等注目，便有熱騰騰一股騷臭之氣，撲入鼻觀，令人欲嘔。袁振武倒噎一口氣，閉口捏鼻，重向內看。東牆上掛著一盞瓦燈，光焰閃爍不定，黑煙突出；牆根下放著一隻尿桶，迎門一鋪大木炕，頭向外，腳蹬牆的，排睡著七個犯人。自然看不見面貌，只看見亂蓬蓬、一團團、鳥巢似的七顆罪犯的頭顱。再看入去，是七身罪衣橫陳炕上，緊緊挨擠著，側身而臥，個個不能動展。

身上沒有被子，卻在脖項上橫加一根大木榾，長滿炕床，距犯人脖項只懸起一寸來高。罪人的脖鎖鏈就由木榾上穿繞過來；任憑罪人怎樣難過，要想轉側，卻是不能。

袁振武不由驚慌起來。「像這樣，我又怎能搭救鷹爪王呢？」七個犯人穿在一處，一個動，六個全動，這卻怎麼好？

犯人項上那根大木榾，也不容易抽下來。袁振武一咬牙，火速的退步，火速的轉身，於是一滑步，又奔另一監房。「十七號，十七號！」十七號監究竟在哪裡？黑影中，監房前，似掛著木牌，卻又不敢取火摺照看。袁振武挨到監房門口，用手一摸，確是六七寸長，四五寸寬的木牌，牌子上有簽子。這簽子一定是犯人的名姓號頭；但是信手一摘，竟沒摘下木牌來，卻將木簽摘下兩根來。

袁振武大喜，忙湊到監房的方洞前，就微光一看，紅頭白油的木簽，上寫地字第一號；反過面來再看，罪人的姓名、年歲、籍貫、案由，一一

寫的明白。袁振武忙把木籤子掛回原處，不再看別的了。心中略一爽快，便往後急走，逢門便窺。

這一排八間監房，每間的犯人，全是五名以上，到十幾個人不等，並沒有單間單人。一直走到盡頭處，袁振武又為難起來，不曉得往哪邊走，往哪邊去。而且更有一層失計，鷹爪王只告訴他十七號，卻沒說哪個字的十七號。

袁振武抽身走出甬路，藏在牆後，往前前後後一看。左也是監房，右也是監房，大海撈針，監房究有多少呢？鷹爪王究在何處呢？像這樣在平地搜尋，未免太蹈險；若被獄卒看見，或者驚動犯人，反倒誤事。袁振武一轉想，便又騰身，上了南面的屋頂；攏目光，往南瞥去。南面黑沉沉一條長弄，那格局比這邊地勢大，監房多。風過處，隱隱傳來叫囂叱罵之聲；黑影中浮光閃動，似有一隻燈籠奔這邊來。袁振武不敢動，伏身屋頂，略等片刻。果然那剝皮盧查監轉回來了，幸而他不再折向這邊短弄，反直向前邊走去。前面一片監房乍聞人呻鏈響之聲，卻跟著剝皮盧的腳步聲、叱罵聲，倏然止住。獄吏之威，果然是勝過百萬軍了。

剝皮盧鬧了一陣，瘦長的身軀，挑著破燈籠，徘徊徘徊的，直奔柵門前的矮屋。袁振武想：必是他查看完了。遂容得剝皮盧進入公事房之後，沒有動靜了，登時伏身急走，轉到往南拐的這條甬路上去。這一帶的監房不過七八個號頭，往後走還有一道黑門。

袁振武眼望黑門，不敢硬闖。遂又一躥下地，走甬路，到門前，溜牆根，一縱身上了牆。在牆上往門內一看，這門內果然又是些監房，裡外並沒有人。然後一放心，由牆又翻到房上。房櫓傾斜，頗難立足；袁振武卻仗著把鞋底收拾過，居然縱躍如飛，迫入這一道門內。探頭往下一看，這裡的防守陡見緊嚴，丁字形甬路上，竟有兩名獄丁，來往梭巡。袁振武明白了，這裡一定是死囚重罪，待決的犯人。趕緊縮身退回，潛打主意。要怎樣躲開獄卒的眼目，過去挨間探看一下才好。可是兩個獄卒竟像是通夜

值守，耗了好一晌，仍在丁字形甬路上梭巡。袁振武頭上冒起汗來。

　　這裡是險地，似應留為後圖，先探別處。丁字形的甬路西面，還有幾間監房，可以在房上繞過去。袁振武無計可施，便打定主意，先從西面溜過去；西面寥寥六七間房。袁振武在房上，下看無人，便騰身下去。身法輕靈，頗得太極丁的薪傳，落下地來，只微微有一點聲息，外行人是聽不出來的；便挪步前尋。落身處恰好是一號監房，房門也照樣有尺許方的小洞。

　　他急急的往方洞一探頭，連看三處，這裡情形與前不同，這裡房間因床上睡的犯人也少；每一間房不過兩三人，五六人，像是優待的監房，又像是重犯的特號。一眨眼連看數處，罪犯蓬頭直躺，不見面目，不能辨認出是誰來。袁振武仍用故智，摘監房門口的木牌子，查看號數。剛剛的摘了幾號，突然聽一個瘖啞喉嚨喝道：「好大的膽子，真敢往這裡湊啊！」

　　袁振武吃了一驚，急回頭四顧，四顧無人。卻在鄰監，又聽那個啞喉嚨低著聲音呼叱道：「這老鼠，好大膽子，真敢往身上爬！十七號的老鼠真屬害！」

　　袁振武恍然大悟，這是鷹爪王。這監房卻正為巡視的牢卒目光所及；袁振武不敢到前門，急急的尋聲摸到監房後窗前。

　　這後窗高及頭頂以上，窗上也沒有木框子，是用核桃粗的鐵柱子排成，只隔著四五寸的檔子，上下全牢牢嵌在堅固的橫木裡。袁振武側耳又聽了聽四面，並沒有別的聲息，遂微一聳身，單臂挎住窗臺。監房中昏黃的燈光映在沒糊紙的鐵窗上，若是貿然的往窗上一湊，一點藏閃沒有，須要防備監裡的犯人，如要不是鷹爪王，豈不是自找麻煩？遂偏著身子，右手按著窗上磚臺，慢慢的側著臉往裡看。只見這間監房，只睡著兩個犯人。內中一個犯人忽的坐起來，嗯了一聲，雙眼盯著門；忽又一轉臉，往後窗尋看。雖然燈昏，袁振武卻已看出，亂發紛披的頭顱，深而且巨的眸子，灼灼放光，果然是鷹爪王。

　　目光一對，鷹爪王陰森森的一笑，低哼道：「小夥子，好大的膽子！

真來了？」

袁振武驚喜交集，因監房有同囚的罪犯，不敢答言，只輕輕應了一聲。鷹爪王在囚床上略略一動，鎖鐐微響，又微微一笑，面露喜容。袁振武一指那同囚犯人，鷹爪王把亂發蓬蓬的頭顱搖了搖，用急促的聲口道：「不要緊，都是難友……喂，你可是有約會的朋友麼？只管言語。」袁振武只得賈勇報道：「老師，是我。」

把面具摘除，將臉往後窗一湊；急匆匆道：「鋼銼帶來了。是破前門，是破後窗？」

不想他們話聲雖低，那同囚的犯人竟已驚醒，也忽的坐了起來。被鷹爪王雙目一瞪，伸手爪把那人一按，道：「相好的，老實睡吧，別亂動……」那犯人想是受了痛，哎呀一聲躺下，低低的嘟囔道：「有活路，大家走，可別忘了難友啊！」鷹爪王喝叱道：「少說話，你知道這是誰？這是管獄的朋友。」忙向窗前，對袁振武低低說道：「你真可以。我一句戲言，你竟當了真。你可曉得你的罪名嗎？」袁振武聽不入他的話，只努力要破窗，又把鋼銼投入屋中，催鷹爪王破鎖。

鷹爪王再忍不住，臉色一變，猛又失笑，霍的站起來；看了看同囚犯人，低嚇了一聲，然後拖鏈撲到窗前，急急的對袁振武道：「你別亂弄，這使不得。你附身過來，告訴你，我只是一句戲言，試探你的，你真來了。你要曉得，我還有幾個徒弟一同落難，我要是走了，豈不苦害了他們？你快快的回去。你不要管我，我自己已經有了辦法。」

袁振武聽這話一愣，忽又一想，鷹爪王也許是試探自己；急急說道：「老師，弟子死而無怨，只可惜弟子不懂破獄的法子，你快說出來，我照辦。這可刻不容緩，別耽誤了好機會。」

鷹爪王不答，只催袁振武趕快回去。袁振武只是不走，鷹爪王不由急了，忙從身上摸出一物和一張字紙條，隔窗遞給袁振武，兩個人隔窗共語，口耳相對。鷹爪王這才低言囑告袁振武，教他照字條上寫的地名人

名，給自己的妻子和胞弟送信。

袁振武力掬真誠，堅要試著破窗盜獄，把鷹爪王放出來。

催促鷹爪王，快將銼斷鐵鏈的法子施展出來，道：「師父就走不動，我可以背出你去。」言下十分躁急，鷹爪王卻鎮定下來；他決計不去，反倒滿面誠懇，催袁振武趕快出獄。王奎探窗握著袁振武的手，說道：「少年，你這一片血心，我已經領情。只是我門下三個徒弟，都為搭救我，落在這個獄中了；我自己走了，怎對得住他們，也給他們找來罪受……」

袁振武連連搖動王奎的手，道：「老師，你出來，不會再救他們嗎？快快，天不早了。你老英雄做事，怎麼倒猶疑起來？你老難道不相信我？」

鷹爪王咳了一聲，不由微慍道：「你好糊塗！我不走，自有不走的道理。你如果把我當作師父，你就該曉得我真心愛惜你，你就該遵從我的囑咐，趕快給我送信去！」

袁振武很失望，道：「老師不過是叫我送信，何必讓我夜裡來，冒這大險？老師一定不放心我！」鷹爪王嗤的笑了，說道：「我明白你的心意了。少年，你不要難過，你此行並不虛。你來的很好；你這一來，第一總算你看得起我；第二你給我送來的這點東西很當用；第三你只把我的內人和舍弟找到，把今天的情形告訴他們，他們自然有法子救我。你此來，究竟於我有很大恩。少年，你不要嘀咕，你的盛情，我已經知道。你若是願做我的徒弟，你連半天也不要耽誤，你就火速前往湖北漢陽繫馬口，找王泉王六爺，把我這副鏤花合金四個鈕扣，跟這信交給他，再叫他引你見我內人去，我的內人對你必定有一番安排。不過你要趕快去，趕緊走，我限你十一天，趕到漢陽。你明天一早，務必就動身。你要是誤了，那就是你誤了我的性命了。」

袁振武囁嚅道：「難道你老人家一定不……」鷹爪王咳道：

「你瞧我也在武林中薄負微名，我豈肯以清白之身，落個越獄犯的名

131

聲？少年，你錯會我的意了，越獄圖逃，我絕無此念。你再看我身上這份刑具，豈是吹灰之力，就可銼斷的？你太冒失了。」

鷹爪王如此一說，袁振武不由十分失意。鷹爪王登時明白，忙安慰他道：「少年，我知道你志在求學，我鷹爪王本無奇才異能；可是你既然下這大苦心，皇天不負有心人，我遲早必有一報。你只管快去，見了我內人，我內人一定設法報答你……」袁振武忙道：「我謹遵臺命。不過我把信送到之後，是否也要討來回信？老師限我十一天到達，我只要尋著師母和師叔，我準於二十三天內返回來，好教你老放心。」

此言未及說完，鷹爪王哎呀一聲道：「不不不，你別回來！你在那裡等著！」附耳低言，忙又囑了幾句話。袁振武錯愕道：

「那麼，弟子何日再見師顏呢？」鷹爪王略一沉吟道：「半年之後。」袁振武道：「在何處呢？」鷹爪王道：「好麻煩，那怎能定準？」說著，再催袁振武快走。

袁振武心慌意亂。似尚戀戀，鷹爪王一愣神，道：「不好，你聽，又要有人來了，你快快走吧……呀，不行了，來到了！你別慌，你快上房，躲著前邊。」鷹爪王立即一倒身，躺在囚床上，口中催道：「快上房！」袁振武急忙一聳身，躥上監房屋後坡。

第九章　獄中人飛書求救

果然不差，前面又過來一人，也是打著一隻破燈籠，提著一根皮鞭子，打著呵欠，踽踽然走上甬路來。這人的身量沒有剝皮盧高大，卻是那凶相、那凌虐犯人的伎倆，和剝皮盧真不知誰劣誰優。但聽他身到之處，立刻浮起叱罵、鞭撻和犯人的呻吟之聲來。

容得查監的過去，袁振武飄身下來。恐怕鷹爪王還有什麼話說，特意溜回後窗，仍要往上攀著。不想剛到後窗，便聽見這十七號監房內，鐵鏈亂響，夾雜著嘶喘、猖怒之聲。袁振武駭然，急急雙手攀窗，探頭往內一看。嚇！好一個鷹爪王王奎，竟如猛虎似的撲在同監那個犯人身上。雙手雙足雖戴鐐銬，他竟拖著鏈子，橫身壓住那犯人；雙手如鷹爪，緊緊扣住犯人的咽喉，正在用力發威。那犯人身不能動，雙腿亂縮，似欲斷氣。

這犯人也是個劇賊，他聽見鷹爪王和外面的人攀窗私談，料想定有情弊，不由得生了覬覦的貪心，又起了懼禍的戒心。

想著試向鷹爪王發出冷話，威逼他吐露實言。鷹爪王對他說：「伏窗的是這裡的牢頭。」這犯人哪裡肯信？對鷹爪王說：「難友，趁早說實話，光棍別騙光棍。什麼牢頭，放著門口不進來，扒窗眼做啥？要是有什麼活路，相好的，咱們可是一塊往外掙。有禍同受，有福同享，別一個人獨吃啊！」

鷹爪王喝道：「待著你的吧！」那囚犯坐起來，道：「你們別瞞我！越獄不是鬧著玩的，我可不能留下給人頂缸。」鷹爪王大怒，罵道：「你少嚼嘴，骨頭癢，找挨揍嗎？」犯人冷笑道：「你不肯說嗎，我都聽明白了；查監的這就過來，咱們講講。有好事，趁早說出來，你要蒙我，那可不成，我喊謝頭啦！」

一言惹惱了鷹爪王，一伸鷹爪，和身壓過去，直掐得這囚犯兩眼翻白，眼看要絕氣，這才輕輕鬆把。容這囚犯緩過氣來，鷹爪王狺狺的罵

道：「我看你喊！大爺不過一條性命，多饒上你一塊臭肉，也不過是一個死！」犯人呻吟道：「王爺，你，你，你這可不對，我說喊，我可哼了一聲沒有？咱們都是難友，你有活路，我也喜歡。你能夠攜帶我一步，我忘不了你的好處；你不能攜帶我，我也犯不上壞你們的事啊！」鷹爪王道：「你這東西還敢胡噴！什麼活路，活路在哪裡？這外頭的乃是別號的牢頭，他和我認識，要看看我，這也算不上犯監規。就犯監規，也沒犯在你小子手上。小子，你給我老老實實的躺著，不許你多嘴，不許你亂動。」犯人喏喏連聲，摸著咽喉，真個不敢言語了。 ── 鷹爪王的手勁竟這麼大！

袁振武在外面輕輕一彈窗，鷹爪王忽然失笑，扭身回頭，對袁振武說道：「你怎麼還不走？快去吧。我的話已經說完，你只快著辦去，我們後會有期⋯⋯」袁振武還要開口，鷹爪王不高興起來，道：「你們這些少年人，你當是在你們家裡呢！現在是什麼時候，你還打算出去不？」袁振武喏喏連聲，說道：「弟子去了！」

忽又想起一事，忙打聽鷹爪王的妻子和胞弟的年貌；問完，說聲：「再見！」便一鬆手，輕輕落地；閃身一轉，窺定房頂，嗖的躥上去。

大獄戒備森嚴，他又是乍試夜行，居然來去自如，沒被人瞥見；比起愣頭羊，不啻勝強幾倍了。固然是他為人精幹，卻也是太極丁門下功夫，被他學得六七，畢竟與眾不同。當下翻出獄牆，回轉店房；第二天便即登程，奔湖北省走下去。

約走了十一天路途，被他用了九天半的工夫，便來到漢陽繫馬口。連歇也沒歇，立刻照著鷹爪王所開的地名，一打聽擒龍手王泉，居然很不難訪。這擒龍手王泉也是當地有名的武師，袁振武即登門求見。想不到竟撲了個空，應門的人說：「王六爺早不在這裡了。」

袁振武這人很精明，那應門的人也像是個會家子，只有二十多歲的年紀。袁振武忙攔住這人，先請教他的姓名，那人含含糊糊說是也姓王。袁振武立刻將鷹爪王所給的信物拿出來給少年看，又忙自承是鷹爪王新收的

徒弟：「現在他老人家，不幸打了官司，困在彰德府獄。我這是不遠千里，奔來送信求救。師叔不在這裡，務必求你費心，引領我面見師母。」又道：

「事情緊急，罪名不測，現在已經刻不容緩，我今天務必見著師叔和師母才好。要趕緊想法子，搭救他老人家。我給他老人家帶來口信來了。」

說罷，袁振武兩眼盯定少年，又問少年，和鷹爪王是怎麼稱呼？

那少年乍聞此言，臉神居然很鎮定，一點也不帶驚訝的相；直到聽見「帶來口信」這句話，才見他眉峰一蹙，眼睛裡也露出惶惑的神情來了。忙答道：「在下也姓王，是擒龍手王六爺的徒弟，你我也算同門。你老兄且在這裡等候，我進去言語一聲。」袁振武忙給他喝破，道：「王師兄，這可不是我著急，事情太緊，一言難盡。我奉命而來，只怕把事情誤了。王師叔如果在家，求你立刻領我見他；有許多話，不能……」眼望四面，道：「不能在這裡細講。最好請你借一步地方，咱們屋裡談。我把話對你說了，你再轉達給師叔、師母知道也可以。」

少年有點慌張，想了想，轉身走入門內，回頭道：「你先等一等，你把那合金鏤花的鈕扣給我。可是的，你老兄有他老人家的親筆信沒有？」袁振武道：「老師陷身府獄，不便寫信，是我設法子夜入……雖沒有親筆信，可是這裡有他老人家親筆寫的字條。」將字條、鈕扣都交給了少年。少年立刻認出來，慌忙拿進去了，袁振武站在門口等著。不一刻，出來一個金鋼似的大漢，把袁振武看了又看，隨即拱手道：「你這位貴姓？你什麼時候拜在鷹爪王門下的？」袁振武忙說：「弟子袁振武，我認老師時，老師已經陷入獄中，這裡面很有情由。」

大漢道：「哦！」又一拱手道：「請！裡面說話。」

進了院子，是小四合房。主人把袁振武讓到西廂，命人獻茶。外面忽然一陣木頭鞋底聲音，走進來一位五十多歲黃臉婆子，和二十多歲的一個姑娘。老婆子身量很高大，卻很瘦，眉短眼圓，一看便令人生奇異之感；

嗓子像破鑼似的，衣履很華麗。那個年輕的姑娘梳抓髻，穿青寬邊月白裙，曲眉大眼，臉圓唇紅，不村不俏，不瘦不胖，臉上似帶著怒容；看年紀像二十二三歲，至多二十四五。入門之後，只由那老女人說了一句話道：「客人，你辛苦了。」便在下首，一齊坐下來聽話。不再置一詞。四隻眼睛儘管打量袁振武，倒把他看得局促起來。

大漢開始盤問袁振武。袁振武在探監時，已向鷹爪王打聽過擒龍手王泉叔嫂二人的年貌，覺得這大漢和這老女人的相貌，都不很對。心上不禁有點為難，站起來拱手說道：「在下銜命遠道而來，這事情關切著王老師的安危。他老人家囑咐我面見了師母、師叔，再傾吐一切。恕我無禮，我請問你老貴姓？和王老師是怎麼稱呼？」那大漢只稱姓魯，和鷹爪王是朋友，說：「現在鷹爪王的妻子，和他的二弟王六爺都不在此，有話儘管告訴我們，也是一樣。」

袁振武怔了，欲待不講，似乎不對；如要說出來，見不著正主，豈不是冒失一點？自己也徒勞此行，臉上不由帶出難色。想了想，卻將鷹爪王得罪巨室，被誣下獄的情由，先草草說了出來；自己夜探監牢的話，一時不曉得該說不該說。不意他這一猶豫，被那少年女子看破，向那老女人低低的說出幾句話。那老女人點點頭，突然發出尖澀的聲音，很快的說道：

「小夥子，你不要疑疑思思的。你不要害怕，有話儘管講。我告訴你，鷹爪王是我的妹夫，我姓魯，我就是魯大娘。」指那大漢道：「這一位是我的兄弟，他叫魯桓。我們正為了鷹爪王的官司，大遠的奔到這裡來。你要面見擒龍手嗎，他早走了……」

那大漢魯桓似嫌老女人的話太著實，尚想攔阻她；老女人怪笑一聲，道：「老九，你不用嘀嘀咕咕，你要看誰跟誰。這個小夥子的來意，你還看不明白？人家是一片至誠。小夥子，我們謝謝你。你有話，只管放開喉嚨對我們講。鷹爪王的老婆不是外人，那是我三妹妹，她如今沒工夫見你。小夥子，你可以都告訴我。鷹爪王現在怎麼樣？受了官刑沒有？他的

腿腳沒傷嗎？可能動彈得動？鷹爪王大遠的打發你來，必有交代，他都對你講了些什麼？」

老女人沖開話簍子，滔滔的詰問起來，一絲一毫的掩飾也沒有，袁振武倒愣住了。直等到重問他一句，方才站起來，重新拜見，堅要行晚輩叩見之禮。老女人擺手，道：「你遠來不容易，不要弄這些酸文了，咱們講要緊的話。你且把你肚裡的話都倒出來吧，然後我們自然把我們的打算告訴你。」

袁振武側過臉來，對魯老婆婆說起自己跟鷹爪王遇合的緣由，和自己冒險探監，要搭救他出獄，他不肯出來的話，一點不漏都說了。魯老婆婆和魯桓都奇怪起來，齊問道：「他是說不願越獄嗎？」袁振武道：「是的，老師說怕徒弟逃不出來，連累他們吃苦；他自己也不願擔越獄犯的罪名，怕一輩子洗不掉。」

魯老婆婆、魯桓，和那少年女子面面相觀，互相咨嗟。過了一會，由魯桓站起來向袁振武道謝；便吩咐備餐，款留袁振武用飯。魯老婆婆跟那少年女子起身入內，進了上房。由魯桓陪著袁振武在西廂談話，細細的盤問鷹爪王在獄中的情形。

也就是只停得一停，上房中出來那個姓王的少年男子，對魯桓道：「九爺，大姑和三姑請你老說話。」魯桓向袁振武告罪，叫少年坐下相陪，退廂房，也到上房去了。跟著飯來了，請袁振武吃飯；跟著上房中聽見高一聲、低一聲的說話，又像爭執什麼。

飯後，魯桓重複出來，向袁振武舉手，道：「袁老弟遠來辛苦，太簡慢了。為家姐丈這件事，多承費心，我們都感激不盡。咱們到裡邊談談吧。」立刻引領袁振武，同到上房。魯桓親手挑簾，謙讓著，袁振武側身進入堂屋。

只見這三間正房，兩明一暗；屋內空空蕩蕩，沒有什麼陳設，僅只寥寥幾件木器。迎面八仙桌上，放著一隻茶壺，幾隻茶杯。卻不倫不類的供

著達摩像，又放著一隻古銅爐，一對景泰藍的花瓶，和幾本經折。東間是暗間，垂著藍布簾，西間壁上掛著刀、劍、彈弓、沙袋、鏢囊、虎頭鉤、短戟，十多樣的兵刃。牆上也還有一兩幅字畫，陳設簡樸，屋內纖塵不染，饒有武士門風。

一個三十八九歲到四十一二歲的婦人，正倚著茶几站著。

身材細長，髮光可鑑，只雙眉微微上挑，一雙俏眼也顧盼犀利，看出不似尋常婦女。魯桓引見道：「這就是三家姐。」正是鷹爪王之妻，南方武林中聞名的魯三姑，原來她並沒有出外。

袁振武抬頭一看，忙搶步下拜，道：「弟子袁振武，給師母叩頭。」魯三姑側身斂衽，攔阻道：「請起，請起！不敢當，不敢當！袁少爺請坐。我說，你什麼時候認的師父？」遜讓落座之後，袁振武便要從頭細說緣由。魯三姑截住，道：「詳情剛才我已經聽說了。我只問問你哪天拜的師父？哪天探獄，你師父當場對你都講了些什麼？他怎麼說，你怎麼答，你一字也別漏，細細學說給我聽。他大遠的打發你來，沒告訴你教我們給他怎樣想法嗎？」

袁振武道：「老師沒說，只催我快來送信。他說，只要把他老人家現時在獄中的情形，對師叔和師母說了，師叔、師母自然會想辦法。當時只催我趕快起身，限我十一天趕到；弟子緊趕了幾天，是九天半趕到的。」魯三姑道：「噢，那就是了。他還有什麼話沒有？」眼望魯桓道：「你姐夫就是這個脾氣，你得替他猜悶。」魯桓道：「這倒不盡然，獄裡本來不易說話。」

魯三姑道：「好在袁少爺剛才說，已經將一把小鋼銼，給他帶進獄裡去了，這就好多了。」袁振武陡然醒悟過來，哦了一聲，忙道：「不錯，他老人家催的我很緊，限我立刻離開彰德。他老人家說，常入公門沒好處，叫我少來。臨別又再三叮嚀我，叫我送信之後，千萬別再返回彰德，我現在這才明白過來，他老人家是怕連累上我……」

魯三姑扶茶几立起來，卻又坐下，道：「是不是，他一定是這個打算！

袁少爺，你這番義氣，我們實在感激不盡。道隆（鷹爪王的號）他一生脾氣暴，很吃虧。他又吃吃喝喝，享受慣了；一入獄，哪裡受得來？苦倒不怕，只是他一生嘴饞，沒酒沒肉，一天也受不了。你一個年輕人，又在局外，竟冒著險，擔著罣落，肯這麼照拂他，我們心上有數，絕不能忘了你。剛才我已經聽我們九兄弟念道了，你的意思是為求學絕藝。這可真難為你，下這麼大的苦心！我們絕不能辜負了你！

他出了獄，一定對得起你；不但他，我們也得想法子，成全你的志願。不過，不瞞你說，我們現在正忙著搭救他，好歹把他弄出獄來，連他那三個笨徒弟，既是吃連累了，我們也得一包總想法兒，把他們都鼓搗出來。你呢，我也想透了。不過，現在……」

說到這裡，陷入深思之境，盡翻著皂白分明的一對俏眼，仰望屋梁，籌劃安置袁振武的辦法：他可靠呢，不可靠呢？留下他呢？不留他呢？現在留呢，日後再說呢？……可惜愣頭羊屈勵才奔回求救，現在已經打發他出去請人去了；他若在此，也可以對一對。魯三姑為此躊躇，那魯桓卻怕三姐姐為了一時感激之情，造次輕諾，又怕她說出別的話來，就立刻插言道：

「三姐，咱們總得過了這一場……」

袁振武實在機警，聽話聽音，已知他們必有搭救鷹爪王的祕計陰謀。立刻自告奮勇，站起來說：「師母、師叔，你老容稟。弟子年輕，沒能耐，卻有一片血心。王老師十分看重我；我固然是新拜門牆的後進，可是報答師恩，無分早晚，都該效勞。師母、師叔哪一天上彰德府去？弟子我情願追隨。別的不行，跑跑腿，探探監，總還不致誤事。那些獄吏獄卒，都跟我不錯，被我買囑好了。那獄中的情形，經我一番夜探，出入路線，我都很熟。」

魯桓、魯三姑都笑了。魯桓閉眼搖頭道：「袁少爺，你好大膽量！你這意思，難道說光天化日之下，誰還敢劫牢奪獄，做這砍頭不帶疤的事

嗎？我們武林中，也有得是親朋故舊，有窗戶、有門子的。我們大家湊在這裡，也不過盤算一條好道：打算人上託人，錢上花錢，把我們人保救出來。真個的，單刀一擺，越牆而過，把犯人背出來嗎？背出來又往哪裡放？那是鬧玩的事嘛？」

說著，魯桓兩眼盯住魯三姑，接著道：「袁少爺，我們三姐丈不是囑咐你送信之後，叫你回家等候嗎？他說一句，自然算一句。老弟，我們現在忙著救人。是的，我們扒褲子當襖，正在籌辦錢……我們忙得很，滿處都得奔走，想法子，找保，託人情，實在沒工夫顧別的。你的熱腸，我們絕不能忘，可是眼下實在沒有工夫。你就先請回家，半年之後，我們一定找到你家；把我們魯家門中，和他王家門中的那點玩藝，一點不剩，都傳給你。就是我們不去，我們三姐丈出來之後，他也一定要親身找你去的……」他又轉臉道：「我說三姐，這話對不對？」又對袁振武道：「你大遠的辛苦來到，我們已經預備了一點路費，是二百兩銀子……」

袁振武一聽，話越說越遠了。奔波千里，來求絕藝，怎麼再回坐等，誰知道人家準來不來？眼珠一轉，把利害籌算了一下，立刻說道：「師叔誤會了！弟子求學，早晚都可以，那一點也沒什麼。現在頂頂要緊的是救王老師；弟子既然預聞，焉能落後？」堅求要跟著他們奔走效勞。他本意是希望自己有所歸著，最好住在鷹爪王家內，只是苦於不好開口。正在躊躇，不想魯老婆婆掀簾子，闖然出來。對魯桓、魯三姑發話道：

「你們打算的倒好，可沒給人家孩子想想！千里迢迢的，人家奔來給你們送信；怎麼大遠奔來，再大遠折回去嗎？好徒弟最難得，就憑他這份苦心，我就喜愛他。況且他又這麼熱心腸，萍水相逢，就給三妹夫幫這大忙，又冒著好大的險。固然人家一步來遲，咱們早得著信了，人家可不知道啊！人家可是連夜趕來的呀！你們還瞞個什麼勁！憑人家這份好心眼，咱們也該實話實說，難道還怕閃了舌頭？人家是為什麼來的，你們總得對得住人家才行。」又哼了一聲道：「這樣好徒弟，還推託！」

魯老婆子的話，並剪哀梨，痛快無匹，把兩方的意思都道破了。袁振武睜著感激的眼，向魯老婆子一瞥。老婆子笑扶桌子，往前一探道：「我說是不是，小夥子，說對了你的心思了吧！唵？」

那邊魯三姑沉吟起來，半晌，換了一種腔調，對袁振武說道：「我們大姐姐說話最乾脆。可是，袁少爺，你不用多疑，我們絕忘不了你。這裡的事，你也多少總知道了，索性我也不必瞞你。這次你師父陷身在彰德府，遭這種冤枉官司；就是一個平常老百姓，無緣無故受了這種氣，也不能硬嚥下去。況是咱們江湖上人，漢子作，漢子當，怎麼吃，就得怎麼吐；不拘怎麼樣，我們也得趕緊設法，把他營救出來。不過案子裡還牽連著三兩個徒弟，未免多費手腳。要一齊搭救他們爺四個，這種事就更……不是你應當干預的了。我說對不對，大姐？」

魯老婆子道：「那是自然，小夥子，你去不得。」魯三姑又道：「你年輕輕的，熱心腸，我們怎麼看，也不能辜負你，更不能拖帶你冒險跳坑。我們為了這個，才要請你回家聽信。你放心，你不要因此疑慮，我們一定一定要教你趁願。既然你不願意回去，我想想看……」

袁振武仍告奮勇道：「弟子已經在深夜探過監，就再比這個險難的事，弟子也義無反顧。弟子情願跟隨師叔、師母，同到彰德府，稍效微勞，死而無怨。就是師母要做……什麼極險難的事，弟子更應該跟去了。弟子到那邊去，是輕車熟路……」

話裡含話，雙方都挑明了。魯氏姐弟依然峻拒著袁振武，不要他偕行；只退一步，盤算目下如何安插他。魯老婆子的意思，是既然決意收留他，就叫他留在鷹爪王這裡看家，魯三姑又復不肯。要把他送到魯家去，魯桓又說家中無人招待。盤算了半晌，不得結果。

魯老婆子見袁振武志忑不寧，魯三姑、魯桓又猶豫不決；這老婆子很不高興，氣哼哼向一弟一妹說道：「你們商量你們的，你總得先把人家今天的宿處安排了。大遠的來了你們好意思趕人家住店嗎？」向內間叫了一

聲，道：「紅啊！紅啊！來把小南間收拾收拾，支上一架床。」那個高身材、大眼睛少年女子應聲出來。魯老婆子竟拿出作祖母的身分，把袁振武當小孩子看，挨過來，拍肩拉手的說道：「我先給你拾掇一個倒著的地方，千里迢迢的奔了來，一定很累，是不是？你先躺躺歇歇，不用管他們；你就衝著我，我老婆子一定對得起你。回頭鷹爪王出來，我教他傳給你掏心窩子的本事；他不掏，我就不答應他。小夥子，人要是有熱心腸，處處占便宜；別學他們嘀嘀咕咕，一點也不像江湖人物。我這三妹妹、九兄弟最膽小怕事。丟死個人！」魯桓等都笑了，道：「大姐姐又發脾氣了！」

魯老婆子道：「不是我發脾氣，你們，哼，對不起人了！」

老婆子逕叫著少年女子，引領著袁振武到了小南屋。進了小南屋，回頭看了看，方才說道：「他們姐倆嘀咕到一塊了；你在那裡，他們悶悶絀絀的，更商量不出所以然來。你躲開他們，我回頭追問他們去。你的意思，是願跟了我們去！老實話，這不行。救一個人好辦，救四五人，可就熱鬧了；你一個好人家兒女，犯不上跟我們蹚渾水。我看你還是留在這裡等我們，你想對不對？」袁振武道：「老人家待小姪如此熱誠，你老看著辦吧。弟子的一番苦心，你老已然知道了。你老既是王老師的內姐，你老如不嫌棄，我願意拜在你老膝下，做個義子。」

老婆子看了那少女一眼，薄唇一抿，嗤然笑了，說道：

「我可不好認乾兒子，我的乾兒子足夠三十六罷了；我的乾女兒也足夠八抬轎抬不完。小夥子，這個姑娘就是我們最小的乾女兒，跟我學本領的；她叫高紅錦，她的父親是⋯⋯」那少女道：「乾媽，少說吧。」老婆子道：「那怕什麼？瞞外人，還瞞自己人做啥？」

袁振武果然伏在地上，就磕頭，認義母；被老婆子只一伸手就架住，袁振武竟跪不下去了。惹得那紅錦姑娘立在一旁，掩口而笑。

當日，袁振武留宿在擒龍手王泉家，實在也就是鷹爪王王奎的家。飲食起居，由魯老婆子招呼著高紅錦，幫忙照應，款待一如家人父子樣。

到次日早晨，袁振武心想，魯三姑和魯桓必未見自己。既經隔夜，安插自己的辦法一定商量停當，該抵面說出來了；不意魯桓從這天便沒再見面。看這王家，似乎並沒有僕婦、丫鬟；宅中本有兩三個壯年男子，此時也都不見。所有端茶送飯，只由那少年女子叫高紅錦的親手送來。卻是宅內人來人往，行色匆匆。到下晚，連魯老婆子、魯三姑這姐倆也不見了，竟把袁振武一個生客，孤零零丟在小南屋，沒人看顧。

袁振武唯恐給人不好的印象，畢恭畢敬，堅坐在小南屋。

乍到人家，又不好到院中隨便走動，也不肯伸頭探腦，向外窺看；只可側耳傾聽室外的動靜罷了。有時候外面腳步聲雜沓，有時候人聲忽起。男女老少語音各別，旋又寂靜下去。由早晨到晌午，只不過兩三個時辰，把袁振武局得六神浮躁，抓耳搔腮；站起來，在屋內走來走去。偶爾聽院中有人走來，就試著咳嗽一聲；渴盼驚動一個人進來，理他一理，也好趁便問，到底把自己怎處。卻是外面的人又隔得遠，驚動不過來。

到午飯時，魯家三姐妹還不見出頭，袁振武再也沉不住氣了。他是機警人，不由又起了疑慮；莫非他們已經走下去了，把自己拋在這裡？胡思亂想，忍不住伏門縫，破窗孔，往外偷瞧。忽然聽蓮步細碎，似由正院，正往這邊走。袁振武巴窗縫注目一看，正是那高紅錦姑娘提著小食盒，往南屋這邊走來。

袁振武慌忙歸坐。剛剛坐下，那女子一陣風似的已來到門前，也輕輕咳了一聲，方才挑簾入室。兩隻大眼把袁振武看了看，側著頭又看到紙窗。這卻是袁振武的錯，若把窗紙戳破一個大洞，也就罷了。他卻不，他竟是用指爪蘸唾津，只點破了小小的一個月牙孔。高紅錦不顧起身迎立的袁振武，只凝眸看這窗紙上的月牙小孔。看罷，雙眸一轉，臉衝袁振武微微一笑。袁振武自己怎能不明白，不由羞得臉起紅暈，十分磨不開。

第九章　獄中人飛書求救

第十章　魯姐妹夜會群俠

那高紅錦姑娘放下食盒，打量袁振武道：「袁大爺，憋悶急了吧？可以到院中溜溜，這裡沒有外人。」袁振武不能答，含糊應了一聲。高紅錦便給他拭桌子，擺杯筷；從食盒端出四碟、兩碗、一壺酒。

袁振武不知怎的，素來豪爽健談，此時竟噤住了；勉強說道：「謝謝姑娘受累，我自己來吧。」便搶著來端菜，菜早端完了；便又搶著盛飯，可是飯桶還沒有端來。高紅錦姑娘道：

「我給你端飯去，他們很忙。」說罷，翩若驚鴻，扭身出去；袁振武要想問話，已經來不及了；怔怔的站在屋裡，看著桌上的菜，竟不歸座就食。

轉瞬間，高紅錦二次把飯桶提來，右手還端著一碗湯。到了門口，沒法子掀簾，便扭著身子，要肘起門簾來。袁振武忙走過去，代為挑簾。不想高紅錦一扭身旋臉時，兩個人幾乎碰了個對臉。高紅錦道：「呦！……費心！」袁振武倒礙了路，高紅錦右手湯碰濺出來。袁振武趕快撤身。高紅錦抿嘴一笑，把湯放在桌上，便蹲身來盛飯。袁振武側立桌旁，意頗歉然。高紅錦道：「袁大爺請用飯，看菜涼了。」袁振武說道：「給姑娘添麻煩了！」高紅錦笑道：「這有什麼？又不是我做的，我不過端一端，還弄撒了。」

果然這幾樣菜多半是現成的，皮蛋、豆豉、火腿、鹹魚等，配了四碟，現烹調的只有兩樣。高紅錦抽手巾，拭去手上的殘湯，看袁振武似不好意思當著自己歸座用膳，便一扭身，又翩若驚鴻的挑簾出去了。袁振武亟想問話，先咳了一聲，道：「啊……」高紅錦早姍姍的步出小南屋，抹牆角走開了。

袁振武赧赧的歸座，拿起竹筷，把火腿咬了一口，又斟了一杯酒，卻

只是燒酒。自己暗嫌自己，竟會無端靦腆起來；在這個女子面前，自己怎的這麼局促不寧呢？

沉思忘食，忽然間一個妙齡少女的面影，浮現在面前：瓜子臉、粉腮、細腰、削肩、柔媚而又英挺，尤其是那兩道秀眉，宜嗔宜喜，還有那小小的紅唇……那是誰？那便是太極丁的愛女，自己的師妹，今日的俞振綱之妻 —— 那便是丁雲秀姑娘。

這面影似電光石火般，在眼前一閃不見，袁振武凝眸再一看，眼前只是杯酒盤餐……微微一嗅，回想前情，不由得引杯連啜了數口。於是，停杯再想：這個高紅錦姑娘比丁雲秀高半頭，是細高挑，也是削肩細腰，輕盈雋爽，只不如丁雲秀那麼蘊藉，那麼雅淡，那麼……有那麼一種說不出的獨特風格。好似丁雲秀把「女」、「俠」二字調和得那麼勻稱。這高紅錦姑娘，雖看不準她會不會武功，卻彷彿英氣多些，柔美之氣少些，那一位如果是閨門弱質與女俠的化身，這一位卻似小家碧玉與英雄的合體了，這一點截然不一樣！

袁振武胡思亂想，現在又胡思亂想到別一端上去了。跟著聯想起那一天，丁師父封劍閉門的那一天，袁振武勃然，一雙虎目閃閃發光，把酒一口氣又連吞下數杯。情不自禁，失聲的哼了一聲，道：「好！咱往後看！」

猛然聽外面嗤的一聲；袁振武一動，急側目一看那紙窗月牙孔，露出黑若點漆的一隻眸子。那白紙窗也映出黑影，是細長的一條人影。於是窗外一眸和屋中雙眸一對。窗外那一隻眸子似含著笑意，驟然收回去了。隱隱聽得嬌笑，道：「往後看什麼呀？自己一個人說鬼話哩！」跟著木底弓鞋「格登格登」的一陣響，分明蓮步細碎，又走開去了。袁振武才覺得自己深思忘情，這必是高紅錦姑娘來收杯盤來了。而自己只顧呆想，只顧喝酒，竟忘了吃飯。

袁振武抄起筷子來，匆匆的把飯吃完。屋中有毛巾，取來抹了抹嘴，往桌旁一坐。忽然想起一策：「我何必坐在這裡，等著這位姑娘撤食具？

我莫如自己把杯盤拾起，送回廚房。借這機會，就可以出院子尋看尋看了，而且又顯著客氣。」武林中最忌諱生客借寓，伸頭探腦，胡亂刺探；所以袁振武寧在屋內憋得出汗著急，也不願輕離一步。現在有了藉口，忙忙的把杯盤、飯桶收拾起，端起來就往外走。

剛剛走到中庭，那高紅錦姑娘已從堂屋歷階而下，翩然走來。迎面相遇，叫道：「吆，你吃完飯了？摺著吧，怎麼著自己個拾起來了。」袁振武賠笑道：「在下又不是外人；姑娘，你告訴我廚房在哪裡，就得了。」說著話，眼睛往四面尋找；院內空曠，鴉雀無聲。好像除了袁振武，就剩高紅錦一人了。魯家三姐弟和那幾個年輕小夥子，俱已見不著面，也聽不見說話。高紅錦伸手來接食具，袁振武極力謙辭。因高紅錦梗在前面，走不過去，只好把飯桶遞給高紅錦。袁振武自提著提盒，向東耳房指問道：「這裡可是廚房？」高紅錦點點頭，於是二人相率把食具送到廚房內。袁振武還想幫忙歸置起來，高紅錦皺眉微笑，道：「丟在那裡就行了，有人管，用不著你……」袁振武抱歉道：「又教姑娘受累了。」紅錦道：「我也做不著，我才不會弄這些事哩。」

把食盒等都堆在案子上，高紅錦首先走出廚房，袁振武急忙也跟出來，高紅錦一直奔上房走，袁振武不知不覺，也往上房去。高紅錦上了臺階，袁振武走近甬路。那高紅錦一手掀簾，忽然回眸一看，見袁振武似要跟過來，笑了笑，說道：「請往南屋坐。」

袁振武不由得訕訕的也笑著站住了。可是他再不能放過，忙叫了一聲：「姑娘，請留步。」高紅錦手一鬆，簾子吧噠的一響，落了下來；柳腰一扭，側過臉來道：「我也忘了打臉水了，我給你沏茶去。」袁振武搓手低頭，緩緩的說道：「不是，我不渴。姑娘，我請問你一點事。」高紅錦道：「什麼事？」

袁振武四面看了看，低聲道：「師母和魯老姑太她二位，還有師叔，可在屋嗎？」

未等說完，高紅錦噢的一聲道：「你是打聽他們？他們三位出門了，一會兒就回來。你是不放心，怕他們走了啊？那焉能夠。魯姑太臨走的時候，留下話了，教我款待你，別把你餓著。她老人家就是這麼熱心腸，喜歡年輕人。你只好好的等著吧，她老人家自然有交派。」又放低聲音道：「你是想學能耐，是不是？你真走運，遇見老姑太了；你要是只遇見三姑太，哼，哼！」袁振武道：「三姑太是誰？哦，可是師母嗎？」高紅錦道：「不是她是誰？她這個人，別看能耐大，可就有一樣，最不好管閒事。」說罷一扭身，挑簾登階，到上房去了，把袁振武一個人拋在庭心。

袁振武徐徐的走回小南屋，心中納悶。這個高姑娘，真摸不清是怎麼個路數。說姑娘不姑娘，說小姐不小姐；又像會功夫的人，又像不會，卻是身量兒真高，森森玉立，比起振武自己，竟不差上下。真個的跟師妹丁雲秀比，大不相同了。而鷹爪王這一家子，人物也覺著個個特別。

過了一會兒，高紅錦端著一壺茶進來，道：「喝茶吧，你在這裡悶得慌，是不是？你可以到外面溜溜。他們老姐兒三個大概到天黑時，才能回來。」袁振武起身道謝，忽然想：「她一個女孩子，怎麼倒把我噤住了，我何必怯場？」就朗然發話道：「姑娘請坐，我向你請教請教。我是鷹爪王王師父新收的徒弟，他老人家的為人、武功，和從前的行事，我一點也不曉得。姑娘和他們這裡既是親戚……」高紅錦登時把話剪住，道：「哼，我更說不上來。我和鷹爪王王大叔、王大嬸，一點也不熟識，我和魯老姑太，我們是通家至好，我是受她老人家邀來幫忙的。」

袁振武道：「姑娘也是來幫忙的嗎？這麼說，姑娘的功夫一定很好了。」高紅錦道：「唉，我說什麼來著？我可什麼也不會，誰說我會功夫啊，你聽誰說的？」振武道：「姑娘不是來幫忙的嗎？」高紅錦道：「不錯呀，噢，你是這麼猜了。我倒是給他們來幫忙的，我是給他們洗衣裳、煮飯，幫這種忙來的。」

說到這裡，掩著嘴，噗嗤的笑了。一扭身子，推門出去，臨行道：「我

不會說話，你別聽我的。」竟又飄然走去了，任什麼話也沒有套問出來。袁振武暫在魯宅住下。

這一天直耗到天黑，魯氏姐妹一個也沒有回來。這一頓晚飯，這位高紅錦姑娘可就弄不出來了；直到快掌燈，她還沒有做熟。袁振武忍不住了，出了小南屋，在院中走來走去。忽見高紅錦滿頭大汗，從廚房奔出來，一見袁振武，就嚷道：「你餓不餓？」袁振武道：「還不餓呢。」高紅錦道：「嗐！糟透了！灶堂裡火不旺，添點柴禾吧，不留神，忽的一下，躥出一股煙來，差點燎了眉毛。煮飯吧，也煮不熟；炒菜我又不會。你會不會？你給我看看去。」原來她一個人看火，又看鍋，又煮飯，又炒菜，忙不過來了；不但累得臉上粉汗淫淫，連小汗衫也溼透了。喘吁吁的，屋裡又熱，天又黑，越著急，越沒辦法。

高紅錦說著話，跑到上房，拿出一把扇子，一面拭汗，一面跑到院子裡，站在陰涼底下，扇扇子納涼。口中不住抱怨道：「吃飯容易，做飯敢情真麻煩；誰會幹這個呀？」她那裡發急，袁振武卻心中竊喜，忙說道：「姑娘別著急，待我來。」自幸有機會，可以攀談打聽事了。忙走進廚房一看，幸虧來得巧，再晚一會，怕要失火了。滿地都是碎柴禾；她又把灶堂塞得柴禾過多，一陣陣犯風，便往外倒煙冒火。袁振武忙用掃帚，先把地上柴禾掃淨了。再看菜砧、盤碗、瓢杓堆得很滿。

煮的飯把水放少了，鍋底已經焦糊，可是上面的米依然很生。

亂七八糟，饒這樣，倒把高姑娘累得直嘮叨。

袁振武也是位富家公子哥，他也不十分懂得烹調；看了看，深感沒處下手。對高紅錦道：「姑娘不用著急，我看還是上街，買點現成的吃吧。」

高紅錦道：「也好，這工夫餓得我肚子直叫。做飯不行，吃飯我可一頓也不許錯過。給你錢！」從上房拿出一些碎銀子，就往袁振武手裡遞。袁振武道：「不用不用，我這裡有。」急急的走出院外，到街上找一飯館，隨便叫了兩份菜飯。可是這一來，要想幫忙做飯，趁便打聽閒事的機會又

丟失了。

　　從飯鋪出來，已是萬家燈火齊上時。引領送飯的小夥計，來到王家門首，街門已經緊閉。上前叩門，門扇忽隆的分開，高紅錦姑娘當門側立，道：「怎麼樣，找著飯館沒有？」袁振武笑答道：「找著了。」吩咐夥計，把菜飯先端到上房；給紅錦姑娘叫的是四菜一湯。

　　這高紅錦姑娘容得菜飯擺好，坐下來就吃，用筷子指著袁振武道：「謝謝你，我真餓了。你怎麼還不吃去？」竟一點也不客氣，非常的豪爽。袁振武叫小夥計，把自己的那一份，送到小南屋，草草吃完。容得夥計把食具撤去，高紅錦閂上街門，給袁振武送來一壺茶；她就老早的進了堂屋，關上屋門，把燈熄了，悄然睡去了。袁振武還想跟她搭訕幾句話，竟不能得閒。

　　袁振武只得枯坐在小南屋，對燈喝茶，皺眉尋思；鷹爪王家上上下下，連本家和親戚，怎的一個不剩，全出門了？只留下一個高紅錦姑娘看家，據說也是外客，他們自己人都做什麼去了？難道都走下去了？自己本為爭強負氣，才別尋名師，看這魯家姐妹舉動詭異，言辭惝恍，看來定有什麼不軌的打算。

　　事到臨頭，自己究竟該當怎麼辦才對？思思量量，好半晌，方才和衣睡倒。

　　迷離恍惚，似睡不睡，聽更樓似已打過三更。忽然間，庭院中吧噠的響了一下。袁振武聳然驚異，霍地坐了起來，揉揉眼，側耳細聽。似乎屋後牆上，唰唰啦啦的又一陣響動，像是灰土剝落。袁振武忙披上短衫，登鞋下去。外面嗖的一聲，分明聽出，由院外跳進一個人來。

　　袁振武大詫，急趨至屋門口，伸手便要拔閂，忽一想：且慢！忙走近窗前，就窗紙破洞，往外一看。這小南屋前面，恰有半堵牆，擋住視線，看不著庭心的動靜。趕緊一轉身，挪到臨院那面窗臺畔，把窗紙弄破，合一眼，睜一眼，仔細往外窺。倏見一條人影，疾如箭矢，由西牆根一掠而

過，徑奔正房。正房仍被牆障著，望不見堂屋門，只瞥見半窗燈光。原來正房的燈光已滅復明了。

袁振武恍然，更扯大窗孔，張目一尋。哦，偏北左有一條人影，晃來晃去，在庭心打旋。東牆上也有一人，正向外瞭望。跟著眼光不及處，又聽見一聲吹唇低嘯；牆頭人影飄身下來，兩條人影一縱步，齊奔正房。旋聽見吧噠一響，似挑簾放簾。

三間正房只能看見半間，袁振武極力窺窗，仍然看不出所以然來。心中疑悶，而且著急，想了想，忙往門口一湊，這才輕輕拔栓，徐徐曳門，只開了半尺許的門縫，側目重窺，傾身再聽。半晌，院中沒動靜了，卻聽見正房之中，唧唧喳喳，有人密語。忽然，唰地一聲，正房中一個婦人聲口，喝道：「麼七嗎？」正房東簷上忽然噗嗤的一笑，又聽屋中一個壯漢道：

「是蔡七。」簷頭一個童子音答道：「三姑，是我。」婦人道：

「是你怎麼不進來？淘什麼氣？」童子音輕笑道：「沒淘氣，我來個『夜叉探海』，看看你們聽得出來不？」婦人怒道：「快給我下來吧。」

袁振武忙一側身，推門出來，往前一墊步，躥到前面那堵牆後；借牆障身，向外探頭。僅僅瞥見一個矮小的人影，正在懸身簷抱柱，玩那「單扯旗」的花招。正房門簾一響，一個長身婦人掀簾出來；短衣佩劍，正是師母魯三姑，不知道什麼時候回來了。那矮小的人影一個虎跳，翻下平地，一長身，高才四尺，原來是個十幾歲的小孩。魯三姑一手挑簾，忽然向這邊一笑，卻一拍那小孩，道：「淘氣的孩子，偷看什麼！」跟著一轉身竹簾吧噠的一響，一同進去了。袁振武愕然，忙一縮頭，退轉身來。

沉了一會，袁振武更耐不住，復又貼牆探身。遙望堂前，燈光通明，隔簾映出碎影；晃來晃去，儘是屋中人影，乍高忽低，儘是談笑之聲。袁振武為這燈影人聲所吸引，忍不住輕輕挪步，往庭心走，一雙眸子直注到堂屋內了。卻才轉出牆角，忽聽背後簌簌的一響，一條細瘦的人影突從黑

151

隙中如飛的躥出，挾著一股子銳風，猛襲到身旁。

　　袁振武吃了一驚，方要轉身，驀然間軟綿綿一雙手掌從肩後伸來，往自己左肩頭一按，力量很大。袁振武倏往下一矮身，待要施展拿法，拆破敵手，不想來人嗤的一笑，嗖的一躥，退出兩丈以外。袁振武方才看出來人的身形輪廓，細腰削肩，包頭軟履，正是高紅錦姑娘。她向袁振武含嗔低喝，道：

　　「喂喂喂，放著覺不睡，你要幹什麼？」說話時，又似微含笑意。袁振武忙湊前一步，道：「原來是姑娘，我要……屋子裡很熱；我要到院裡溜溜！」高紅錦道：「咄！不老實，說瞎話！還不快進去，你好大的膽子！」

　　袁振武滿面懷慚，往小南屋去；回頭一看，高紅錦已跟了過來。忙將油燈挑明，又將衣鈕扣上，這才說道：「姑娘還沒睡，請坐。」高紅錦姑娘不答這話，站在屋心，似笑不笑，似嗔非嗔的說道：「你年輕輕的真愣，膽子真不小！你是要到堂屋，偷聽窗根去，是不是？」袁振武忙道：「不不不！我絕不敢那麼胡來……」高紅錦道：「你還瞞我？告訴你，你是不知道，這屋裡什麼人都有。保不定有那手黑的，冒冒失失，就許給你一下子；你又未必防備，他們又不認識你。」

　　袁振武辯道：「得啦，姑娘，你真把我看成一點世故不通了，我焉能偷聽窗根？我不過……因為魯師叔和師母整天沒見著，我的事又不知怎麼樣，住在這裡，心上很不安。剛才聽見師母回來了，打算上去問一問；我哪能一聲不響，偷聽私語去呢。」高紅錦道：「得了，不用說了，你就不會明天問？你想他們在屋裡聚議，院外哪能不安放哨的？幸虧是派我放哨，換了別人，哼哼……」把手一揚，道：「你看，你就得挨上這一鏢。」袁振武諾諾連聲道：「姑娘說的是！我太莽撞了。不過，師叔、師母把我擱在這裡，我實在不知道我該怎麼著才好。姑娘，你費心給我問一聲去。若要去彰德，千萬求他們把我帶了去，我也可以稍盡微勞。」高紅錦搖頭道：

「不必問，她絕不會教你上彰德去的。你看著吧，再不要伸頭探腦的了。趕明天，不用你說，魯老姑太也一定先找你，一準有個交派。你只好好睡覺得了。」竟不容袁振武再說話，舉步往外就走，又回頭一擺手道：「我還得巡邏去哩，老老實實睡吧。」

袁振武沒想到高紅錦竟這麼英明，急急追出去，低聲道：

「姑娘，姑娘！我別看是新來的，究竟也是王老師的徒弟。姑娘我求你答應我，我又睡不著，我幫著姑娘巡邏吧。姑娘替我想想，我又不知是怎麼回事，一個人扃在屋裡，實在悶得慌。」高紅錦回眸一笑，停了停道：「也罷！」一點手道：「你跟我來。」

高紅錦把袁振武引到庭隅，指了一個隱僻地方，教他蹲下。又給他三隻鏢，但又囑告道：「千萬不可亂打，這只是防備萬一罷了。你只聽我的招呼，叫你怎麼樣，你就怎麼樣。」

然後高紅錦自己也尋了一個地方，把身形隱藏起來。

袁振武藏身的地方，恰好可以隔簾窺見堂屋；這番安置自是高紅錦無形中幫忙，袁振武心中很感激她。隔簾遙望，堂屋中的陳設已經改動；那張方桌搭在屋心，圍著方桌，擠擠挨挨，坐了七八個人，男男女女都有。一盞明燈，又數只蠟燭，分放在案頭幾上，閃閃吐出明光。桌子雜陳著酒杯食物，在座這幾個人正在一面喝酒，一面喁喁密議。鷹爪王之妻魯三姑擎著一把劍，比比劃劃，和那個小孩子說話。

過了一會，忽然屋頂簌簌的又一響，嗖的一下，從外面連躥進來三條人影：兩個男子、一個女人。那個女人原來就是魯老姑太，年紀高大，身手卻非常矯健，也穿著一身夜行衣。一到庭心，便尖著嗓子嚷道：「三妹妹，蔡七子、老五來了沒有？」屋中人哄然起坐，道：「老姑太來了。」鷹爪王之妻魯三姑應聲道：「大姐姐回來了。蔡七子來了，這不是。」一個少年首先起身迎出來道：「姑太叫我，我還不趕緊來嘛！」座中人一個個全迎了出來，魯老姑太倒像貴客一樣了。

這老太婆子向眾人寒暄著，就讓同來的那兩個男子先進屋。她自己落後，也繞著院子一巡。忽然到袁振武藏伏之處，厲聲道：「咦，你怎麼不睡？誰叫你在這裡的？這麼放肆，你好大膽子！」當下就要翻臉。高紅錦急急躥過來道：「乾娘別著急，是我叫他幫我巡哨來著。」魯老姑太才轉怒為喜，道：「那就是了。好，小夥子，你多受累了。」又道：「你們兩個人別都伏在院裡。你們兩個人應該分開，一個在院子裡，一個在屋頂上。」高紅錦道：「我上房。袁大爺，你還蹲在你那個原地方。乾娘，人都邀齊了吧？」

魯老姑太道：「差不多了。」然後匆匆的走進堂屋。

高紅錦對袁振武吐舌說道：「怎麼樣，我沒有冤你吧？差一點你就落了包涵！」袁振武道：「謝謝你，大姐，小弟不懂事！」不知不覺的改了稱呼了，高紅錦並沒介意。

魯老婆婆一回來，屋中聲音立刻放大，再不像剛才那樣低言悄語了。袁振武在外面聽了個真真切切，卻是多一半說的是隱語。大致猜來，這些人都是邀來救鷹爪王的，如何救法，卻未聞提出。他們只商量怎麼登程，怎麼樣改裝，怎麼樣進彰德府，以及還得再邀什麼人。旋且議罷，這些客人有的翻牆出去，有的留宿不走。

魯老婆子出來，到院中一站道：「紅啊，紅啊！」高紅錦躥下房脊，來到面前，一同進入屋內。隔了片刻，高紅錦獨自出來，很忙的對袁振武說：「老姑太說，沒事了，叫你回小南屋睡覺去。」袁振武愕然半晌，道：「高姐姐，我可不可以見見他老人家？」

高紅錦嗤的一笑道：「見她做啥？我猜你就憋不住。老姑太說，教我替她謝謝你打更。叫你先回小南屋，她老人家回頭就去見你。你先別睡，好好回房等著去吧。告訴你，若不是我幫話，你得到明天才能見著老姑太呢，又憋你半夜。我知道你年輕人性子急，是我替你催的。」袁振武連聲稱謝，自回小南屋等候去了。

堂屋中的人聲依然嘈雜。隔了好久好久，竹簾聲動，腳步聲起，夾雜著笑語告別聲。忽一個清脆的嗓音道：「就是這樣，伯母請回，咱們在湯陰見吧。」一個中年男子的腔口道：「今天二十八，我們準在初七接頭好了。」跟著聽見嗖嗖的躥房越脊之聲，似已走了一撥人，卻還有一撥人。旋又聽魯老婆子尖著嗓子，似在庭院對某一人說道：「你別回去了，住在這裡吧。你一個孤行客，住店不行。」

一個低而宏的喉嚨道：「不要緊，我有地方住，你老不用費事了。」又聽見開門啟栓之聲，魯老婆子、魯三姑稱謝送客之聲。旋又聽見關門上栓，掀簾回房之聲。一剎那，各種嘈雜的聲音歸於沉寂，卻已聽見雞叫聲了。

袁振武心中著急，正在胡思亂想，忽然聽隔門招呼道：

「袁大爺，老姑太來了！」袁振武矍然站起，這是高紅錦，忙應了一聲，奔到門首。那高紅錦姑娘已推門進來，拿著沉甸甸的一個手巾包，含笑入內。見屋中昏暗，微微一皺眉，道：「怎麼這麼黑？」伸手把油燈挑亮，袁振武往門外探頭，道：「大姐，老姑太真來了嗎？」一言未了，魯老婆婆已然疾步走來。

第十章　魯姐妹夜會群俠

第十一章　高紅錦留情陌路

這魯老婆婆已非復白天的神氣了。偌大年紀，穿一身夜行衣裝，瘦削的面龐含著凜然之色。袁振武搶步上前，才要行禮，魯老婆婆不耐煩的把手一揮，向椅子上一指，道：「請坐！」她自己就坐在靠桌旁的床上，匆匆說道：「袁少爺，我現在很忙，顧不得細說。」回顧高紅錦道：「把包拿來。」信手打開，是兩封銀子、一封信。

魯老婆婆道：「這是一封信……你的事，我們已經替你盤算好了，你志在求學，願意投拜在你師父門下，有你這種資質，又有這分苦心，你實在是個好徒弟，我們求之不得，無奈現在不是時候。我已經跟你師母商計好了，我們不願教你在這裡傻等；況且你住在這裡，也不相宜。我又忙，一切詳情不便對你細講。這裡有一封信，你現在就可以動身，把這封信投了去。」

袁振武一看這信，下款是「漢陽王緘」，上款是「鄂豫交界藍灘劉四爺家祺臺收」。魯老婆婆指著道：「這劉家祺也是你師父的師弟；我把你薦到他那裡，你可以在他那裡借地學藝，也不妨拜他為師……」袁振武忙道：「義母，弟子不願……」

魯老婆婆搖手道：「你別打岔，你聽我講。這劉家祺不僅是你師叔，我還救過他的性命。我吩咐他的話，他不敢駁，一定好好的照辦。我把你薦到他那裡，他一定錯待不了你，他一定傾心傳給你武藝。你要明白，這不過是暫時，至多半年罷了。半年之後，你師父或者我一定找你去，驗看你在他那裡的學績。不管你學得如何，到那時你師父一定把你領走，找一個地方，便由他自己親手傳給你本門心法。你在劉師叔那裡，不過借這半年閒空，叫他把本門初步築基的功夫傳給你，省得叫你傻等著，空耗時候罷了。你這劉師叔，他在藍灘設場子，授徒為業，你在那裡住，也可以安心。」

　　她把兩封銀子也送到袁振武手內，道：「這給你做路費。」

　　又道：「現在已經雞叫，等天亮，你就趕緊走。」

　　說罷，她站起身來。袁振武還想說話，但是老姑太的言談、神色，十分匆遽，又似不容袁振武有置喙餘地。袁振武性本剛直，不覺心中不悅。

　　但是這魯老婆婆就好像看透他的心一樣，雖然站起來，似乎要走，忽又一轉身，湊到袁振武面前；伸一雙枯腕，往他肩上一搭，滿臉上堆下歡容來，藹然說道：「小夥子，我實在愛惜你……」又低聲道：「你是個明白的孩子，不用我多說……我的意思，你總可意會吧？你又是個富家子弟，安善良民，我絕不肯叫你往惡道上走。你這劉師叔雖也是一個武夫，他卻是在藍灘住家，平素專以設場授徒為業，循規蹈矩，非常可靠；你在那裡住上半年，好極了。你要知道，你這人又機靈，又熱心眼，我們絕不能把你丟在脖子後頭。咱們不用說廢話，也不用說客氣話，你只好好的上進，咱們總有再見的機會……你聽明白了沒有？」

　　袁振武回過味來，便要叩頭稱謝，又要求見師母。魯老婆婆卻又道：「小夥子，你放心，我們一定對得起你，你師母和我是一個意思。你對你師父有恩，我們不會忘了你。咱們各憑天良，你不負人，誰能負你？你師母很忙，她已經走下去了；你不必見她。現在天快亮了，你趕快歇一歇，好趕早走路。」

　　袁振武又要叩問師父鷹爪王何時能出獄，何時才能夠會面。魯老婆子笑道：「小夥子，你很精明。你想他什麼時候能出來，什麼時候能見你呢？我們這不是正想法子救他嗎？救出他來，他自然……要先歇一歇……是的，要先歇一歇。歇好了，我一定叫他第一個先去找你。……好了，好了，是時候了，就是這樣吧。千言萬語，總歸一句，你放心。我們走了……總對得住你！」說至此，指一指天，又指一指心，更不多說。

　　魯老婆婆便一鬆手，驀轉身，帶高紅錦出離小南屋，便要回轉上房。

　　袁振武已經聽明白，可是又不能完全明白。急急的跟蹤叫了一聲：「老

姑太，義母！」魯老婆婆一轉身，瘦眉微皺，忽又笑了，說道：「你還是疑疑思思的，這也難怪。紅姑娘，我很忙，你有工夫，跟他細講講好了。」魯老婆婆灑然回到上房去了。

高紅錦姑娘應命留後，重回小南屋，往上首椅上一坐，對袁振武道：「師弟過來！」她忽然改了稱呼了，含笑說：「你有什麼疑難，快對我說，我都告訴你。」魯老婆子的這番安排，居然把強項的袁振武安慰得十分感激。拒絕他同行，薦他到別處，他本來已潛蘊不悅；但是魯老姑太的匆忙堵住了他的嘴，魯老姑太的誠懇終於又感動了他的心。

袁振武略為思索，賠笑說道：「我嗎，倒沒有什麼疑難了。老姑太這番替我打算，我已經明白了。我焉能不識好歹，稍背她老人家的一番盛意。不過我抱愧的是，師父身在難中，別人都要盡力營救，我竟不得稍效微勞，反倒退身事外，袖手旁觀，心上總覺著過不去。」

高紅錦秀眉微顰，微微一笑，忽用開玩笑的口吻說道：

「算了吧，有什麼過不去？你一走，不就過去了。」又正色道：

「小夥子，你有這份良心，莫怪老姑太這麼照顧你，你算趕巧了。小師弟，你只管奔藍灘去吧，你師父的事，你不伸手也是一樣。你就伸手……」把自己的手一伸道：「恐怕也跟我的手一樣，弄不出什麼漂亮的活計來吧。」

袁振武臉一紅，方要辯解，紅錦姑娘忙搶著說：「你又不愛聽了，是不是？老實告訴你吧，老姑太因為你是好人家的兒女，不願意叫你跟著蹚爛泥，往險道上走。這是不肯累害你，你別猶豫了。你就依著她的話做去，她自然越發的歡喜，這比什麼都強。這門裡的徒弟不止一個，能邀得老姑太這麼刮目的，也就只你一個人罷了。你別自己弄砸了，沒的招起她不耐煩來，倒壞！我叮嚀你幾句話，你在這兒，當著師門中的人，你這麼至誠熱心；離開這些人們，你也能時時以師門為念，那時要求得本門絕藝，又有何難？我沒有什麼幫你，這幾句話就算我這個師姐姐送給小師弟

159

的一份虛禮吧。」她格的笑了一聲，站立起來，向外就走。

袁振武平素以師門高弟自處，這位紅錦姑娘卻慣拿他當小孩子看待。其實高紅錦不過二十三四，袁振武已然二十七歲了，她卻一口一個小師弟、小夥計的叫著，又是什麼好人家的兒女啦，她倒把阿姐的身分端得十足。袁振武負氣出走，脫離丁門，自己反倒晚了一輩下去；回想起當年舊情，也不禁感慨系之了。但這高紅錦姑娘忽嗔忽笑，倜儻不羈的神態，又好像有一種魅力；倒把袁振武擺布得心旌搖搖不定，忸忸怩怩，另有一種滋味似的。一見她要走，忙站起來，抱拳道：「師姐，別忙著走！我還有話呢。」

高紅錦一手挑簾，回頭說道：「你還有什麼話？……你的話太多了，我忙得很，回頭再講吧。快快的收拾收拾，不要磨煩。你看這就天亮了，你別忘記，你還得趕早動身走呢。」說罷，竹簾吧噠的一聲落下來，苗條的影子翩然走去。

袁振武忙忙的跟蹤送出來，抱拳躬身，說道：「師姐，您好走。」但見高紅錦姑娘腳才出戶，嗖的一個箭步，飛似的蜻蜓三點水，早已躍上了正房臺階。側身掀簾，一回頭，有意無意瞥了袁振武一眼。黑影中，但見她似把頭微微一搖，手兒一揮，跟著竹簾又吧噠的一響，已經走入堂屋去了。

袁振武重返小南屋，想了一想，只得先投奔藍灘去。看這情形，魯家三姐弟搭救鷹爪王，也還是沒有什麼新奇妙策，也還是定而不可移，仍采武林中的慣技罷了。那麼，他們拒絕自己，也正是愛護自己；自己雖是武林中人，卻不是幹這種事的人。盤算停當，忙將隨身的小包裹收拾俐落，兩封銀子、一封信，也順手打在小包袱之內，就倚枕略歇了歇。

聽外面一陣陣雞聲報曉，紙窗上曙色漸透。又過了一會，院中木底鞋格登格登的響，猜是紅錦姑娘脫去夜行衣裝，又換上家常婦女的衣履了。忙坐起來，把小衫衣鈕扣齊；揉了揉眼，便來開屋門。

果然蓮步細碎，紅錦姑娘已到門前，輕輕一彈窗，叫道：

「袁師弟，該走了，我可要下逐客令了。」說話時，門開簾啟，紅錦姑

娘滿面春風，走了進來。上眼下眼，打量袁振武道：

「你還不如我哩，你臉上帶出熬夜的氣色來了。」那是自然的，袁振武奔波千里，又加上一夜失眠，臉上神色當然顯得勞瘁。

看這紅錦姑娘，紅繡襖，紫絹巾，足穿弓鞋，腰繫長裙，臉上薄敷脂粉，猩紅一點點在小小的口唇上，豐容盛鬋，姿態豔美；不但與昨夜神情不同，就與前昨兩天的打扮氣度，也迥乎有異。只看這外表，恰似一個過新年、要出門的閨秀姑娘，可說是一身盛服，濃裝豔抹了。

袁振武心中不解，猜測著好像她是要離開王宅了。不禁迎問道：「姑娘，哦，師姐，您要出門嗎？」高紅錦點了點頭。袁振武遲疑道：「師姐不說是看家嗎？」高紅錦道：「你聽誰說的，我也要走啊。你怎麼樣，收拾俐落了吧？我這裡靜等著你呢。」

袁振武看了看自己的小包袱，笑道：「早收拾好了。」再一穿長衫，把小包袱一提，便可登程。高紅錦道：「那麼你就走吧，我送你走。」袁振武忙道：「謝謝師姐。」

袁振武伸手從屋牆掛鉤上，摘下長衫，披在身上；向紅錦姑娘作了一揖，跟著說道：「師姐費心，領我到上房去一趟。」

高紅錦道：「做什麼？」袁振武道：「我還沒有辭行哩。」高紅錦格的笑了一聲道：「你這人好懵懂，你跟誰辭行啊，她們都走了！」袁振武愕然道：「怎麼都走了，這麼早都走了嗎？」高紅錦笑出聲來，說道：「看你很精神，很像個行家，剛才的動靜，不信你會一點沒有聽出來。」袁振武呆了一呆，說道：「師叔、師母，我知道早都走了，老姑太是什麼時候走的？」

高紅錦笑而不答，只催他快走。袁振武反倒坐下來，在木榻上仰著臉，問道：「師母、師叔、老姑太都走了，邀來的朋友也都走了……可是的，那麼一來，小弟再一走，這院裡不就剩師姐一個人了嗎？」高紅錦道：「你這人沒耳朵，我也要走的啊！」袁振武道：「唔，師姐再走了，這宅子交給誰呢？」高紅錦掩口笑道：「交給誰，交給房東！你別操心了！反

正這個家……」說到這裡，換轉話頭道：「反正這個家有人管。」

袁振武恍然了，頓了一頓道：「師姐請坐，我跟你打聽打聽，現時這宅子裡，是不是只剩下你我兩個人了？此外還有別位看家的沒有呢？」高紅錦秋波微漾，做出頑皮的樣子，道：「傻子，你想呢？」

袁振武臉一紅，道：「我知道一定沒有別人了。但是，師姐不要瞞我吧，你得告訴我，是不是師父一家從此要棄家遠颺？」高紅錦笑著點點頭，道：「有那麼一點。」

袁振武不禁爽然如有所失。抬頭看這紅錦姑娘，倚著桌子，曼立在自己面前，兩眼正瞅著自己。袁振武想了想，囁嚅道：「師姐，你老人家可到哪裡去呢？」高紅錦笑道：「我嘛，我的去處不能告訴你。」

袁振武俯下頭來。停了片刻，復又抬頭，目注著高紅錦；欲言又止，似有孺戀之意。高紅錦等了他一會，見他一時沒話了，便把身子一直，手指輕輕的一彈桌子，說道：「師弟，你真該動身了。你走後，我立刻歸置歸置，也走。你總得走在我頭裡才行，我還得等候車哩。」又看了看窗，道：「請吧，天可真不早了，咱們後會有期。我給你開街門去。」

袁振武再不便俄延了。本想再問問，卻又沒的可問；可問的話本來還多，無奈紅錦姑娘不肯往深處講，自己也就不便刨根問。於是毅然站起來，復向紅錦姑娘深深一揖，道：「師姐，我走了！師姐待我這番厚意，小弟也不說謝了。此番小弟得入師門，師姐的轉圜之功、提攜之德，小弟心上是有數的……」

高紅錦嗤的笑了，截住他道：「有數便怎麼樣？」袁振武想不到自己一往豪邁之氣，擺在這麼一個姑娘面前，反倒弄得左一陣紅臉，右一陣紅臉，竟從來沒見過這麼闊奢的姑娘。

袁振武忸怩了一陣，也嗤的一笑，說道：「小弟也不能怎麼樣，不過是山高水長，永誌不忘罷了。小弟真想不到和師姐萍水相逢，竟這麼一見如故……」賈勇說出這一句來，忽又自嫌冒昧，人家終究是個姑娘，不由

得又赧赧然把下面的話嚥回去了。改口道：「師姐，咱們改日再見吧！」

高紅錦毫不理會，也接聲道：「對！袁師兄，山高水長，咱們改日再見！」掀簾子先走出來；又一轉身，腳蹬門限，含笑招手，道：「來吧！別愣了；是時候，該走了啊！老這麼戀戀不捨的，人家都走了，只剩下這些空屋子。你就捨不得走，也見不著你老師，學不上鷹爪功呀。我說對不對？傻兄弟，走吧。」越說越親近了。

袁振武這才踵隨在後，提行囊，來到院中。這時候空庭寂寂，曠落無聲，僅只有他們兩人的輕舉足音。各房門俱已倒鎖，竹簾卻依然虛懸，庭心也掃得很乾淨，絲毫沒有搬家的景象。除了悄靜一點，滿不像人去樓空的樣子。高紅錦提著長裙，姍姍的來到前庭，便奔街門。袁振武緊綴上來，低低的又叫了一聲：「師姐！」高紅錦道：「怎麼樣？」

袁振武到底忍不住心中的疑悶，湊近來，又悄聲問道：

「師姐，我可不該問，師姐，你這種打扮，跟昨天截然不同，我猜師姐一定也要奔彰德。你穿這身衣裳，你可是怎麼個走法呢？」高紅錦低頭看了看自己的衣裳，道：「我嗎？……打破砂鍋問到底，我知道你現在肚裡憋著一個大疙疸。這幸虧是我罷了，若是換了我們黃師姐，像這麼審賊似的，黏黏纏纏的，怕不早挑了你的眼！小夥子，你悶一會吧。我什麼話都露給你聽了，就這一點背著你，也不算對不起你。你多包涵吧！」又格的笑了一聲，一直走到門洞；玉腕輕舒，釧鐲錚然，把開栓唿隆的拔開。卻只將門扇拉開一扇，便一側身，道：「師弟，請吧。」

袁振武撩長衫，提小行囊，徐步走出街門。高紅錦陪到階前，一腳站在門限內，一腳跨在門限外，身倚門框，做出送行的樣子。袁振武下了臺階，轉身施禮，告別道：「師姐，我走了！我……」還要再說幾句感情的話，忽然見高紅錦面色一沉，眉峰一蹙，把手一揮，低聲道：「噤聲！」探頭向外面瞥了一眼；立刻一縮身，退入門洞內。唿隆的一聲響，將門扇重掩。隔著門，聽她輕輕說道：「師弟快走吧，我不遠送了。你留神，別叫街

上人看出來；南頭估摸有人看你哩。」跟著弓鞋細碎，似已走入內宅去了。

　　袁振武忙也順著街，往前後一看。晨光曦微，曉路無人，只街南頭似有一個走道的人。袁振武不敢枯立在鷹爪王的家門口，急急的離開，放緩腳步，往巷外走下去。將出一巷口，忍不住回頭一看：晨街悄靜，仍然無人，南頭那個走道的並沒過來。

　　袁振武不禁止步，重往鷹爪王家門口送了一瞥，那高紅錦居然將雙扉重啟，紅衫微露，從門縫現出半面來，正睜著一雙盈盈秀目，向自己這邊看。一見振武回頭，她便將手中紫巾一揚，面含微笑，縮了回去。跟著唿隆一聲，雙門重掩了，好像聽見她催迫道：「快走吧！」袁振武站在巷口好久好久，方才舉步。

　　走出一段路，陡從後面輅轆轆的馳來一輛太平車。車簾未掩，車中坐著一個女子。袁振武側立回頭一看，正是那紅錦姑娘；紅衣豔裝，盤腿坐在車上。車後打著一個紅包袱，恰似一個回娘家的新嫁娘。跨車沿的是個長袍馬褂的壯士，趕車的車把式也分明是個改裝的壯士。三個人向袁振武微微一笑，登時急馳過去了。

　　袁振武一雙虎目直直的看著車走過去，愣了一會，又向四面看了看，把小包袱一提，連夜踏上旅途。走出去不過十幾站路，忽然聽見各關津要隘，紛紛哄傳，河南彰德府越獄逃了十四名大盜和教匪，而且刀傷獄吏，縱火燒了庫房，府縣官俱已受了處分；河南大吏發五百里加緊驛報，行文各地，畫影圖形，嚴拿逃犯。道路謠傳，越獄的主犯叫王什麼；幫助越獄的，內中有三個女飛賊：一老嫗、一少女、一個中年婦人……袁振武吃了一驚。一路上越發小心在意，也不敢隨便打聽，也不敢沿路耽擱，急急的奔豫陝交界走去。在半路上，住在店裡，袁振武也未嘗不往回處想過。只是他這人一生擇定一條路，不走到頭，絕不肯住的；懼禍之心，竟不敵訪藝之熱。

　　終於曉行夜宿，又走了幾天，來到藍灘地方。

第十二章　少年客假館藍灘

到藍灘，一打聽劉四師傅劉家祺，在當地果然很有名頭，是個設把式場、開門授徒的名武師。袁振武留下心眼，先投店，後投書。歇了一晚，次早把那封書信拿著，逢人打聽，尋到劉家祺設場子的所在。立在門前，略一端詳：竹籬柴扉，院落寬展，真像是個練武人家。把式場子就在庭心，地鋪細沙，架插兵刃；倚門而望，便可看見幾個少年，正在院裡掄刀舞棒，又笑又說。還未容袁振武敲門，便被一個粗壯少年瞥見；吆喝了一聲，奔來問訊：「喂，相好的，你是幹什麼的？你要找誰？」袁振武客客氣氣作了揖，自說是從漢陽王五爺那裡來的，有一封信送給劉四師父。

那少年頓現愕然之態，把眼上下打量袁振武，半晌問道：

「你貴姓？這裡可是姓劉，不過，……你等一等，我給你問一聲去。」抽身而回，把袁振武扔在門口；一直跑到人叢裡，向那三五個少年同伴，說了幾句話。那幾個少年一齊注視袁振武；只聽一個人說道：「大師兄，你過去問問吧。」

立刻有一個年約二十八九的細高挑漢子，從院中走過來，站在門口，把袁振武重問了幾句話；也照樣把袁振武打量了一回；也抽身入院，一直進了上房。其餘少年陸續湊過來，盤問袁振武從哪裡來，有什麼事，袁振武畢恭畢敬的回答著。那個大師兄忽又出來，把這幾個少年都喚進上房。

又隔了一會，大師兄二番來到門前，向袁振武說道：「我們老師確是姓劉，不過他老人家並不行四，也沒到過漢陽，我們老師也沒有姓王的師兄。你莫非找錯了人吧？你可以把那封信拿出來，我拿進去看看。要是不對，我再退還給你。」袁振武道：「哦，是的是的。」手摸著衣底那封信，不由有點猶疑，低聲對那少年道：「寫信的姓王，手底下很有功夫；會鷹爪功，是在下的老師。他打發我來，投奔這邊的劉四師傅，叫小弟在這邊

住個一年半年。請老兄費心，領我見見四師父去……」袁振武胸懷著路上所聞殺官越獄那件事情的戒心，不覺吞吞吐吐，言不盡意的表說了這麼幾句話。那大師兄猜疑的眼光越發顯露，突然把臉一沉，道：「聽你說話的口音，分明是北方人，你怎麼會從漢陽來的？你說的話全不合轍，你到底是怎麼一回事？我們這裡跟姓王的一點也不認識，你不要弄錯了啊！」

那海捕鷹爪王的告條，已散布在各處，藍灘這裡已然曉得了。袁振武察顏觀色，更不多言，忙向這位大師兄連連拱手，道：「老兄，不要動疑，在下是專心投書訪藝來的，此外絕無他意。王老師老遠的把我薦到這裡來，只要這裡姓劉，那就沒錯。我就依著你老，請你把這信拿進去，請四師傅一看，自然明白了。」又加了一句道：「這絕沒錯。」

大師兄很不耐煩，道：「剛才不對你說嘛，這裡倒是姓劉，可是從來沒有姓王的親戚朋友。並且這裡也不會武功，也並不教徒弟；不過是幾個年輕人，在這裡借地方，打拳消遣罷……」

袁振武曉得空言不足解疑，就把那封信掏出來，看了看封口，道：「老兄費心，把這封信拿進去；萬一不對，千萬賞還我。」壯年人笑道：「信不對，誰留下它做什麼？你信裡還有銀子、莊票嗎？」還要往下說，袁振武已將信遞到他手。他只一看封皮，頓時注意，先驗看筆跡，道：「咦，這不是姓王的寫的呀？」一句話說漏了。袁振武意含不悅，假裝不懂道：「是王老師家裡人魯老姑太煩人寫的。你老兄就不必思索了，你只費心把信拿上去，給四師傅一看，四師傅自然明白。」

壯年人不答，瞪了袁振武一眼；接過信來，轉身就往裡走。卻刮的一把，竟將信皮撕開，把信箋抽出來，且走且看。

直到上房門口，回頭又瞥了袁振武一眼，直入內去了。

袁振武偏聽了魯老姑太的話，就沒想到劉四師傅家裡人還有這麼一手，睜著眼不肯相認。若依魯老姑太說，信一到，劉四師傅還要遠接高迎；哪知人家竟如此冷淡，而又如此猜疑，彷彿要拒門不納了。袁振武呆

呆的往院內望著，心中懊惱，奔波數百里，莫非魯老姑太誆騙自己不成？

隔了好久工夫，突聽院內正房竹簾呱噠一響，一個少年掀簾，從中走出一個不到五十歲的黃鬚男子來。穿著一身藍綢褲褂，挽著又肥又長的袖子，形容瘦削，恍似病夫。來到門口，把袁振武盯了一眼，道：「兄臺貴姓？找哪一位？」

此人一出，幾個少年都隨著侍立在他背後，這人分明是個長輩。只可惜袁振武匆遽接信，未遑打聽劉家祺的面貌。當下冒叫一聲道：「四師叔，弟子袁振武，是王老師打發來的。有一封信，剛才由這位師兄拿進去了。」前邁半步，欲行大禮。

黃鬚男子連忙架住，道：「原來是袁兄，不敢當，不敢當，請到裡面談。」很客氣的把袁振武讓入上房。

袁振武側身遜讓著，請教道：「王老師派弟子投書拜師，你老既是四師傅，和王老師正是一樣。並且王老師打發我來，本叫我投到師叔門下附學的……」黃鬚男子微然一笑道：「袁兄別要誤會，我不是劉家祺。劉家祺乃是舍下的教師，是我跟前幾個小孩子喜歡習武，所以把四師傅請到舍下。不過現在四師傅已經出門了。」

袁振武聞言愕然，情不自覺的站住了，失口道：「你老貴姓？」黃鬚男子笑道：「我也姓劉。但是四師傅和我是賓主之分，又是至好朋友。他不在家，他的朋友我也接待得著。咱們屋裡談吧。你帶來的那封信，我斗膽拆看了；內中意思，我不很明白，還要請教袁兄的。」

賓主齊入正房，正房中的陳設亦雅亦俗，不貧不富，是中等舊家。案頭既有圖書，壁上也掛著刀劍，卻有著很講究的木器，桌椅皆是上好紫檀花梨木的。黃鬚男子讓袁振武上座，自己在下座奉陪。那幾個練武的少年卻沒全跟進來；只有那三十來歲的男子，和一個二十來歲的短裝少年跟到屋內，給斟了兩杯酒，退到一旁，侍立伺候。袁振武未肯上座，也退到茶几旁；偷眼看那八仙桌上，筆硯雜陳，魯老姑太給的那封信就拆開了，散

放在桌上。

黃鬚男子坐在下首，把信紙拿起來，重讀了一過。抬頭一看，見振武也跟著兩個少年站著，堅不就坐；便含笑伸手，做了手勢，道：「袁兄，請坐下說話。這封信大概你先看過了，我還要請教請教你呢。這封信到底是哪位寫的？你是王老師的高足，但不知是什麼時候拜入王門的？這位王老師的外號叫什麼？你可曉得嗎？」

袁振武肅然足恭的答道：「這封信是封好交給弟子的，弟子未敢擅拆，只知大意，不曉得內中辭句的。弟子是最近才投入王門，距今不過兩個月。信是王師母和魯老姑太教人寫的。王老師的外號鷹爪王。」遂將來意略說了幾句。

袁振武為人機警，猜想這個黃鬚男子必非泛泛的人物，大概未必是劉家祺的學東；多分是劉家祺的本人，或是他的家裡人；不過存著顧忌，不肯直認罷了。但是自己卻不可疑慮，略一低頭，打定主見；莫如有一句，說一句，直直爽爽，把與鷹爪王的遇合，和魯家三姐弟的關情處，從實說了出來，也叫他們看一看我的眼力、膽力。盤算著，要開誠具告，卻又顧慮到侍立的兩個少年；疑難之狀被黃鬚男子看出來，便揮手命兩人退出去。袁振武這才側坐在一旁，說到慕名訪藝、探監投師的話；把鷹爪王結怨被陷的緣由，魯家三姐弟邀友議救的情形，和他們安插自己的原意，略略說了。只有自己夜探監牢，魯家姐弟陰謀劫獄的事，仍舊留下一份小心，未肯貿然說出口來。

那黃鬚男子拈著黃鬚，看著那信，一言不發，傾耳聽著；忽而微微搖頭，忽然噢的一聲，笑著站起來，說道：「袁兄，你看看這封信吧。這封信的意思，好像打發你來寄宿附學，可又要我收你為徒。你既是鷹爪王的徒弟，怎麼又是魯老姑太給你寫信？你師父現在到底怎麼樣了？可是的，魯家三姐弟你都見過他們了，現在他們幾個都走了沒有？你一定知道的了？」

袁振武站起來，雙手接信，剛要回答；忽然聽那黃鬚漢子語露破綻，他已無心中，自承為四師傅劉家祺了。袁振武把信放在茶几上，拱手一立，道：「你老是四師傅！弟子聽出來了。你老一定不嫌棄我，你老請上……」恭恭敬敬，口稱老師，叩下頭去。磕了四個頭，起身肅立在黃鬚男子的身旁。

　　黃鬚男子起初愕然，又一想，明白過來，哈哈笑道：「好！聽話聽音，你真聰明！我也不瞞你了，你坐下吧。咱們倆慢慢的談話。到底你師父現在怎樣了呢？我在十來天頭裡，剛剛的聽人說，你師父在彰德遭上官司了。說的人不知道詳情，我這裡很僻，得信又太晚；才一聽說，嚇了我一跳，就想奔去看看。哪知道過了幾天，又哄傳起來，說是彰德府出了大案子；現在官面上正在通緝要犯，我越發迷惑了。跟著就是你來找，所以我們不由得不多心，這倒對不過你了。」袁振武忙道：「自己師徒這可說不到；本來這事也該小心，萬一大意了，就許吃上罣誤。」黃鬚漢子道：「是啊！所以我囑咐他們，只要有生人來找我的，就別說實話；不想你來了。看這信上的話，好像你師傅這回事，你也幫過忙。」袁振武謙遜道：「弟子有何德能？不過給王老師跑跑腿，送送信罷了。」說著，低頭看那几上的信。

　　黃鬚漢子道：「你太客氣了。唔，這封信的辭句你既然沒見，那麼你現在可以先看看，回頭我再細問你。這封信也不知道是哪位馬二爺寫的，說得糊裡糊塗，簡直看不懂。半文不武的，好像抄『尺牘句解』，掉著掉著文，又忽然冒出大白話來，怪透了！好在信上本叫你詳細告訴我，你只管對著信，向我細說。」

　　袁振武重拿起信來，從頭到尾細看，上寫道：

　　家祺四弟大人武安：自別之後，日月如梭。恭維道履清吉，合宅平安，武如私頌；敬啟者，叨在知己，套言不敘。緣因愚兄命運多舛，逆事纏身；該下書人袁其姓，振武其名，直隸樂亭人也；其為人也，天性好武，欲投本門，求學絕技。愚兄本想不收，只因感其盛情相助，誼不可卻，業

經當面允收為徒。無奈愚兄身在難中，有心收徒，無計傳道：望洋興嘆，無可如何。

素仰賢弟德高學富，望重武林，勝兄百倍；為此修書一封，推薦前來。務乞本同門之義，曲予成全，將其留下，則愚兄感同身受，圖報靡涯矣。所有愚兄之事，書不盡意，可問來人，當以詳告。但盼吉人天相，不久脫身，即當趨詣崇階，面陳一是。現下大姨姊、賤內、九舅、舍弟、天來、福基，與五弟、麼七、紅錦侄女、九如外甥，一切人等俱已仗義前來，搭救於我。不日定有佳音，勿念可也。

尚望賢弟諸事小心，勿來看我，勿見生人。如有打聽於我，盡可告以素不相識，為妥。別無可敘，修此寸牘，敬頌福安。

愚兄王奎頓首

再者：此信乃大姨姐敬煩馬二爺代筆。大姨姐諄囑賢弟，袁姓少年立志可嘉，務求另眼看待。倏愚兄出頭之日，多則一年半載，定然前往藍灘，將其領走。萬一愚兄不克分身，大姨姐亦必代我一行，絕不久勞分神也。至懇看兄薄面，暫收為徒，將本門初步武功傳授於他。愚兄及大姨姐、賤內，同聲承情不盡矣。

這封信意思倒很懇切，只是措詞支離，頗難捉摸；袁振武看完了，也忍不住要笑。劉家祺眼望著袁振武，問道：「你看明白了嗎？」袁振武笑道：「弟子看明白了。」劉家祺笑道：「看明白了，可真不易。那麼我問問你吧。你師父大遠的把你打發了來，自然是因為他身子不自由，怕把你的學業荒疏了。不過我們師兄弟數人，就數長門的功夫硬；說到傳藝，只怕我教不了你，倒把你耽誤了……」袁振武忙道：「師叔客氣了，弟子雖然一心好武，不過我實是初入門牆，本門技藝一點還沒學過呢。」

劉家祺道：「哦，你從前沒有學過嗎？」袁振武想了一想道：「是的，弟子簡直可以說是門外漢。」劉家祺道：「是嗎？」

又拿起信來看了看，抬起頭來道：「不錯，你是最近投入師兄門下的。

只是信上說，你在師兄眼前很出過力，我的大師兄很感激你。這必有情由，到底是怎麼回事呢？近年來我和大師兄音信少通，他的近況我一點也不詳細。究竟他怎麼打的官司，怎麼出來的？現時他究竟在哪裡，我一點也不曉得。你新從那邊來，你一定可以知道底細了。現在繫馬口，你王老師家裡還有人嗎？」

袁振武愕然說道：「這個……」劉家祺卻又看了看信，接著說道：「你遇見過魯老姑太，他們魯氏三姐弟在江湖上很有名氣的。信上說他們都上彰德去了；前五天，或者是前六天吧，我聽說你師父……」低聲道：「越獄出來了，這話可真嗎？」袁振武忙也低聲答道：「是真的，我師父大概是越獄走了，老師家裡人也離開繫馬口了。」

到了這時，袁振武料無可慮，便將在鷹爪王家所聞所見，以及在路上所聽的越獄傳言，仔細對劉家祺說了。劉家祺嘆道：「你師父是我的師兄，按理我不該講究他；他實在是太不修小節了，方才惹出這些事來。我幾次勸他，不要使酒任氣，不要濫收徒弟，我們武夫不要跟紳宦闊人交往，他只不聽，果然教人陷害了這一下子。多虧有好朋友好親戚搭救，算是逃出虎口了。可是這一來，就成了黑人，再不能在江湖道上出頭露臉了。我看他最末一步，擠來擠去，免不了要擠入綠林！」說罷喟然。

跟著又細問袁振武，到底在鷹爪王跟前，效過什麼力？袁振武不肯誇功，也不肯洩祕；儘管劉四師傅再三盤問，他只說不過給鷹爪王跑跑腿、送送信、探監贈銀罷了。談了一會，聽劉家祺的口氣神情，覺得此人性情狷介，似是武林中的隱士，對作奸犯科的行徑，深露不滿；袁振武就把自己深夜探監的話嚥回去了。

復又盤問袁振武的志趣、學業，劉家祺殷殷動問：「我看你體魄、骨格、精神、目力，一定是經過武功的鍛鍊。你不要客氣，究竟你學過什麼？練過幾年？你投入我們師兄的門下，你想學哪種功夫呢？」

袁振武忽然存了一分戒心，覺得自己若把那負氣出師門，別求驚人技

的話說了出來，恐怕反招疑忌，也顯著丟人。眼珠一轉，急口的說道：「弟子實在可以說沒有學過功夫。弟子倒是從小好武，無奈沒有遇著明師。弟子的私心，願學打穴的功夫；還想練會一兩種暗器，要練得能接能發，能取人穴道才好；這是弟子一點痴想。我聽說王老師善打九隻純鋼透甲錐，非常厲害；暗器的份量既沉，手法又準。只要發出去，敵手不死必傷。可是聽說他老人家從成名到今日，只用過一次。他老人家又會鷹爪功，善接各種暗器；不管鐵蒺藜、三棱瓦面鏢、甩手箭、飛刀、袖箭等，常人不能用手接的，他老人家都能用鷹爪功的手勁硬接。這兩門功夫，弟子都愛；所以才千山萬里，投訪到王老師的門下。」

劉家祺聽了，尋思一回，道：「你喜好打穴？這可難學，學會用暗器打人穴道，這更不容易。至於學接暗器，也有難有易，現在武林中沒有幾家會的……」想了想，又問道：「我看你英華內斂，你一定練過內家拳吧？」

袁振武吃了一驚，忙說：「弟子可不會內家的功夫，弟子只練過八卦掌，也沒練好。」劉家祺道：「唔，你會八卦掌嗎？那就莫怪了，八卦掌本來跟內家太極掌相近。」

袁振武順著說道：「是的，弟子小時候，也胡亂跟人練過幾天太極拳……」劉家祺道：「你師父是誰？」袁振武又一愣，頓了頓，賠笑道：「弟子哪有師父？不過是跟家裡護院的瞎練，只學會了半趟八卦掌和幾手太極。」劉家祺道：「那就是了。」

沉吟了片刻，笑道：「你的志向我明白了。你是想學鷹爪功、接打暗器和打穴法。」袁振武答道：「弟子的私願正是如此，只怕菲材愚陋，不堪教誨。還求老師推情鑑誠，把弟子收列門牆；弟子定要尊師敬業，不負老師的期望。」說著站起來，請行拜師大禮。

劉家祺也立刻站起來，把袁振武扶肩接下，往身旁一坐，藹然說道：「老弟，快不要這樣。你既是在大師兄跟前效過勞的弟子，我絕不能外待你。並且我看你的身形、骨骼，實是可造之材；漫說你還學過功夫，你就

沒學過，也足夠個好徒弟的資質了。不過你想學的這幾種功夫，除了點穴、打穴不是本門武功外，其餘鷹爪功和破解暗器，可說是本門武術的精華。你若是打頭學起，可就非一日之功⋯⋯可是的，你今年二十幾了？」袁振武道：「弟子二十七了。」劉家祺道：「哦，二十七，正是始發憤之年。老弟，我說句不怕攔你高興的話吧，要練鷹爪功，恐怕非童子功不可；你大概早已成過家了吧？」袁振武道：「這個，弟子現在還沒有妻室哩。」

這句話可就答得太模棱了。但劉家祺並沒十分理會，只點了點頭，又復沉吟起來。半晌，抬起頭，說道：「老弟，你千里迢迢的尋師訪藝，足見你志氣堅定；你的體格又強，又學過幾天；除了鷹爪功，你要學別的功夫，一定可收事半功倍之效；你大遠的投奔來，又有大師兄、魯姑太的推薦，我無論如何也應當拿你當本門入門弟子看待。只是本門門規最重長門，就是次門的師叔，有時還要服掌誡師侄的約束哩。這麼辦，你盡可在我門下，考求本門的技藝；名分上我可斷不敢和你正師徒之分。」

袁振武還要懇求，劉家祺道：「你看我還能跟你假客氣嗎？你若因我年輩稍長，你就管我叫一聲四師叔。你願意練什麼功夫，只要本門有的，我能教的，你只說出來，我絕不能自祕，一定傾裏倒篋傳授給你。你在名分上，還是鷹爪王的弟子，我不過代師兄傳藝罷了。況且信上說，你師父不出半年，就來接你；這麼樣，倒是兩全其美。」說到這裡，仁至義盡，再想拜師，已不能夠了。袁振武這才起立，行了叩拜師叔之禮。

這個劉家祺果然是武林中的隱士一流，性情似乎偏於冷僻。叫著袁振武的名字，慨然述懷道：「振武老侄，不瞞你說，我可不能比你師父啊！我們師兄弟好幾個，頂數你師父鷹爪王技藝精湛，聲震江湖。想當年你師父練鷹爪功，可真不容易，年輕時受的那苦，簡直一言難盡。本門中的功夫，他一個人可以說拔了尖；要不然，他怎會是長門大師兄呢？按名次說，他實是行二。你師祖卻嫌過去的刁師伯本領不濟，竟越次傳宗，把你師父超拔為掌門弟子；因此才把你刁師伯惱得一跺腳，永離武林，再不談

武。你刁師伯總怨恨你師祖授受不公，他可忘了他自己，脾氣既壞，功夫又鬆；我們幾個做師弟的，人人都比他強。他還永遠端著個大師兄的架子，張口就罵我們，舉手就打我們，比老師的規矩還大。我們幾個人一多半鬧著要辭師告退，說受不了刁爺的氣了；我也是當時說抱怨話的一個。所以你師傅的本領實在是本門中的傑出人材，他當年待同門也很義氣，就是太好濫交。至於我呢，和你師傅的脾氣恰好相反，他健談好交，我卻連幾句寒暄話都不會說。現在年紀大了，自然好多了，會應酬了；可是遇上隔行的朋友，或心中厭煩的人，我還是跟他說不上來。

　　我的功夫比你師父百不及一，我又舉動冷澀，語言無味，我簡直沒有人緣。這些年幾位師兄弟，人人都比我混得好。三師兄更闊，聽說做了副將了。六師弟在三師兄手下，也混得不錯，大概不是游擊，就是守備。只有我，給人看家護院吧，在房東跟前伺候不下來；幹鏢局吧，又不會哄總鏢頭；做官，我更頭痛。我幹什麼好呢？只剩下練把式，當街賣藥；和設場子，教徒弟，混飯吃了。賣藝賣業是咱們武林中落了魄的人乾的，比討飯強不了許多；就好比窮秀才賣文、測字、擺卦攤一樣，倒八輩子楣，才幹那個，我還拉不下臉來。因此，我在年輕時，瞎混了好些年，一點起色沒有；我就一賭氣，放下刀槍，抄起鋤頭來了。我這一身功夫，練來一點也沒用，饑不能充食，寒不能當衣。我這才明白過來，練武只可說是一種癖好，絕不是一種藝業，比畫畫兒、寫字、吟詩，還不如。我在老家種了幾年地，再有江湖上朋友邀我出山，我全謝絕了。」

　　說至此，他忽然低聲說：「老侄，你一心學武，下這大苦心，究竟圖什麼呢？實不相瞞，『學成文武藝，貨賣帝王家』；這是騙人的話，朝廷上才不要咱們這群拳師哩。像三師兄能做到副將的有幾個？可是朝廷不訪賢，線上朋友卻真下苦心，訪求能人。你知道現在正在陝西鬧哄的一窩蜂嗎？他們不知怎麼，會訪知我的根底。竟重金禮聘，請我出馬去當二寨主。那份聘禮價值不貲，是寶刀一口、良馬一匹、人蔘一盒、錦緞兩匹、

黃金一百兩、銀子五百兩，一股腦派人送來。真個是斷草分金，金塊攔腰剪斷，夾著一束草……」

袁振武怔怔的聽著，不禁插言道：「你老去了沒有？」劉家祺哈哈笑道：「你想，官還不敢做，我怎敢做賊？不過我也不願得罪他們。禮物全不收，怕他們惱，我就只收下那兩匹緞子。我親自上山，面見一窩蜂大寨主金蜂李、三寨主遊蜂趙，費了好些話，才得辭聘下山。我可就不敢在老家住了，一來怕他們再來麻煩，二來又怕地面上找尋是非；我就攜帶妻子，搬到藍灘這個僻地方來。於今也六年了，百般無聊，才又設場子，教幾個徒弟，好歹混碗飯吃。我有一個盟弟，前年給我拾掇了一個小買賣，勸我棄武經商。我推辭不掉，就胡亂領東，開起飯館來了。這一來，把式場子非收不可；可是他們磨著我教，我推不出去；我這才把場子交給我的大徒弟遲雲樹，他就算代師傳藝。」

停了一停，他又道：「這兩年我實在是誤人子弟，我簡直不常回家，更不用說下場子了。你看我今天正在家，你可知道今天乃是破例，我一連好幾天沒上飯館了。緣因是……我正要預備著出門。你師父這檔事，這裡大概也知道了，聲氣實在不大好……現在一切說開了，你就先住在我家裡。我得先出去一趟，回來咱兩人再仔細考求功夫。現在我先把我這大弟子遲雲樹叫來，給你們兩人引見引見。我不在家時，你可以跟他們在一處，先把本門築根基的功夫練練。等我把事辦完，我再教你。」

劉家祺和袁振武談了好久，跟著把大弟子遲雲樹叫來，別的徒弟也招呼進來，挨個兒指名和袁振武相見。

劉家祺現有三十幾個門徒，倒有一半是記名徒弟；真正升堂入室的弟子，天天來下場練武的，不過八九名。大弟子遲雲樹就是應門接信的那人，年已二十九歲，身量比袁振武高點。

腆胸挺肚，很露出有潛力的樣子，專練本門鐵掃帚功。但因他是掌門弟子，凡是師門技藝他都通曉一點。

二弟子名叫蔡雲桐，年紀倒比遲雲樹大，已有三十二三了；學的是劉四師傅最得意的功夫——十二路鎖骨槍，每天只上午來學藝。這人功夫倒很好，卻是時候不長，也替老師傳藝。三弟子劉雲棟、四弟子劉雲梁，是劉四師父的兒子，學本門三十六路大拿法和鎖骨槍法。五弟子趙雲松，學暗器聽風術。六弟子黃雲樓，也學暗器。七弟子、八弟子現時不在此處。九弟子竇雲椿，學劈掛掌。十弟子、十一弟子，是當地兩個富室子弟，也不常來的。

當下劉門群徒都和袁振武見過了。袁振武抱拳拜揖，請照應，求指教；客客氣氣，說了一套話，把當日在丁門當大師兄的氣概早收起來了。

劉家祺吩咐大弟子遲雲樹和自己兩個兒子道：「你們把西房單間給這位袁師兄騰出來。」看待袁振武一如賓友，禮貌上很是周至，魯姑太的話果然不假。袁振武由遲雲樹引領，到了西耳房。

原來這幾間西廂房，全是弟子們寄宿的房間，每一間房差不多安放著四五個鋪；獨有一個單間，只放著兩個鋪，都空閒著。劉家祺特為款待袁振武，命他獨據一室，自占一鋪。那另外一鋪卻仍空著，是專為陰天下雨，不住宿的弟子阻雨，臨時休歇用的。袁振武把行囊安置在室內，和劉門弟子周旋了一陣。又到外面，買了些禮物，補獻給四師父。又求見四師母。

這四師母卻是個文弱的婦人，跟前還有一個十六七歲的女兒；好像這母女都不懂武術似的。

吃過晚飯，劉家祺把大弟子遲雲樹和兩個兒子喚到上房，囑咐了許多話。掌燈以後，又命人把袁振武重請到客室，敘談了一陣。對振武說：「我就要出門了。不管我在家不在家，你儘管安心住著。我方才已經囑咐他們了，有什麼事，可以對雲樹、雲棟說，也可以跟他們練練手法。」說罷，站起來道：「就是這樣。你遠來辛苦，想必睏了，早點歇歇吧。」袁振武一聽未免失望，忙站起來說：「四師叔，你老這要出遠門嗎？……」

四師傅看出振武有點為難，忙解說道：「你放心，我打算後天走，大

約有十幾天的耽擱。我可不是躲你，正因為你來了，給我帶來這些消息，我必得出去一趟。你是明白人，你師父已經出來了，我總得見見他去。你只管住在我家，安心等我回來。我這裡粗茶淡飯，一天三頓，你不要嫌惡，也不要客氣。使的用的短了，可以找我兩個小兒要。」仍恐袁振武新來不安心，又將遲雲樹叫來，當面重囑了一回。到了後天清晨，劉家祺果然微行走了。

自此，袁振武暫留在劉家祺家中，每日三餐果然不菲，禮貌上也款待得很好。只不過劉門中這些弟子對待他，總覺有些客氣似的，稱呼上也尊他為長門師兄。袁振武竊覺不安，極力和遲雲樹、劉雲棟、劉雲梁兄弟搭訕，親近。

袁振武住在小單間，一燈獨對，想起月來所遇，不勝感喟。劉家祺說起師門廢長的舊話，更給他不少刺激。於是他把當年做大師兄的氣度完全收起來，對著劉門群徒極力的虛心謙讓；請遲雲樹把他看成師弟，不要客氣。他居然能屈能伸，丁朝威竟把人看錯了。

袁振武初到的這幾天，劉門群弟子已有好幾天停練技功，已經露出門裡有事的樣子來。但過了幾天，復又開練。這一天清晨，忽聽得窗外把式場中，人語聲喧，步履雜沓，正似有人開招練拳。趕忙坐起來，側耳傾聽，只聽一人說道：「你那是怎麼練，你瞧你的腿！多麼笨！」正是掌門師兄遲雲樹的聲口。

袁振武急忙披衣，略事梳洗，尋到場子來。

一進場去，果見東一堆、西一堆；劉門弟子十多個人，俱皆盤辮子，穿短打，各練各的功夫。也有練拳的，也有練槍的，也有舉石踢椿的；也有一個人站架子的，也有兩個人打對手的。在把式場的西南角上，立著一副長架子，下垂長繩，繩拴許多沙囊；劉門六弟子黃雲樓正站在當中，自己揮拳推打那些沙囊。把沙囊打開，蕩回來，再打開；他一個人居然能打動七八個沙囊。練武的站立在當中，就是不叫沙囊碰著身體。

　　袁振武看了一晌，暗暗點了點頭。復往北面一看，掌門大師兄遲雲樹穿著件灰短衫，大襟的鈕扣全敞開，把小辮子盤在頭頂，正在那裡指手畫腳，指點著兩個較小的師弟，上手拆招。只有兩個人扠著鎖骨槍，在旁且聽且看。袁振武忙走上前，給大師兄遲雲樹行禮。

　　遲雲樹回頭看了看，向袁振武點了點頭，賠笑說道：「袁師兄起得早！」便住了手，吩咐兩個師弟道：「你們自己練吧？」

　　很客氣的把辮子放下來，把鈕扣也扣上，對袁振武說道：「袁師兄不要見笑，我這裡給他們看招呢。師兄洗過臉沒有？我叫他們打臉水去。」袁振武忙說：「洗過了。」

　　兩人站在那裡，說起寒暄話，那兩個練對手的也住手了，生辣辣的似乎不能合攏。袁振武忙說：「師兄不要見外，請練吧。小弟很想看看，也好領教。」那兩個人笑道：「我們都是鬧著玩的，不過借這個，磨練磨練身子，袁師兄不要笑話我們。」

　　袁振武滿想看看這一門的功夫，可是人家似乎因他是師伯的弟子，功夫必定好，不願當著他練，似有點藏拙的意思，個個只對袁振武閒談。袁振武不是不懂眼色的人，忙借辭躲開這裡，心想：「我是才來，等著熟悉了，再下場子，請這位大師兄指點。」遂說道：「師兄們請練吧，別耽誤了您的功夫。」

　　抽身離開這裡，信步往場心走來。靠東西的一帶短牆下，是四師父的第九弟子寶雲椿，正在那裡練著操手的功夫。面前放一個高僅一尺五六的木墩，上蒙一層豬皮，下襯數十層雙抄毛頭紙，面積一尺二寸見方。九弟子寶雲椿站在木椿前，用短馬椿的架子，兩臂探出去，搯雙掌照著木椿豬皮上面，一下一下的拍去；劈劈啦啦，一連雙手四掌。拍打完了，身形不動，又一連反著手掌，在木墩豬皮上連拍了四掌。反覆循環，連拍了三十二次，直身站起，來回在牆下遛了四五趟；隨後在那木墩旁一個矮木架上瓦盆內洗了洗手。袁振武溜近前，一看盆內並不是水，是藥物煎的湯。

第十三章　遊子試叩聽風術

　　袁振武在藍灘住了幾天，劉四師傅已經出外，一時不能請藝，便想看看劉門弟子所練的功夫。清晨早起，走到場子來，看見劉門弟子各練各藝；見了袁振武，都很客氣的住了手，向他寒暄。袁振武又走到練武場東邊，九弟子寶雲椿正在那裡拍打豬皮木墩。打完了，便遛；遛完了，又向瓦盆內洗手。袁振武湊近前一看，盆內貯的並不是水，是藥物煎的湯。振武心下恍然：這大概是練鐵沙掌，功力和藥力兼用的。遂遠遠的站住腳看。

　　九弟子寶雲椿洗完手，旋向貼牆處一根木柱前面站住。順眼看去，在這木柱高有二尺八寸的地方，釘著一塊木板，長一尺六，寬一尺二，也和木墩一樣，上面釘著豬皮。袁振武有些不大懂，湊到近前，向九弟子寶雲椿說道：「寶師兄，你這是練鐵沙掌的功夫吧？」寶雲椿轉身一看，便即停練，招呼了聲：

　　「袁師兄，剛起來？」跟著笑道：「我哪有練鐵沙掌的天分？本門這種功夫輕易不妄傳人；我不過是練劈掛掌的功夫，因為掌力太弱，師父怕我先天內力不足，把掌法練好，限於手勁，不能運用，才叫我練鐵沙掌、鐵臂的初步功夫。我入門又晚，年紀也大了，至多不過把掌力、臂力練得強點，就很好了，別的可說不到。」

　　袁振武方才明白，再一思索，可不是嗎，就他方才所練的情形而論，實在掌上沒有多大功夫。他這鐵沙掌的功夫，要是練得有點根基，像他剛才連拍數十下，那木墩上豬皮下的毛頭紙總得拍破幾十張。他卻空拍了一陣。只破了幾張紙，足見功夫不夠。但他拍完了，手掌不紅不漲，血脈已和，究竟也算得到初步功力了。

　　袁振武看了一會，寶雲椿倒不躲避他，但是他的功夫實在沒有看頭，

遂向竇雲椿說道：「師兄，你請練吧，打攪了。」

蹦蹦而行，又走向別處。只見南面一片空地上，還有兩個人在那裡演對手的功夫。這兩人正是劉四師父的兩個兒子，劉雲棟和劉雲梁。哥兩個正操演三十六路大拿法，兩人操手的功夫居然很夠火候，兩方真拆真打，屢見險招。袁振武不覺得站住了；深知這種拆手的功夫，全憑腕力、掌力。劉門中的三十六路擒拿法，可說是武林中最易練、最不易使的招數。看了三二十招，覺得他這掌法的解數，似跟別派練法不同；招數里面生剋拆解，非常活潑，能夠見招破招，見式破式。兩下里浮沉吞吐，封、閉、擒、拿，抓、拉、撕、扯，挨、幫、擠、靠，摟、打、騰、封，踢、彈、掃、掛，種種上手的功夫頗能各盡其妙。袁振武不禁看得十分入神。

劉氏弟兄練完了這趟擒拿法，互有勝負。兩人全弄得一身浮土，收住式子，撣塵遛腿；一看袁振武在一旁站著，劉雲棟忙打招呼道：「袁師兄，讓你見笑了。我們手底下太沒有功夫，不過是瞎抓亂打。」袁振武歡然答道：「二位師兄這種拆解的功夫，我雖然是門外漢，可是很聽人講究過，最難施展，最難使用。二位師兄練到這種地步，已經獲得個中三昧了，難得得很。二位師兄果然不愧是名師之子，自有薪傳，四師父的盛名實在不是倖致的了。」

這四師兄劉雲梁粗眉大眼，胸無城府，很顯得坦易近人。

笑對袁振武說道：「袁師兄，咱們裡外是一家人，不要過獎。小弟的玩藝差多了，家父整天罵我不夠料，我學的不過是粗枝大葉。若講到本門中獨有的功夫，固然全仗著功夫火候，可是有的地方還得靠本人的天資悟性。我們哥倆又笨又懶，別看跟家父是親父子，學起能耐來，有好幾種我就摸不著邊；我們還不如五師弟趙雲松哩。」袁振武道：「四師兄太客氣了，但不知五師兄學的是哪一種功夫？」劉雲梁把腰一直，用手一指東北角，道：「嚇！他學的可難極了！是本門中最精巧的功夫，就是『暗器聽風術』。他就在那邊練……」

「暗器聽風術」是多麼動人的一個名稱；袁振武傾慕已久，亟思學到，連忙向二劉請問。三師兄劉雲棟卻攔住雲梁，對袁振武說：「袁師兄，你別聽老二瞎吹！……老二，人家袁師兄乃是王師伯門下的得意弟子，長門高足；咱們本派這點玩藝，袁師兄難道不曉得，你還胡說個什麼？」袁振武拱手道：「三師兄，小弟入門日子太淺，我實是本門中的門外漢。三哥、四哥，千萬不要見外。不怕二位笑話我，我連什麼叫『暗器聽風術』都不懂得。四哥，你費心告訴我，叫我也開開竅。」

劉雲梁也想過味來，笑說道：「袁師兄，咱們是一家人，你可別裝假，你真沒學過暗器聽風術嗎？」轉向劉雲棟道：「哥哥，父親有話，袁師兄願意學什麼，就叫遲師兄教他什麼。袁師兄想看看暗器聽風術的練法，咱就領他去，怕什麼？……袁師兄，這暗器聽風術，沒有好耳音，好眼力，絕學不上來。我們這些同學裡面，只有老五趙雲松夠格，家父就單傳了他。現在他正練著呢。走，咱們一塊看看去。」

劉雲梁引領袁振武，從把式場東北角一道小門穿過去；走盡小小甬路，到了後面，另是一方較小的場子。北方有一房廈，五間通連，深有三丈，廣達六丈；板牆茅頂，搭成一罩棚；也和丁朝威老武師家中的練武房差不多，只不如丁家講究罷了。棚內毫無裝飾，屋頂上開著幾扇天窗，僅透陽光，也不如丁家豁亮。遍地密鋪細沙，貼牆陳列著兵器架。棚下偏東面，畫出一丈五尺見方的一塊地段，在四角各豎起一根木柱，高有一丈；上架兩根交叉的橫木，就在交叉處掛下來四根絨繩。繩端距地三尺六寸，各繫著一個磨光的鐵球，大如雞蛋，恰對天窗，映著日光，閃閃的吐出耀眼銀光。更看偏西面，可著罩棚兩丈見方，由棚頂懸著一座「田」字形木架子，上用鐵環吊著，下面垂下來九根絨繩；繩端繫著一個個的帶鐵針的黑鐵球，也距地三尺六寸，恰當人胸。九個鐵球懸空悠蕩，一個奇裝短服的少年，正在垓心亂竄亂進；身上披著白色馬甲，手上也戴著白慘慘的手套；身子不停的轉，手也不停的向那鐵刺球揮打。

袁振武注目看時，那些鐵刺球打開又盪回，閃過又激轉，滿場子飛球亂舞。那少年就在夾縫裡，閃展騰挪，遊走推打，身手迅如猿猴，教人看得神迷目眩。到底鐵球太多，不時觸及人身；那少年有時躲不開，就轉過背來死挨。袁振武在丁門有年，於各門武功頗諳一二；走進跨院，看見這情形，已經猜知原委。

那個奇裝少年的耳力、目力真個敏銳，雖然他心無二用，身手瞬息不停，卻未容袁振武走近，便知外面進來生人了。突然施展了一手「雙推掌」，唰地把貼身的刺球推打開，唰地一伏身，從斜刺裡縱步退了出來。袁振武這才看清劉門中這位五弟子趙雲松生得五短身材，齒白唇紅，相貌不俗；尤其是他那一雙杏核似的眼睛，瑩然皂白分明，清澈如水，閃爍如星。再看穿戴，原來身披一件雙層哈奇布的馬甲，頭戴一頂護耳掩項的牛皮頭盔；從耳根垂下來兩根皮帶，扣上鈕子，恰好護住下頷，只留出鼻、眼來；手上戴的也是牛皮手套。

他很精神的迎過來，把皮帽盔和手套摘去，向袁振武拱手道：「袁師兄見笑！」說話時，口音不是當地人，操的是直隸大名府的方言。帽子一摘，頂上涔涔的出汗，面含笑容，跟著也向二劉打了一聲招呼。看了看袁振武，又低頭看了看自己身上，似乎臉上有點忸怩。

劉雲梁拍肩說道：「老五，你練你的，袁師兄知道你的功夫最拔尖，想看看你的能耐。來，快練一套，給袁師兄看看……」趙雲松臉又一紅，賠笑說道：「師哥又改我，我哪裡練得好！」袁振武上前懇請，二劉從旁慫恿，這趙雲松局局促促，只不肯練；好像年輕面嫩，當著生人，說什麼他也不肯下場子。劉雲梁笑向趙雲松道：「趙小姐總是偷偷摸摸的練本領，你越求他練，他越拿捏人。」更故意窘他道：「師父可是有話，叫你陪著袁師兄一塊練，看你怎麼藏招！」趙雲松無話可答，半晌，嘻嘻的笑道：「三師兄，別胡說了。」他這人雖是二十二三歲的少年男子，又是個練武的壯士，總有點女人氣似的，一說話，就要臉紅。

袁振武不便強嬲，搭訕著只看這「暗器聽風術」的練武場子。那田字形的懸空木架子，垂下來九根繩，掛著九個鐵刺球，通體烏黑，有茶杯大小。每個球上面，全有三個鋒利的刃子，長約一寸五。每個鐵球相隔五尺，錯綜列成外八內一的九宮形。鐵球的大小、輕重、高低、遠近，全是一樣。此時沒推打，自然不再擺動，靜靜的垂下來，跟地面相距三尺六寸。在鐵球架子的對面，是那四個銀色鋼球，此時也靜止不動，斜映日光，仍然光輝耀目。

袁振武看罷，手指這九個黑鐵球、四個亮銀球，問道：

「趙師兄，你練的可是本門中的『暗器聽風術』嗎？」趙雲松道：「是的。」只說了這兩個字，便又默然；跟著把馬甲也脫下來，露出一身青色短裝，蜂腰熊背，體格很英挺可愛。

袁振武又問道：「這裡鐵球可是練身法、手法的嗎？」趙雲松賠笑點了點頭，道：「是的。」又一指那銀色球，接著問道：

「那亮銀球也是練暗器聽風術的嗎？」趙雲松看了看袁振武，答道：「也是的。」袁振武忙道：「趙師兄，我真是本門中的門外漢；我實在不懂，這亮銀球有什麼用處？也是練腕力的嗎？」

趙雲松搖頭道：「不是的，是練目力的。」袁振武道：「噢，怎麼個練法呢？」趙雲松不覺又看了看袁振武道：「袁師兄，不要見笑，這還能瞞得過你老嘛？我的身法、手法、目力、耳音，全很糟。」說著腳步趑趄，要想走開。

劉雲梁忙攔住道：「趙小姐，好大的架子！人家袁師兄好心好意的問你，你怎麼連個明白話都不肯說，真是貴人語話遲！……我告訴你吧，袁師兄，這九個鐵球是練身法的，那四個銀球是練目力的。你不見這銀球整對著天窗嗎？陽光照進來的時候，就叫趙小姐睜開鳳目，瞪這個放光的銀球，就好像鱉子瞪蛋似的。」說著把那件馬甲搶來，就硬往趙雲松身上披，開玩笑的嚷：「五小姐給我乖乖的練！練好了也沒人給你紅頂子，練

183

砸，也沒人喊倒好；別裝千金了，露一手吧。」

趙雲松滿面通紅，登時瞪了劉雲梁一眼，一退步，展手一封，不覺提高了嗓子，道：「四哥，你又想跟我動手，我可不客氣了！」袁振武看他兩人要惱，連忙相勸道：「四師兄、五師兄，千萬別動手，那可不好意思的……」劉雲棟笑道：「袁師兄別理他，他們倆一見面就鬥口，鬥急了就動手。也沒見這位五師兄，袁師兄求你這半晌了，你就到底不上去練？算了吧，老二，走！」

二劉陪著袁振武走出來，剩了趙雲松，倒覺得不好意思了，追著叫了一聲，道：「袁師兄，對不起！我練了好半晌，累了。我明天再獻醜吧。」袁振武正要和趙雲松敷衍，劉雲梁道：「袁師兄別理他。他自覺不錯似的，其實他那點玩藝，誰不知道？袁師兄人家新入門牆，不很懂得，要跟你討教討教，你又端架子，明天練了。袁師兄，這『暗器聽風術』要練好很難，初學乍練，很沒有什麼。你要想知道，你瞧我給你比畫一下子。」說著又把袁振武拉回來。袁振武極想曉得這「暗器聽風術」的練法，聞言欣然向二劉拱手道：「二位師兄請你費心告訴我，也好開我茅塞。」

二劉引袁振武重到罩棚底下，劉雲梁指著那銀球、鐵球才待講話，五師兄趙雲松方才相信袁振武真是不懂，陪在一旁，遂將這手武功的入門練法，解說出來。

這「暗器聽風術」便是練習接取暗器的一種根本方法。練成之後，不拘什麼暗器，不拘黑夜白天，敵人只要發出來，都可以招架躲閃。就是被十個八個敵人用暗器攢攻，也可以傷不著。練這種功夫的技巧，全憑目力、耳音、身法、步法；身法、目力尤為要緊。所以這門武功的初步練法，就是先練目力。練的人站在四個銀球當中，把球推起來，且打且閃，身手可以任意展動，腳卻不許移動分毫。四個銀球各重半斤，倒不很重。悠蕩起來，藉著天窗的日光，照得銀光閃爍，耀眼難睜。練的人偏要努目凝神，觀定銀球；看得準，閃得開，架得住，不教銀球撞著頭項胸背才

行。練法的訣要，著重在「閃躲圓滑」四字。初練時站在四個銀球當中，要推得慢，把銀球一個一個推動。第一，不許絨繩絞在一起；第二，不許銀球碰在一處。初練目力，是在白天瞪視這耀眼的銀光；繼續練下去，便須兼在夜間。這就全靠手疾眼亮，同時還要借重耳音。

打銀球時，同時也要練打那鐵刺球。九個鐵刺球全是空的，約重十二兩。初開練，只推打四個鐵刺球，在一百天後續加兩個。續練一百天，再加兩個。三百六十天，要把九個空心鐵球一齊推動。自然初練也要推得慢，越練越要推得快才可；與銀球的推打閃躲的練法，大同小異。人站在空心鐵刺球當中，用力推打，也可以竄躍躲閃，也可以發招擋架，但以球不觸身為第一要義。

一年期間，把九個鐵球推動得很快，閃避得很靈，然後再將鐵砂子裝入空鐵球內。每三十天，加重一兩鐵沙子，每球加到二十四兩為度。球上既有三個鐵尖，傷人甚重，練時須穿哈奇布的馬甲，和牛皮做的頭盔。就是這樣，鐵球碰一下也很沉重，所以練來頗非容易。三年之後，練到功夫純熟，鐵球加重；九個球推打悠蕩起來，往返越快，閃避越難，功夫便越練得巧捷快妙。直等到功夫確有十二分把握了，然後脫去馬甲和護腦的頭盔，改用輕功提縱術，穿行在鐵球激盪的垓心。展開行功八式，貓竄、狗閃、兔滾、鷹翻、松子靈、細胸巧、鷂子翻身、金雕現爪；任憑九個鐵球飛舞，練的人毫髮不傷，遊行自在，然後這暗器聽風術方算小成。

以後再實地練習，由同門師兄們，用各種的暗器來試打試接。可以伸手接取的是鐵膽、蝗石、鐵蓮子、菩提子；可以探指抄取的是飛鏢、袖箭、弩箭、甩手箭；不可以接取，尚可以閃架的是彈丸、金錢鏢、鐵蒺藜、飛刀、飛叉、梅花針……各色暗器，不下四十餘種。先由三兩個人，從四面用鏢打他；再由十來個人，從四面攢攻他。必須練到手發的、機發的、力大的、力小的，各種暗器全能躲架得開，這才算功成過半。然後由白天再改到夜間。一到夜間能接架暗器，那可就全恃耳音聽風辨物了。然

後這暗器聽風術的一門絕藝，算是完全練成。

趙雲松原原本本對袁振武說了，又說自己現在剛剛練到初步第二段功夫上，還差得很遠哩。袁振武聽罷躍然，不由問道：「譬如現在，我要用金錢鏢，在白天鏢打趙師兄你的穴道，你可以能接吧？」趙雲松方要明言，劉雲梁插嘴道：「美死他，他也配呀！別說是金錢鏢他不敢接，怕打傷他的王八爪子；就是飛鏢，他也不過才會躲，還不敢接呢。」

劉雲梁故意當著袁振武慪趙雲松，果然趙雲松又紅了臉，道：「四師哥，你就會挖苦我。若說金錢鏢，我還不敢貿然用手去接，但是我還可以躲。你只給我一件兵刃，我也敢撥打。可是太近了不成；三丈以外，只怕你打不著我。飛鏢又算什麼？上次你連打我三鏢，不是叫我抄著兩隻嘛？第二隻我接不著，是你胡打。」

劉雲梁哈哈大笑，道：「袁師兄，你看趙老五扭扭捏捏的，像個大閨女似的，他專會說大話，專蒙生人……喂，你又敢接飛鏢了。來，來，來！我打你三鏢，你接接試試。」

袁振武大喜，立刻從身上掏出一把銅錢，選了一般大的幾個康熙大錢，趕緊遞給劉雲梁。轉面對趙雲松說：「師兄賞臉吧，你接一回，叫小弟也開開眼。」一力慫恿著，劉雲棟也在一旁幫說。

劉氏弟兄有點故意炫才似的，定要逼趙雲松練一手，也好叫這寄寓附學的長門弟子看看我們劉門的功夫。趙雲松卻面有難色，道：「遲師兄有話，不許同學私相較量。三哥、四哥難道忘了？」二劉道：「別聽他那麼說，他是怕較量出意見來。你放心，當著袁師兄的面，我們一定手下留情。絕不會打傷你，讓你下不了臺。」

趙雲松越發不悅，二劉是師兄，又是老師的兒子，卻是這親哥倆竟一般渾。怎麼當著外人，伸量起自己人來了？老師不在家，這哥倆就要生事故。趙雲松暗中作惱，劉氏弟兄各拈著三枚銅錢，竟要用錢鏢法來打自己。打著自己，自己栽跟頭；打不著自己，二劉面子上也不好看。趙雲松

不由哼了一聲，道：「你們這一對難兄難弟，還是師哥呢，可惜老師的稻米飯都裝在草包肚子裡去了！」二劉笑道：「你別損人，趁早練來吧！」

少年人究竟各個都好爭勝的，趙雲松忍耐不住，忿忿說道：「你們二位一定要打，就打吧，我有什麼法子呢！」噘著嘴，走到空場子一邊上站住。袁振武看出趙雲松不樂意的神色，自己究是外人，不好說什麼。卻是渴望一觀接避錢鏢的手法、身法，其心很切；當下自己閃在一邊，不敢再多嘴，靜看二劉的舉動。

劉雲棟、劉雲梁走過來，兩個人都嘻嘻的直笑。劉雲梁忽又說道：「嘻嘻嘻！趙老五，你別站在那一邊呀？敢情那麼好，你站在一頭，我們站在一頭，你倒容易躲；快過來吧，我們倆要前後夾攻你；你站在當中，我們哥倆從兩頭拿金錢鏢打你，你能躲得開，才算能耐呢。別看我們不會打金錢鏢……」說著把三枚銅錢一捻道：「我們倆給你一陣亂打，照上、中、下三路齊來，管保叫你手忙腳亂。快過來呀！」

趙雲松恨道：「咳！……」氣哼哼走到場心，說道：「打！讓你們打，愛怎麼打，就怎麼打，還不行嗎？」

不想二劉才一拈銅錢，那角門邊突然探進一顆頭來，厲聲喝道：「老三、老四，你們倆又作耗了？師父沒在家不是？」忽嚕的闖進來三個人，頭一個就是劉門大師兄遲雲樹，後面隨著兩個師弟。

原來，二劉引著袁振武進入跨院，已經很有一陣工夫了。

遲雲樹是掌門師兄，素來心細；忙跟過來，察看他們，果然二劉和趙雲松搞上亂了。遲雲樹進了場門，板著個面孔，向劉雲梁發話道：「又是你引頭打攪！人家好好練功夫，你不練拉倒，怎麼你倒引著頭妨礙別人？」二劉呵呵的笑了，說道：「你看，你看！誰打攪來？袁師兄要看看老五的暗器聽風術，我們好心好意的給他打下手，試招……」

遲雲樹一面往裡走，一面搖手，道：「得，得，得！我全看見了！老五正正經經的練功夫，你橫插一槓子，又是要打鏢了，又是要發箭了，你

還算沒打擾，怎麼才算打擾？三個字批語，老師沒在家，袁師兄才來，你這是『人來瘋』！老五，別搭理他，你練你的。老三、老四，跟我出來，你們的『鎖骨槍』連一套還沒對完，就亂串起來了，給我走出來吧。」劉雲棟只是張著大嘴笑，不言語。劉雲梁歪著頭說道：「咦，咦，咦！怎麼沒完？你看見我沒練完嗎？」

到底拗不過掌門大師兄，二劉是被遲雲樹架弄出來。遲雲樹卻向袁振武一抱拳，賠笑說道：「我們這兩位師弟就是這個樣，他自己逃學，還攪和別人。袁師兄請到前邊坐罷，已經沏上茶，小七子也買來早點了，你請隨便用點。」

袁振武十分掃興。人家師兄管師弟，自己不能多嘴，只輕描淡寫的說道：「師兄，小弟不吃早點。趙師兄練的這門『暗器聽風術』，小弟最為羨愛。小弟愚昧無知，老遠的投奔四師父來，就是專來學習『暗器聽風術』和『鷹爪功』這兩門絕技。還求大師兄不要見外，費心指教我。」袁振武這番話可謂謙卑已極，懇切至深了。不想遲雲樹答的話比他還謙卑，只是說：「忝列師門，功夫疏淺，哪敢在袁師兄面前獻醜？不但這幾個師弟，就是我在下還要請袁師兄指教呢。」翻來覆去，講了許多門面話。

這遲雲樹習武有年，人又精明，他只一看袁振武的外表，便曉得他必非碌碌。又素知長門王師伯武功最硬，本門相形之下，最好是藏拙為妙。袁振武越說不會，他越疑心是偽謙，把袁振武恭敬得如上賓一樣。袁振武要下場子，他自然不能攔；可是他卻很想讓袁振武自己先練一套，看一看他的功夫深淺。偏偏袁振武也不是傻子，把自己從太極門學來的功夫，一古腦全裝起來，專心一致，要從劉門學絕招，自然不肯炫才了。不肯炫才的結果，反被人疑為藏奸，這卻出乎意外。劉家祺又出門去了，這麼幾天的功夫，袁振武和遲雲樹竟弄得互相猜疑起來。

當下袁振武請問本門中練鷹爪功的人，遲雲樹答的話很可笑，說是：「鷹爪功這門功夫，必得像袁師兄這樣的天資才能練呢，本門中個個都是

庸材。你我弟兄全是同門一脈，誰也不能瞞誰。不怕袁師兄笑話，我們師兄弟十來個，一個會練的也沒有。」

　　袁振武從遲雲樹口中一點真的也問不出來；倒是劉雲棟、劉雲梁兄弟，傻乎乎，還坦白些。不過也是頭幾天如此，過了幾天，立刻說話也有顧忌了。卻是背地裡被遲雲樹數說了一頓，說是：「老師沒在家，袁師兄是遠來的客，師父告訴咱們：人家不過是在咱們這裡暫時借地方附學，住不長的，咱們犯不上現眼。人家功夫一定比你我都強，以後袁師兄再找你們掏換絕招，你們要留一分小心。說的對不對的，讓人家笑話咱們，豈不是給師父丟人了？」別個同學也受遲雲樹的囑咐，從此袁振武在劉四師父門下，越發顯得隔閡了。

　　劉家祺出了十來天門，袁振武就算在劉家閒住了十幾天，一點能耐也沒學。也曾再三央求遲雲樹，遲雲樹滿以謙詞婉拒：「袁師兄不要罵我了，這裡場子隨你練，我還要求你教我呢。」反正就是這一套，倒把袁振武激得冒火。左思右想，明明看出這位大師兄遲雲樹，對待自己露出「敬而遠之」態度，自己再往前親近，只有惹人厭煩罷了。一慪氣，連著兩天沒進把式場子。終日局在小單間，展轉籌劃，還是早早另投別的門路好？還是在這裡株候半年，等著鷹爪王來了，再定行止？……

　　他又想四師父劉家祺的意思，待自己還不壞，倒莫如等候劉家祺歸來，索性把這番情形，明說出來。四師父如肯傳藝，他的門徒如能化除畛域，不再歧視，自己就在此地耐心附學，靜候鷹爪王王老師。若要不然，「哼哼，我索性把一切挑明了，請四師父把王老師和魯姑太的住腳告訴我，我走我的！我與其在這裡遭人白眼，還不如仍在山東丁門，低頭服氣呢！」

　　袁振武悵然的又想起廢立的恨事，心血頓然沸騰起來；愁腸轆轆，輾轉不能成寐。最後打定主意，忍耐還是忍耐。可是他天生的倔強性格，儘管自己勸自己，要學個臥薪嘗膽、懸梁刺股的古人，卻到底露出鋒芒來。

　　把式場子還是一連數日未去，袁振武把自己局在屋內；吃飯的時候，聽他們的招呼。吃完了飯，到院裡遛遛，也和他們談笑，只見他們練武的要預備上場子，他就藉詞躲開；把長衫一穿，一徑出門，到藍灘街上，信步閒遊。但是自己學會功夫，絕不敢擱生疏了。或早或晚，沒人看見的時候，就自己練一回。卻又每一練，便勾起心頭之恨，這忿恨又不知不覺遷怒到遲雲樹身上。一時懊惱起來，恨不得下場子，和這位劉門大師兄較量較量，打他一拳，踢他一腳，也出出胸中惡氣。可是這一來，自己怎好在劉門存身？也不能等候鷹爪王了。

　　袁振武雖是負氣，他究竟是精明人，人家既對他做出「敬而遠之」的神氣來，他就做出「望望然而去之」的模樣來。和遲雲樹「取瑟而歌」，針鋒相對，藉此聊泄積忿。

　　遲雲樹是掌門師兄，輕易見不著他自己練功夫，只指點著同門師弟，給他們領招、餵招，無形中也就是自己練。袁振武暗暗的瞥著他，要看看他到底有多大本領，到底他這滿口謙詞，是藏奸，還是藏拙。但是連憋數日，沒有憋著，袁振武已改了主意。遲雲樹率師弟下場子，袁振武故意裝沒事人，一步闖進去；卻不容遲雲樹開口，自己立刻止步，抽身，道歉，說是：「對不起，我不知道大師兄在這裡練功夫。」扭頭就走出來，十足做給遲雲樹看。

　　這兩個人手底下功夫沒有鬥上，可是心裡已經較上勁了。

　　只玩了兩回把戲，遲雲樹便看出來。他也有點吃不住勁了，準知道師父回來，袁振武免不了要告訴抱怨，自己犯不上得罪人；於是他又想和振武拉攏。這一來情形才較為和緩一點，不過兩個人終於存下芥蒂。

　　這天晚飯後，袁振武在屋裡悶坐一會，老早的睡下。一覺醒來，出去小解，忽聞得後面笑語之聲，跨院隔著牆透出光亮來。袁振武心中一動，暗想：從來武林中有偷招竊藝之事，他們這幾天還是背著我。我滿盼日久熟悉了，或者好點；無奈遲師兄還對我那麼較勁，我看我永遠不會和他投

緣了。哼，他們這時就許是背著我，私練本門絕藝，我莫如偷著去看看。想罷，自以為這倒是一法。

看了看院內悄無他人。他急急折回屋中，結束停當，悄悄從屋中溜出來。往牆上房上一看，又一聽，自己對自己說道：

「我不可冒昧，我要做出大方的樣子來。不可登高爬牆，叫他們看破了，還拿我當賊呢。」他盤算著：他們如果碰見我，我就說：睡不著了，要把從前學的六合拳自己練一練。唉，這就對了，他們總藏躲我，我簡直引頭先獻醜，他們就放心了。可不是，他們藏奸，我就裝傻。從明天起，我不必跟他們較勁了；我應該上趕著他們，跟他們一塊練本領。我卻故意的練不好，他們就不至於多心我了。

袁振武想到這點，登時又後悔自己這些天做錯了。「針鋒相對」的辦法實在不是好辦法，打定主意，明天一定改變態度。當下便輕輕的往跨院尋去；轉過角門，就在五師兄趙雲松練暗器聽風術的那罩棚內，聚著劉門四五位弟子。東南角、西北角各點著一架鐵燈，場子大，燈光暗，僅僅辨出人的面龐來。

袁振武避在門邊，展眼一尋，大師兄遲雲樹竟沒在場。二師兄蔡雲桐卻在那裡，手提著一把單刀，指指點點，領著劉門四個弟子，忙忙碌碌，來往穿梭，正在那裡搬磚。細辨面目，才看出場中有三弟子劉雲棟、四弟子劉雲梁、六弟子黃雲樓、九弟子竇雲椿。每人搬著一摞磚，全散開來，擺在地上。二師兄蔡雲桐用刀指點著放磚的方位，把百十塊磚，擺成九宮八卦式。

袁振武遠遠的望著，有點不大明白。仔細偷看，這些磚都是橫立在地上，排成方形，縱橫各九塊，相隔二尺五寸。劉門這些弟子一面擺磚，一面打打鬧鬧，說說笑笑；有的就跳在擺的磚上面，踩著磚棱走；蔡雲桐仍在那裡，拿著那把刀，比比劃劃，分派什麼。

袁振武暗想：這大概是練提縱術的吧？還記得師父丁朝威說過：踏沙、

登竿、走梅花樁，都是練輕身功夫的法子，倒看不出劉門弟子還有會這種功夫的。正在思猜，忽聽一個徒弟叫道：「喂，是誰在那裡？大師兄嗎？」

袁振武想撤身，已來不及。索性迎上去，突的向蔡雲桐拱手，道：「師兄們練功夫了，恕小弟冒昧，小弟是來……晚上睡不著，閒遛遛的。」一直走入場子裡來。

第十四章　群徒亂踏青竹椿

　　蔡雲桐正在引著四五個師弟，和他一同登磚。聞聲邁步跳下來，扭頭一看，道：「哦，袁師兄還沒睡嗎？」別的同學也都住了手，把磚丟在地上；你看著我，我看著你，眼盯著蔡雲桐，聽他的吩咐，看樣子就要停練。袁振武忙向蔡雲桐說道：

　　「原來是二師兄！二師兄一定是在這裡練本門絕技了，請恕我無心打攪。你請練吧，我還是回去。」放了這幾句話，轉身就走。卻被劉氏弟兄走過來，攔住道：「袁師兄別走！這有什麼，袁師兄也是想趁著夜裡清靜，要自己用用功吧？」蔡雲桐賠笑過來，說道：「袁師兄別走，你老不是外人，我們哪裡是在這裡練功夫？我們簡直是瞎鬧。」

　　袁振武不覺止步。這幾天冷眼看來，覺得這蔡雲桐和遲雲樹好像也並不投合似的；心頭一動，忙向蔡雲桐極力答訕。又向眾人舉手，敷衍了幾句話；竟站住不動，閒閒的問道：「這些磚究竟做什麼用的？是練本門哪種絕技？」蔡雲桐把刀插在地上，說道：「嘻！袁師兄，我們還練什麼絕技！回頭我們練起來，不由你不笑。我們不過是藉著這個，練練下盤功夫罷了。」袁振武想了想，道：「這可是梅花椿初步的功夫嗎？」蔡雲桐笑道：「不是梅花椿。這是按青竹九九椿的練法，拿磚來代替的。師父因為我們內中有幾個人輕功提縱術太差，下盤總不穩，所以改用青磚代替竹椿練練。不怕袁師兄笑話，我們連這個也走不好，走起來還整個的往下掉呢。」

　　說話時，袁振武已湊到磚前，一隻腳輕輕踩著橫立的一塊磚，笑道：「二師兄，不要謙詞了。你可是要在磚上行拳嗎？青竹椿和梅花椿練法一樣嗎？」

　　蔡雲桐道：「青竹椿與梅花椿大同小異，難易卻不同。梅花椿比較易練，在平地插上柏木椿，著腳的地方是平的。青竹椿初練是用磚代，再練

便上平頂椿；平頂椿練成之後，須把竹椿的頂削尖了，練得在上面遊走自在，如履平地，還能行拳應做，才算到家。咱們本門中傳了好幾代，會的不多；頂到現在，只有兩個半人算會。鷹爪王王老師父是會的。魯老姑太也成，能夠跟王老師打個平手。至於我們劉師父，據他老人家自己說，只可說學會一半；走竹尖還不行，只能把椿頂削成半斜坡罷了。師父教我們輕功提縱術，嫌我下盤不固，才給我出了這麼一個主意：拿磚代替竹椿，叫我在磚上行拳試招。我練了這些日子，弄不好還是踏翻了磚。不過比從前進步多了，身法、腰眼、腳力，都覺著穩得多。」

蔡雲桐又笑指眾人，道：「這幾位師弟看出紅來，就逼著我教給他們；我自己還不成，怎能教人呢？而且遲師兄知道了，還不答應。可巧我們遲師兄今天下晚回家了，他們又慫恿我教；我不教，他們就說我藏奸，我說我不是藏奸，是怕丟人。他們擠兌我夜裡練，頂數我們四師弟、六師弟鬧得屬害。我實在沒法子，只可陪他們來一下。他們不過看著新鮮罷了。」

他又手指這擺好的磚，說道：「袁師兄你看，這是九九八十一個步眼，一塊磚就頂一根竹椿。這些磚我可不敢直立起來，我只能這麼橫立著練。再有幾年功夫，才敢上去行拳。好在磚浮擺在地上，就是登空了，也不致摔重。可是看著沒什麼，乍一上去，步眼明明和尋常邁步一樣，卻總走不準；弄不好，就整個栽下來了。我實在不行！」

三師弟劉雲棟、四師弟劉雲梁接聲道：「你不行，我們更不行。二師兄就不用客氣了，好容易今天抓著這個空，你不管怎麼說，也得陪我們練一回。」二師兄無奈，笑著說：「你們一定叫我當著袁師兄丟醜，咱們就來一回熱鬧的。袁師兄回頭你看煮元宵吧！」說著，六弟子黃雲樓又問袁振武，道：「袁師兄，你對這門功夫怎麼樣？」

袁振武想要說不會練，恐怕他們疑心自己藏奸；要說會練，自己卻是真不懂。他心眼來得最快，登時答道：「不怕師兄見笑，我也練過幾十天，總挨摔。諸位師兄好在都不是外人，來來來，咱們一塊挨摔。」扎手舞

腳，做出躍躍欲試的樣子來；只要二師兄蔡雲桐一上去，他便要跟隨著。

袁振武雖沒練過青竹樁，卻練過輕身太極拳。自想還是胡亂跟他們試一下的好，與其藏拙，莫如獻醜；獻醜倒可以清釋他們的猜忌。當下蔡雲桐向袁振武微一拱手，道：「師兄看笑話吧。」走過來，倏然一併足，兩肩微晃，身形騰起，往下落，正落在西北第一塊磚上。八十一塊青磚代替九九青竹樁，一切的走法身法，都按著青竹樁的規矩來。這西北面第一塊磚，便是主樁乾卦。

蔡雲桐腳尖點著磚脊，左腳在前，右腳在後，身形微塌，一換步，沿著第一樁往左奔正北，走坎宮，踏艮位，向正東震門。到了東南巽方，折回來，走中宮，踏乾方，轉右方兌位，復由正西折奔西南。這是反正八門，相生相剋。袁振武不懂九九青竹樁，但卦象生剋順逆之理，卻是太極門的要義，丁朝威教授太極拳時，早已指撥過。蔡雲桐這樣的走法，袁振武是明白的，不覺點了點頭。

只見蔡雲桐未曾行拳，先行走場；將這八十一塊磚走完，這才把身手施展開。身法輕靈，步眼沉穩，一口氣在青磚上盤旋了兩周；八十一塊磚，一塊也沒有倒，果然走得不錯，勁兒拿得很勻。然後仍回到主樁上，身形微停，向三師弟、四師弟、六師弟、九師弟點手，道：「你們上罷。」劉雲棟、劉雲梁、黃雲樓、竇雲椿四個人立刻哄然答道：「上啊！」

四個人各趨一面；劉雲棟從東面上，劉雲梁從南面上，黃雲樓從西面上，竇雲椿從北面上。二師兄蔡雲桐又向袁振武一拱手，道：「袁師兄怎麼樣，也來湊湊趣嗎？」袁振武把腰帶緊了緊，應聲道：「好！」一擰身，嗖的一躍，直躍到八十一塊橫磚的垓心；身形連晃，哎呀的一聲，兩隻腳把磚蹬倒了兩塊。

慌忙扶起來，又慢慢的蹬在上面。他這麼在當中一站，把人家的線路都擋上。劉雲梁忍不住笑道：「袁師兄，你別站在那裡，你擋道了。你你你往這邊來。」惹得眾人也都譁然失笑，卻不知袁振武是故意裝呆。

二師兄蔡雲桐連忙攔阻，道：「你們別鬧喚，行不行？袁師兄，請你從南面離宮上步，順著坤卦奔西面，從兌卦走就對了。」袁振武諾諾連聲道：「原來這磚真不好走。」索性跳下平地，走到離卦，慢慢的踏上去，眼望著蔡雲桐等人，看他們的舉動。

劉門四個弟子，遂由二弟子率領，在青磚上遊走起來。三弟子劉雲棟由東面上起步，腳下倒還穩健，步眼也很準，走得也快。六師弟黃雲樓，和劉雲棟的身手不差上下，不過走得稍慢；但他塌身下式，腰板挺直眼光平視，身法姿式都很得法。

兩隻手伸出來，一掌應敵，一掌護身，架子也能拉得開。再看九師弟竇雲椿，可就差得多，也不過僅能在磚上走罷了。唯有劉雲梁，才上椿，還撐著架子；只走出六七步，便顧不得了。

漸漸的直起腰來，兩隻手臂不知不覺的扎煞出來，腳下越走越晃，如臨深淵，如履薄冰。未等人家攻他，剛剛的把九九八十一塊磚走了半匝，就撲登的踩翻了一塊磚，掉下來了。忙說道：「這不算！」重把磚立好，重新再走。把袁振武看得強咬嘴唇，極盡忍笑。

全場各人各展身法步眼，各穿行兩遭。二師兄招呼道：「開招了！」陡見劉雲棟欺身進步，連跨過三個步眼，右腳一找當中第七椿，左腳跟著一上；虛點中左第六椿，用劈掛掌的「耘手」，雙掌橫分，喝道：「看招！」照二師兄打來。二師兄蔡雲桐恰由右圈回左方，劉雲棟的一招剛到；蔡雲桐右腳往前一躥，一步跨兩椿，左腳一點磚脊，右腳輕提，「斜身打虎掌」，反擊劉雲棟的右肩臂。劉雲棟一招遞空，忙伸右腳，往左一搶步，將將的避開蔡雲桐這一掌；卻身形連晃，退出兩塊磚，才得拿椿站穩。

九師弟竇雲椿從北面欺過來，往前一趨步，「順水推舟」，照蔡雲桐的後腰擊來，口中喊道：「攻其無備，二師兄接招！」

蔡雲桐微微一笑，故意的容竇雲椿的拳撲到切近，這才倏地一斜身，往旁輕輕一跨步；身形往下塌，右掌往上揚，只輕輕一掛竇雲椿的手

腕子。

寶雲椿急一閃，這掌倒閃開了，卻不合還想敗中取勝，手腕一翻，要用「順手牽羊」，把二師兄拖下來。一把沒撈著，被蔡雲桐「順水推舟」，猛一送，寶雲椿身軀一栽，連搶出兩三步，撲通的倒在地上了，腳下的磚被登翻了三兩步。左膝蓋無巧不巧，恰跪在磚角上；痛得他齜牙咧嘴，跳了起來。那二師兄蔡雲桐也身形微微的一打晃，立刻輕輕一縱，躍到西南角；腳尖一點，把身子立穩。

四師弟劉雲梁剛剛由西北盤過來，走向當中；一見二師兄奔自己這邊走來，急忙振臂迎敵。先往邊椿上一閃，照蔡雲桐側面打出一拳來。蔡雲桐扭身招架，還未等發出招數，劉雲梁發拳過猛，腳下一慌，身往前一衝，也登滑椿了；「撲噌！」腳踏實地，兩塊磚一齊登翻，身子往蔡雲桐這邊栽去。蔡雲桐叫道：「你看你！」一語未了，劉雲梁連搶數步，雙手箕張，劈面撲過去。蔡雲桐急閃不及，竟被劉雲梁撒賴推下去。全場哄然大笑道：「二師兄可輸了！」

蔡雲桐畢竟不弱，身雖落地，腳下磚一塊也沒倒。當時又好氣，又好笑，申斥劉雲梁道：「你怎麼掉下來，還推我？」劉雲梁笑得打跌，道：「在椿上我可怎麼打得著你呀，這就叫拖人下渾水。」蔡雲桐生氣道：「那還練什麼勁？算了，算了，別現眼了。」劉雲梁忙說道：「二師哥，不練可不成。你有本領，你敢在椿上行拳，讓我在平地上跟你過招嗎？」蔡雲桐道：「都是你的了！我躺在地上，叫你打好不好？」

幾個師弟最數劉雲梁調皮，他又是老師的兒子，蔡雲桐沒法對付他，一跺腳，說道：「你鬧吧，反正我不練了。當著袁師兄，也不怕人笑話！」把盤在頂上的辮子一放，就要走出去。

劉雲棟忙把劉雲梁推開，道：「老二，你又引頭搗亂！你不願意練，你出去。二師兄，我們還是練吧。快把磚立好了，二師兄別跟瘋子慪氣。」群徒將躺倒了的磚都扶立起來，仍橫擺在原步位上。向二師兄再三

說好話，請他繼續開招。

蔡雲桐經師們強嬲著，只得重新開練。連袁振武一共六個人，四方四隅，各據一面，方位很有富裕。遂由袁振武和蔡雲桐分占一面；三師弟、四師弟、六師弟、九師弟這四個人也各占一方。劉雲棟預先約定了輸贏的標準，對眾人說：「這回咱們先講好了，只許在磚上交手，掉下磚來，就立刻停練。先著挨了打，不算輸；掉下磚來，就得認輸。我說對不對，二師兄？」蔡雲桐道：「單這樣還不行，回頭六師弟又該淨躲不打了。咱們講定了，被人追趕，只要趕過八十一樁，也得算輸。」

六師弟黃雲樓笑應道：「是啦，我一定迎著跟你打。」

幾個師兄弟還是一面練，一面耍笑。袁振武看了，心中起了一陣無名的感觸。想起自己當師兄時，師弟誰敢這麼胡吵瞎鬧？可是就因自己管束師弟太嚴，才落了不好。復又想道：這二師兄引頭練青竹樁，可是去不了三招兩式，也掉下來了；看起來，真還不如丁雲秀的輕身太極拳。她踏著沙簸籮行招，九師弟蕭振傑就在平地上進攻。丁雲秀一個年少女子，居然能招架，還都取勝，比蔡雲桐強勝多多了。思索著，見眾人已經遊走起來，自己也便提一口氣，躚足登磚，試走了數步。兩眼仍盯住眾人，看他們的走法和打法。

這時，二師兄、三師兄、六師兄、九師弟俱已踏破開招。

二師兄蔡雲桐這一回換了打法，竟不再遞招；精神一整，腳下加快，躚足疾行；巧點輕登，進退躚躍，眼也不往腳下看，走得輕快異常。袁振武暗暗點頭：這位二師兄畢竟可以的。

劉雲棟和黃雲樓立在一方一隅，劉雲梁和寶雲椿立在一方一隅；這四個人也約會好了，各不對打，竟分兩路，展開拳招，腳下一齊加快，分頭來追擊二師兄。二師兄蔡雲桐越走越快，踏遍八十一塊磚。四個師弟齊上，左堵右閃，前撲後進，竟不能把蔡雲桐截住。蔡雲桐瘦削的臉上，露出得意的神色來。

劉雲棟和黃雲樓下盤較穩，步法也輕，有時還能追得上二師兄。不過拳招才欺身發出，蔡雲桐便抽身提足，潛過去了；連截數次，招都沒遞上。那劉雲梁和竇雲椿腳下都不行。走得很慢，越發的趕不上二師兄。但是他們兩人鬧得最凶，嚷得最歡。見袁振武腳在磚上，卻似置身局外，忙招呼道：「袁師兄，別客氣，快追他呀！二師兄真了不得，我們四個人都堵不住他。來吧，袁師兄，咱們不來個三英追呂布，也得來個五馬破槽。袁師兄，喂喂，快堵，快堵！到你那邊了。」

說話時，恰巧二師兄從面前馳過，眼光四射，面含笑容。

袁振武不由得躍躍欲動，也要把自己從太極丁得來的輕身太極拳施展一下，可是又心中猶疑。展眼間，蔡雲桐已然跳過去了。卻仍回頭吆喝了一聲：「袁師兄，你很在行，咱們不要客氣，只管玩一玩呀！」

袁振武笑答道：「不行啊，腳底下太沒根，走著還不行呢！再動手，更忙不過來了。」

眼看二師兄蔡雲桐巧登輕竄，又迎面馳來。袁振武便往前一攔，伸出一隻拳頭；忽然身子一閃，失聲道：「哦呀！」邊晃數步，從磚上掉下來；跟跟蹌蹌，栽到蔡雲桐面前，搓著手說道：「我不行！」劉雲梁、竇雲椿同聲嘻笑起來，道：「袁師兄，你真不會呀？」

二師兄蔡雲桐登椿立定，正在對面，雙眸閃閃，燈影下看得清清楚楚。袁振武雖然連搶出數步，但是腳下沒登倒磚，兩臂也沒扎煞出來；左手掩胸，右掌半伸，如封似閉，分明腳步很輕靈，身手很活便，是個會家子。蔡雲桐哈哈一笑，很客氣的說道：「袁師兄從前練過吧？別客氣，請上來，只管練……」

一言未了，背後陡喝道：「不客氣！」六師弟黃雲樓忽然很快的從後掩來，道：「請下去吧！」相隔只兩道磚，一竄撲到，展「雙推掌」，照二師兄後背猛推過來。出其不意，蔡雲桐急閃不迭，右腳往外一上步，左腳一提，身軀倒轉，伸猿臂讓過拳鋒，把黃雲樓的右腕勾住，只一帶，「撲

登」，黃雲樓踩翻兩塊磚，躺倒一塊磚。他卻「順手牽羊」，一翻腕子，把蔡雲桐的手抓住；就勢一帶，也把蔡雲桐拖下椿來。四個師弟同聲嘩笑道：「老六贏了，哈哈！二師兄今天可栽了！」寶雲椿道：「這可難得，二師兄到底掉下來了。」

蔡雲桐面皮一紅，笑道：「你們撒賴吧，你那是怎麼打人！你已經腳踏實地了，你還推我一把，那能算你贏嗎？我要不跟你們練，你們像怎麼回事似的，翻來覆去的磨煩人。我跟你們練，你們又不講理。講的是掉下來就算輸；你輸了，你還把我拖一把，也不怕叫袁師兄笑掉大牙！」

黃雲樓拍手打掌的笑道：「不管怎麼說，反正二師兄掉下來了。」劉雲棟道：「可是，人家二師兄就算教你拖下來了，人家可沒有碰倒磚，輕輕就跳下來了，你看你呢？」又對袁振武道：「袁師兄，你給評個理，二師兄算輸不算？」當下嘻嘻哈哈笑道，他們還要催二師兄練，二師兄連連搖手，道：「你們還沒有丟夠人嗎？」

到底幾個人又走上磚椿，重新練起。黃雲樓也很調皮，慫恿劉雲梁跟袁振武對練。袁振武有心推辭，忽想那一來，未免又生隔閡；好容易得與他們同練了，正該做出親近的態度來才對，便陪劉雲梁，走上青竹椿的西北角。劉雲梁贏不過二師兄，卻自信勝得過袁振武這個門外漢，暗想大師兄諄囑留神，不可當著袁師兄獻醜；但是這個袁師兄分明任什麼不會，就同他打打，又有何妨？便在青磚上，一面遊走，一面對袁振武說：「袁師兄，你打我躲，你追我跑。」他就覺著他的功夫夠多強似的，立刻先走起來，同時催袁振武動手。袁振武暗笑著，只得也走起來。那一邊劉門弟子也湊成兩對，練起對手來。劉雲棟勉強與二師兄對手，卻只許二師兄挨打，不許二師兄還手。黃雲樓與寶雲椿做對手，兩人隨便推打。

展轉練了一遭，二師兄蔡雲桐到底把劉雲棟誆下磚來。黃雲樓一招失手，反被寶雲椿贏了。袁振武和劉雲梁打對手，卻很艱難，既不便逞才，也不好裝傻。他的輕身太極拳不如丁雲秀，走青竹椿當然不行，走這橫立的青

磚，卻綽綽有餘。與劉雲梁交手，若動真的，只一舉手，便可把他打下去。現在只可敷衍著，不施展太極拳，改用六合拳，與劉雲梁對面遊走起來。

劉雲梁輕輕一躥，迎面撲來。左手掩胸，右手進攻，喝道：「袁師兄，接招啊！」「黑虎掏心」，坐坐實實的打來。掌風一到，袁振武往旁一錯步，右腳往左一搶，腳尖輕點左邊的青磚；左腿一提，唰地往右一悠，反轉到劉雲梁的背後。劉雲梁一拳搗空，自己整個後身全賣給人家；忙得兩腳一錯，左腿提起，右腳點磚，也往後一擰身，轉過臉來。微微一打晃，雙臂下自覺的張開來，借勢一悠，穩身作勢。

再看袁振武，已然一步一晃似的，竄出三四步以外。劉雲梁連忙追趕，恰追到盡頭。袁振武後退有敵，前進無路；往左一看，恰有蔡雲桐繞來；往右一看，黃雲樓恰在五步以外，剛剛登上磚去。這只得往右閃避；袁振武左腳一抬，右腳一點磚，身形半轉，蟹行橫竄，嗖的躥出兩塊磚去。黃雲樓看了個明明白白，大聲喝采道：「袁師兄，不含糊啊！」劉雲梁已經連搶數步，追了過來，喝了聲：「著！」右拳一點，左拳從下往外一穿，「肘底看拳」，照袁振武打來。

袁振武方待閃退，黃雲樓故意的往前一躥，把路擋住，失聲道：「哎呀，袁兄，看人！」劉雲梁的拳風已經打到，整個身子也已撲來。袁振武驟見招數危迫，不由把精神一提，虎目一張，單足點磚，「金雞獨立」式。容得劉雲梁的「肘底看拳」

這一招，堪堪打到自己身上，突然用左手的掌緣，往劉雲梁脈門上一搭，用「外剪腕」，輕合指掌，把劉雲梁的腕子刁住，往懷中一帶。借勁打勁，借力使力，自己的身子往前一竄，占了劉雲梁的地位；劉雲梁栽到袁振武的地位上，「咕咚！」掉了下來。耳旁邊頓起兩聲喝采：「好手法！」

袁振武猛然憬悟，腳下一錯，「咕登」也掉下磚來。身軀前栽，直衝出四五步，登翻兩塊磚，躺倒三塊磚，方才站住。

劉雲梁好容易沒有栽倒，登翻了一塊磚，卻搶出三四步去，直衝到黃

雲樓的身上，方才立住。袁振武忙道：「真糟，劉師兄慢著點，差點搶著我的臉！」俯身扶磚，連聲道歉，極力的說自己不濟，卻被黃雲樓看得分明。

劉雲梁人雖傻和，並非一竅不通的人。只被這一拖，覺得袁振武掌力很猛，手勁既穩且準，就大聲嚷道：「袁師兄，你真有兩下子；錯非是我，換個別人，真得教你白扔下來。二師哥，你過來瞧瞧吧，袁師兄很會哩！」

黃雲樓微微一笑，道：「四師兄，別自己貼金了，你到底還是教人家白扔下來的。」袁振武道：「哪裡，是劉師兄把我撥下來的，他自己撲空了。」黃雲樓道：「我可得信哪！」

劉雲梁把磚扶起來，有點不服氣，說道：「袁師兄，咱們再來來，你一定是個會家子。小黃，你過來，跟袁師兄鬥鬥！」

袁振武還在掩飾，二師兄已然登磚馳來，說道：「天不早了，可以歇了吧。袁師兄，你很有兩下子，你瞞得過老四，你瞞不過我呀！」說著笑起來，道：「袁師兄不要見外，有這麼好的功夫，很可以指點指點我們，咱們大家考究。」

第二天，大師兄遲雲樹回來。這些師弟們都瞞著他，怕說出來，受他的嘮叨。但劉家弟兄素來多話，只瞞了半天，劉雲梁便走了嘴，說：「這位袁師兄很有兩下子，六合拳打得不含糊，居然還會走青竹樁。」遲雲樹一聽愕然道：「你怎麼知道他會青竹樁？是聽他自己說的，還是看見他練了？」蔡雲桐一指劉雲梁的嘴，劉雲梁嗤的笑了。

遲雲樹道：「老二你又搞鬼！這不用說，昨天我沒在家，你們一準是在人家眼前獻醜了吧！我本來說過，人家是王師伯門下的弟子，功夫一定很硬，人又不常在咱們這裡，所以我才囑咐你們，少給師門丟醜。你們只不聽，倒像我一個人藏奸似的。老師臨出門時，特別囑咐我，教我們好好款待他。他要練什麼功夫，隨他的便，不要管他；有什麼事，等師父回來

再說。難為你們連老師的意思都不明白！」

其實遲雲樹自己，倒把劉四師傅的意思沒弄明白，劉四師傅囑咐的話，是叫他「客氣」一點，不是叫他「外道」一點。

蔡雲桐連忙解說道：「我們沒有跟他摻和。昨天夜裡，是他們哥四個磨著我練青竹椿；都二更天了，想不到教袁師兄看見了。」遲雲樹眼珠一翻道：「教他看見了？他一定加入一塊練了吧？」眾人道：「可不是！」遲雲樹就問：「是他搶著加入的，還是你們邀他的？」二劉道：「誰邀他來？他要練，還能把人家趕出場子外不成？」蔡雲桐忙道：「別抬槓，別抬槓！其實我們也沒邀他，他也沒有搶著往裡擠，不過是練著練著，馬馬虎虎的就一同登上磚，玩起來了。」

遲雲樹問了一回，也不再說什麼，只一味向蔡雲桐問道：「到底這位袁師兄的功夫，比你我如何？」蔡雲桐素知遲雲樹好勝，故意慪他道：「大概比你我都強吧，反正我不如他。」遲雲樹臉色一變，道：「哦，你們昨天栽給他了，是不是？……他比你我還強嗎？他比你強，我更不如人家了！」

劉雲梁把頭一昂，說道：「真奇怪，怎麼大師哥你總把這位袁師兄抬得這麼高？若據我瞧，別看他是大師伯門下的弟子，他的功夫究竟稀鬆平常，跟我一樣。剛才就是我跟他練青竹椿來著，熱鍋下元宵，我們倆一齊骨碌下來了，也沒見他有什麼拿手的本領。」蔡雲桐微然一笑，道：「可不是，真打起來，你把你那『三十六路大擒拿』的絕招掏出來，他還是你手下的敗將呢！」劉雲梁一拍胸膛道：「那可說不定！」黃雲樓、寶雲椿全笑了。

劉雲棟忍不住說道：「二師兄，你不要挖苦人。老二聽不懂，我可聽得懂。這位袁師兄的功夫雖沒露全，可是我敢說他不是門外漢，手底下準得有幾下子。」遲雲樹道：「明白人在這裡呢！還是老三有眼力，你們簡直全是睜眼瞎子，給本門丟了醜，還得意哩。」

劉雲梁不高興起來，站起來說道：「我就不懂，袁師兄即便功夫真強，那又有什麼？莫說我沒輸給他，我就是真輸給他了，也不要緊呀？他又不是外人。況且人家大遠投到咱們這裡來，人家不是為學武藝嘛？咱們總背著人家，算怎麼一回事呢？你不給人家領招，又叫我們躲著他，老爺子難道專給他單開一個場子，親自教他一人不成？我知道大師哥的意思，你是看不出人家的功夫深淺來，怕教不了人家，栽了跟頭。其實這有什麼？回頭老爺子來了，我替說開了，把你這塊心病除治了去，你就不埋怨我們了。真是的，憑空來了這麼一位袁師兄，我們都跟著犯了私了。本門就只這點玩藝，這個不該當著他練了，那個不該當著他練了；有那麼著，簡直叫老爺子把他端出去就結了，大家都心淨。」

蔡雲桐在旁又惡作劇的加了一句話，道：「把他端出去最好，第一個大師兄先痛快。」

遲雲樹一聽這話，氣了個臉白，不由嘿嘿冷笑，道：「我可不是痛快嗎，我就怕丟醜！我本來教不了人家；不但姓袁的，你們哪一位我也教不了。師父硬派給我，我不給諸位領招，師父又不答應我，我這是受累不討好。」他抬頭眼望劉雲棟道：「老三，你是明白人。老師臨出門說得明明白白：姓袁的是客人，住不長，叫我對他客氣點。又說人家是會家子，再三囑咐我，千萬別拿人家當門外漢，別端大師兄的架子。你們聽聽，這話怎麼講？……我倒是聽老師父的話，還是聽誰的話？好在過幾天，老師就回來了，我趁早向老師告饒吧。連這位袁師兄，和你們幾位，從此以後，我敬謝不敏。」劉雲棟忙道：「大師兄別理他，他素來嘴討厭！」剛要解勸，誰想劉雲梁也炸了，把眼一瞪，道：「好嘛，你又要使壞，告老婆狀？你還像前幾年我小的時候，你出損主意，叫我挨打？你就憑著老爺子愛聽你的話，你又要毀我？」

劉雲梁、遲雲樹這兩人，竟叮叮噹噹，高一聲，低一聲，拌起嘴來了。蔡雲桐、劉雲棟連忙勸阻，又壓服劉雲梁給大師兄順氣。劉雲梁天不

怕，地不怕，劉四師父又不在家，他就造起反來，連他哥哥劉雲棟都制服不住了。

黃雲樓、竇雲椿要把他架出去，他撐著身子不走，仍對遲雲樹說：「你不用花說巧說，大師兄！你是掌門戶的老大，你還是這麼怯敵怯場，怕丟醜，藏奸！」遲雲樹道：「哪個狗種藏奸？」劉雲梁道：「你不是藏奸，就是藏拙。姓袁的一個鼻子兩個眼，你幹什麼這麼怯人家？你有能耐，敢跟人家碰碰去嗎？」

他的話專往病上碰，越發將遲雲樹堵急了。已經氣白了的臉倏又變紅，忍了又忍，忽翻出一陣怪笑，道：「好，好，好！我怯人家，我怕人家，我本來就是怕人家嘛！我沒本領，藏奸，怕出醜，我就是不敢當著人家練功夫……哼哼！我憑什麼不敢當著人家練功夫？也不過是怕給你們劉家門丟醜罷了！老四，有你的，我這就找姓袁的比量比量去。我教他打敗，這才於咱們劉家拳有光呢，這才趁了你劉二爺的願，是不是？」口說著，猛然立起來。眾人又扯又攔，遲雲樹一個勁的往外掙，道：「不行，不行！我若不栽給姓袁的手下，由打劉二爺起，他就不饒我。我怕人家嗎！我非得教姓袁的踢兩腳，打兩拳不可！走，你們大夥一塊來，一塊看我的哈哈笑來！」

三言五語，把場是非鬧大了。劉雲梁自知冷嘴僵起了熱火，再想收，也收不回了。劉雲梁是劉四師傅的二兒子，在師門名列第四；可是年紀不大，才十九歲。素日常因練功夫，練得不好，挨他父親的罵。遲雲樹既是大師兄，引著頭和師兄弟們切磋功夫，倒頗有掌門師兄的氣派，待人也不苛碎，卻有點量窄護短。有時候劉雲梁胡攪蠻纏，和別人淘氣。劉雲棟說他不服（他兩人只差三歲），大師兄當然不能袖手，必須調停勸誡。劉雲梁身為老師的次子，遲雲樹恐落怨言，遇見他和別人慪氣，總是壓服劉雲梁的特別多。劉雲梁心中就很不忿，認為大師兄不向著他。前幾年，像這樣的糾紛是時常鬧的。

劉四師傅頗明大義，教子甚嚴，不喜歡這個呆頭呆腦的二兒子。又為約束門規，總得給掌門弟子留臉，遲雲樹說的話是要照辦的。劉雲梁越發不服氣，不說自己歪纏，反說父親偏心眼，疼徒弟，不疼兒子。前兩年他常把這話掛在嘴邊，近來年歲漸長，不甚胡攪了；可是秉性難移，仍免不了一陣一陣的偶爾犯渾。今天他父親已經出門，無心中引出吵子來。他想：這一回父親回來，自己又免不了挨撸。索性一不做，二不休！向遲雲樹挑大姆指道：「老大，你真敢和姓袁的比量比量，我給你磕三個頭！只怕你說著好聽！……我去叫他去！」

幾個同門亂七八糟的攔勸，劉雲棟哄師兄，斥胞弟，橫著身子直嚷。看這幾個師兄弟，只有黃雲樓、寶雲椿真是勸解；二師兄蔡雲桐暗中發壞，不似勸架，倒像挑撥。劉雲棟真急了，把眼睛瞪得滾圓，申斥雲梁道：「老二，父親不在家你造反吧！回頭我叫爹爹當著你媳婦打你！還不給我出去！」催喝黃、寶二人：「快把傻東西推出去吧。」

黃、寶二人一邊一個把劉雲梁拖住，往外推搡。劉雲棟復向蔡雲桐嚷道：「我的二師兄，蔡二爺，你別看笑話了，還不快把大師兄攔住。」遲雲樹奔到屋門口，被劉雲棟拉進屋來。

黃、寶二人把劉雲梁推到院中，劉雲梁竟在院中嚷道：「袁師兄，袁師兄！我們大師哥要跟你比量比量呢。」

他們在院子裡鬧得很凶。袁振武何等精明，乍聽隔壁喁喁大聲，便已留上神；料到大師兄回來，他們必定訴說昨夜之事。急忙側耳傾聽，竟聽出遲雲樹要跟自己比武的話，不由一愣。知道是昨夜的文章，今天要鬧大了。

可是，過去所說不會武的話，此時絕不能改口。袁振武深悔昨夜的事不善藏拙，過於孟浪。現在真要承認自己是太極門的二弟子，顯見前言跡近欺瞞了。劉雲梁隔著牆，一個勁的招呼；袁振武裝聾作啞既不可，出頭答腔又使不得。一時不知所措。正要抓起長衫，溜到外面，躲開這場是

非，無奈這個劉雲梁師弟已經站在院口，連聲喝喊著自己的名字。袁振武溜到屋門口，才一探頭要走，早被劉雲梁瞥見；急忙縮身，已經來不及了。

劉雲梁曉得袁振武是故意的規避。這時遲雲樹已被別的師弟勸住，若再教袁振武走開，眼看著一臺好戲要散。明知父親回來，必要受責，索性給他們攪和攪和。姓袁的當真是「真人不露相」，手底下有兩下子，擠到不得已的時候，他必要露一手；好歹給老遲一點虧吃，教他往後別再那麼陰損。倘或袁振武打不過老遲，那麼更可以奚落老遲了；定要挖苦他眼拙膽小，見了一個門外漢，都嚇酥了。劉雲梁左思右想，以為得計；猛向前一縱身，躍開七八尺去，奔向袁振武住的屋中。推門扇，掀門簾，直尋到臥室床頭。口中嚷道：「袁師兄，你裝睡可不成，我們遲師兄要跟你比比呢！」

第十四章　群徒亂踏青竹椿

第十五章　飛豹子比武生嫌

　　袁振武提著長衫，剛剛的退回來，坐在床上；再想掩飾，如何能夠？劉雲梁哈哈大笑道：「袁師兄，我們拌嘴被你偷聽見了。你當我看不見嗎？你剛才扒門縫了。來吧，你有本事趁早露露，別裝傻。我們大師兄說你有很好的功夫，早想跟你較量，你還藏個什麼勁呢？再不練，你就是小看人，難道我們堂堂大師兄就不配叫你揍一頓不成？」袁振武被劉雲梁從床上扯起來，只得說道：「我哪會什麼本領？四師兄，你不要鬧，回頭看大師兄怪罪下來。」極力的推辭，不肯比較。

　　劉雲梁連推帶搡，往外架弄袁振武，大聲說：「對不住，請你不論如何，也得招呼一下子。你想不下場子，拿空話搪塞，那算是白費。走吧，走吧，大師兄在場子等著你呢。」袁振武且閃且說道：「劉師兄，劉師兄，我焉敢小看人？我絕不是裝著玩。遲師兄可錯看我了，我實在沒有一點能為。劉師兄別鬧，看叫人笑話。」

　　劉雲梁不聽那一套，拖著振武一隻胳臂，往外硬架。將出屋門，忽又低聲道：「袁師兄，你乾脆別再瞞著了。我為你已受了好大的埋怨，你索性把你掏心窩子的本領抖露抖露，一下子把老遲的嘴堵住，也給我們大夥兒出出這口氣。袁師兄你不曉得，他那狗屎脾氣可惡極了，偏偏老頭子專愛聽他的話。我給你作個揖，你好歹跟他對付兩下子。」

　　袁振武忙道：「劉師兄，這可不像話。自己弟兄，誰還能伸量誰不成？」劉雲梁只是笑，不肯鬆手，放開了喉嚨招呼道：

　　「遲師兄，人家袁師兄可沒叫你較量短了。人家可是真出來了，你別含糊哇！出來吧，人家等著你啦！」

　　遲雲樹頓如火上澆油，猛然分開眾人，搶步出屋。屋中的兩位師弟竟攔不住，二師弟蔡雲桐又不真攔；遲雲樹一甩袖子，來到院中。一看袁振

武，果然立在院中。遲雲樹勃然大怒，袁振武竟敢出來索戰，這分明是藐視人。就不再客氣，向袁振武招呼道：「袁師兄，來來來，咱們到場子裡走兩招，咱們互相印證印證。我早知道你功夫很高，咱們都不是外人，咱們誰也不許藏奸，好好的過幾招。」袁振武忙說：「遲師兄別誤會，我哪會什麼功夫？遲師兄，別聽劉師兄的話，他是要叫我挨打。」底下的還沒容袁振武說出，這位掌門大弟子遲雲樹冷笑一聲，暗罵道：「好酸，好狂！」竟掉頭一點手，只厲聲說了一個「來」字，昂然往把式場走去。鬧得袁振武木在那裡，進退不知所以。

劉雲棟已從屋中趕出來，聲色俱厲的向劉雲梁喝叱道：「你也太胡鬧了，哪有這麼渾攪的！你還不給我躲到一邊去！袁師兄別理他，他是人來瘋。」

劉雲梁一翻眼珠，向劉雲棟道：「哥哥，你今天好歹讓我一回，我跟老遲的事你別管；我豁著挨老頭子的打就是了。」雙手推著袁振武，趕進把式場子。

袁振武欲施展手法，把劉雲梁推開；無奈劉雲梁乃是劉四師傅的兒子，大師兄得罪不得，小師弟也得罪不得。況且不下毒手，擺脫不開他；若施絕招，又不能給自己圓謊。只得跟跟蹌蹌，順著劉雲梁的勁，往把式場裡栽進去。連絆了數步，方才站住，不住的說：「劉師兄別推，別推，看絆著，摔倒了！」

方到場中，遲雲樹早已插手立在場心。袁振武忙向遲雲樹拱手，道：「遲師兄，這位劉師兄真好頑皮，總得當著師兄面前，把我作弄一下，給大家一笑。請師兄多擔待吧，我真是不行。」遲雲樹呵呵地笑道：「袁師兄，真人面前不說假話，我小弟有一句講一句。袁師兄乃是長門王師伯門下的高足，對本門武功定有心得。就是沒有老四攛掇，我小弟也早想領教的。今天也沒什麼事，咱們就一塊兒考究考究。」

袁振武把手連搖，賠著笑臉說道：「遲師兄，這可真是笑話了！……」

跟著又說了許多推辭的話。遲雲樹微微冷笑，漠然不顧道：「師兄不肯跟我過招，自然是我小弟功夫太糟，不值一比的了。但是，你看看，我若不陪你走兩招，我這位四師弟饒我不饒？咱們心照不宣，我今天若不敗在袁師兄的手內，也有人不肯甘心哩。」說罷大笑，又拱了拱手，道：「袁師兄，咱們全是明白人，什麼話也不用全挑亮了。你多少總得露兩手。袁師兄要是當著他們能練，當著我不肯露半招，那豈不是太顯著我遲雲樹不成人樣了！」

遲雲樹的話一句跟一句，袁振武徬徨四顧。他自己當過大師兄，知道大師兄的心情。遲雲樹的話既然這樣，他心裡的滋味自然可想而知。皺著眉，向四周看了看，正要設辭解說，劉雲梁早把話接過來，道：「大師兄，別這麼冤枉人，你說到底誰不甘心？你不用酸，你要有本事……」一指袁振武道：「跟人家招呼招呼啊！你酸溜溜的，想嚇唬人家，不敢跟你動手，那不成。袁師兄，練把式過招，打不死人。誰也別跟誰裝傻；乾脆，今天你們練練。大師兄，我反正是不守規矩的，淨擎著師父來了，告老婆狀，挨揍，可也不能把腦袋揪下去，我豁出去了。喂，人家袁師兄上場子了，就請你發招吧，不用叫板眼了。」

遲雲樹怒目嗔視，半晌哼了一聲，徑向袁振武說道：「袁師兄，您聽見了？我這班師弟們全願意你露身手，就請師兄你賜招吧。」說完，走到把式場心，復一點手，道：「袁師兄，咱們就在這裡吧。」

袁振武情知不動手，是不行的了。可是預想比武以後的結局，勝固不可，敗也使不得，真是把人難煞。遲雲樹一步緊一步的催逼著開招，人家已經挽好袖子，站好腳步。其餘的劉門弟子此時也不再攔勸；看面色，反而躍躍然，似正渴望著自己與遲雲樹比量一下，方才豁然。劉雲梁在旁敲邊鼓，更催得十分緊；二師兄蔡雲桐冷嘻嘻，熱哈哈的，也在一旁吹氣慫恿。

只有劉雲棟比較的持重，可是被黃雲樓勸住；兩個人不知附耳低言，

說了些什麼話，劉雲棟也不再攔阻了，只很謙和的說：「袁師兄不要客氣，咱們都不要客氣。我們都是同門，大師兄說了這半晌，你就下場子玩一玩，沒什麼。遲師兄也不會亂來的，袁師兄只管放心。」

蔡雲桐插言道：「著哇！練武不練對手，怎麼能長進？袁師兄只管練，別膽怯。我們大師兄一定要讓著你的，上啊！」

袁振武欲避無從，正在潛怒；一聞此言，雙眉一挑，少年的烈性不由復燃：「我一口一個師兄的叫著，他們倒不依不饒，我難道真怕你們不成？」徐徐的走下場子來，咳了一聲道：「好吧！諸位強拉鴨子上架，我只好給大師兄墊墊拳頭吧。我挨了摔，諸位別笑話。」

口說道，他往場心一站，心如旋風一轉，暗想：我若完全裝傻，一定瞞不了行家；我若完全逞能，一定在此地無法存身……咳，自出丁門，我倒一步步做起小媳婦來了！又想起俞振綱、丁雲秀，驀地將一雙豹子眼瞪大，一對長眉蹙緊，臉上顯然擺出一個怒言。

遲雲樹看了個清清楚楚，暗暗發恨道：這小子，他倒瞪起眼來，我叫你一百二十個不服氣！立刻展開了門戶，雙拳抱攏，說了聲：「袁師兄請發招！」把身形一矮，往右一斜身。袁振武這裡張目一看，也只得把身形一矮，拔步奔趨左側。兩下里走行門，邁過步，全是繞走偏鋒。

袁振武繞過半周，堪堪與遲雲樹碰上；倏的一翻身，依然反走邊鋒。遲雲樹見袁振武竟不遞招，一定是先要看清了自己的路數，才肯發招。立刻一擰身，叫道：「袁師兄怎麼不發招？」袁振武佯笑道：「還是師兄先請！」

遲雲樹不再客氣，往前一縱身，身隨勢進，撲到袁振武的右側。相距不過半步，左掌往外一撤，喝聲：「接招！」左掌虛點，只在袁振武的耳輪邊一晃；右掌撤招，展開劈掛掌「單推手」，掌鋒倏照袁振武右耳輪扇來。袁振武不封不架，往下一塌身，左腳往外一滑，整個的身子躥出去三四步去。拿樁站穩，口中喊道，「師兄勒著點，我接不住啊！」立刻仍轉到左半

邊。遲雲樹一掌擊空，一聲不響，二次翻身，揉身進步。袁振武拿鐵了主意，不搶招，不求勝，可也不願意一上場就敗在遲雲樹手下。

遲雲樹展開了劈掛掌，袁振武展開了六合拳，兩人展轉走了六七招。袁振武伴運六合拳應敵，他卻神明內斂，氣凝丹田，手、身、法、步、腕、胯、肘、膝、肩，一切的運用，都潛循太極拳的拳訣；身形綿軟巧，外形不露，把門戶封了個十分嚴實。左閃右避，竄高縱低，倏前倏後，忽進忽退。雙掌不發招，不破招，只封閉閃錯，步眼絲毫不亂。於是兩人又走了七八招。

遲雲樹以自己的身分和武功造詣，來測度袁振武；連發幾招空招，頓將火興煽起，遂把本門心法全施展出來。兩下裡驟分復合，展轉相鬥。遲雲樹猛如獅子似的追趕袁振武；袁振武就像鼠避貓似的退縮閃繞。眼看招發出去，見硬就回，一味奔避。

劉雲梁嘻嘻的笑著看熱鬧。黃雲樓、竇雲椿也上眼下眼，追隨兩個人轉。只有二師兄蔡雲桐、三師兄劉雲棟連吸冷氣，暗推同門道：「都是你們起鬨，你瞧，到底應了大師兄的話了，人家姓袁的不是力笨漢。」劉雲梁仍不認帳，黃雲樓也不肯信。

袁振武展開多年在丁門所得的技功，輕身盤走，閃躲圓滑，竟暗中連拆了遲雲樹的五次險招。這一來越把遲雲樹激怒，深知袁振武確有實學，暗賣一手，誠心從不施展中施展出功夫來。他不道袁振武竟存退讓，反以為含著藐視戲弄之心，暗想：我要不給他一手厲害，我在本門怎生立足？遲雲樹一轉念，就要再展絕招，務求必勝，好歹把袁振武撂在場子上，方能掙回面子來。心存此意，立刻步眼發鬆，反不似一上場時那麼緊迫急趕了，在場子裡連轉了兩周。

那劉雲梁起初只懷恨遲雲樹挾長逞能，歧視同門，只是此時也已看出這個袁振武果然不是平庸的身手，大師兄連下毒招，勇猛進攻，人家竟很不費力的閃開；看這情形，真不知鹿死誰手。又看到袁振武始終沒有還

招，究竟他居心是戲敵，還是讓招，卻很難說；劉雲梁不禁有點懊悔。其餘劉門弟子，起初雖然挑撥著大師兄來動手，如今一看出袁振武功夫太強，也覺著不是勁了。各個的生了敵愾之心，暗替遲雲樹擔心，恐怕他真個栽給人家，也是大家丟臉。

這時袁振武正由東西遊走過來，轉向偏西。那遲雲樹相隔著不過三四步，突然往前一縱步，猛撲到袁振武的背後，故意的喊了聲：「袁師兄接招！」立刻探右掌，猛向袁振武背後一擊。袁振武往左一搶步，斜轉半身，打算反從遲雲樹的左側竄出去。不料遲雲樹這一手竟是詿招，右掌往回一撤，左掌猛從右臂下穿出，用「燕翻蓋手」，橫出袁振武的左腰肋。

這一招迅捷非常，用的是重手法，掌風銳而硬，猛而重，唰地已到肋下。袁振武再想閃躲，已來不及；而且形迫勢危，不得不拆招急救。袁振武雙眸一張，急用「野馬分鬃」，左掌往外一撥遲雲樹的左臂，身形往右一探；閃過這一招重手，本意仍不還手。哪知遲雲樹左臂往下微沉，倏然變招，「金絲纏腕」，反壓著袁振武的左臂，往下一掛，右掌猛翻出一手「劈山掌」。吐氣開聲，大喝道：「嘿！」迅如駭電，直向袁振武的胸前華蓋穴劈來。指尖沾衣，掌心往外一登。袁振武驀的一驚，這個遲雲樹竟要用內力來傷自己。慌不迭的凹腹吸胸，胸口縮得離開遲雲樹的指尖寸許；忙翻右掌，一掛遲雲樹的腕子，「手揮琵琶」，左腳上步，「退步跨虎」，借撤招展臂之勢，暗把掌力唰地往外一送；遲雲樹跟跟蹌蹌向前撲去。袁振武乘勢往外一竄，也往前連栽，又一挺身，方才立起來，道：「噯呀！……遲師兄，我輸了！」身軀連退，好容易才站穩。

遲雲樹也跟著撐住了身軀，面紅耳赤，抱拳說道：「領教領教！袁大哥有這麼好的身手，怎麼還裝外行？足見謙德，佩服佩服！」扭轉頭來，冷笑著又向劉雲梁發話道：「劉二爺，怎麼樣？我輸了，你這該心平氣和，趁了願了吧？」

袁振武雖然矯作失著，故形一蹶，被遲雲樹的話一敲，不由臉色一

變，張口欲答；可是又恐越描越黑，只索性讓人家一步，低頭啞口無言。劉雲梁卻仍然一句話不讓，嘻嘻的笑著說道：「遲師兄，你這種話趁早少說。動手過招，輸贏勝敗是你的事，我憑什麼趁心如願？咱們沒有深仇大怨，好歹總是親師兄弟。你要是栽了，我們臉上也無光。得啦師哥，別拿屎盆子往腦袋上扣，憑師哥你還會栽了？你分明贏了人家一招，你倒說栽了，栽了怎麼不躺下？」劉雲梁說了這些話，連聲笑著，跑出了把式場子。

遲雲樹臉上寒得籠起一層秋霜。袁振武走也不好，不走也不好，弄得很僵。劉雲棟過來向袁振武說道：「袁師兄，你真不含糊，你還客氣什麼？你比我們強多了。天不早了，該歇著了，我們明天再練吧。」扭頭又向遲雲樹說道：「遲師兄，還是你的功夫純，行拳過招，能發能收。像我，招數發出來，有時就收不住。遲師兄，明天我們也得跟這位袁師兄拆兩手。好在全是自己人，輸贏沒有什麼相干。」蔡雲桐也搭訕了幾句閒話，卻酸溜溜的暗譏袁振武藏奸，潛笑遲雲樹無能。隨即散了場子。

袁振武回到屋中，說不出來的覺著不是味。從這夜起，決計不再到場子裡去；自己明知不論怎麼掩飾，跟遲雲樹已生誤會，空費解釋，也不見得他能相諒，反不如等劉師傅回來再說了。

又過了四五天，天色剛亮，袁振武乍醒未起，尚在惺忪。

忽覺有人晃著枕頭，湊到耳邊招呼：「袁師兄！袁師兄！」袁振武睜眼看時，正是四師弟劉雲梁。袁振武急忙翻身坐起，問道：「四師兄，這麼早起來，有什麼事？」劉雲梁道：「我父親回來了。那天晚上的事，我們大師哥很不痛快我，我想他一定要在我父親面前告我，我父親又最聽信他的話。袁師兄，你得幫我一點小忙，別叫他搶了原告。」袁振武一時矍然道：「我怎麼幫你？遲師兄分明連我也怪罪了。」忙改口道：「四師兄，你打算教我怎麼樣呢？」劉雲梁笑了笑道：「你只說你們兩人自願過招，別說是我慫恿的。再不然，你就說是他欺生，總想摔你，就沒有我的事了。」

　　袁振武暗道：好嘛，看你傻，你倒不傻，你想拿我當傻子嗎？一面與他敷衍，一面忙著穿齊衣服，自己思索：遲雲樹總是人家的掌門大弟子；我一個寄寓客居、新來乍到的人，怎好跟人家較量短長？我別淨聽這傻小子的聰明招，我應該話裡話外，捧著遲師兄才對。不過遲雲樹不肯教招的話，我必須繞彎子描出來……打定了主意，趕緊梳洗完了，遂由劉雲梁引領，來到劉四師傅的住房門前，挑簾進內。

　　劉四師傅正在迎面桌旁坐著喫茶。劉雲棟、蔡雲桐等人均沒在屋，掌門大弟子遲雲樹恰恰正在一旁侍坐。一見袁振武，遲雲樹臉色一變，站了起來。袁振武驀的心中微動，看這神氣，果然應了劉雲梁的話，終歸被人走了先步：「唉！我怎麼到處犯小人？」定住了心神，上前施禮道：「師叔，你老昨夜才回來的嗎？你老可辛苦了。」劉家祺含笑站起來，點了點頭，把手一伸道：「請坐！」

　　袁振武細看劉四師傅，滿面風塵之色，想見半月來很受奔波之苦。不知他這一去半月，可曾尋見鷹爪王？鷹爪王現時潛蹤之所，料想劉四師傅當能知曉。思索間，方要動問情由，那四師弟劉雲梁和師兄遲雲樹抵面相對，他竟自起毛骨，驀的紅頭漲臉，冒冒失失的說道：「爹爹，咱們當面對質，我反正一句謊話沒有；你老別聽他的話，這回我可沒有引頭鬧！是他們倆自己要摽勁！」遲雲樹在一旁既不接聲，袁振武對於這沒頭沒尾的話更不好答碴。劉四師傅把面色一沉道：「什麼，你說的什麼？是誰要摽勁？」聽這口氣，好像還不曉得袁、遲比武的細情。

　　劉雲梁站在當屋，看了看遲雲樹，又看了看袁振武，遲疑起來。把那隻粗手，搔著頭皮，說道：「我說的是他跟他……」

　　兩手分指著遲、袁二人道：「他們倆摽勁來著，跟我不相干，這裡頭沒有我的事。」

　　劉四師傅詫異的看著遲、袁二人，重複問道：「什麼？」

　　遲、袁二人都臊得面皮一紅。

袁振武急忙打岔道：「四師叔，你老……」底下的話竟不知怎樣說才好。既然劉家祺實尚不知比武之事，沒的叫劉雲梁先抖落出來，反倒不好。但又恐遲雲樹已先告訴，顯得自己新來無禮。同時更怕劉雲梁這個傻小子，和遲雲樹當面互控，惹得劉四師傅當著自己叱責自己門徒，給自己難堪。自己在這裡，深了不是，淺了不是；一時也跟著窘在那裡了。

遲雲樹眼看著劉雲梁，眼角掃著袁振武，隱隱透出詭譎和笑容來；似乎要看著劉雲梁這個傻小子不打自招，自己出醜。

劉雲梁果然惶惑起來；只見他父親劉四師傅面含怒容，厲聲喝叱道：「雲梁，你說的到底是什麼話？怎麼說著又不說了？你又犯渾了吧，唵？」

劉雲梁斜瞪了遲雲樹一眼，臉上露出可憐相來。他父一疊聲的催問，他越發的慌了，喀喀巴巴的說道：「你，你老不知道啊？」劉四師傅斥道：「你這東西，半吞半咽的，到底是怎麼回事？」劉雲梁回過味來，忙道：「沒有事，沒有事！你老出門，我們都好好的，沒有吵架，也沒有拌嘴。」說罷，翻身要走，劉家祺一聲斷喝，道：「站住，到底是怎麼回事？到底誰跟誰摽勁？準是你這東西犯渾蛋，又無事生非了！」

劉雲梁滿面通紅，又斜睨了遲雲樹一眼。他父親越催問他，他越答不出來，半晌才說：「哪裡是啊，是……是，是袁師兄和遲師兄，他們倆比試來著。」囁囁嚅嚅，又說了些有聲無詞的話，連他自己都聽不出來。

劉四師傅察顏辨色，把三個人看了一眼，又復申斥道：

「不叫你說話，你偏嘮叨；叫你說話，你又喔喔噥噥。滾開這裡吧！」糊裡糊塗，自找來一頓罵；劉雲梁睜著怨悔的眼，把遲雲樹惡狠狠瞪了一下，扭頭往外就走。袁振武乾在那裡，弄得很難為情。

沉了一沉，四師傅劉家祺忽然換出笑臉，讓袁振武坐下，遲雲樹告退出來。劉四師傅湊過來，坐在袁振武身旁，又親自給振武斟上一杯茶。袁振武急忙站起來，連聲遜謝，劉四師傅和顏悅色說道：「請坐下！坐下說

話，不要客氣。」

　　坐定，屋內無人，袁振武開言道：「師叔一路辛苦，不知可見著王老師沒有？」劉家祺望瞭望紙窗，把頭微微一點，低聲道：「咱們晚上細說……」輕輕吁了一口氣，道：「這半個多月，簡直把我跑壞了。振武，你看，從你到我這裡，來了這些日子，我就沒得在家安閒過。事情趕碌得我吃不得吃，睡不得睡，把你丟在家裡，一切也沒得跟你細談。好在你也不是外人，絕不能怪我。要是疏遠一點的人，還疑心我這是誠心躲著人呢。好了，現在我總可以在家裡稍歇幾天的。振武，我今天白天還有點事，索性今晚定更後，你上這屋來，咱們仔細談談。還有你師傅的事，你一定很惦記著，今晚上我都告訴你。可是我有兩句話，先對你說明：你千萬不要聽你雲梁師弟的話，這小子傻頭怪腦，生事惹禍，向來總是他引頭。這些師兄弟們，就屬他不是東西，你可不要聽他胡鬧。」

　　袁振武看了看劉四師傅的面色，似乎話中沒有什麼特別的含意，連忙站起來，答道：「四師兄性情直爽，一派天真，他和小姪非常投緣。師叔不用掛慮，這些師兄都很好，沒有拿我當外人的。」劉四師傅笑了笑，搖頭道：「你看他直爽，你不知他多麼渾蛋呢。我囑咐你，你少答理他。我那大小子還罷了，比他明白得多。這半個多月，我沒在家，你想必也天天下場子吧？」

　　袁振武應了一聲，道：「是的！……也不常下場子。師叔走得急，還沒有分派我學什麼，大師兄又很客氣……」把下面的話嚥住了。心想：我先別說什麼，我倒要先聽聽四師傅怎麼說。

　　哪知劉四師傅把話扯開了，只講些平常的閒話；出門的事不談，傳藝的話也不談。敷衍了一回空話，劉四師傅站起來道：「我還有事，咱們晚上見。」手拍著袁振武的肩膀，又重複了一句道：「今天晚上見。」站起來，就摘壁間掛鉤上的長袍，披上了，又皺眉對袁振武說：「我還得進城去一趟。」袁振武一看，沒有再說話的機會，只得告退回房。

這劉四師傅遠行初歸，並沒有急急的要和袁振武談話。袁振武似乎和劉雲梁進來得莽撞了。

袁振武坐在小屋中，心中疑惑，更不知劉四師傅對自己安的是什麼心，是否他已聽了掌門弟子的先入之言？反覆思量，疑雲莫展。忽然門扇一響，劉雲梁又跑進來，當著袁振武，把遲雲樹臭罵了一頓。說他刁鑽奸滑，最可惡不過。袁振武攔不住他，只好聽著，也不敢贊一詞。

四師傅劉家祺在早飯前出去，直到晚間才回來。袁振武悶在屋中，已經聽見。但劉四師傅並沒叫自己，自己也不好冒冒失失的請見，只在自己小屋內轉悠著聽候呼喚。

那劉雲梁卻抽冷子又來了兩趟，口中嘟嘟囔囔，還是罵大師兄。袁振武向他盤問劉四師傅的意思，連他也摸不清。可是他卻斷言：「老遲這東西，一定告了老婆狀了。」又對袁振武說：「貨到街頭上，反正今晚就見了真章啦！我總想著老遲絕不能善罷甘休。我們老爺子專愛聽他的話，就許等到晚上，把師兄弟都聚齊了，當著大夥，給我來個好看。袁師兄，你可不要看熱鬧。別看你也是在股在份，我卻知道老爺子對你總有個面子，不好意思說什麼的。你千萬給我求情，別把我晾起來。袁師兄，你別瞧不起我，我真不怕打。我就怕老爺子當著我媳婦的面，罰我下跪，那多麼難看哪！」

袁振武笑了笑，道：「你沒有什麼大錯，師叔也不會責備你的。就算你慫恿著我和遲師兄過招了，那也不能算是非。難道老師不在家，師兄弟一塊兒較量較量拳招，也算犯規嗎！」

劉雲梁從鼻孔中哼了一聲道：「看你像個聰明人，原來你也這麼糊塗！我們較量拳招，輸贏不相干，你能跟我們比嗎？」袁振武吸了一口涼氣，停一停說道：「我怎麼不能比呢？」劉雲梁道：「你別裝傻了。」

袁振武只得改了話頭，安慰劉雲梁道：「你放心，師叔不會責罰你的；當真責備你，我就是共犯。你叫我講情，誰給我講情呢？我也要挨說的呀！」劉雲梁怫然道：「好、好、好！鬧了半天，你也會耍奸，跟老遲是一

道號的，完啦，完啦！……」

正在不願意、發牢騷，忽聞門外似有腳步聲音。袁振武深恐被別個同門看見，又生是非，連忙用閒話岔開，不叫劉雲梁再往下說。劉雲梁越發的不高興，說道：「你看看嚇的這樣！我們說兩句話，還犯私不成？」袁振武道：「四師兄別誤會，我怕遲師兄聽見了，好像咱們背地議論人似的，見了面，怪不合適的。」

劉雲梁生氣道：「嚇，嚇，嚇！你剛來幾天，就這麼怕他，他還了得嘛！我不跟你談了，別連累了你。我也不煩你講情了；你放心吧，老頭子反正宰不了我！」一賭氣要走，袁振武急忙攔住，只得權詞安慰他，他究竟是四師傅的兒子。不想兩個人正在一拉一扯，外面竟有人叫道：「雲梁，雲梁，老爺子正找你哩！你又跟袁師兄鬧什麼了？」卻是三師兄劉雲棟的聲口。

袁振武忙往屋內讓，劉雲棟並不進屋，隔著窗，把他兄弟叫走。聽聲音，且走且說，似正埋怨雲梁。跟著聽見劉四師傅招呼二師兄蔡雲桐，又招呼竇雲椿，又招呼黃雲樓，末後又聽見叫大弟子遲雲樹；這話聲一一傳入袁振武耳畔。袁振武默然側耳，可是任什麼聽不真。

隔了很久工夫，袁振武獨對孤燈，怙惙起來：「莫非一場比拳，真個引起是非來了？」心中打鼓，只盼望劉四師傅招喚自己，抵面一談，也可以吐露己志，表白一二。不料直耗到二更過，別的弟子一個換一個的進去出來，總不見招呼自己。袁振武有點沉不住氣了。在院中遇見劉雲棟、劉雲梁，忙暗地打聽二人。劉雲梁說：「不知道，他老沒叫我。」劉雲棟說：「家父路上累了，現在躺著呢。你問剛才嗎，不過是問問我們幾個人的功夫。」

袁振武嗒然若喪，站起來，便要徑直開口求見。劉雲棟道：「師兄稍為候候，家父過一會，就要見你談談的。」說著，大弟子遲雲樹在外彈窗，叫道：「袁師兄，睡了嗎？師父有請！」

袁振武忙應了一聲，隨著來到內院，要奔上房；遲雲樹一笑，說道：「師父在客屋呢。」袁振武臉一紅，轉身趨奔客屋。

第十六章　夜貓眼突造藍灘

　　客屋中只有劉四師傅一人，其他弟子全都不在，遲雲樹也撤身退出。袁振武心中安然了許多，就是劉四師傅對自己有什麼責難，沒同著別的人，也可以給自己保全臉面了。上前給師叔行了禮，劉四師傅欠了欠身，讓袁振武坐下。三師兄劉雲棟旋即進來，倒了兩碗茶，也坐在一旁。

　　劉四師傅藹然說了幾句閒話，袁振武急於要知道鷹爪王的行蹤，遂眼望劉家祺，說道：「師叔這些日子來奔波勞頓，想王老師的事，師叔一定很替他老盡力了。只不知他老人家現在……」劉四師傅眉峰一皺，說道：「他現在還好！……」

　　向劉雲棟揮手，道：「你到後面歇息去吧，這裡沒事了。」劉雲棟忙站起來，向袁振武說聲：「師兄，你坐著。」隨即走出屋去。

　　劉四師傅略一沉吟，辭色吞吐的說道：「你不用牽掛，他已經出來了。」

　　袁振武欣然問道：「師叔，王老師是用錢賄買出來的，還是越獄出來的呢？」劉四師傅遲遲頓頓的答道：「他嗎？……自然是朋友們幫忙出來的。他那個性情，焉肯用錢買路！……」

　　說到這裡又頓住。袁振武忍不住又要問鷹爪王現在哪裡，只剛一張口，劉家祺攔住說道：「振武，你不用問了，他不久就要到藍灘來；他自然把前後情形說與你。等著吧，為期不遠，大約不出半個月。」

　　袁振武已經覺察出來，劉四師傅似不欲深談鷹爪王出獄的事，遂不便再問；掉轉話鋒，向劉四師傅道：「師叔叫弟子來，可有什麼事吩咐？」

　　劉家祺笑道：「也沒有什麼事，只不過想和你談談。振武，我們既屬一門，彼此推誠相與，才顯得情真誼摯。你一來時，我就看出你的體格氣度，似受過武功鍛鍊；只是你謹守武林規戒，善自藏鋒，不輕炫露罷了。

你這一來不要緊，幾乎令我自疑，真個看走了眼。振武，你縱然對我不肯實說，我卻能體會出你的心意來。這倒真是練武的保身免禍之道。不過，這也得看在什麼地方，對什麼人說。現在我們全說開了，我們究竟是一家人；我說你倒是跟哪位老師練過？練過多少年的功夫？尊師怎麼稱呼？提起來，或者我也許認識。」

袁振武愕然：「這話裡可有意思！」忙站起來，答道：「師叔，你老錯疑了。弟子實在沒有練過什麼功夫。弟子跟師叔說過，不過會幾手莊家把式；哪裡是善自藏鋒，實在是見不得人罷了。我知道，師叔一定是聽遲師兄說的；足見小侄年輕，不知藏拙，不自量力。前幾天，弟子竟跟大師兄試起招來。遲師兄處處讓著我，就那麼著，還險些摔個嘴啃地。這是師兄弟們親眼得見的事，真要是會武功，還至於在大家面前出醜嗎？」

劉四師傅微微一笑，道：「振武，你要總這麼心存顧忌，可就差了。我已經把話說在前頭，我絕不怪你瞞著我。你應當知道，我這個師叔是多半生在江湖上浪跡，還稍為明白一點世情，最能諒人，能容人的；我最深惡痛絕的是對人苛責。所以一知道你的情形，很想跟你一談肺腑，也好計劃計劃你的前途。你們哥幾個試拳，那手『如封似閉』，借力打力，完全是內家拳的手法，你一定練過內家功夫。你到現在還不肯明言，難道你看我這個師叔不足與言嗎？」

說到這裡，含笑看著袁振武。袁振武被這番話擠得面色一變，不知不覺的把話聲提高，連忙答辯道：「師叔，你老不要誤會！弟子我實因為自己武功粗淺，不敢拿那一知半解的莊家把式，班門弄斧，妄向一班師兄們討教；因為弟子是來學武的，不是逞能的……」

袁振武方說到這句，忽覺言重了，才待改口；劉四師傅把手一指，做出攔阻架式，也高聲說道：「振武，你聽我說。其實你身上有功夫沒有？是哪一門的功夫？你說不說，本沒有什麼關係。不過有一節，我這裡雖不是你久居之地，你總該明白，我跟你王老師乃是一派親傳。你既然帶藝投

師，要在我門戶中掏換點本領去；我若不知道你學過的功夫和功夫的深淺，請問我怎麼教你？你也是門裡人，教初學和教帶藝投師的，當然教法不一樣。我若教得深了，萬一你是初學，連初步根基還沒立住，那一來我可就落了包涵；不知道，一定說我故意拿功夫擠你。若是教的太淺了，你的功夫卻深；那一來又容易叫你師父疑心我是藏奸。所以從開教之前，我一定要問明白了你，就是這個原故。好在我絕沒拿你當外人看待；我就是不傳你一招，無非對不過魯老姑太，對我王師兄面前，我倒不怕他責難。前幾天，我也當面向我們王師兄說過；就是我這回問你，也是他的意思。他叫我問明白你，才好量材施教，替他先教教你。不久他來了，他自己恐怕也要先問明，然後才開教呢。」

袁振武聽了，方悔自己措詞失當，現在只可承認會武術練過功夫，但若說自己是山東太極丁的掌門弟子，這話也很難啟齒。倘若他盡情追問我為什麼改投門戶，我可說什麼？袁振武眼光一轉，打定了主意，做出言下大悟、開誠布公的樣子，向劉四師傅道：「不瞞師叔，弟子自幼便好武功，只恨機緣不巧，未得名師，空負好武之名，沒學會一點真實本領。後來立志訪求名師，藉求深造，這才在彰德府遇見王老師。弟子從前拜過的老師，弟子不是瞞著，實在是不好意思說出來。常言道：『一日為師，終身是父』。弟子哪敢便菲薄從前開蒙的老師呢！」

劉家祺道：「話不是這麼講，這話你得看是對誰說。」袁振武忙搶道：「那是自然。師叔既然問，我還能總瞞著嘛？弟子初入武門的這位師父，是我們同村李大戶家中特請的武教師，兼帶護院的。這位老師姓張，名叫張鴻泰，是直隸滄州人。據說他當初很在江湖道上闖過，可是張老師的武功並沒有什麼出奇的地方。他當初在江湖上創業爭名的事，只是他自己說的，誰也沒見過。弟子跟這位張老師練了二三年的光景，一無成就，這才決意另訪名師。隨後又在密雲縣地方，遇見一位以雙刀成名的武師項華堂項老師。此人在當地很負盛名，據說他的六合拳最為擅長；門下的徒弟也

不多，只有六七個人，可都是當地富戶子弟。這項老師能夠雙手使刀，雙手打鏢，人們全誇項老師很有功夫。不過跟他習武的，全是有錢的子弟，要是家境稍為含糊的，簡直不易進他的門戶。弟子投到他的門下，每年的束脩就是五十兩。弟子在他那裡耽誤了一年多，才覺出項老師武藝好，似乎有點嫌貧愛富，並且武斷鄉曲。」

　　說到這裡，他把劉四師傅看了一眼，跟著道：「他又似乎很重鄉誼，拿弟子總當外人。這話弟子可不該說，弟子空在那裡待了一年多，只學會了半趟六合拳。後來家母有病，弟子就辭師回家來。弟子空抱著習武的心，始終沒有得著機會，遇見良師，因此始終沒練出什麼功夫來。師叔說弟子會內家拳，連遲師兄也這麼問過我；弟子實在不會內家拳，弟子只會這種六合拳罷了，此外任什麼都不懂。這就是弟子習武以來師承經過；弟子在師叔面前怎能瞞著呢，不過太沒有說頭罷了。」

　　劉家祺聽了，微把頭點了點，向袁振武說道：「原來如此，你是只練過六合拳嗎？」沉吟一回，又道：「你的志氣很好；你的意思，必得遇上名師，學好了驚人的本領，能加人一等，到那時才肯拿出來。這足見你心胸很高，外面上又能謙退，這樣實在是很難得的。不過名師可遇不可求，像我也真夠不上名師，我恐怕也未必教得了你。看起來你跟大師兄這番遇合，實非偶然。若不是我師兄在彰德府攤上官司，你也遇不上他；你遇不上他，也就不能夠進入我們門戶了。現在好了，良緣巧遇，得逢名師；你只安心在我這裡稍待幾時，你師父就來找你，他一定能叫你得償夙志。盡你個人的天才，來探究本門的絕技，敢說不出數年，定有成就。我呢，既然受了魯老姑太和你師父的囑咐，我就不能不略盡寸心，給你指點指點門徑。不過這絕不能算師徒，只和同學一樣，彼此觀摩罷了。咱們明後天就在一塊，先試練試練看。可有一節，我這點武學，在本門中最為不濟。我有個練走了，說錯了，振武，你可別笑話我。

　　說真的，像你這種帶藝投師的，交情若是遠點，我還真不敢教。跟你

還有什麼說的呢，從哪一方面看，我也不敢那麼顧忌。像雲樹他們，雖說練了這麼些年，可是一點心得也沒有；自修還不行，哪能教人？這幸虧你是本門的人，要放在外人面前，不止於他栽了跟頭，連我全受了；振武，你說是不是？」

袁振武臉一紅，忙說道：「師叔千萬別信遲師兄的話。這話我可不應當說，遲師兄他們實把我形容的過火了。我這種本事，哪能跟師兄比？」

袁振武還想解說，劉四師傅微笑道，「算了吧，過去的事不必提了；索性明天你就跟著下場子吧。」袁振武答了聲：「是。」

劉家祺打了個呵欠，又道：「就是這樣吧。天不早了，你也該歇著了。咱們閒著再說話吧。」

袁振武站起行禮，退出屋來，回轉己室要歇，心中卻翻來覆去的犯想，思索劉四師傅話中的意味。但是鷹爪王不久就到藍灘來，自己總可以正經從師了；劉四師傅的話就是帶刺，也不用管他了。我這回跟鷹爪王精練技能，進窺堂奧；十年以後，再走著瞧！這麼想著，欣然就枕，不一時睡熟。

第二日天剛亮，趕緊梳洗完，來到場子裡；本門弟子已經早到了。袁振武見了遲雲樹，趕緊很客氣的打了招呼。遲雲樹藹然酬答，好似把上次的芥蒂全忘了。又沉了片刻，劉四師傅走進了把式場子。袁振武向前請問早安，劉四師傅領首答應著，繞著場子轉了一周，吩咐群徒開練。復又走過來，單向袁振武說道：「振武，你把你學的功夫練練，我也看一看。」袁振武不由遲疑道：「弟子練過幾天六合拳，弟子不必在師叔面前獻醜了吧？」劉四師傅「哦」了一聲，隨即微微一笑道：「好吧，不練就不練，可是你打算跟我先學些什麼呢？」這卻把袁振武問住，想了想，方才答道：「弟子久仰師叔這門的大拿法跟別派的手法不同，師叔可以教弟子幾手嗎？」原來他這話還是聽劉雲棟、劉雲梁說的。並且告訴他，若練大拿法，拳腳功夫必先有了根基，才能開練。劉四師傅尚沒答言，劉雲梁站在

一旁，就立刻插話道：「袁師兄，當真要練大拿法，你的拳腳還沒有……」這底下的話沒說出來，劉四師傅登時把眼一瞪，叱道：「練你的去，沒有你胡攪和的！」

劉雲梁被申斥得一咧嘴，趕緊走開，找劉雲棟對拳去了。

劉四師傅這才把面色一轉，又緩和下來，向袁振武道：「你想學三十六路擒拿嗎？這也很好，我也思索著你學著合適。這種功夫倒沒有什麼難練，只要手把有勁就成。這裡面有十八字的要訣，必須把這要訣心領神會了；並且最要緊的是對手拆招，應招試力。這十八字訣是：浮、沉、吞、吐、封、閉、擒、拿、抓、拉、撕、扯、括、挑、打、盤、撥、壓。還有十八格，也是很要緊的，摟、打、騰、崩、速、小、綿、軟、巧、踢、彈、掃、掛、閃、躍、鎖、耘、拿，這全是上手的功夫。我給你亮兩個式子看看。不過這種功夫不能單擺浮擱一個人練；一亮式子，就得兩個人對手對拆，才容易學，容易記。」

劉四師傅講到這裡，向空場子一指，道：「振武，你來，咱倆先拆兩招。你不是練過六合拳嗎？你就拿六合拳的式子來打，我就運用擒拿法，見招拆招，破給你看。」說著，信手亮了一個封招閉門的架子，靜等袁振武發招。

袁振武非常高興，忙往前一進步；忽然想起一事，忙又縮步，說道：「師叔，我焉能那麼放肆？並且我拳招上也太不行，哪能在您面前遞手？」劉四師傅把臉放下來，把手也放下來，正色說道：「振武，你，你怎麼這麼外行？」說到「外行」二字，聲音特別加重，跟著道：「你要學擒拿法，你不動手，我可怎麼教你呢？我教你比劃比劃，為的是試這擒拿法拆招的訣要。你會什麼，你就使喚什麼。你就是一招不懂，你還不會瞎打嗎？」

袁振武一想，這話可也是的；擒拿法不擒不拿，可怎麼教，怎麼學呢？遂不再俄延，立即往前進步，說道：「師叔，弟子失禮了！」右臂往前

一探，「劈面掌」倏的發出來。

　　袁振武這招是平常的手法，不過掌勢很疾，猝然擊到。劉四師傅倒也沒敢輕視袁振武，立即運用虛實莫測的手法，左掌突然往下一沉，用「裡剪腕」，噗的把袁振武的腕子刁住；右掌卻用「單推手」，從左臂下往外一穿，正奔袁振武的左肋。

　　袁振武若不捨招，整個的身子便會被劉四師傅制住。急往右一上步，右掌猛然反往劉四師傅左腕子上一搭，唰的買實了；一斜身，右肘猛撞劉四師傅的乳盤。劉四師傅驀地一驚，想不到袁振武竟有這種身手；倏然右臂翻回，用了招「牽緣手」，右掌掌緣往袁振武的右臂三里穴一戳；勢猛力重，不過一劃，逕自把袁振武一條右臂盪開。左臂「順手牽羊」，往後一帶，左腿往下猛然一攔，袁振武立刻順勢栽了出去。劉四師傅仍然故賣一手，霍地轉身，右掌往外一探，用「仙人指路」，伸拇指、食指、中指，輕輕把袁振武背後的衣服捏住。喝道：「站住吧！不算不算，咱們重練重練。」

　　袁振武挺身站住，心中卻也吃了一驚。這一回裝傻，竟上當了，劉四師傅掌法竟這麼緊，忙向劉四師傅說道：「師叔掌法迅猛，實在叫弟子佩服得五體投地。弟子若能常得師叔指教，弟子再不存一毫奢望了。」

　　劉四師傅這時面色非常鄭重，向袁振武看了看，微把頭點了點，遂說道：「你只要肯用功，絕錯不了。你這時應該知道我說的話不假吧，這擒拿法必須對手習練，才容易有進步。你還真有兩手；居然一上手，能夠跟我拆下三招來。這正見你當年沒白練；據我看，你很有心得了。」

　　袁振武謙然答道：「弟子這麼笨手笨腳，師叔亦看不出來麼？我的本事全擺在這裡了，往後只求師叔多多教導。」

　　但是藏拙不易，欲蓋彌彰，劉四師傅早看出袁振武在武術上用過功夫。趕到一發招，袁振武竟忘其所以，只顧了封招破式，卻忘了話應前言。劉四師傅不但看出他發招亮式，受過真傳，並且在兩下里一搭上手

時，暗中竟試出袁振武的膂力頗強。當下也不說破，只虛與周旋，心裡十分不快。

兩個人接著仍往下試招，又連拆了二十幾手。劉四師傅依然捺著火性，把擒拿法的訣要，指示了幾處，那劉雲棟、劉雲梁、遲雲樹，全躲在一旁，一面自己練功夫，一面很注意的偷看袁振武遞手的情形，也都覺出袁振武絕非初學。這一來，師兄弟們跟袁振武無形中又多了一層猜忌；連愣頭愣腦的劉雲梁也覺著袁振武有些詭祕，鬧得貌合神離，一點親密的意思全沒有了。

劉四師傅本說這次回來，先不走了，哪知只在家待了三四天，又照舊出門。忽出忽入，彷彿很匆忙，下場子教功夫的時候越發少了。袁振武倒很知足，認為劉四師傅實有一身驚人藝業，自己不論學點什麼，全能爭勝武林。

一晃便是半月的光景。這天劉四師傅沒下場子；到了定更後，又打發人來招呼袁振武。袁振武正在場子裡，自己貼著牆根，練習擒拿法；聽見師叔呼叫，忙跟著來到客屋。劉四師傅正在燈下看書。見袁振武進來，遂指著側首椅子，叫袁振武坐下，說道：「振武，我告訴你一件喜歡事，你王老師眼下就要到藍灘來了。」袁振武一聽，喜上眉梢，忙問師叔：「你老可是接著王老師的信了嗎？」劉家祺點點頭道：「不錯，我這是才得著信。」袁振武道：「是託人帶來的嗎？」劉四師傅道：「我還不知是哪位同門到了，我連送信人的影子都沒看見呢。」

正在講論著，突然外面檐頭唰的一響。劉四師傅驀地吃驚，噗的把案頭燈吹滅。一縱步，到了屋門口。隔門外望，從檐頭輕飄飄落下一個黑影，墜地無聲，渾如鬼魅。袁振武一個箭步，也跟到門首，從劉四師傅的背後，往外張望。那團黑影已挺然站起，是個夜行人，身形非常矮小，像個小孩。劉四師傅厲聲喝呵：「什麼人？快報萬兒，我可要動手了！」來人忽然一聲輕笑，尖銳的嗓音叫道：「劉老師，請你高抬貴手，我這把子瘦

骨頭，可是當不住。」

劉四師傅聽了，呵呵一笑，道：「計五弟，你怎麼還是這股子勁？我要給你一暗青子，管你又得叫喚三天。請進來吧！」

外面這人依然帶著嬉笑的口吻說道：「你不把亮子挑起來，我有點不放心。」劉四師傅冷笑道：「劉四爺犯不上暗算你，給我走進來吧。」一邊說著，忙摸著火種，把燈點亮。袁振武忙問：「師叔，這是哪位老師？」

劉家祺道：「是我的一個同門。」

燈光復明，簾子一起，來人闖然走進來。袁振武凝眸一看，不由一愣。這人好怪的相貌，瘦小身材，高不過四尺三四；瘦削面龐，兩隻圓圓的黑眼睛，尖鼻子，尖下頦，居然像猴子似的；穿一身青色短裝，身上斜背著一個黃包袱。進得屋來，兩隻黑眼珠被燈光一照，骨碌碌的來回亂轉，好像夜行過久，有點羞明。只見他揉著眼，向劉四師傅齜牙道：「劉老師，你別怪我心眼子臟，實在好心眼的人太少，我怕你暗算我。」

且說且轉，忽一眼瞥見了袁振武，頓時眼望著劉四師傅，問道：「劉老師，這裡有外人，你怎麼一聲也不哼，你成心裝糊塗嗎？」

劉四師傅道：「這怨你管前不顧後，剛進門就信口開河，你怎麼就知道我這裡沒有外人？往後你要少這麼張狂吧！一個人生了一張嘴，也可以仔細一點用。」劉四師傅說到這裡，向袁振武一點手道：「振武，這是魯老姑太的娘家胞弟，名叫計林風，排行在五，在江湖上人稱夜貓眼計五。」

袁振武立刻上前行禮，夜貓眼計五把手一擺，道：「免！」

瞪眼看著劉四師傅，道：「你們兩人黑更半夜，在這屋裡嘀嘀咕咕，有什麼姦情盜案，從實招來！」袁振武一聽不像人話；只是他既是魯老姑太的胞弟，更不敢怠慢，便肅立在一邊，取過茶杯，要給他倒茶。劉四師傅皺眉一笑道：「不要胡說！」面向袁振武道：「你別看他是個長輩，嘴裡不說人話，你別答理他。」

這個夜貓眼計五就一屁股坐在床上，一仰身躺在枕上，向劉四師傅點

手，叫道：「老四，滾過來，陪我躺躺。」劉四師傅呸的啐了一口，道：「狗嘴吐不出象牙！」袁振武聽他兩人鬥口，一旁侍立，不便多言。那計五向劉四師傅道：「老四，別跟我沒規沒矩的。說真的，字帖你看見了，虎頭萬兒已往鄂北訪那金刀陸四去了；大約從鄂北回來，只要不出別的事，就往你這裡來。我這是前站，你別糊塗著心，計五爺不是專為給你送信來的，你猜是為誰來的？」

劉四師傅笑說道：「我知道你肚子裡全裝的什麼？我沒有那麼大本事猜。」夜貓眼計五道：「我說出來，你可別駭怕。我奉本派掌門領袖的勒令，到藍灘來，祕查一個不守門規、重財輕藝，不顧義氣的不肖門人。叫我調查實了，就地清理門戶，把那東西料理了。」

劉四師傅不禁愕然，向計五問道：「這犯規的是誰呢？怎麼我就不知道藍灘一帶還有本門的人，這可是怪事。你告訴我，是哪門裡出了這麼個不爭氣的門下，我也可以幫著你查查。」計五道：「不用勞你劉四爺的大駕，我已經查完了。」劉四師傅越發詫然，問道：「這人究竟是誰？計五爺你別悶人，你說到底是哪一門的門人？犯的究竟是什麼條款？」計五噗哧一笑道：「這個人姓劉，還是輩分不低。」劉四師傅道：「唔，姓劉？」猛然悟會過來，掄手掌，啪的一下，照計五打去，罵道：「好東西，你當面罵我，你倒得說說我怎麼重財輕藝，怎麼不顧義氣？說不出理來，我掐死你！」說著就要動手。計五忽的從床上竄起來，躲到床裡頭說道：「你學成驚人功夫，收徒弟賺錢，是不是重財輕藝？我跟你有同門之誼，千里迢迢，奔來送信，你知道我計五爺好喝兩杯，你連一杯水酒全捨不得給我喝，你是不是不顧義氣？劉老四，你拍著良心想一想，你豈但犯門規，你簡直該天打雷劈！」說著把眼一瞪，道：「你認罪吧！」

劉四師傅被他一片話慪得惱不得，笑不得，指著計五說道：「計五，你是越鬧越得意，你把我床上的毯子都踩髒了。我也不跟你分辯，我就是不款待你；你要想喝酒，劉四爺這裡沒開酒館。」

兩個人曉曉鬥口，嘲戲了一陣，這才重新坐下敘話。劉四師傅剛要向計五詢問要事，因見袁振武侍立在門隅，就又住口，想把振武先支使出去，道：「振武，你受點累，把雲棟、雲梁叫來……」轉臉對計五道：「便宜便宜你，我還有半瓶子燒酒，賞你喝了吧……振武，你順便告訴他們，做點酒菜。」

　　振武應諾了一聲，才待轉身，夜貓眼計五忽然攔住，道：

　　「別走，回來，我問問你！」對劉家祺說道：「小劉！……」劉四師傅道：「胡說！」計五哈哈一笑道：「小劉，我罵你重財輕藝，你還不服氣。你把本門技藝隨便發賣，腆著臉誤人子弟，你簡直是死財迷。不用說，這一個又是你新收的徒弟。喂，小夥子，你是劉四的第幾個徒弟？我說，劉四，到如今你到底一共收了多少徒弟了，夠一百個了吧？……小夥子，你一年給你師父多少錢？」

　　袁振武已經把門扇推開，被計五一呼，忙又轉身。但是計五、劉四兩個人不住的調舌，自己是晚輩，又是新進，實在不便插言。見計五不住的問，就垂手恭答道：「弟子袁振武，入門不久。四師傅是我的師叔，弟子是鷹爪王老師新收的弟子，入門還不到半年。」

　　計五正又仰臥在床上，一聽這話，忽的坐了起來，道：

　　「哦，你就是袁振武嗎？」說罷，上眼下眼，把袁振武打量了一遍；回頭來，就看劉家祺。劉家祺道：「你們早先認識嗎？」夜貓眼計五把頭連搖，道：「我怎會認識他，我可知道他。告訴你吧，你當我閒來沒事，大遠的跑來陪你說笑話的嗎？我就是專為他來的。我是鷹爪王王老大的前站……小夥子，你不是在彰德府遇見了鷹爪王，他把你打發到漢陽，由我們大姐姐魯老姑太寫信薦你來的嗎？」

　　袁振武心中歡喜，忙應道：「正是。師叔，你老人家一定見著我義母魯老姑太的了。」

　　計五未及答言，劉四師傅不覺一愣，道：「什麼，義母？你是魯老姑

太的義子嗎？多咱認的？」袁振武道：「就是在漢陽認的。義母臨打發我來時，承她老人家不棄，把我認為義子。」

劉家祺道：「哦，原來還有這麼一檔子事。」

夜貓眼計五站起來，走到袁振武面前，拉手拍肩，把他看了又看，道：「好！小夥子，你這身子骨就不含糊。劉四，我們大姐專好認乾兒子，這不算稀奇，就跟你專好收徒弟一樣。人家認義子，可不圖什麼；你這傢伙收徒弟，可是找人家要錢。劉四，我這趟來，便是奉你師哥之命，又受了我們大姐姐的託付，專來問詢他的。看他到了沒有，找著你沒有。並叫我審審你，待承人家孩子好不好，把你那些玩藝教給人家沒有？劉四，咱們倆來談談吧。」

他信手把枕頭一拍，催劉四師傅也陪他躺下，卻又向袁振武擺手，道：「小夥子，我聽說你很有熱心腸，這很好，千萬別跟劉四學。劉四這小子又奸又滑，頂不是東西哩。」把劉四師傅羅咤得真有點怒了，便要向他發作。計五卻詭，看見劉四放下臉來，立刻又作揖道：「四哥，四哥，我說笑話，你別惱……小夥子，我真犯了饞蟲了，你快把兩個小劉傻子叫出來，給我預備酒。劉四，劉四哥，我可不淨喝酒，我真還沒吃飯呢。你再給我預備點吃的，回頭我吃飽喝足，再把你們大師哥鷹爪王這一回惹的事情都告訴你。」

劉四師傅本是淡泊嚴肅的人，禁不得計五嘻皮笑臉一陣胡鬧，也沒有法子了，扭頭向袁振武道：「振武，你快招呼雲棟、雲梁，教他們給你計師叔預備酒飯宵夜。」

袁振武答了聲：「是。」轉身出了客屋，來到西跨院，把雲棟、雲梁招呼起來，告訴他們哥倆：「有位計師叔到了，四師傅叫師兄快給預備酒飯。」劉雲棟、劉雲梁一聽，互相顧盼道：「夜貓子又到了，你瞧吧，他的事可多了。」

劉雲棟一面向廚房走，一面對劉雲梁道：「老二，快著點，別找著挨

罵，趕緊把嘴頭子給他抹抹。一個打點不好，連父親全跟著遭殃了。」劉雲梁答應著往外走，口中抱怨道：「好久沒來，這不知又冒什麼熱氣，半夜三更的來了。母親也早睡了，還得起來伺候他。」劉雲棟道：「好在吃食東西全在廚房呢。招呼母親起來，有什麼用。別看他鬧的凶，三杯入肚，立刻就不炸了。走，咱們上廚房搜尋去。這可是半夜下飯館，有什麼，算什麼就是了。」扭頭向袁振武道：「袁師兄，你先去告訴一聲，就提給他燙酒啦。」袁振武道：「師兄，不用回話，我也在這裡幫幫忙，酒有現成的嗎？」劉雲棟道：「有。」

袁振武隨著劉氏弟兄來到廚房。幸而劉四師傅也好喝酒，平常總要存個三瓶、四瓶的；雲棟、雲梁在廚房裡一路搜尋，居然七拼八湊，湊了四個冷菜，和一盤子米糕，一壺陳紹。

在收拾的工夫，袁振武乘間問起這位計師叔的來歷。劉雲棟說道：「袁師兄，你別小瞧他。咱們這門裡，就屬魯老姑太武功高。旁人不過獲得本門三兩種絕技，已足誇耀武林；唯有魯老姑太獨得本門全部心法，凡是本門絕技，沒有她拿不起的。這位計師叔是魯老姑太的娘家親弟弟，一身本領由老姑太親手教成。別的本領還不怎樣，唯有輕功提縱術，獨擅勝場，縱橫南北，沒遇過敵手。就是性好詼諧，嘴裡總是那麼不乾不淨的。本門中長一輩、晚一輩的全要懼怕他三分。」劉雲梁插言道：「什麼懼怕他三分，簡直討厭他七分罷了。」劉雲棟笑道：「那也不假。尤其是江湖道上，水旱兩路找橫鏈的，只要聽見夜貓眼計五的名字，全有點腦袋疼；他專愛管別人的閒帳，天生是搗蛋鬼，只有王師伯還管得住他。袁師兄，我們有這麼位師叔，將來踏入江湖，總可以少吃好些虧。就有一節，真難伺候。」

袁振武聽了，不禁有些懷疑，向劉雲棟道：「師兄，計師叔既跟魯老姑太是親姐弟，怎麼相貌很差，年歲也很懸殊呢？」

劉雲棟道：「他是魯老姑太繼母的老生子，怎會不差著呢！」說話時，

一切全收拾齊整；這劉氏弟兄和袁振武三個人分端著酒餚，往客屋送去。劉雲梁道：「袁師兄，你看計師叔有多大年歲？」袁振武道：「我看著他至多有三十五六歲。」劉雲梁噗嗤一笑道：「人家四十二啦！身量矮小，舉動詼諧，怎麼不顯著年歲小呢！」

師兄弟三人一同進屋。二劉先把酒菜杯箸放在桌上，齊向前給計師叔行禮。計五坐在床邊，看著兩人下拜，連謙讓也不謙讓。劉雲棟道：「師叔，你老好！你老這一晃，六年多，沒到我們這裡來了。」計五只說了聲：「好小子，全長這麼高了。練什麼功夫呢？」

劉雲棟、劉雲梁拜罷站起來，由劉雲棟賠著笑臉，答道：

「小侄太廢物，空練了這麼些年，沒有一點成就。本門中還屬我們大師兄遲雲樹，已經練得有了根基，師叔多指教我們吧。」

夜貓眼計五從鼻孔哼了一聲，道：「好小子，在我面前，還弄這些花活！你當我不知道呢，是親三分向，你老子有高招不教你們教誰？反正這門裡，總得出兩個拔尖子的，大約徒弟總沒有兒子親吧？」

劉四師傅聽著，把計五的腕子抓住，道：「計五，你誣衊良善，該當何罪？我劉家祺歷來就不懂什麼教藏奸。我這門裡的徒弟，就沒有出過半句怨言的；我偏向自己兒子，怎麼你知道這麼清楚？你又不是我的徒弟媳婦，紅口白牙，別隨便亂噴吧。」扭頭來招呼道：「雲棟，你們別聽他胡嚼，趕緊給他灌酒蟲吧。再耗著，他更要胡數落了！」

計五哈哈一陣大笑；劉雲棟、劉雲梁趕忙把桌椅調好，把酒菜全擺上，斟上兩杯酒，請計五入座。劉四師傅饒這麼被他囉嗦著，還得陪著他。

這計五果然貪杯好飲，連盡了五大杯，方有酣容，抬頭看了看二劉，又瞥了袁振武一眼，見袁振武在外間伺候，忽然向劉四師傅低聲問道：「劉老四，我跟你說點正經事，這個姓袁的實在怎麼樣？老姑太叫我背地問問你，看他夠料，就傳給他本門的武功；若是沒有恆心毅力，就別兩耽誤。

他已經二十六七，奔三十歲的人了，筋骨已老，練本門中的武功，有許多不相宜的地方。老姑太的意思，他在我們人身上盡過心，出過力，不能辜負了他；給他幾百銀子，打發他另投別的門戶，也是一個辦法。劉老四你別昧著良心說話，咱們可不能屈枉人家，到底他行不行呢？」

劉家祺面容一動，藉故先把振武遣出去，這才低聲答道：

「你總先藏著髒心爛肺！這小夥子我也十分愛惜他，很想把我們這點武功全教給他，無奈人家別有用心，從來到我這裡，就沒說過一句真心實話。明明看他從前練過武，他偏偏告訴我一竅不通。我們師徒全是傻瓜，我和我頂門戶的大徒弟遲雲樹，全險些栽在他手裡。衝著他這麼世故，真叫我搖頭。我就是真想教他兩手，你想我怎麼下手開教？練咱們這門功夫，不是拳腳上築好根基，哪能探討？我是一片熱誠，屢次拿話引逗，盼望他把從前的師承告訴我，我好斟酌他的情形教他。哪知小夥子竟這麼老辣，一點口風探不出來；我只想等著王師兄來了，我交代給他，沒有我的事了。王師兄教他不教，我絕不置一詞；反正我是教不了他。這個人太精明，太世故了。」遂將前情，細說了一遍。

夜貓眼計五聽了，並不答話，只翻著兩隻黑眼珠，看著劉家祺。劉家祺被他看得倒疑惑起來，不知他是什麼意思。遂用筷子，往計五臉上一劃道：「嘿，看什麼？快灌吧，這半瓶子全是你的；喝完了，可別撒酒瘋。」

計五只把頭微點了點，冷笑著說道：「你說的話，我看未必靠的住吧。相好的，盡憑你一面之辭不算數，我得對一對。」

劉四師傅方要辯別，計五道：「少說廢話。」隨向站在門旁伺候的劉雲梁一點手，道：「小子，把那個姓袁的叫來。」

劉雲梁依言把袁振武找來，計五向袁振武點手道：「小夥子，過來，咱爺兒兩個談談。」袁振武忙來到計五身旁，恭恭敬敬的說道：「計師叔，你老有什麼事吩咐？」

夜貓眼計五道：「你是在彰德拜的王老師吧？」袁振武道：「是的。」

計五道：「你離開繫馬口時，我差一天沒趕上你。我聽老姑太說，你很是條漢子，跟我們這種人還對脾氣。小夥子的熱心腸竟能把老姑太感動了，實在不容易。可是你當日往藍灘來時，老姑太是怎麼跟你說的？」袁振武道：「小侄那時本願追隨義母師母的左右，前往彰德，營救王老師，以表我做徒弟的一點微忱。只是當時二位老人家，全不容我跟去，只催我往藍灘來。小侄來到這裡，深蒙四師叔收留款待。義母本想叫我跟四師叔練練本門的功夫，只是小侄來的日子太淺，四師叔他太忙。從前幾天起，承四師叔教了我幾手擒拿法，弟子是這麼不長進，還不能十分領悟……」

夜貓眼計五道：「哦！你是願意練，你來的日子不多，你這位劉四叔事情忙，沒有工夫教你，是不是？」袁振武道：「這個……不過四師叔的事情實在太忙，最近才出門回來。小侄很盼望師叔們指教指教。」

夜貓眼計五斜著眼睛，瞟著劉家祺，冷冷的說道：「劉老四，你一共教了人家孩子幾手功夫，你簡直有點蒙差事吧！咱們誰也別說外行話；他說實話不說實話，是他自己不誠實，咱們應當各盡其心。你這麼對待人家孩子，你怎麼對得起老姑太？」

劉家祺聽出計五的話風，又要跟他搗亂，忙道：「我倒想多教他幾手，你問問他來了多少天？我出去多少天？我多教，他能多學嗎？計五爺要挑眼，得挑出道理來。我有什麼對不起人的地方？」

兩個人曉曉不休，突聽得院中錚的響了一聲，好似一枚青錢落地。劉四、計五霍地推杯站起來，齊往外走。計五回頭道：「小夥子，好了，用不著低三下四，央求別人了。你師傅來了，還不快迎接出去？」袁振武應了一聲，也跟蹤一躥，來到門首。

第十七章　鷹爪王薦賢自代

乍從屋裡出來，院中情形看不甚清；對面房脊上，竄下來一條人影，輕如飛絮，落在院中。劉四、計五全躥出屋外，迎接過去。袁振武攏住眼神，凝眸一看：肩闊腰圓，身長顧巨，巍然站立在院隅，正是那戕官越獄的鷹爪王王奎。劉四師傅向前招呼道：「師哥，你來的真快！」說著單腿請安。夜貓眼計五也迎上來，說道：「大哥，你的腳程比我還快！我緊跑慢跑，差點走在你後頭。」鷹爪王向劉四、計五略打了一個招呼，只說了幾句話。

袁振武也緊走幾步，近前施禮道：「師父，恭喜你老平安出來了。弟子想念你老，一日未嘗去懷。不知師父是哪天出來的，見著師母沒有？」鷹爪王一語不發，只微微點了點頭。劉四師傅忙往上房相讓。鷹爪王抬頭看了看，竟邁步登階，往客廳走來，眾人跟隨在後。

客廳中明燈輝煌，鷹爪王進入屋中，閃目環視眾人，眾人一一上前見禮。袁振武借燈亮一看，只見鷹爪王面目憔悴，顴高眉聳，繞頰的濃髯剃了個乾乾淨淨，越顯得面黑頦青，氣象醜怪。只有目光如炬，威棱懾人，與在獄中不大相同了。隨即坐在迎面椅子上，劉雲棟、劉雲梁給師伯叩頭，獻上茶來。

袁振武重新拜見，道：「師傅，弟子奉命到繫馬口，本意傳信之後，趕回彰德，為師傅的事，稍盡綿薄。只是師母和魯老姑太再三催促，堅命弟子到四師叔府上附學。長者之命，弟子當日又不敢固辭，這是弟子最覺愧對的地方。今幸師傅不棄，遠道眷顧，不知老師今後的行蹤要往哪裡去。弟子雖然愚懦，一到師門，誓隨几杖；就是赴湯蹈火，也不敢落後。老師把弟子帶了去吧；天涯地角，不拘往哪裡，老師只要肯去，弟子就敢跟著。」

說到這裡，劉四師傅兩眼看著他的嘴。夜貓眼計五「嗷」的一聲，跳了起來，把大指一挑，道：「好徒弟，真夠味！大哥，你算摸著了，這孩子比愣頭羊強的太多了。你聽他這意思，又聰明，又大膽。劉四，你瞎眼了！」

說得鷹爪王欣然大悅，便要綽髯一笑，可是一捫下頦，只剩光嘴巴了，就摸著下頦，含笑向袁振武道：「振武，你我相逢日淺，可是情深誼重，絕非一般武林中的師徒可比。你的熱腸俠骨，叫我不能把你忘下。我是不輕然諾的，當日我既然答應了你，我斷不會把你扔在一邊不管，我一定成全你的志向。

你來到這裡，大概你四師叔這門的武功全見過了，你自己覺著哪種相宜呢？」袁振武側睨了劉四師傅一眼，又抬頭向鷹爪王臉上一望，只見他雙眸炯炯，正注視自己；袁振武趕緊低頭答道：「弟子來到藍灘，深蒙劉師叔推情優遇，只可惜來日過淺，劉師叔正在事忙，尚未得多承教益。師傅這一來好了，這總可以使弟子長侍左右，得償夙願；弟子稍有寸進，絕不忘師父成全之德。」

鷹爪王聽了，抬頭看了看袁振武，又看了看劉四師傅，道：「你一點什麼的也沒有學嗎？」劉四師傅臉一紅，夜貓眼計五含著微笑，衝他點了點頭。

劉四師傅立刻湧起怒顏，瞪眼看著夜貓眼計五。夜貓眼計五把嘴動了動，向劉四師傅齜牙一笑，竟沒開口。劉四師傅急聲厲色的向計五道：「你不用跟我做這樣面孔，我沒有對不起誰，我沒有情屈理短的事。」

夜貓眼計五笑道：「劉老四，你是賊人膽虛。你對得起人對不起人，與我什麼相干！別跟我瞪眼啊！」

鷹爪王向計五道：「老五你總是這一套，不管當著誰，說來就來。四弟，別理他，你越理他，他越鬧得凶。」又道：「我半夜奔波，非常勞累，四弟，可將杯中酒，拿來給我潤潤喉嚨。」說著不容劉四師傅回答，轉向

袁振武道：「振武，你先下去歇息去。我有許多話要向你說，不是一言能盡的，回頭我再教你。」袁振武忙答道：「老師在此，弟子應該伺候。」鷹爪王搖頭道：「不用，你先下去！我還有別的事，和二位師叔商量。」袁振武只得答了聲：「是。」轉身退出客廳，回到自己屋中，坐在燈下等候。這裡離客屋只隔一道角門，夜闌人靜，雲棟、雲梁出來進去的伺候，門開處客屋說話的聲音直透出來，可是語音模糊，只聽見夜貓眼計五尖著嗓子嚷，跟劉四師傅一陣陣的爭辯，鷹爪王的聲音倒細不可辨。

袁振武直坐到四更後，聽不見前面說話的聲音了，心中又疑慮起來；生怕劉四師傅還有後言，鷹爪王萬一丟下自己走了，自己豈不是空費心血了？因想：看剛才的情形，這位計師叔分明有袒護我的意思，只是我這一不在屋中，劉師叔就許在師傅前給我說壞話；先入為主，王老師果信讒言，我的前途越發黯淡了。

袁振武正在怵惕不安，劉雲棟進來招呼道：「袁師兄，王師伯叫你了。」袁振武忙隨著來到客屋，見劉四師傅已不在屋，隻鷹爪王跟計五正在說話，桌上肴骸狼藉。袁振武招呼了聲師傅，又招呼了聲師叔，向桌上取過酒壺，想給師傅、師叔敬酒。鷹爪王擺手道：「不喝了，你坐下，我有話問你。」計五乜斜著醉眼，向鷹爪王說道：「你們爺兒兩個談著，我實在乏了。」一邊說著，一歪身躺在床上，逕自睡去。

袁振武在一旁凳子上坐下，劉雲棟給師伯倒了一盞茶，打著呵欠，退了出去。只留下鷹爪王和袁振武師徒相對，半晌無言。袁振武忍不住問道：「師父，你老出來多少日子？這一向在哪裡安了身？」

鷹爪王唉了一聲道：「我闖蕩了二三十年，想不到竟弄了這麼一場事，竟混成黑人了。我自己無能，又累贅了妻孥親友。從你離彰德府算起，差不多前後二十七八天，才得出來。從入獄算起，足夠兩個月，唵，至少也有五十多天。我這些日來……」說到這裡，頓了頓道：「脫不過在朋友處攪擾罷了。」

　　袁振武問道：「師傅，我那幾位師兄也全平安離開彰德了吧？」鷹爪王點點頭道：「那當然，若不為他們，還不致那麼費手腳哩。」袁振武道：「師母和義母魯老姑太全回去了嗎？」鷹爪王笑道：「老姑太嗎？到你計師叔家去了，你師母現在跟我一樣，到處打游飛哩。振武，你要知道，只為被我一人牽累，連她們全不得安生。在最近一年半載內，她們的行蹤，你就不必問了。可是，你來到你劉四師叔這裡，怎麼不把你結識我的實情，和你原有的本領告訴你四師叔？我方才很怪他不該外待你，聽說他並沒有把本派技藝的門徑告訴你；我說了他幾句，他才把你到這裡的情形告訴我……」

　　袁振武臉一紅，搶著問道：「師傅，劉師叔說我什麼了？」

　　鷹爪王道：「振武，你不用多疑，你四師叔是作長輩的，焉能暗地褒貶你。只錯在你沒把你的師承實況告訴他，反叫他從旁知道了你的武功深淺，你叫他怎不灰心？振武，你太世故了！」

　　袁振武忙辯道：「弟子初到這裡，未容細說我的情形，師叔就出門了。」鷹爪王道：「那麼他回來以後呢？」袁振武道：「師叔回來，我……咳，這裡面一言難盡。」往窗外一看，低聲道：「你老要知道，弟子本來是外人！這裡還有四師傅的幾位徒弟，他們……」說著又不言語了。

　　鷹爪王微笑道：「過去的事不必說了，你只說你此後志向吧。」袁振武道：「弟子志求絕藝，唯有求師父成全弟子，把師父的絕技酌傳一二，弟子沒世亦感師恩。」鷹爪王擺手道：「振武，往後少說這種浮泛的客氣話。你我不是平常的師徒遇合，你志求絕技，我更願意把我身上這點玩藝傳給你。不過我現在有難言之窘，這豫、皖、湘、鄂一帶，不容我有立足之地了。你是好人家子弟，跟在我身旁，我覺著對不住你，而且也彼此俱有不便。你把你的出身以及武功造詣，的的確確的告訴我，也好叫我盤算盤算。你原學的是哪一門的拳術？你師父是哪一位呢？」

　　袁振武隨答道：「弟子不敢瞞哄師父，弟子學的是太極拳，不過也就

是初窺門徑。至於教我的師父，在武林中沒有什麼名頭。並且當初教我練武時，說在頭裡，不準我往外宣揚師承，弟子是為這個不便深談。」

鷹爪王唔了一聲，低頭一想，隨向袁振武說道：「你練的既是太極門，太極拳在南、北派武林中，是僅有的宗派，哪會師承不明？你是直隸樂亭人，你許是在大名府左氏雙俠的門下吧？」袁振武吃了一驚，登時紅了臉，忙道：「不是不是，弟子不知道有這麼兩位老前輩。」鷹爪王道：「你是跟那河南太極陳門下練的呢，還是跟那山東綢緞丁門下練的呢？你或者不明白，這太極門目下本沒有多少宗派，講究起來，屈指可數。振武你這麼不肯明言，恐怕必有不可告人的隱情，你只管對我實說一切。你要知道，你是誰？我是誰？我在危難中，承你幫過我的大忙，你我明為師徒之分，實是患難之交。你就算是在太極門，有了犯規叛師的大過，做下殺仇避禍的大案；振武，你看看我的臉，我難道還有什麼不能擔待你的地方嗎？」說時，四目對視，滿臉現出誠懇之色。

袁振武是個果斷的少年，聽了這些刻骨銘心的話，不勝感動。略為一尋思，毅然站起來，走到鷹爪王面前，慨然說道：「師父你老這麼剖心露膽，真叫弟子感愧無地。請恕弟子不得已之情，弟子實是山東文登縣綢緞丁的弟子。弟子也沒犯規，也沒有犯法；只為師門授受不依倫次，立幼廢長，無罪被貶，弟子才忍了一口氣，退出師門。遊遍江湖，別求絕藝。無非是心之所好，立意求精，自己給自己爭氣罷了。弟子實實沒有仇人，弟子不提是綢緞丁的弟子，也不過怕武林同道笑話罷了。」

鷹爪王問起袁振武師門廢立的詳情，袁振武遂把當年師門越次傳宗，自己居長被貶的事，說了一遍。鷹爪王聽了，不禁點頭嘆息道：「你原來是以拳、劍、鏢三絕藝馳名江湖的綢緞丁的高足，是因居長被廢，中途退學的……若按咱們武林中的規矩來說，既有這等事，我就不便再收你。不過你我的情形不同，莫說你還是發奮爭名，你就是再不濟的，我也要成全你到底。按你的情形，你一定是願學鷹爪功打穴，和接暗器的絕技。但

是，鷹爪功乃是童子功，得用後天功力，培養先天真元之氣，才能練這手功夫，你大概已經成了家了吧？」

袁振武臉一紅，道：「弟子現在沒有妻室。」鷹爪王微微一笑道：「再說也非一年半載，所能練得出來的。依我想，你只可在打穴和接暗器上深求了。這兩種功夫，只要你肯下苦功夫，更兼你已得太極門的初步功夫，練起來必然事半功倍。我想把你轉薦到山東曹州府佟家壩佟煥倫那裡去，他門中的打穴法是另有過人之處的……」忽又搖頭道：「不行，不行！這佟煥倫和你的舊業師綢緞丁乃是同鄉，恐怕他關礙著情面，不肯收留你。」說到這裡，低頭不語，半晌才道：「有了，我把你薦到直隸省武強周家吧！一來他是你的同鄉；二來跟我交情還厚。你看如何？」

袁振武心中不悅，只得說道：「你老說的這周家，可是天罡手周遠帆嗎？」鷹爪王道：「正是，這天罡手周遠帆以善打三十六大穴，跟善接暗器成名。江湖上以為三十六穴正合天罡之數，所以送他這個綽號。你跟他學得打穴、接暗器的絕技，足可以縱橫江湖了。過個三兩年，我的風聲稍息，咱們再行聚首，我定把本門三十六路擒拿法的獨得之祕，和暗器聽風術、青竹椿，悉數傳給你。你有這一身武功，足可以爭名吐氣了。」

袁振武聽了，未免氣沮，向鷹爪王說道：「弟子過去因為志求絕學，遍訪名師，到處遭人白眼，空在江湖奔走了數省，飽受風霜跋涉之苦，毫無所獲，已經十分灰心。這次得承老師收入門牆，自分可以稍償夙願，不料事與願違，依然不能追隨老師左右，我想師父不用再費事轉薦弟子到別處了。弟子緣慳命薄，也許與武術無緣，弟子想就此先歸故鄉。何時老師有暇指教，弟子再來投托吧。」

鷹爪王不由微微一笑道：「振武，你怎麼這麼不經挫折？你要知道，我此番冒著多大風險，潛到藍灘來；全為你當日對我難中援手一片真誠；我絕不是再把你置之不顧。我深知你抱著一番熱望，投拜到我門下，我不替你想一個兩全之道，於心何安？我既想將你轉薦到天罡手周遠帆名下，

必是有幾分把握；若叫你再失望，我就不嫌自愧嗎？少年，你不要心存疑慮，我絕意不會叫你瞎撞去。我暫時不能親教你，其中實有難處；你要明白，我現在是個黑人啊！有我這點薄面，量他不會不收錄你。你只要刻苦用功，把他那門的功夫鍛鍊出來，一樣能在武林中成名露臉。我只要有了安身之處，等得外面風聲稍為平靜，我定然尋了你來；把我這點薄技，傾囊相贈，全傳給你。告訴你吧，我門下那幾個徒弟，就沒有一個能夠接我的衣鉢，掌得起門派的。我跟老姑太論過你的骨格、膽氣、識見，處處全高人一等。將來我願意你能夠承繼我的門宗，也不枉我在江湖道上奔馳這些年了。」

袁振武愣了一會，慨然說道：「並非弟子灰心習武，也不是弟子剛愎任性；實因弟子自出丁門，遭際侘傺，枉費了許久時光，空耗了多少錢財，一無所獲。最後才遇上師父您老，又承義母過分的厚愛，弟子雖沒得著本門的絕學，總算叫弟子衷心有所寄託。只要師父不嫌棄，肯提拔弟子，弟子定當唯命是從。」

鷹爪王溫言撫慰道：「我現在是亟須遠赴邊荒，有一樁重大的事，必須我親自了當，無法延緩。我只能為你稍留數日，我想把我門中的三十六路擒拿法的訣要先傳給你。你嗣後再自下功夫，揣摹鍛鍊；時日雖暫，好在你於太極正宗造詣已深，學來自易。你只要把訣要領悟了，至於拆招變式，全是活的。門徑已得，熟能生巧，你只要自己多下上些功夫，定可運用自如，得心應手了。」

袁振武見鷹爪王待承自己的情形，算是一派血誠，願把一身絕技傾囊相授，只為身處難境，不能如願而已。心中感激，隨向鷹爪王道：「師父這麼厚待，弟子沒齒難忘。弟子唯有努力進修，好不負師父跟義母的期望！……」剛說到這裡，劉四師傅掀簾而入，袁振武把底下的話頓住，忙側身迎著劉四師傅讓座。

鷹爪王向劉家祺道：「四弟，我們爺倆還得在這裡騷擾你幾日，少則

五天，多則七天。可是我得求你一件事，這兩間客屋必須歸我獨占，你不再往這裡讓朋友。這麼辦未免有些不講理，四弟你多包涵。沒別的，臨走多給你些房租費吧。」說罷彼此一笑。

劉四師傅聽鷹爪王暫先不走，倒很高興。時已五更，鷹爪王把夜貓眼計五叫醒。計五睡眼模糊從床上爬起來，愣呵呵站在床前，道：「怎麼樣，天多早晚了，該走了吧？」鷹爪王道：

「你看你，是沒有多大酒量，偏愛貪杯！老五快醒醒，拿冷手巾擦擦臉。五更交過了，還不趕緊走，等什麼？郎家窩的事，你別給耽誤了。」

夜貓眼計五揉了揉眼說道：「我絕不會誤了事。你放心，我這就動身，太陽出來以前，我要趕到通山驛哩。」說著把床上放著的那隻小黃包袱抄到手裡，往背後一背，兩手捏著兩個包袱角，往胸前斜著一繫，仰天打個呵欠，又將一對圓眼瞪一瞪，向鷹爪王道：「我頭前走了，你多時動身？」鷹爪王道：

「我今天不走，少則五天，多則七天，我準到郎家窩。」計五道：「怎麼你又變了卦了，有什麼事？」

鷹爪王一指袁振武道：「我傳給他兩手功夫。」計五向袁振武道：「小夥子，你真有兩下子，三言兩語，居然把你師父黏住了。莫怪老姑太直誇你，你真有抓鷹的好本事！小夥子，咱們再見吧！」袁振武方說：「師叔喝杯茶再走吧！」計五已經跨出門口，不答袁振武的話，卻抱著頭招呼道：「劉老四，咱們再會啦。」劉四師傅跟袁振武緊隨後跟，趕出來相送時，夜貓眼計五已如一縷輕煙，只在北房檐頭一晃，一瞥即逝。

袁振武暗暗咋舌，這位計師叔的輕功提縱術真有不同凡俗的巧妙；自己空在太極門練了這些年，跟人家比起來，真有霄壤之別了。只聽劉四師傅轉身說道：「瞧這份驃勁，臨走還露一手，給誰看哪！振武，進屋吧。」說著走進客屋，袁振武也隨了進來。劉四師傅向鷹爪王道：「師兄，計老五大概白了鬍子，也改不了詼諧的毛病吧？」

鷹爪王也微微笑著說道：「江山易改，秉性難移。老姑太多麼嚴厲，對這個胞弟也奈何他不得呢！」劉四師傅又陪著鷹爪王，說了會江湖近來的事情，東方已然破曉。劉四師傅忙站起來道：「師哥一夜未眠，請歇息一會吧。」袁振武也站起來告辭，鷹爪王道：「我倒不睏，四弟，我還有事要跟你談談。」又道：「你囑咐他們一聲，我的形跡要嚴密一點。」劉四師傅道：

「我就告訴他們停練五天。」鷹爪王道：「也可以。」回顧袁振武道：「振武，你歇歇去吧，你要把精神歇足了，晚間咱們再見。」袁振武答應著，退出客屋。

到了午飯後，袁振武正在假寐養神，劉雲梁忽推門進來，拿著一本書，遞給振武道：「袁師兄，你真走運，王師傅怎麼這樣喜歡你？連我們老爺子，都為你受埋怨了。這是王師伯給你的一本書，叫你快看；本門三十六路擒拿圖解訣要，全在這本書上了。王師伯叫我告訴你，先把三十六路的名稱、式子、訣要記熟了，今天晚上就用，可沒有全看的工夫。」袁振武如獲異寶，大喜道謝，就倚枕看起來，這是個抄本，圖解詳明，看起來可收事半功倍之效。

趕到了晚間，鷹爪王把袁振武找來，屏人說道：「我現在先把三十六路擒拿教給你，俟我事情完了後，再聚到一處，盡我所學所能，全數傳給你，足可償你期望之心了。」袁振武唯唯稱謝。鷹爪王遂命振武，把廳房中的陳設略事移動，地勢稍覺開闊些；向袁振武道：「你先把你所學的太極門拳術練一練，給我看看。」

袁振武不似先前那麼心存顧忌，答了聲：「是。」看了看客屋中地勢，東西較長，南北較狹。隨即來到東邊，面向西立起太極拳起式「無極含一炁」。門戶一開，立刻矮身換步，按太極拳正宗，一式一式演出來。手、眼、身、法、步、腕、胯、肘、膝、肩，一處有一處的功夫，一招得一招的要訣；手眼相合，身心相攝。崩、提、擠、按、踩、劂、肘、靠、進、

退、顧、盼、定十三字拳訣，字字見火候。演到三十五式「轉腳擺蓮」，一殺腰，轉身換式，變招為「彎弓射虎」，一收式，立刻仍還到發招處地方。氣不浮躁，面不紅漲，神色自如，向鷹爪王抱拳道：「弟子的拳招荒疏日久，難免錯誤，師父多多指教吧。」

鷹爪王摸著下頦，連連點頭道：「難得難得！果然名家所授，畢竟不同。」隨又正色說道：「振武，你不要跟我客氣。像你這樣太極拳，雖還說不上火候純青，已算開堂入室了。並且你得自名師傳授，腳跟立得先好，再學別派功夫，駕輕就熟，事半功倍。咳！可惜我志與願違，我若沒有事牽纏，我絕不願讓你轉入旁門。振武，你有這點根基，耐得勞，受得苦，什麼絕技不能練？好自為之，有志竟成！來，咱們別盡自耽誤。這裡不是我久居之地，你我先演幾式換手的功夫。你的太極拳一定也經拆過招吧？」袁振武答道：「當場倒也跟師兄弟們一處練過，不過沒上過真陣仗，還沒有跟外人上過招。」

鷹爪王道：「臨敵的經驗固須有，可是底子扎得實在，更是重要。你把你的拳術拆著打，我順著你的勢子來破，這麼講著教總還容易。」袁振武大喜道：「我就遵命，不過師傅務必摟著點，弟子怕接不住。」鷹爪王道：「不要緊，難道我還真跟你動手嗎？來吧，你隨便發招吧。」

袁振武不敢延宕，立即欺身進步，說聲：「弟子無禮了！」

展開太極拳的身手，往前一遞招，就是「進步栽錘」。鷹爪王容得拳已欺進來，輕舒鐵臂，身形連動也沒動，只順著袁振武的掌鋒，用「葉底偷桃」，一翻腕子，竟把袁振武的手腕刁住。

袁振武這才覺出鷹爪王的指如鐵鑽；忙把左掌往外一撇，從右臂下穿，用「雲手」，來擊鷹爪王的華盛穴。鷹爪王左掌一鬆，右掌往起一翻，一點袁振武的左脈門。袁振武知道不好，來勢甚猛，急將左掌往下一沉，用力一擰身，「白鶴亮翅」，右掌揮出來，斜打鷹爪王的丹田。

師徒二人連換數招，本為學藝，並非比武，所以發招還招特別加慢。

鷹爪王微笑著，展開擒拿法，應付袁振武的太極拳，心中很高興，袁振武更是歡欣鼓舞。但是會家遇會家，不知不覺，就把招數加快了。袁振武一掌打到，鷹爪王忙往下一沉右掌，順勢往腕子上一切，又往外一攔。袁振武身形被攔，急往左一斜；鷹爪王鐵掌輕舒，突出右臂，照環跳穴一搭，一按，振武突覺右臂發麻，不敢勉強發招，忙一撤身。鷹爪王道：「振武，你這條手臂賣給人家了！」袁振武道：「弟子拆不了這招，師父指教吧。」

鷹爪王道：「第一式用的是『葉底偷桃』，是三十六路擒拿的『擒』字訣。第二手我用的是『拿』字訣。第三手本是用的『沉』字訣。你那手『白鶴亮翅』頗為有力，掌鋒上也真見出功夫；所以我不得不用『貼身掌』來拆你的招，用『盤』、『壓』兩字訣，把你的右臂買住了。這三十六路擒拿法，分上手十八字，是：擒、拿、封、閉、浮、沉、吞、吐、抓、拉、撕、扯、括、挑、打、盤、駁、壓。又分為十字，是『雙拉牽虎式，暗藏金龍形。』又有臥十字，是：猛、獲、滾、鐮、城、耘、臥、擔、撈、褪。這是三十六路擒拿的訣要，你要牢牢記住。我逐式給你拆著講解，你把擒拿法的招式記個大概，再把十八字訣細細揣摹研求，只要多下些功夫，不用人當面指教，也自能心領神會。」

說到這裡，又叫袁振武發招。鷹爪王不憚煩勞，且練且講，邊拆邊說。直拆到五更將近，鷹爪王這才吩咐袁振武去歇息。袁振武謝過了師父，回轉自己臥室。

但是袁振武雖則回到屋中，哪肯就睡；自己又把師傅教的，比照拳譜，從頭到尾全重演了一遍。遇有解不開的地方，自己反覆的思索，想不出來，便暗暗記下，預備明晚再問。那鷹爪王白晝藏在劉四的內室睡覺，一過二更，便到客屋給袁振武教招。

劉四師傅也閉門謝客，整天陪著，只到教招時，劉四卻不來旁觀。原來他率領棟、梁二子，和遲、蔡二徒，專給鷹爪王打更司警哩。一連兩夜過去，袁振武學有根基，人又用心，居然把這三十六路擒拿法的訣要記在

心頭。鷹爪王捋頦大悅，連聲誇獎。暗對劉四說：四弟，你失眼了！

到第三天，袁振武起來，想到客廳給師父請安，哪知客屋門忽然倒鎖；袁振武心裡一驚，深怕師父走了，趕緊到把式場子去看，場中只有劉四師傅和雲棟、雲梁，正跟遲雲樹、蔡雲桐，悄悄的練拳說話。袁振武來到劉四師傅面前，給師叔行了禮，隨問道：「師叔，我王老師……」劉四師傅趕緊一搖頭，不叫袁振武往下再說。湊到了近前，低聲說道：「你師父昨夜四更後，有事走了。這時你哪能見的著？」袁振武登時失色道：

「走了嗎？」劉四師傅向弟子們一盼，不覺笑道：「你放心，他今天晚間一準回來；你安心等著吧。」

袁振武這才放心，回轉屋中。自己白天也沒出屋子，躺在床上，歇息了半日。到夕陽銜山，鷹爪王果從外面回來；面上紅潤潤的，顯見在外吃了酒飯來的。

袁振武到客屋，見過師父。鷹爪王道：「我從昨夜到現在，又奔馳了將近百里，尚不覺得勞乏。不過酒用得過多了，頭目有些昏沉。你先歇著去吧，到了三更天，我再叫你。」袁振武應了一聲，忙到街上，買了許多水果，切剝好，獻給鷹爪王解酒。鷹爪王笑了笑，吃了一些，一揮手道：「你先去吧。」袁振武答應著退了下來。

到掌燈時，鷹爪王又把袁振武叫到客廳，繼續傳給他三十六路擒拿。袁振武苦心孤詣，夜教晝習，逕自用了三日四夜的功夫，把三十六路擒拿法學得十之六七。這固然因他武功有根基，可也是他把全副精力用在這上面，才能突飛猛進，得這樣的成就。鷹爪王也十分痛快，自己得這麼個好徒弟，實是畢生之幸。直到第五日晚，袁振武把這三十六路擒拿法已經學全了；不過實際運用，還得有一二年的純功夫，才能應付裕如。

鷹爪王當夜遂向袁振武說道：「擒拿法你已得著其中奧義，只是你要想臨敵制勝，還要多下些純功夫，不要妄予輕試。我們門中雖有這種絕技，卻不是臨敵常用的。除非遇上大敵當前，敵強我弱，不易制勝，才肯

用這三十六路擒拿法，保全我派的名望。這路功夫專能卸力，敵手不論怎麼強，也不易容他攻進。耗的功夫久，敵手精力一弛，乘機進取，足可以敗中取勝。這種功夫不用則已，用時必須當場制勝。你想著若是火候稍差，功夫未到，妄自施展它，只怕空貼門戶之羞。你要牢牢記著我這幾句話，不要叫我在本派中，落了同門中的責難才好。」

袁振武立刻正色答道：「師父放心，你老這麼推誠教誨我，破格的成全我，我豈能辜負你老一番厚意？你老也記著弟子的話，弟子我縱不能給師門爭光，也不能給師門現眼！」

鷹爪王道：「好，話到這裡為止，不用多說了；你這麼存心，哪能不成名露臉？咱們該走了，你去收拾你的衣物，天一亮咱們師徒一同起身。」袁振武道：「弟子的東西好收拾，沒有什麼麻煩。師傅幾時走，都行。」鷹爪王點頭道：「好！你把你劉四師叔請來，我有話跟他說。」袁振武答應著，剛要出離客廳，劉四師傅已然推門進來了。

鷹爪王道：「師弟，我們師徒在這裡攪擾已久，該著走了。咱們再見面時，大概總得在一二年以後。」

劉四師傅淒然說道：「師兄，我深盼師兄往後行止多多檢點。像這回事幾乎身敗名裂，細盤算起來，對手實在不值。我很盼望師兄鋒芒稍斂，免得叫我們再擔心吧。」鷹爪王搖頭一笑道：「人情鬼蜮，不知道要險詐到哪時才算完。荊棘江湖，使我無立足之地了！」又一拍胸口道：「山河易改，稟性難移；四弟，我的命並不比誰特別值錢！」話到憤慨處，鷹爪王又不禁鬚眉債張，目瞪齒錯了。

過了好一會，劉四師傅復又婉言勸解了一番。兩人跟著談到將來昌大門戶、擇徒授藝的話，天色已近五更。

師徒二人預備起身。袁振武站在客廳門首，抓了一個空，走上前來，恭恭敬敬向劉四師傅道：「師叔，弟子在這裡承蒙師叔的厚待，整攪擾了您這些日子，弟子感激萬分。王老師已定今日帶弟子起身，弟子這就給師

叔辭行吧。」一邊說著，一邊磕下頭去。劉四師傅急忙攔阻道：「不要多禮，我這很慢待你了！」袁振武叩罷頭起來道：「師叔怎麼還跟小侄這麼客氣，越發叫小侄不安了。」劉四師傅道：「往後你要有事，路過藍灘時，務必住我這來。按你這份心胸志氣，將來定能成名；你兩個師弟，還仗你提攜呢。」袁振武連說：「弟子不敢當。」

鷹爪王笑吟吟，看了看劉四師傅跟袁振武，說道：「你們爺兩個這麼客氣！天不早了，快收拾吧。」袁振武答了聲，回轉臥室，把隨身衣物收拾好了。看了看窗上，已現曙光，遂提著行囊，來到客廳。

這時劉四師傅也正從後面出來，提一個小黃布包；包袱不大，份量很沉重，跟袁振武一同走進客廳。

鷹爪王遂站起來說道：「天不早了，我們真該走了。」劉四師傅把小包袱往桌上一放，說道：「師兄，我本意想留師兄多盤桓些日子。無奈師兄去意已決，我不便強留。這裡是幾件衣服，跟二百兩銀子；這是小弟一點心意，請師兄賞收吧。」鷹爪王笑道：「師弟，你太周到了。衣服我用不著，銀子倒要叨擾你幾兩。」坐下來就在床上，打開包袱，將一件件衣服抖露在床上。這是一套新的長袍馬褂，一套舊的粗布短衣；分別穿起來，便可改為紳士模樣或小工的打扮。這並不是尋常的贈衣贈錢，乃是劉四師傅夫妻倆連夜給師兄特備的避難衣服。

鷹爪王看了，欣然會意，連說：「好，好，這衣服我也得收下。」卻將那四封銀子，只取了一封，計五十兩，命袁振武包了。站起來拍一拍身上道：「我們走了！四弟，我也很願跟你多聚幾天，無奈我現時在哪裡待著也不安心。四弟，我們相見有日再敘吧。」劉四師傅道：「師兄怎麼還跟我客氣？窮家富路，客途上用錢的地方是多的。說句笑話，前些年師兄就向我要，我也拿不出來。自從幹上這個小買賣，小弟身邊還有些富裕。師兄！師兄不全拿著，叫小弟太難過了。」鷹爪王道：

「好，師弟你一番熱心腸，我別辜負了你。」說到這裡，向袁振武道：

「振武，把這銀子全包在一塊吧。」

　　袁振武立刻收拾好了，復向鷹爪王道：「師傅，你略等片刻，我得向各位師兄們辭辭行，這麼走，太失禮了。」劉四師傅道：「振武，我替你說一聲就是了。」鷹爪王道：「四弟，不要攔阻他，叫他跟師兄們敘別，禮不可失。」劉四師傅道：「既然如此，索性我把他們叫來吧。」立刻命雲棟、雲梁，把大師兄邏雲樹、二師兄蔡雲桐等叫到客廳，先行敘別，跟著給王師伯送行。鷹爪王遂偕袁振武起身，劉四師傅師徒父子相繼送出來。卻不走大門，直送到後門外，出了小巷口，才彼此作別。

　　鷹爪王帶著袁振武，於晨光曦微中，離開藍灘，踏上征途，徑赴直隸省武強縣，投奔天罡手周武師的門下……流光易逝，忽忽十年。遼東道上忽有一壯年行客，豹頭環眼，體格矯健；孤身一人，踽踽獨行。用一條核桃粗的紫藤棒，挑著小小一個行李捲，由龍崗嶺北麓經過，往柳河口寒邊圍走。這個行客不遠千里，出關渡遼，一路打聽快馬韓的牧場，特來投效。

第十七章　鷹爪王薦賢自代

第十八章　快馬韓爭雄牧野

　　快馬韓是塞外的豪家，名叫韓天池；祖籍北直，自幼好勇使氣。二十幾歲時，曾因械鬥殺人，被流到寧古塔。不久，被他逃出配所，展轉亡命，寄跡在邊荒草莽之區。旋逢大赦，得脫重罪，他便做起販馬生涯。他少遇名師，獲得北派拳技真傳，擅長攬跤，能騎劣馬。以一桿八母大槍，一騎花斑馬，名聞遼東，爭雄牧野。

　　仗他為人膽大心細，長於規劃，又知人善用，頗得到幾個好幫手。只二十一二年光景，便名成業就。計擁有大小牧場兩處，謂之東場、西場；又有一座山林，附開著數座木炭窯；田地不多，只有一方半。打前年起，又收買了一方熟墾地，三方荒地；招集關內流亡難民，開墾農田，事業越來越大。遂在龍崗嶺北，起蓋下一大片莊堡，堡牆有碉樓箭道，儼然一座小城。這堡圍子起初無名，後來人家叫開了，稱它為「寒邊圍子」。乃是把他的姓叫俗了，望文生義，捏成這麼一個古怪的名字。

　　快馬韓黑面長髯，頭大身短，外表氣象粗豪；他卻智勇兼備，好客輕財。上則結交官府，下則結納江湖豪士，在塞外蔚成一種勢力。韓家牧場放出去的馬群，走遍關東三省，從沒有失過事。手下用了許多人，給他幫忙；有一個結義的盟弟，名叫魏天佑，專替他照料牧場，人稱為二當家的。

　　快馬韓現年五十八歲，結髮之妻早已死去，只給他留下一女。現在他房下卻有一妾，是在當地娶的；生得白白的，矮矮的，並不十分漂亮，但會騎馬。他的女兒名叫韓瑛，乳名昭第，已經二十一歲了，現尚待字閨中。

　　這姑娘處在遼東荒寒之地，竟出落得俊目修眉，容光照人，一把長頭髮，漆黑柔亮。快馬韓偌大家業，只此一女，把她愛如掌上之珍。從小就

請了家館教師，教她認字；又將自己的一身本領，悉數傳授給她。昭第姑娘遂深嫻騎術，又擅長弓矢，從七八歲時，就敢揚鞭控彎，馳騁於山原綠野。趕到十幾歲上，騎術愈精，往往鞍轡不施，馳驟於重山疊嶺間。牧場中的馬師偶然陪著昭第姑娘，小試身手，有時就被她窘住。快馬韓手下的健兒，把瑛姑娘看如公主娘娘一般。

東牧場設在孤山子下，廣漠無垠的原野，茂草叢莽，一望無際。地曠風高，一陣陣風過處，捲得那亂草搖青，直似碧海翻波。西牧場設在河口，水草豐肥。兩座牧場占地各十餘里，築短柵牆，環繞牧場一周，作為屏藩，四周各闢巨門。沿木柵牆每隔里許，有一間木板小屋，四面挖著方才盈尺的小洞，在木屋裡，依然能查看四周。這木屋專為馬師們夜間巡守馬群而備的，遇到嚴寒風雨之夜，可以作棲息之所。木柵外更挖起一道十餘尺寬的壕溝，一半為防群獸，和盜馬賊的騷擾，一半是防雨季的雨水，跟秋冬的野燒。在塞外草原地帶，這種野燒最為厲害；野火燎原，有時能夠延燒數十百里，在遼東一帶是常見的。

快馬韓經營牧場多年，尚無疏漏。在進牧場不遠，一片曠場，用細砂子鋪得頗為平整。這片曠場上，埋著不少的拴馬樁，正是訓練烈馬的所在。在這牧場的中央，有一座兩丈高的平臺，用碎石疊起的；臺面一丈見方，登上平臺，全場一覽無遺。上面也有一座木板小屋，其構造也跟下面防守柵牆的板屋一樣，可以居高臨下，瞭望四面。這種設備，就是專為防備盜馬賊。

遼東一帶，在當年拉大幫的掠馬販，和接財神的綠林豪客，幾乎遍地多有。雖全做的是沒本錢買賣，卻講究硬摘硬拿，以勇力服人，鼠竊狗偷之輩絕不容在關東立足的。單有一種馬駁子，專吃牧場，一下手，就許掠個二三十匹走。可是也有小幫的盜馬賊，三個五個成群，十個八個便算一幫。他們練就了一身小巧之技，選馬的眼力極高，能在昏夜微光下，大批的馬群中，挑選神駿的好馬；在嚴密防守下，把馬盜出牧場。

牧場裡常常吃這種啞巴虧。快馬韓這兩座牧場，仰仗著場主的威名大，交遊廣，倒不怕大幫的馬賊、結夥的胡匪；但防範這些竊馬小賊，從來不肯稍為疏忽。這就是丟得起馬，丟不起臉面。

這日秋陽當午，山風吹面，快馬韓手下二當家的魏天佑來東牧場中，看著相馬師跟掌竿的師傅們，督率馬伕，調馴烈馬。數十名馬伕個個剽悍精強，持鞭在旁等候。馬師們選馬分群，把那分好的馬交給掌竿的。哪一撥馬歸哪一竿子管，分撥定後，再交馬伕去「壓」、「遛」。那已上籠頭的馬，野性已去了一半。由馬伕先「壓」後「遛」，騎上牠沿著場中的木柵牆，如風馳電掣的奔馳數趟，看看馬的腳力。

這種馬雖上籠頭，烈性仍有，不時盤旋蹴踏，掀騰人立，想把背上的馬伕掀下去。只是馬伕全是深有經驗的能手，貼在馬背上，如同黏上了一樣。直到把馬累得力盡筋疲，馬伕反振起精神來，不容牠稍緩。鞭策驅馳，直到這馬馴服，不再犯性，這才緩緩的去遛牠。

那未上籠頭的生馬，由馬伕用套馬竿子捋住了，揮動長鞭，吧啦啦！吧啦啦！或前或後，忽左忽右，直往馬身上暴打。長鞭掄得山響，似雨點般往下抽打。那如同猛獸般的怒馬，哪肯受這麼鞭撻，鐵蹄翻騰，蹄登口嚙，如風似狂的亂捶。馬伕們都將套馬竿牢牢握住，長鞭不住手的叱打，毫不容情。馬伕調弄一匹烈馬，也累得熱汗蒸騰。直到這匹馬見了鞭子，只有忍受，不敢抗，不再驚；這才套上籠頭，縮上韁繩，另換馬伕去壓馬。有時遇上沒法羈勒的烈馬，馬伕調製不下，便由相馬師們接過去；用他那特種的手法，長鞭一動，專打馬身上幾處極護疼的地方。這一來就把馬制服住了，只一見鞭影，立刻全身顫慄。馬鞭子的巨響只到牠腿前，便不敢再咆哮了。不過馬師這種手段不肯輕用；倘遇良駒，經過這番挫折，恐牠雄威盡斂，不能再臨大敵。

當時牧場上調馬的數十條長鞭，響震數里。數十個健兒各壓著鞍轡不施的烈馬，奔馳於短柵牆內。所有的馬師們都聚在木柵內平場裡，把這批

才販到的新馬極力馴調；再調個三五日，就能夠上韁繩，跑大圈了。

二當家魏天佑負手觀望，場門上的夥計忽進來通報，盛京將軍派了差官前來採辦軍馬。魏天佑忙把這位差官迎接進來，引他到圍子裡，面見快馬韓。快馬韓銜著大鍋旱煙袋出來，立刻吩咐設筵款待。趕到一接頭，據這差官說：「這是官馬，不論溝計算，要有一頭算一頭。挑選能夠立刻入營編隊的，一共要選二百五十匹，一色黑馬，雜色不要。本場不夠，可以兼往別場採辦，但立須派人護送到盛京。將軍見喜，定有另外的賞犒。」

快馬韓把這位採辦軍馬的差官好酒好肉，先買住了，又教了兩個土娼陪著。跟著先把差官買馬的回佣銀子二百五十兩遞過去，另送程儀五十兩，合成三百之數。差官毫不客氣，很爽快的笑納了。立刻挑著大拇指，向同座稱讚快馬韓，果然是開眼識面子的外場朋友。這水買賣就算成交。

原來牧場裡原有這種規矩：除了馬販子，凡是來買馬的，經手人倒得一份豐厚的回佣。可是別的牧場沒有這麼大方；必得把馬交上，領下馬價來，錢賺到手，才肯花這筆錢；早花了，誠恐一個賣不上，這筆錢就要落在空地上。快馬韓眼力高，看的準，拿的穩，重人輕財，捨得拋杆（花錢），敢辦人家不敢辦的。即如盛京將軍這號生意，一向本在吉林范家馬場採辦。快馬韓以為我近彼遠，我界內的生意反倒越出省外，未免丟人。居然被他親赴盛京，不惜大傾資財，極意聯絡；終從將軍的親信人手下，把這號買賣承辦過來。范家馬場乾生氣，沒法奪回。近六年多來，差不多關東三省的官馬，都到他的牧場採買。他有這大的手眼，這才造成了偌大聲勢，人也落了，錢也落了。

當下，快馬韓一面叫二當家的款待買馬的差官，一面親自到牧場馬圈，站在高臺上，監視掌竿的挑選馬匹。就在這時，馬師宗仁路站在快馬韓身旁，突然「咦」了一聲，用手一指場外，道：「場主，你老看，這人好快的身手！看情形，不是奔碗口街，就是往咱們這裡來的。」快馬韓順著宗馬師手指處一看，在半里地外，有一騎白馬奔來；馬背上馱著一個人。

那馬撒開了四蹄，超塵疾馳，迅如脫弦之箭；馬上人挺腰踏蹬，紋絲不動。快馬韓點點頭道：「果然是好身手。」

　　說話時，這騎馬越走越近，穿著荒林茂草，時隱時現，眨眼間已來到近前。快馬韓不禁失聲道：「嚇！原來是他！糟了，馬群一定出岔子了！」馬師宗仁路也是瞪目驚呼道：「陸老七怎麼半途回來，大約是路上有事了！」彼此驚詫之間，疤臉子陸七已直入馬場，翻身下馬，喘吁吁滿頭是汗，衣服上儘是黃塵。

　　宗仁路迎上來問道：「陸老七，你怎麼回來的恁快，可是路上出了錯嗎？」疤臉子陸七喘息方定，忙答道：「可不是出了事了！咱們的馬群，頭兩天按站趕著走，沒出一點事。就在第三天太陽剛落，趕到了煙筒山附近；因為大批馬群不能進鎮店，我們擇在店後水草方便的地方，安上圍子，把馬圈好。不料就在當夜，被人盜走了十七匹馬！」馬場中的人聽見這種警報，都圍上來問訊。

　　這疤臉子陸七正是奉了場主之命，陪同三當家的吳泰來，押著九十八匹好馬，往吉林送去，不想中途失了這些。宗仁路急將陸七引到快馬韓面前。

　　快馬韓舉著一根大鍋旱煙袋，走來走去，瞪著眼看定陸七，道：「馬丟了這些，又是在野地現打的圈，難道你們就沒派人守夜嗎？」陸七答道：「我們焉敢那麼大意！我們除了三當家的和趙夥計，是通夜宿在店裡；其餘這些人全分上下班，守著馬群，連吃飯都是換班去的。一到天黑，就由齊、邱二位武師，各帶四個夥計，分為兩班，繞著馬圈來往梭巡。圈內是馬師和掌竿的，分班看馬上料，裡裡外外防備很嚴。直到下半夜，傍天亮的時候，馬師查點馬匹，方才曉得失盜了，到底也不知道偷馬賊什麼時候下的手。」

　　快馬韓道：「你們連失盜的時候全斷不出，賊人怎麼偷的，一定更不知道了！」陸七滿面羞慚說道：「猜是猜出來了，大概是在下半夜。」

快馬韓含嗔不語，半晌道：「獵狗放出來沒有？」陸七道：

「放出來了。最奇怪的是獵狗前半夜還號叫，下半夜就沒聽見咬。」快馬韓道：「不用說，你們喝酒了？」陸七低頭道：「值班的時候沒有喝。」快馬韓哼了一聲道：「吃飯的時候一定準喝了。……曠野地方，夜裡又冷，你們會不喝酒？我也得信哪！」

想了又想，復問道：「這一夜，馬沒有炸群嗎？」陸七嘆然道：

「不錯，約莫在四更天的時候，圈中的馬炸了一回群，可是沒有出圈。」

快馬韓聽了，忍不住怒焰熾騰，面對眾人大笑道：「我說怎麼樣，馬丟了十七匹，怎會一點動靜沒有？那馬炸群分明是賊人下手露了形，難道你們都睡死了不成！你們就沒有把值夜的人挨個兒都盤問盤問嗎？尤其是吳老三，整天價吹牛，肚子裡有妙計千條似的，怎麼馬行半途，既是店裡住不開，他反倒離開馬群，跑到店裡睡了？」

陸七的疤臉一塊塊通紅，接著答道：「失馬之後，我們立刻就報知三當家的，三當家把值夜的人，挨個都盤問了一次。據說他們全沒有睡覺；那天夜裡就是風太大，委實沒有聽出別的動靜來。只在三更左右，我們聽見狼嗥了；跟著又有人看見對山山根，有火光一閃一閃的。值夜的齊師傅曾經叫我們預備火槍，多加留神。跟著又沒有動靜了，就是這麼胡裡胡塗的把馬失的。現在吳三當家的後悔的了不得，連邱、齊兩位武師也都覺得對不住你老，他們現在都極力想法子哩。」

快馬韓笑道：「想法子，讓他們想去吧。不是才丟了十七匹馬嗎？沒有全丟，還算不錯。那匹艾葉青也丟了吧？」陸七道：「也丟了，丟的全是好馬。」

快馬韓又嚷起來道：「這匹艾葉青乃是我許給朋友的，原來也丟了！吳老三只會說大話，一向是那樣的人物。隨行的齊、邱二位武師，乃是久走江湖的，怎麼事前竟沒有一點覺察，事後又沒有一點辦法？我這牧場開了這些年，就沒有丟過馬，這還是頭一回！告訴你們，十七匹馬是小事，

這個跟頭我栽得起嗎？」

　　陸七忙道：「場主息怒！這回失事，齊師父倒沒看出什麼來。邱師父是個中老手，在前兩日白天，已經動了疑；看出一個走道的小矮子，說恐怕是風子幫踩盤子的夥計。這小子打由半路上綴下來，邱師傅曾經拿話點他，又提出你老的字號來，這小子就躲了。沒想到他真個的在我們頭上動起手來。現在三當家的跟齊、邱二位師傅，正在根究失馬的蹤跡。我臨來時，他三位已經查出：偷馬的賊大概是往西北走下了。因為沿途留有馬糞蹄跡，不難踩訪的。大概這些東西們絕不是久闖關東的老江湖；若是在關東有個萬兒的，他怎麼也得摸摸咱們是怎麼個主兒。」快馬韓道：「別吹了！憑咱們這個主兒，才一丟十七匹馬哩。現在馬群呢？吳老三打發你來，就是專給我添膩來的麼？還有別的話沒有？」陸七忙道：「現在馬群已經趕過一站，落在黃土坑；那裡有大店，暫且住下來。三當家的意思，是一面請齊、邱二位根究偷馬賊的老巢；一面叫我回來，請你老的示下，可不可以暫補出十七匹馬，把這號買賣先交了，回頭再認真抓賊抓馬。」

　　快馬韓素日為人脾氣最暴，但是鬧過去便完。手下人做錯了，一向由他自己攬了過去。當下大發雷霆，鬧了一陣，忙叫著陸七，回到私宅。那二當家的魏天佑急著趕來，督促馬師，精選良驥，替快馬韓把採辦馬匹的差官打發走了。跟著出離牧場，到韓家圍子，面見快馬韓。

　　快馬韓在本宅大客廳，聚集手下頭目，共籌應付失馬之策，面向眾人說道：「馬是在煙筒山丟失的。我想煙筒山附近，北方乃是馬賊霍一溜的巢穴，南邊又是肉頭麻子時常出沒的線路。這兩處跟我們牧場都有來往，只是肉頭麻子已死，由他的老表金貴賢代領著。這金貴賢卻是新上跳板的，只聞過名，沒有見過面。剛才陸七說，吳老三和齊、邱二位武師，已經預備拿我的名片，求見霍一溜和金貴賢去了。吳老三雲天霧罩的，我恐怕他成事不足，敗事有餘。我打算就照他們的話，先撥出十七匹馬，把丟失的數補上，由我親自押送，一面根究盜馬的賊蹤。」

二當家魏天佑忙道：「僅僅十七匹馬，得失何必介意。當家的若是不放心，可以由我親押了去；一面多帶幾位武師，到那裡看事做事，務必把馬找回就完了，用不著你老親自勞動。」

快馬韓搖頭道：「我們的馬丟了，找得回，找不回，還是小事一端；我們的面子，卻必須找回。老二，你不知道，這回事我很起疑。我覺得這不是尋常的偷馬，這件事說文就文，說武就武，弄不好，就許像那年鬧起大吵子來，打群架也說不定。他們不是勘得偷馬賊的蹤跡，似奔西北去了嗎？你可知道西北方是誰在那裡？」

二當家魏天佑憬然道：「西北方半山溝，有興記牧場在那裡。」快馬韓捋鬍笑了，看著陸七道：「大概吳老三也把這事看小了。我只怕這偷馬賊把馬一轉手，弄到別家牧場。但是，不拘他們弄到哪裡，我也得把原贓掏回來；掏不回原贓，我快馬韓還在關東闖個什麼勁？」又道：「咱們現在先吃飯，老二，你就連夜挑選二十四匹好馬，我這一回要多帶打手去。這場裡的事，請老二和司帳馬先生、書啟趙先生，多多費心。」當下把從行的武師、馬師派定，也邀到客廳，告訴此事。

快馬韓又口顧夥計，道：「你們把姑娘找來，我們要多帶幾兩銀子，說不定我們還要借重官府的力量哩。煙筒山東甸裡有防營駐著，是一位守備，帶著馬步五百多人在那裡。」

夥計應命轉入內宅，少時出來道：「姑娘從一早帶著陳夥計，出去打獵玩去了。姨奶奶問老當家有什麼吩咐？」快馬韓眉尖一皺，旋又堆歡道：「這個丫頭，簡直是個野小子！出去打獵，有時連火槍也不帶，萬一遇見猛獸，怕不吃大虧！下回告訴陳夥計他們，如再陪著姑娘出去，千萬帶火器，不要一味倚仗弓箭。你告訴姨奶奶，把我的好酒拿出幾瓶來。咱們今天好好喝一陣，趕明天一上路，咱們就滴酒不准入口了。告訴廚師，把咱們醃的鹿脯子肉，也給收拾出來；再宰一口豬、一隻羊。」魏天佑面向眾人道：「別看今天是丟了馬，我們倒要吃犒勞了。」大家哄然一笑。

酒筵擺好，無非是肥肉好酒和野味。魏天佑忙命夥計，把圍子內的小鋪掌櫃、牧場炭窯掌杖的同仁，凡在近處的，也都請來。快馬韓不敬酒，由二當家魏天佑代做主人。快馬韓趁這閒空回轉內宅，安排出門的事。

　　就在這時，從牧場外，風馳電掣，飛奔來一騎白馬，一騎黑馬。白馬上的人，頭戴紫風兜，男子裝，繫皮帶，窄衣緊袖，腳蹬控雲「鹿唐瑪」，背弓帶箭，挎刀順槍；人騎在馬鞍上，伏腰微前，穩若泰山，迅若飄風，倏然策馬，奔入圍牆。

　　直達到宅門前，戛然而止。把馬上橫放的一隻土豹子丟下地來，然後翻身下馬。後邊那匹黑馬，是個短衣黑臉漢子騎著，馱一些新獵來的野味，也如飛追到，跳下馬來，把白馬牽過。

　　來的人正是快馬韓的愛女昭第姑娘和陳夥計，到柳林一帶，遊獵歸來。

　　昭第姑娘直奔出二三十里地，才打得一頭土豹子、兩隻野兔、一頭獾。一進家門，就嚷道：「可惜！可惜，忘了帶火槍，把一群野雞空空放過了。」宅中別的長工將兩匹馬牽走，打來的野味也送到廚下。只有那隻土豹子，約如狗大，勇猛異常，卻是最狡猾、最難獵取的東西。

　　昭第姑娘笑吟吟的命陳夥計扛進宅來，向迎出來的女僕問道：「老爺子呢？」女僕說：「在姨太太房裡呢。方才老爺子找你呢，你老快去吧。老爺子就要出門，說是咱們牧場裡把馬丟了。」昭第姑娘愕然道：「馬丟了？可是遇上狼群了嗎？」連忙搶進堂屋，自到內間，大聲叫道：「姨媽，老爺子在屋嗎？」

　　快馬韓正在房裡套間，命侍婆開櫃取銀，應聲叫道：「是瑛兒嗎？你又打獵去了？這幾天柳河口直鬧狼群，你怎的這麼大膽！」昭第姑娘笑嘻嘻的挑簾進來，說道：「爹爹，我給你老打來下酒物了。可把我累了個不輕！兩個野貓兒詐極了，我也沒帶鷹，也沒帶狼頭棒，直追了六七里地，才把牠射著；這東西好快腿呢！最可惡的是，牠專鑽馬走不過的地方。這

個還不新鮮，你老瞧，我還打著一隻新鮮物呢！」

快馬韓心中實在不快，但一見愛女，立刻欣然道：「捉這種野味，全靠鷹撲狗掏；你連火槍也不帶，硬拿馬腿跟兔子比賽，你也不怕把馬糟踏了？」昭第立在桌旁說道：「爹爹，我這匹馬好極了，跑不壞。你老瞧，我還打著這麼一隻土豹子哩！」

侍妾見昭第已將風帽摘去，一身男裝，遍體黃塵，髮際有許多汗，就笑著說：「姑娘，你這一回出去的更遠了吧？」忙代喊女僕，給小姐打洗臉水。昭第姑娘一邊更衣淨面，一邊問道：「爹爹，我聽說我們的牧場丟了馬了，是真的嗎？他們還說你老就要出門，可是的，丟了幾匹馬，你老出去做什麼？」

快馬韓嘆了一口氣道：「傻丫頭就知道吃喝玩鬧，打打獵，放放荒。告訴你吧，丟了馬是小事，有人要跟你爹暗中作對哩！」

昭第姑娘雖是個關內女子，已濡染塞外強悍之風；聽了這番話，蛾眉一聳，杏眼圓睜，嗔道：「真有人敢大膽惹我們嗎？咱們父子在關東城，乃是一刀一槍闖出來的天下；誰要跟咱們下不去，咱們就叫他看一看。爹爹你老打算往哪裡去？我陪了你老去吧！」

快馬韓失笑道：「你陪我做什麼去，可惜你又不是小子。」昭第粉面一紅，道：「小子怎麼樣？閨女怎麼樣？難道我就不如男子了？」快馬韓道：「好丫頭！是你爹爹的女兒，誰說你不如男子來？不過有的地方，你就不能替你爹爹。比如上衙門見官，和官場拉攏，你能行嗎？」昭第忙道：「爹爹，您要知道，我並不怯官呀！」快馬韓道：「你是不怯官，無奈官場中並不讓女子進門，你又有什麼法？」遂命昭第姑娘坐下，緩緩吩咐道：「我現在就要出門；這裡家務事，裡裡外外，我就是要全交給你。我正想把你找來，囑咐囑咐你。我明早就走，你遇事可以內與姨媽商量，外與魏二叔商量。咱們父女，一個守內，一個出外。丫頭，我不拿你當閨女，我從來就拿你當兒子看待啊！」當下將煙筒山失馬之事，和自己的打算，詳詳細

細告訴了昭第姑娘，然後又囑咐她小心照應家事。

　　昭第姑娘聽了，搖了搖頭，道：「原來是在外道丟的，我當是咱們牧場丟了馬呢。爹爹，這也許是新上跳板的黑道上的小卒剪去的，我們要是跟他們鬥氣，可就有些犯不上了。」

　　快馬韓擺手，道：「真要是折在黑道上，或是落在風子幫的老合們手裡，咱們非要找回場面來，那算是我們爺們小題大作。不過這些年來，凡是遇上江湖上的朋友，跟吃風子行的老麼們，我沒有不開面的；要面子給面子，講用錢就幫錢，沒有照應不到的地方。這時竟會出這種事，不論他是哪路人物，顯見著有點誠心跟我們爺們過不去。所以我這一趟，必須徹底根究一下。」

　　昭第姑娘恨聲說道：「這是明欺負咱們了，咱們非根究個水落石出不可。爹爹，您就入手辦吧。家裡的事您就交給我，女兒縱然無能，也絕不能給爹爹輸臉。」

　　說話時，二當家魏天佑進來報說：筵散客去，馬已選妥。

　　快馬韓請他坐下，因說道：「二爺，您看我們瑛姑這份心胸，真勝過男兒；我雖沒有兒子，有這個女兒，也跟兒子差不多了。」魏天佑道：「場主說的一點不差，昭第姑娘心靈性巧，有膽有識，又有你親傳的這一身本領；漫說女流中，就是男兒隊裡也很少見哩。」說著笑了。昭第臉上一紅，道：「別人不捧我，就是爹爹和二叔捧我。我有什麼本領呢？剛才我要跟爹爹去，爹爹還是不教我去。」魏天佑道：「當家的要自己去，連我還不去呢。我和姑娘，咱們爺倆一內一外，專管留守，也是一樣。」快馬韓道：「二弟剛才只顧照應客人，大概也沒吃飽，你就在這裡吃吧。你侄女給咱們打來下酒物了。」昭第姑娘站起來，說道：「你老這就吃？我叫他們收拾去。」

　　當晚，快馬韓和魏天佑、昭第姑娘設家筵共飲，一面商量出門的事。所有內宅、牧場、炭窯、山林，都已分別將負責人叫來，諄囑一番。所有從行人也都備好行囊、火槍、兵刃。每人還有一套貂皮帽子，和不掛布面

的老羊皮襖，以防半途上天氣驟變時禦寒之用。

這時，勁風吹面，秋草朝陽。快馬韓騎上他那匹花斑馬，率領二十四騎，分成兩行，如飛而去。疤臉子陸七也夾在群中，應賠的十七匹馬，就在這二十四騎以內。魏天佑和昭第姑娘直送出數里，方才回來。

快馬韓去後，昭第姑娘不回內宅，竟到牧場櫃房，和二當家魏天佑，以及司帳、別位馬師們攀談。她一心想打聽這次馬群失事的來路，到底是像哪路人乾的。魏天佑莫說真不知道馬賊的蹤跡，就讓他猜測出來，也不敢率爾向昭第姑娘說。因為瑛姑縱慣了，平日任性而為；場主不在家，她要聽了自己的話，依仗自己工騎善射，單人獨騎的出去找場。倘或出了什麼差錯，魏天佑卻真擔不起這份沉重。所以任憑昭第姑娘怎樣詢問，他只是不著邊際，隨便搭訕。

正在說話的當兒，外面守場門的夥計進來報導：「啟稟二當家的，外面有一個姓袁的，說是從關裡來，求見場主。」

魏天佑道：「什麼？求見場主？你不會告訴他，場主沒在家；問他有什麼事，可以留下話，請他改日再來嗎？」守門夥計答道：「我已經這麼說了，只是這人說跟咱們場主慕名已久，深知場主仗義疏財，收窮恤難。他從關裡奔來，好容易才找到這裡，不論如何，也求場主相見。他又提出一個熟人來，他說跟咱們牧場裡的趙庭桂趙師傅是鄉親。他這次是千里迢迢，為投奔趙師傅來的。要煩趙師傅給他引見，求場主把他留下。聽他的話，說得很懇切。我們做不了主，場主又早有話，我們也不肯過於拒絕他。現在他在柵房等著呢；二當家的，你看，該怎麼辦？」馬師杜興邦插言道：「這個人多大年紀？聽口音是哪裡人？」守門人答道：「大約三十多歲，很透著精神，倒是樂亭口音。」司帳馬先生道：「這個人許是投效告幫的吧？」

魏天佑一聽，不禁沉吟。這個姓袁的自說是投奔趙成桂師傅來的，趙師傅偏又沒在家，剛剛押著那二百五十匹馬跟著差官，上盛京去了。有他在這裡，當下一認，也就完了；現在卻是沒招沒對的事，不得不加小心。

眼望著昭第姑娘，一時拿不定主意。

昭第姑娘卻沉不住氣，向馬師們說道：「眾位師傅們，這要在平時，按著老當家的場規來說，我們用不著犯掂算；脫不過收留一個年輕力壯的小夥子，把他攔在那裡，全閒不下。只是牧場剛出了這場事，場主頭腳走，這人跟著就來投效，未免太湊巧了！說不定就許是賊人的爪牙，到咱們這裡臥底來的；這倒不能不見他，不能不收他了。我們索性盤問他，諒他弄什麼詭，也逃不出咱們眼皮底下去。別管盤問得出，盤問不出，先把他留下，好在他是自投來的，我們沒找他去。二叔，你看怎麼樣？」

這一番話說得面面周到，眾人無不暗服。魏天佑連連點頭誇好，卻又說道：「這個人真是來的太巧了，姑娘這番打算絕不是多慮，咱就這麼先詐他一下子。」說到這裡，他又向屋中共坐的馬師杜興邦等說道：「杜老弟，你趕緊出去找人；千萬別露聲色，至少調二十人：要十名刀手、五名硬弩、五名套索，全都伏在櫃房左右。你在櫃房門口守著，聽我的招呼。只要我咳嗽一聲，十名刀手一直入櫃房，把來人看起來；那五張硬弩、五掛套索，把櫃房一圍，提防著來人，倘有真功夫，叫他想來就來，想走就走，我們可就栽了。」又吩咐守門夥計道：

「這姓袁的就是單身一人來的嗎？」夥計道：「沒有同伴，他只提著一個小行囊、一根木棒。」魏天佑道：「行囊裡準有暗器，牧場外沒有人暗等著他嗎？」夥計道：「這倒沒有留神。」魏天佑忙道：「你要登高瞭一瞭。」

魏天佑這番布置，自是謹慎。杜興邦是個性情剛急的漢子，刀擱在脖子上，不帶皺一皺眉頭的。聽魏天佑這麼小心，不禁冷笑道：「二當家，你怎麼把來人看得這麼重，把自己看得這麼輕？別說來人未必就是奸細，就算他是，他難道就不先摸摸腦袋長結實了沒有？韓場主在關東三省，是一天半天的人物麼？真要應了二當家的話，我看他是活膩了！」

昭第姑娘忙說道：「杜師傅說的倒也是實情，只是場主沒在家，咱們小心無過錯。要沒有新出的這場事，咱們也就不多心了。杜師傅，你就照

著二當家說的預備去吧。」杜興邦見昭第姑娘這麼講，遂不便再說什麼，只從鼻孔哼了一聲，答道：

「好吧，小心沒錯。這件事交給我，不用管了。」立刻轉身出了櫃房，暗中去調集場內的弟兄。

這裡二當家魏天佑心中不悅，向昭第姑娘道：「你看興邦這種二愣子的性情，沒個改了。他碰的釘子也不少，就是教訓不過來他。」馬師馮連甲笑道：「杜師傅淨碰釘子不行，得叫他多坐幾回蠟，倒許可以回回味。」眾人譁然大笑，二當家魏天佑看了他一眼道：「你胡說什麼？也不怕失了身分！」馮連甲猛地省悟，這裡還當著女少東呢，不由臊得紅頭漲臉，很難為情。司帳馬先生忙打岔道：「杜師傅這種二膘子脾氣，場主也是恨他，不過杜師傅的心腸熱，場主愛他直爽，沒有一點自私自利的事；所以雖是事情辦砸了，也擔待他。」

魏天佑點點頭，令眾人退去，只留司帳馬先生和昭第姑娘，向守門夥計說道：「把這姓袁的領進來吧。」夥計轉身出去。

工夫不大，把來人領了進來，指著魏天佑，向來人道：「這是我們魏當家的，場主沒在家，有什麼事朝他老說，也是一樣。」

這來人挺胸健步，趨走如龍，來到櫃房一站，雙眸環視，先向魏天佑看了看，又向昭第姑娘瞥了一眼；立刻轉身，面對魏天佑抱拳拱手，道：「魏當家的，在下姓袁，名承烈，原籍直隸樂亭。只因來到遼東，訪友不遇，謀生無路，流落在江湖，沒有安身之地。久仰這裡寒邊圍韓場主慷慨好義，威名遠震，在下冒昧的投奔前來，懇求場主曲予收錄。在下是一個武夫，沒有什麼能為；只有一把笨力氣，願供場主的驅策。」說罷，深深一揖到地，神情爽朗，吐屬不亢不卑。

二當家、昭第姑娘一語不發，一面聽著話，一面細細的打量來人。只見這人年約三旬以上，豹頭環眼，身材魁梧；滿面風塵，掩不住英挺之氣。渾身舊衣，毫不帶寒酸之相。

第十九章　寒邊圍雨夜失馬

　　快馬韓韓天池場主才走，生客忽來，又在馬群失事之後，牧場中自不免生疑。那個投效的壯士袁承烈說完慕名投托的來意，又復一揖。二當家魏天佑忙站起來答禮，順手一指椅子，道：「老兄不要客氣，請坐，請坐！」姓袁的壯士躬身說道：

　　「魏當家的，是前輩長者，在下後生晚進，不敢借座。」

　　魏天佑哈哈一笑道：「老兄別這麼稱呼，我一個粗人，在韓場主這裡，也不過是混飯吃。老兄既然在江湖上跑腿，咱們全是一樣；快請坐下，咱們好講話。」來人這才落座。魏天佑道：「老兄，看你這份儀表，大概是武林一脈，沒領教老兄屬於哪個宗派呢？」

　　袁承烈道：「我在下哪敢提武功二字？不過在少年時，倒也操練過身子，學的也只是莊家把式；這些年奔走謀食，連當初學的也全忘了。論到練功，我真可說是門外漢。不過若是承這邊場主不棄，肯把我收留下，我在下手頭沒有本領，腔子裡卻有一股熱血，賣給知己。這是我交友事上，敢說得出口的。」

　　昭第姑娘聽了，微微一笑。魏天佑也含笑點了點頭，道：「袁老兄太客氣了！我們江湖道上的人，彼此以誠相見，若是處處存著謙虛，那就不是我們江湖本色了。韓場主也是關裡人，窮漢子出身，這些年在關外闖出小小一點事業，也不過是剛能餬口。只是他老人家一生好交，鄉里鄉親投奔來的，但有一技之長，或者有人舉薦，他總竭誠款待，量材任用，再不然就幫盤川。因此，在江湖上，落了個好客的虛名，究其實這邊規模小得很。這虛名也真誤事，常常把有本領的英雄誆來，不想今天承你老兄枉顧了。你老兄來得不巧，韓場主有些不舒服，看病去了，這裡就由小弟暫代。我們敝場主現有兩處牧場，一座山林，和幾處炭窯，倒是處處用人幫

忙，不過都是負苦受累的事罷了。老兄大遠的光顧到我們這裡，但不知從前幹過什麼事情？現在打算怎麼幫韓場主的忙呢？」

袁承烈看著魏天佑的臉說道：「我從前嘛……倒是幹過幾天鏢行，現下還沒有正業，只算是一個流民。我因久聞韓場主任俠尚義，最能提拔江湖上的難友，我方才腆顏投來。若講到幫忙效力的話，我在下情實一無所長，既不會相馬養牲，也不會耕田造炭；只有一份力氣，三份膽量。若有什麼護院巡更、守樁防匪、看圍子、看馬群，一刀一槍，賣命出力的差使，我袁承烈不敢誇口，情願報效場主。」

魏天佑聽了，不由一動；那邊昭第姑娘也哼了一聲。「原來這人專為當更夫，做護院來的！可是這種差使也最容易當奸細臥底。」魏天佑面一整，暗向昭第姑娘擺手，兩眼盯著袁承烈，微微擺頭道：「你老兄就是這種來意嗎？你真是想給我們打更坐夜嗎？」

袁承烈不解其故，率然說道：「當家的，我們江湖上的人最忌誇口；我在下既是竭誠前來投效，我若一味說自己廢物，你老也笑我太謙。我若過分自告奮勇，又跡近自炫。你老這裡如果用得著看夜護宅的人，在下不才，實願效力。而且我也是半生潦倒的人，一不求名，二不求位；只有餬口之處，存身之所，於願已足。你老若能費心，領我見一見場主，更是求之不得的。不過我的意思就是這麼一點，和你老說，也是一樣。」

舉一舉手道：「還請魏當家的，代為美言一二。」

魏天佑聽了，又沉吟不語：「這個人說話倒很世故。」昭第姑娘在旁忍不住問道：「袁客人，你不是投奔趙庭桂趙師傅來的嗎？」袁承烈一側臉答道：「這位姑娘……我在下確是投奔趙師傅來的。」說到這裡，似有所悟；忙站起來，對魏天佑道：

「我袁承烈在營口就聽人說，快馬韓場主乃是塞外的孟嘗君，千里好客，來者不拒，去者不留。我在下因此一步一打聽，跋涉山川，慕名投來。至於趙師傅，我們乃是同鄉。貴場主不在家，諸位要是不便做主，請

把趙師傅邀出來，我們當面對認。

　　我本是直隸省樂亭縣袁家莊的人，家裡也有房有地，有田有產；只為慪了一口閒氣，方才跑出來。趙師傅跟我是鄰村，只隔著十八里地；我的根底他總知道。」

　　袁承烈說了這些話，魏天佑和昭第姑娘互相顧盼，並不答碴；只由魏天佑欠身道：「袁兄請坐下說話。」半晌，那個司帳馬先生忽然插嘴道：「我聽袁大哥的口音，好像久闖關東的吧？」袁承烈旁睨了一眼道：「也有幾年了。」馬先生道：「這關外的事情，你老兄一定很熟識了？」袁承烈道：「這倒不見得，像這麼荒遠的地方，我還是初次來。」魏天佑接聲道：「哦，你老兄是初次來？早先你常在哪裡呢？」

　　袁承烈低頭一想，抬頭答道：「我早先在營口、溝幫子、盛京、孤家子等處混過，最近才由千金寨轉到貴處。」魏天佑道：「您是老關東了。可是的，你老兄久聞關外，像這馬達子的事情，想必深知。最近聽說煙筒山附近，又鬧偷馬賊了；我想你老兄必然曉得，可不可以告訴我們？這也是跟牧場有益的事情呀。」

　　這個投效的袁承烈聞言愕然，道：「這等事情，我怎會曉得？」魏天佑面視馬先生，冷然笑道：「你老兄太謙虛了！你老兄久在關外混，我不信會不曉得馬達子的事。你老兄盡請放心，如果實有所聞，只管說出來。我們彼此全是江湖道上的人，絕不能把朋友當點子看待，也不能賣了誰。況且老兄這麼坦然而來，更是看得起我們。我們場主雖然不在家，我們也能竭盡地主之道，教老兄面子上過得去。請問老兄，現下是在哪一竿子上的？你們當家的是哪一位？我們韓場主固然好交，可是近年來人也老了，交朋友難免有疏忽之處。好朋友如肯見愛，只管指明；我敢說我們場主有禮有面，不能教好朋友白忙活了。」

　　昭第姑娘插言道：「袁客人，我們魏當家說的全是實話；你有什麼意思，盡請明說，我們總給朋友留面子的。」馬先生也嘻嘻地賠笑道：「對

269

了，話講當面最好！」說罷，三個人，六隻眼睛齊視袁承烈。

　　袁承烈不禁一怔，怫然說道：「魏當家的，你講的究竟是什麼話，倒教我好生不懂！照你這番話講來，你們是把我姓袁的看成綠林了吧？哈哈哈哈，我袁承烈現在雖然落魄江湖，說句不客氣的話，我若想幹綠林，也用不著千里跋涉，跑到你們這裡來了。關裡關外，綠林道邀我的，就不止一處，不止一家。我袁承烈若肯幹那無本營生，何處不能開山立櫃？實不相瞞，我在下也是好人家的兒女，富室出身。不過自幼好武，誤交匪人，在故鄉惹出一口閒氣，跟著打起一場官司，把一份家業全斷送了，鄉里鄉親全笑罵我是個敗家子。我為此才慪上一口氣，隻身出關，立志要闖出一番事業，回去好見我們鄉里父老。我這一雙手並沒有半點血腥，我這半生也不曾做過犯法的事情。好在貴場的趙師傅可以替我作證，你把他喚出來，一問便明。我卻不知我袁承烈身上，由哪一點露出不道地來，落得諸位多疑！這真是想不到的怪事；莫非因我貿然遠來，招起疑忌嗎？但是我袁承烈望門投止，決非冒失，我實在打聽了數月，訪聞快馬韓韓場主實是招賢好友，來者不拒；我在下這才抱著『願給好漢牽馬墜鐙』的心，大遠地跑來投效。一來托庇英雄門下，找個安身立命之處；二來還想攀龍附驥，創業圖名。誰想江湖的傳言竟這麼不足為據，我大遠地奔來，連個佛前真面也沒見著，便聽了這麼一套話。這總是我來得冒失了！恕我打攪了，諸位請坐，在下告辭！」言至此，奮然立起身來，同魏天佑抱拳，又一轉身環揖，拔步就往外走。

　　魏天佑看了昭第姑娘一眼，剛要出言攔阻；忽然門開處，闖進來看牧場的武師馮連甲和馬師杜興邦。兩人當門一站，大聲說道：「袁朋友別走，我們當家的還要請你吃酒哩！」袁承烈側身止步，笑著說道：「不敢當，不敢當！我的來意已明，貴場的意思我也曉得了；天色不早，我還要趕路。」馮連甲道：

　　「朋友，你忙什麼？我們場主舊有例規，江湖上的好朋友來了，不問

270

知與不知，識與不識，進門必有歡宴，臨行必有盤川。你先別忙，你的貴同鄉趙師傅這就出來。」

袁承烈挾著一肚皮悶氣，本要甩袖子一走；聽到設宴贈金的話，哂然一笑，意含不屑。但一聽到「趙師傅這就出來」，便立刻止步，臉上堆出冷笑來，道：「好極了，趙師傅出來，跟我對證對證最好。」說著重又坐下，專看他們的舉動。

杜興邦仍立在門旁，馮連甲緊走兩步，到二當家魏天佑面前，附耳低聲，說了幾句話。魏天佑點點頭，一指內間屋，馮連甲邁步進去。魏天佑站起來道：「袁兄，你倒多疑了。我們因你是老關東了，不過是帶口之言，向你打聽打聽，你怎麼誤會起來了？不要走，不要走，你請稍候一候。」只留馬先生陪著來客，魏天佑竟轉身進入內間，昭弟姑娘也忙跟進內間，齊向馮連甲問道：「檢查的怎麼樣？」

馮連甲低聲報導：「檢查姓袁的行囊，只有一把防身的匕首、十幾粒小鐵球，像大拇指頭那麼大，也有幾件衣服。倒帶著很多的銀子，足有一百五六十兩。另外一個小錦囊，內有兩本書，好像拳譜。還有一對赤金箭環，份量很重。一隻扁圓的漆黑『酒鱉子』，份量更重，似鋼非鋼，似銅非銅。我看像是銀子打造的，外面敷著漆。此外沒有扎眼的東西了。」

昭弟姑娘道：「這個人身上帶著這些值錢的東西，究竟是個幹什麼的呢？」魏天佑搖手止住低聲續問道：「包內有沒有信件和地圖、人名單子等物？」馮連甲道：「這倒沒有。」魏天佑道：「你們可全仔細檢查過了？」馮連甲道：「沒有一點遺漏。」

魏天佑目視昭弟姑娘，想了想，又道：「你們把他的行囊，照原樣給他打好了。」馮連甲道：「已經打好了，繩子扣、東西堆疊的樣子，一切照舊。」魏天佑道：「好。」

馮連甲道：「杜興邦杜師傅叫我告訴你老，這人實是投效來的，勸你老不要多疑了。」魏天佑笑道：「我自有道理。」遂低囑數語，馮連甲含笑

點頭，轉身出去。杜興邦還在門口等著，兩人一齊退出，仍藏在櫃房兩邊，聽候動靜。

魏天佑問昭第姑娘道：「姑娘你看，我剛才硬拍他那一下，怎麼樣？」昭第姑娘道：「拍的好像太猛了。二叔，這個人依我看來，還是把他留住。這個人一舉一動，非常強傲，絕不像素常投幫的人。」魏天佑道：「況且求幫的人絕不會帶那些值錢的東西。此人言談舉動處處，確是可異，等我再詐他一下子。」

當下一同出來，魏天佑換了一副親親熱熱的面孔，向袁承烈說道：「袁兄，你剛才實是多疑。我們韓場主待承投奔他來的朋友，誠如老兄所說，是來者不拒的。他老人家卻有個老病根，最近又犯了。在這麼荒野的地方，沒有好醫生，他老人家自己帶著個夥計，出去看病去了。緣因有一位朋友曉得醫道，就住在八道江；韓場主他老人家連看朋友，帶瞧病配藥，已經出門三四天了。有他本人在場，照應遠道的朋友，自然周到。

他既然不在場內，我們是他手下人，未免禮貌上差點，你老兄不要怪罪。剛才我們不過是閒談，你老兄千萬不要心存芥蒂，更不要往別處想。你老兄放心，既然你遠道光臨，自然是瞧得起我們韓場主，拿他當個人物；又承你老兄不棄，想給他幫忙，這更是我們引為深幸的事了。憑老兄高才，我們場主回來，一定要借重的；我們在一塊湊湊，這更好了。我們場主現時不在，我就替他做東。我說馮夥計，教他們快備飯，要多熱點好酒，咱們都喝喝。」外面答應了一聲。

袁承烈尚在推辭，卻也將話語放和緩了些，說道：「既然場主不在，在下不便給你老添麻煩。這麼辦吧，我在你老面前暫時告假，趁著天色尚早，我先出去找店。多咱韓場主回來，還求你老替我美言幾句；只要場主賞我一個信，我一定再來投謁。」

袁承烈口中如此說，心中卻很失望；他以為傳言誤人不淺，快馬韓手下這些人太難了。他只想告辭出來，仍折回盛京，魏天佑極力挽留，竟留

不住。

韓昭第姑娘發話道：「袁客人，我們可不是強留你，這裡近處並沒有店；你要住店，還得走出三十里地才行哩。你不要客氣了，就在這裡吃飯；吃完飯住下吧，場子裡有的是地方。況且，你跟我們趙師傅不是鄉親嗎？你大遠地投奔他來，你也得見見他，敘敘鄉誼才是啊。怎麼忙著要走呢？」

魏天佑道：「著啊，你老兄更不用走了。我說馮夥計，你們快把趙師傅找來，告訴他說：有位姓袁的鄉親，看望他來了。」外面又答應了一聲。

魏天佑復又面對袁承烈道：「趙師傅這就來，你請坐著吧，不要忙著走，走幹啥？我也是咱們關裡人，多年沒有回家了，我還要跟你打聽打聽咱們家鄉里的情形哩。」

袁承烈明白了他們的用意，笑道：「如此說，我一定不走了。你老就教我走，我也不能走，我總得見過了趙師傅。」

說話時，距開飯尚早，卻故意提前半個時辰。武師馮連甲裝做小夥計的口氣，進來說道：「回稟當家的，給袁客人預備的酒飯，已經擺好了。」魏天佑說道：「開在哪裡了？」答道：

「開在客屋了。」魏天佑立刻拱手相讓道：「袁老兄，你先用飯。」袁承烈道：「不必，不必，我還不餓。請你先把趙師傅喚出來，我們認對了，你老再賞飯，我吃著也舒服。」魏天佑哈哈一笑道：「袁老兄，趙師傅已經在客屋候著你呢。」

袁承烈站起身來，也笑道：「好！我就先領您一頓飯，我也試試我的眼力。魏當家的，實不相瞞，我和趙師傅，已有十多年沒有見面了；貿然一認，我就許認不得他。我記得小辮頂上有一塊禿疤，是個特別記號。就怕他也認不得我了，我比他小著七八歲哩。但是我們究竟是鄉親；他家，我家，見了面，總能說得上來。魏當家的先請，我不認得道。」又回顧馬先生、昭第姑娘，虛讓一聲，道：「還有哪位？請！」

273

　　他昂然拔步，走出櫃房。不防他走得急些，外面又忘記知會，杜興邦領著十餘個刀弓手，分立在櫃房兩廂，竟來不及調動，被他全都看見。登時他把海口一撇，濃眉一皺，一對虎目傲然四顧，從鼻孔哼了一聲。魏天佑急忙跟出來，舉手相讓，引路當先。那昭第姑娘素來不赴客宴，這一次父親不在家，她要根究來人的底細，居然也跟出來了。

　　客人緊跟在魏天佑背後，昭第姑娘緊跟在客人背後，三人齊赴客屋。馮連甲忙趕上一步，暗暗地衛護著場主的愛女，緊盯著來客的雙手。昭第姑娘大大意意，毫不理會，睜俊眼，只仔細打量這虎背熊腰的健夫，於是同進了客屋。這裡說是客屋，實是很寬敞的飯廳，擺著十幾張方桌，下首是五桌，已經坐滿了人，見生人進來，一齊站起，譁然讓座。一個個都是短打扮，穿藍襖、藍袴、扎青搭包。

　　袁承烈走入飯廳，魏天佑和昭第姑娘齊往上讓座。袁承烈道：「且慢，待我先見過了敝同鄉。趙師傅在哪裡？」閃目一尋，這些個人竟沒有一個像他老鄉趙庭桂的。冷笑一聲，回顧魏天佑道：「當家的，這可是笑話，我們敝同鄉並不在這裡，教我怎麼相認啊？」魏天佑故作詫異道：「怎麼不在這裡？我說趙師傅，你們同鄉袁爺找你來了。」第三桌下首座位上，一個四十多歲的矮胖子，應聲出位道：「我在這裡呢，哪一位同鄉找我？」

　　袁承烈急一回頭，定睛一看，縱聲大笑道：「這一位也姓趙嗎？恕我眼拙，卻是不認得。當家的，我和這一位素昧生平。我的同鄉趙庭桂趙師傅倒也是個四十歲的胖子，可比這位高半頭……我說你老兄怎麼稱呼？也姓趙嗎？也是樂亭人嗎？」

　　那人站起來道：「您貴姓？我叫趙廣全，我是樂陵人。」袁承烈拱手道：「老兄是樂陵人？我一聽口音，就知不是敝同鄉。」轉面說道：「魏當家的，在下別看眼拙，還不會看錯人。我和這位是初會。」

　　魏天佑哈哈大笑道：「你們二位不認識？不是同鄉嗎？」他拍著袁承烈的肩頭說：「原來你是樂亭人，跟這位不認識。你們傳話的怎麼傳錯了，

樂陵樂亭，只差一個字，趙庭桂呢？」這矮胖人答道：「當家的找他嗎？我叫他去，他估摸在炭窯呢。」

魏天佑擺手道：「吃完飯，再叫他吧。這位袁大哥請入座，咱們先吃飯。」袁承烈笑了笑，臉上擺出了不在意的神氣，坐下來，向四面讓了讓，抄起筷子就吃。敬他酒就喝，他非常直爽。魏天佑在旁陪著，翻來覆去問話；昭第姑娘不吃飯，坐在旁座上看著，偶而也插問一兩句。魏天佑心想：「這個人很透亮，與眾不同，只是來歷太突兀。」暗中打好主意，決計暫不放他走。

幾十人在飯廳吃飯，說說笑笑，素常很熱鬧；此時卻鴉雀無聲，恍入齋堂。馮連甲、杜興邦湊著向袁承烈說話，套問事情。袁承烈有問必答，不亢不卑。少時飯罷，重到櫃旁，獻上茶來；魏天佑堅留袁承烈下榻。袁承烈道：「韓場主既沒在家，在下是生人，新來乍到，不好打擾，不便給諸位添麻煩，我告辭了吧。等場主回場，我再來一趟。」

魏天佑搖頭道：「袁仁兄錯會意了。場主不在家，我們一樣可以款留遠客。你看……」說時一指外面，外面一色長天，作昏黃色，朔風正緊。魏天佑接著說：「天色實在不早了，你老兄就出去了，也沒有歇腳的地方；這裡小地方，沒有店。敝場有的是客房，你老兄不嫌屈尊，就多住些天吧；敝場主不幾天就要回來的。並且我們差不多都是關裡人，直隸的，山東的都有，很想知道家鄉裡的事，要跟袁兄談談。」馮連甲道：「可不是，我也是咱們關裡人，他鄉遇故知，咱們得交交。」

袁承烈這個投效壯士，自覺牧場中人款客之意不甚誠懇，堅欲告退。他越要走，魏天佑這些人留得越緊。袁承烈躊躇半晌，微然一笑道：「既然當家的不讓我立刻走，我就打擾一兩天，也沒有什麼。在下久慕韓場主的威名，實在很想一見。還有敝同鄉趙庭桂趙師傅，我們是老鄰舍，我很想跟他談談。」

說著站起來道：「請當家的費心吧。我該宿在哪裡，煩哪位領了我去。

你老事情忙，我不打擾了。」

魏天佑也站起來道：「好！袁兄遠來辛苦，我們可以早些安置安置。喂，你們把客房開了，把袁爺的行李搬了去。被縟不夠，把我的被拿一床去。」當下，馮連甲銜命把袁承烈引到新客房，收拾臥處，給沏了一壺茶，坐下來，說了一陣外場話。跟著杜興邦也尋來，湊合著打聽袁承烈的身世。旋又進來幾位馬師，有唐山的，有灤州的，和袁承烈也敘起鄉誼。彼此全是冀北的人，漸漸談得親切，由塞外風光、牧野情事，又轉到故鄉風土上。有一位馬師拿來一大包落花生，和些棗子之類零食，幾個人且吃且談，居然一見如故。那馮連甲在牧場也是頭目，閒談了足有一個時辰，便把照應來客之事，轉託一位名叫周誠的夥計；他自己抽身出來，徑奔櫃房。

櫃房中韓昭第姑娘還沒有走，正與魏天佑說話。馮連甲走進來說道：「我已經套問這個人了。說起關外的馬賊，他是真不懂，沒有問出什麼來。他的住處，我給他安置在新客房，一出一入，就在我們眼前。哪怕他來歷不明，也摸不了什麼去。他剛才要看看咱們的牧場馬圈，我託辭把他謝絕了。我告訴他：『今天太晚，明天領您看看我們這小場子。』看這人的言談舉動，倒很光明磊落，似乎沒有什麼鬼祟之處，也許是我們走了眼，自己起疑。」

昭第姑娘沉思道：「就是他來的時候太不巧了。」魏天佑道：「也就是太湊巧了……是真投效呢，還是奸細呢？大姑娘，據你看呢？」

這句話未落聲，那馬師杜興邦闖進來，粗聲暴氣地向魏天佑道：「二當家的，你這卦沒有算準，人家真是投效來的。我跟他談了好半天，一點可疑也沒有。我們把人家搜檢了一頓，要教人家知道了，太笑咱們沉不住氣呢。我歷來最怕這種瞎疑心病。大概沒有我的事了吧，我管的那兩圈該著放青了，我可走啦。人家不是奸細，咱們倒真當奸細了；再有這種事，二當家的，你另請高明！」說罷一翻身，走出櫃房。魏天佑鬧了個面紅耳

赤，氣得腦筋繃起，兩眼瞪著那杜興邦的後影。

昭第姑娘忙勸道：「二叔，你別理他，他像瘋狗似的，得理不容人。咱們往後不論有什麼事，全不找他，別跟他瞎慪氣。這種人就是這種脾氣；你們又全是老弟兄了，誰還不能多擔待誰嗎？」

魏天佑「咳」的嘆息了一聲，坐在桌旁，點點頭說道：

「我還敢當擔待二字嗎？看這情形，若不是當著姑娘面前，我就許被他唾沫崪到臉上。我要像他們幾位，抱著不哭的孩子，什麼事不多管，不多說，倒樂得大家心靜。姑娘你不知道，場主就常說我小心過火，可是我焉敢大意呢！」昭第姑娘道：「別看我父親那麼說，到底我父親最信服你老呀。」她竭力安慰了一番，才把這件事岔開，彼此又評論一回，看這投效人的神情態度，倒真不像綠林道的人物，不過總是多提防一二為是。

晚飯後，魏天佑親自騎著牲口，圍著牧場圍牆外圈，轉了一周。將場外細細察看了一番。然後令守衛弟兄緊閉棚門，全上了鎖。又繞著棚牆內圈，巡視了一番，囑咐各更樓上守夜的弟兄，千萬要比平日多賣些力氣。場主不在家，更要齊心努力，不出一點差錯，才對得起場主厚待之誼。守衛牧場的弟兄全都慨然答應，絕不敢偷懶，忽視守衛的重責，請二當家儘管放心。魏天佑查訖全場，又趕到各馬圈上，把守馬圈的弟兄也全叫到一處，囑咐了一番。又遍告場中人，務必要多留神這遠來不速之客。場中這班弟兄全是跟隨快馬韓多年，共過患難的；對於二當家魏天佑，也都聽他指揮；這時一一答應，各自整頓精神，各盡其職。由各圈上掌竿的師傅們督率著，分頭去巡查守衛。

趕到黃昏後，天氣忽然變了，濃雲密布，星斗無光，西南風嗖嗖的，刮得草木「唰啦啦」陣陣作響。這裡離著老林雖還有幾里地，但是一無遮攔的草地，風起後遠遠聽得無邊的林木，發出巨聲，如同怒濤澎湃，萬馬奔騰。

昭第姑娘策馬回宅，到了自己屋中。歇了不大工夫，猛聽外面天氣轉

變，趕緊出來查看。只見天陰如墨，星斗無光，伸手不見掌。再一查風向，便知準有雨來。推測天氣的陰晴風雨，凡是久居邊塞的牧人，或者浮家泛宅的舟子，全有這種本領。昭第姑娘慌忙轉回屋中，抄起一身雨衣，點起一盞孔明燈，喚起家中人，搶著收拾庭院，遮擋倉庫。忽然想起牧場，狂風驟雨的時候，那馬驟聞驚雷，最易炸群；父親不在家，自己應該操心。忙請姨奶奶看家，要親赴牧場，指揮一切。姨奶奶極力攔他：「有魏二爺，何必姑娘去？」昭第道：「姨媽，你不用管。今天來了個生人，我怕出錯！」竟率夥計，提火槍，跨馬趕奔牧場。牧場此時，早由魏天佑率眾紛紛出來，防雨防變。

快馬韓的牧場距家不遠，卻須通過曠野，昭第姑娘策馬奔來，時候並不算晚，卻很黑；天上電火一條條閃光，霹雷一個跟一個，風吼草動，聲勢驚人。場中人萬想不到昭第姑娘這麼勇敢，一個弱女竟敢在這山雨欲來之時，天昏地暗之際，摸著黑，來敲牧場的門。守門的夥計聽出聲音來，忙討鑰匙開棚，把昭第姑娘放入。人們不禁佩服道：「姑娘好大膽！漆黑的天，你也不怕狼？」

風越刮越大，昭第姑娘哪裡聽得見夥計的話，一直撲奔馬圈。魏天佑恰率一班掌竿的師傅出來，在望臺前相遇。昭第姑娘下馬相見，把魏天佑嚇了一跳，道：「怎麼了？家裡有事嗎？」昭第搖頭笑道：「家裡沒事，是我不放心牧場。」魏天佑不禁動容道：「好姑娘，你真行，果然父是英雄兒好漢，可是你二叔不是白吃飯的呀。」昭第忙笑道：「二叔，您可沒挑眼，牧場交給您，我父親都放心，我還不放心嗎？我是惦記著這小子！……」翹著手指一指那新客房。魏天佑道：「不礙事，有人監視著呢。咱們先忙著防雨吧。」昭第姑娘道：「這天氣變得太快，大概這場雨下起來，就小不了吧？」魏天佑道：「今晚這場雨下起來，絕小不了，並且還快。你嗅著這股子雨水氣了嗎？姑娘，你回櫃房吧，我們到圈上，招呼夥計們收拾。」說罷，一班人匆匆向後面走去。

昭第姑娘提著燈，反奔了前面，親自到櫃房看了看。夥計們早把雨簾放下來，把繩子結好，提防風大時，雨簾被風掀走。這裡並有四五個得力弟兄，守護櫃房。昭第姑娘重奔棚門一帶查看，用燈照看壕溝，並無壅塞之處，這才放心。又囑咐值班守夜的夥計，嚴防雨至馬驚；把雨具兵器預備在手下，省得雨來了，臨時慌張，抓什麼不是什麼。正在吩咐的當兒，一陣風過處，捲起地上的浮沙，觸物有聲。跟著雨點落下來，啪啪的打到草木沙地上，頓成繁響。天上電光如蛇，一道道青光映得人臉青白。昭第姑娘趕緊把雨衣披好，往回緊走，任憑腳下怎麼快，經不得雨來很疾，猛然一個霹靂，大雨傾盆而至。

　　雖有雨衣雨帽遮體，可是雨勢太猛太大，跑到櫃房，身上全溼了；尤其是腳下，出來慌促，沒穿雨鞋，剎那間雨水深沒脛骨。

　　昭第姑娘跑進屋中，把手中孔明燈往桌上一放，取毛巾抹去臉上的雨水，把雨帽摘下來，順著衣帽往下流水。夥計過來，趕緊把雨帽接了過來。櫃房中只有司帳馬先生，跟四個兄弟。馬先生站起來，向昭第道：「姑娘，你怎麼這麼大雨還到外邊去？快請回去歇歇吧。風勢雨勢再大，有我們大家在這裡了，姑娘請放心吧。」這時外面風聲「砰騰」，屋中說話全聽不清楚，得提高嗓音，才能辨得出來。

　　昭第姑娘因已夜深，自己在這裡很是不便，遂告辭出來，命夥計挑燈打傘，來到她父親快馬韓住的那間屋內，這間屋正和二當家魏天佑連間。過了一會，魏天佑渾身雨點，打傘進來道：「馬真險些炸了群！看雨勢，一時不能放晴，我只惦記著山洪。西牧場地勢高，場子小，倒沒有妨礙，就是這裡吃緊。」

　　又道：「姑娘不在家裡，跑到這裡來，怎麼辦？若不然，我送你回家吧。家裡防雨的設備很好。」

　　昭第道：「不不，二叔只管忙您的去。您老人家不用管我，我不是給您添煩來的，是給您老幫忙來的。」魏天佑見昭第一定不走，也知此時天

黑，冒雨難歸，便不再催，卻又說：「姑娘，你就在你父親這屋裡歇著吧。我教陳老頭在外間給你值夜。」

昭第搖頭嬌笑道：「二叔只管馬吧，不用管人了。我睏了，就在這床上一倒，不礙的。」魏天佑道：「那麼你歇著吧，我打算帶幾個人，到西牧場看看。」說著起身出來。

外面風狂雨驟，駭目驚心。昭第姑娘生長遼東，惡天氣倒是常見。只是像今夜這樣聲勢的風雨，究竟少有。生恐勾起山水，那一來，只怕牧場就要付與狂流。昭第坐在板床上，惴惴不敢入睡。直耗到約莫三更左右，雨勢才稍煞，這才把懸著的心放下去。

又過了一會，淅淅瀝瀝地下起細雨來。昭第姑娘仍舊披上雨衣，戴上雨帽，換蹬油鞋，提著燈到外面巡看。一出屋，突覺涼風拂面，細雨如絲。場地上的積水未消，低窪處約有尺許深。全場掛起許多盞風雨燈，可也被風颭雨打，滅了好些盞。

趁著雨勢稍戢，場中弟兄紛紛披著雨衣，分頭持燈奔向馬圈查看，有遮不嚴、漏進水去的地方，大家忙著收拾，遮擋好了，怕是再下起來。馬師們也全出來，督率著夥計們，分頭的查看全場。直到把各處全查看完了，細雨霏霏依然沒住，可是場中積水逐漸消下去了，平沙場地上沖出許多小溝來，直似小河。這種暴雨別看來得疾，積的水多，可是雨水退得也快。

場中馬師們仰看天空，鼻嗅雨氣，覺得雨勢收轉，不致再有大雨，人人把心放下。本來近山的地方，就怕山洪降下來，那就立刻釀成巨災。昭第姑娘在馬圈上遇見了二當家魏天佑，心中非常欣幸；向魏天佑道：「二叔，你看這場暴雨，真把我嚇著了。不到雨季，又沒有堤防，真要是勾起山洪來，豈不把人毀死？我長了這麼大，真還沒經過這麼暴的雨。」

魏天佑道：「莫說姑娘你駭怕，我也十分擔心。像這麼暴的雨，要再下幾個時辰，就險了。天有不測風雲，人有旦夕禍福。好了，雖然還沒有

跟著放晴，總不至於再出什麼差錯了。姑娘，你也歇息去吧，這裡不用你牽掛了。」

昭第姑娘答應著，回轉父室，掩上屋門，把身上沾了雨的衣履，能脫換的，全脫下來。造次之間，本沒有替換的衣襪，她就把父親存在這裡的小衣服包兒打開，挑了一件小衫穿上。

把自己的長袍、小衫、襪子、溼透了的雨衣，全晾在椅背上。

昭第姑娘是在關外生長起來的，沒有纏過腳，此時就光著一雙白足，拖著父親的鞋，收拾這個，收拾那個。姑娘好潔，一點也不將就；末後把外面的褲兒也脫下來，晾在床頭上，然後就穿著紅粉衫褲和父親的白小衫，赤腳上床，扯過被單，往身上一搭，就枕安歇了。屋中的燈並不熄滅，牆上掛的兵刃也摘下來，壓在枕下。

方才矇矇朧朧睡去，驀地被一種巨響驚醒。昭第姑娘翻身坐起，迷迷糊糊叩額一想，剛才那聲音好似雷音，又似胡哨。

再側身傾聽，又沒有動靜了。自己正在遲疑不決的當兒，突聽得住房兩邊，連響了兩聲胡哨，跟著東南北三面全接了聲。

吱……吱……吱……尖銳的聲音。在夜間聽得特別刺耳。這分明是牧場中的夥計們發的信號。這種撮唇音哨，場中弟兄人人皆會，用以示警。

昭第姑娘耳熟能詳，此刻一聽到這種連發的警號，不禁大驚，料到場中定有事故發生，急忙跳下床來，把床頭椅背上晾著的衣服摸一摸，半乾微潮，匆遽間只索性不管了，抓過來，就往身上穿。趕緊結束好，渾身短小打扮，蹬鹿皮「鹿唐瑪」，左手把枕下那一柄七寶穿雲劍抽出，開門奔到隔室一看，魏二叔不在，堂屋值夜的陳老頭也出去了，堂屋內大開著。昭第姑娘心中明白，必定出了事，忙仗劍跑出屋外，立在牧場心。

快馬韓的住宅是在場中單間木石圈起一道小院落，為是居中可瞭見一切。昭第姑娘一到院中，耳中聽得西北一帶，一片嘩噪聲音，比屋中聽得真切，並夾雜著一片馬蹄奔騰之聲。昭第姑娘不敢遲延，急踐雨路，撲奔

西北。黑影中後面蹄聲忽起，昭第姑娘趕緊往旁一停身，跟著一道昏黃的光焰掃過來，往昭第姑娘身上一晃，燈光頓斂，隨聽蹄聲錯雜中，有人喝問：「喂，道旁站的可是昭第姑娘嗎？」昭第姑娘一聽，大概是掌竿的劉義，忙答道：「劉師傅嗎，是我，場中出了什麼事？」

掌竿的劉義忙說：「別提了，馬圈中走了七匹好馬，連場主親自選的那三匹好駿馬也在數。馮連甲馮師傅正在驗看，派我們查看從哪兒挑的道。我們也已驗明賊人是從西面偏北進來的，出水可是從正南挑了一段棚欄。驗看他們做活的情形，大概全是個中老手，手底下很俐落，跟明摘明拿差不多。姑娘，細情還得問馮師傅，我得趕緊報告二當家的去。」

昭第姑娘詫異道：「真又丟馬了？二當家呢，可是上西牧場了嗎？」劉義道：「可不是，還是冒雨走的呢。」這時候雨還是時停時下，卻小多了。昭第姑娘一揮手道：「你去吧！催魏二叔趕快回來。」掌竿的劉義答應著，腳踵一磕馬腹，如飛奔去。昭第姑娘暗暗氣惱；這幾年父親把萬兒闖出來，一向風平浪靜，萬不料一出差錯，接二連三。莫非暗中有人作弄，不教我父女再在關東三省立足嗎！咳，事出偶然就罷了，真要是有人算計我父女，我們寧可把這事業全拋了，也得較量較量。

昭第姑娘心中盤算著，遙望西北，一片火光。忙尋了過去，眨眼間到了馬圈前；一班馬師們，打著二十多只燈籠，正在馬圈四周，察看地上的蹄跡，七言八語地議論。昭第姑娘來到近前，馮師傅馮連甲也隨著火把，往圈外走去，昭第姑娘急忙招呼著：「馮師傅，您請回來，我有事跟您商量。」馮連甲聽出昭第姑娘的聲音，轉身來，立刻臉頰耳根紅起，不禁嘆了一聲道：「姑娘你來了。完了，我馮連甲算栽到家了。我有什麼臉面見你父親！」昭第姑娘忙用話勸慰道：「馮師傅不要介意，也許是雨天，馬炸了群。等到天亮，咱們派人出去找找。」馮連甲一揮手道：「姑娘，現在不是那個事，馬圈內外盜跡顯然，絕不是炸群。我們不撈著失去的馬，我們拿什麼臉去見場主啊！」

杜興邦拍著頭發狠道：「也對不起二當家的呀！人家臨上西牧場的時候，就把這裡的事託付給咱們倆。不到兩個更次，就出了這錯！」兩人引咎自責，十分著急。韓昭第姑娘忙安慰二人道：「咱們先驗驗馬圈，二位先不用著急，這回出了錯，也是我的責成哩，我不是替我爹爹正駐場嗎。」

　　大家匆匆地借燈火內外查看；偏是不作美的風雨，不時將燈火吹滅。大家踏行雨路，驗視失馬的蹤跡。幾位有經驗的馬師不住的吆喝：「你們大家小心，不要踏亂了腳印，趕明天天亮，更不好查看了。」一人道：「這就天亮了，還是等一會驗。」

　　杜興邦發急道：「不成，這時趕緊勘查，回頭再來一陣暴雨，任什麼形跡都沖沒有了。」馬師趙金祿道：「這話很對，我們得趕緊查看，大家腳下多留神吧。」長竿挑燈，緊貼著地皮照看，裡裡外外又搜了一遍。

　　忽聽一片蹄聲，雙騎破暗馳來，正是掌竿馬師劉義，把二當家魏天佑尋來了。

　　魏天佑渾身是汗，下了馬，便叫：「馮師傅呢？」馮連甲滿面通紅，走了上來，正要報告，魏天佑搖手道：「不必說了。不是丟了七匹馬嗎？快領我到失馬的馬圈看看去。」

　　大家重奔馬圈。這失馬的圈柵已被賊人拔下兩處；偷得了馬，又給活按上。牧場西北圍牆的木棚，有一處也被拔下兩根木柱，一處拔下三根。盜馬的人實是高手，地上蹄跡錯亂，看不出趨向來，柵牆外面，賊人未留一點痕跡。

　　魏天佑勘罷，仰面浩嘆道：「真是有人跟我做對！」昭第姑娘忙道：「二叔別這麼說。這是跟我們父女做對！這明明和煙筒山是一檔子事，有您什麼事？」魏天佑看了昭第一眼道：

　　「咳！你爹爹沒在家，把整個場子交給了我，這才幾天，就出錯了！而且上半夜我們還都出來防雨，大忙了一陣，下半夜竟被賊人乘虛而入，

這簡直給我一個大難堪！……」說完，就從破柵口走出來，往外面踏看。

此時實已到黎明時分，只是陰雨天，夜幕猶濃。遙望西北，黑忽忽一片曠野，夾著林莽，任什麼看不見，四外連點火號也沒有。待側耳傾聽，也聽不出什麼，只有陣陣野風呼呼嘯響，和細微的雨聲罷了，猜想盜馬賊早已遠颺無蹤。昭第姑娘凝眸望了一會，道：「怎麼樣，二叔？」魏天佑不答，面對東南，愣了半晌，一跺腳道：「走！我猜賊人必是奔這面走的。」

說時一指前面，道：「這場雨固然害得我們失盜，可是靠這場雨，路上準能留出蹄跡來；我們趕快追，也許追得著……我們分兩路搜尋，趕上他們，把馬奪回來。若是奪不回來，我魏天佑就沒臉在這場子裡混了！」

昭第姑娘忙道：「這個，丟了馬總得找。不過二叔何必這樣掛火？這盜馬賊也許是近處吃『風子錢』的，二叔可知道他們誰跟咱們鬧過氣的？」

魏天佑道：「姑娘，事勢緊急，你先不要問了，你只緊守底營。我這就追下去。明天能夠回來，咱們還可再聚。要是回不來，好姑娘，你告訴你父親，我魏天佑要把這條命報答知己了。」說完這幾句話，向夥計們一點手，要過一盞孔明燈，拔步徑奔櫃房。急急安排一切，便傳齊一班馬師和掌竿的，抱拳發話道：「眾位師傅，我如今要連夜出去尋馬。唔，是的，緊一步是一步的便宜。諸位有願意跟我走的，就請預備傢伙，一齊上馬，咱們分兩路往下淌。我看賊人得手後，不是奔西北，就是奔東南。西北是李家店、營城子、下九臺有一撥吃『風子錢』的，新在那裡安窯立櫃。不過還沒有聽誰在近處拾過買賣。可是咱們這回事很像，他們從西北角入柵，正和他們的老窯方向相對。剛才劉義劉師傅也這麼猜測，怕是下九臺來人掏的。可是我又看挑開的道，往東南去還有蹄跡，那就是奔老林、霜頭寨、黑石岩、寧古塔的去路。這條線上也有兩處老窯，一處是赤石嶺，一處是商家堡，這兩處也有馬賊，也是最有嫌疑。我們必須分往這兩條路上，溜一下子看看。我們先奔東南，再轉西北；哪位跟我走，請隨我來。」

魏天佑這麼交派完了，就要收拾兵刃，往場外走。

昭第姑娘喊道：「二叔，你就要走，也得留人看家，還有白天來的那個小子，怎麼樣呢？」

魏天佑矍然道：「可是的，這也是塊病！這小子不知醒了沒有？馮師傅，你過去假裝沒事人，去看一看他，探探他的口氣，驗驗他的鞋底，有泥水沒有。此時他若是醒著……」司帳馬先生道：「那一定有毛病。」魏天佑道：「不然，這大雷雨，他若是真是投效的人，就該驚醒，他若是奸細，他一定蒙頭裝睡。馮師傅，你務必偷偷看看他的鞋。」

馮連甲依言，奔往北客屋。魏天佑卻不閒著，忙著分派留守的人和尋馬的人。他還是不放心牧場，派的留守人多，出尋人少。大家就說：「二當家的出去尋馬，要多帶人才好。不管怎樣，您當天總得趕緊回來；或者有了眉目，先打發一個回來送信。」魏天佑哼了一聲，忽然那從外面進來的馮連甲大聲嚷著道：「二當家不好，那小子沒影了！」

眾人一齊吃驚。魏天佑拿眼盯著馮連甲，馮連甲盯著杜興邦。杜興邦驀地紅了臉，跳起來罵道：「這小子敢情真是奸細，可把杜大爺冤苦了！」翻身就往外跑。

昭第姑娘這些人也都忍不住了，更無暇細問，打起燈籠，齊往北客屋尋視。

那投效的壯士袁承烈，不但人已失蹤，連小包袱也已不見了。屋地上泥跡腳印，歷歷分明。此人必曾冒雨出去過，然後回來，帶包逃走了。魏天佑罵道：「我說怎樣？這東西一定是盜馬賊派來臥底的奸細。杜師傅白天還說我多疑，究竟還是我們太大意了。咱們找他去吧！」杜興邦抓耳搔腮，愧忿難當，立刻自告奮勇，要隨魏天佑出發；他抽出一把刀，比比劃劃，恨不得見了奸細給他一下。

魏天佑把場中事重託了司帳馬先生和昭第姑娘。他自己刻不容緩，率領十幾位馬師，出離牧場。牧場中混進奸細，以致失馬，固然很可恥；可

是反面一想，尋人認賊，又似添了一層把握。魏天佑打定了主意，要遍訪各馬賊的老巢，指名問人討贓。當下放開馬，帶著獵狗，如飛地尋下去了；沿路的蹄跡和馬糞做了追蹤的線索。

第二十章　韓昭第凌晨緝盜

過了一會兒，雨未放晴，天已大亮。昭第姑娘知道魏天佑此次非常震怒。場主把全場的事業、財產，一手交給他照管，不想竟在他手中鬧出事來。偏巧又是在煙筒山三當家吳泰來失事之後，這不啻湊對兒給場主添煩；因此魏天佑越思索越心窄，自覺無面目再見場主。聽他的口氣，此去不訪著賊蹤，再不肯回來。昭第姑娘容他走後，和司帳議論此事，司帳說：

「魏二爺要拜山尋贓，恐怕弄出差錯來。」昭第聽了，不禁著急，魏天佑不只是父親的患難至交，並且是條得力的膀臂，絕不能教他有了失閃，這可怎好？

昭第姑娘一隻腳踏著凳子，手挂帳桌，默想了一會：「魏二叔率眾出去，踏跡尋馬，自是無妨；若真如司帳所說，他要拜山討贓，那可就不好了。魏二叔和近處馬賊素少拉攏，人又性急口直，弄不好，倒許給父親惹出事來。」

昭第一拍桌子，站起身說：「這個，我得追他去！……我們想個什麼法子……」

話沒說完，嚇得司帳馬先生連忙勸阻道：「姑娘，姑娘，這可使不得！怨我多嘴，我不過這麼猜想；魏二爺是老關東了，也不會激出錯來。您是場主的千金，您可不要出去。您要出去，咱們這裡成了空誠計了，一個主事人也沒有了。賊再來搗亂，那可怎麼得了？姑娘，您趁早別去，千萬千萬去不得！」

連說了好幾句去不得。

昭第姑娘微笑道：「我想去，也得敢去呀？」又談了一會，昭第姑娘打個呵欠，說道：「鬧了一夜，好睏！雨住了，我要回家睡覺去了。這場子

裡，馬先生多偏勞，日裡夜裡應著點。

陳夥計給我備馬，我要回家去了。」且說且起身，出離櫃房，趁雨住天明，復到馬圈上，重勘一過。已拔的棚木，早已經重按牢固。有幾位馬師正在那裡講究，見昭第姑娘走近，一齊招呼。

昭第姑娘笑說：「我們真是賊走關門了。」便湊到失盜的馬圈旁，加細復驗。當下看出賊人下手，非常巧捷；並有馴馬的高手在內，所以那樣的生馬，竟老老實實容他牽走。

這丟去的七匹馬中有三騎是快馬韓親自選出來的駿馬。據說這三匹馬全是難得的良驥，雖不是千里駒，全有六、七百里的腳力；要是馴出來，全能價值千金。這三匹個個不在場主那匹銀鬃雪尾馬之下。不過凡是良馬，天生的力猛性烈，不容易受羈勒，比較平常的馬調著費事，還得有真經驗，有真本領的馬師，親下功夫，排、壓、控、縱，須懂得馬的脾性，才能著手。若是馴調不得法，反容易把這種良馬糟踏了。快馬韓在這撥馬群裡，得了這三匹良駒，非常高興，每天親自調練。在十分忙時，只教老馬師劉義幫著自己，概不準別人妄動。

這三匹良馬，內中單有一匹火煙駒，渾身毛皮如同赤炭，夾雜著一片片的黑毛，正像煙火燃燒似的。這一匹尤其性烈力大，不受羈勒；在馬群裡沒挑出來時，已傷了兩三個夥計。每回都由快馬韓親自動手，才能給牠掛上籠頭。直下了七八天的工夫，還是不時的犯性；並且愛咬群；在大圈裡，也是單立槽口，不跟別的馬挨近。不料這三匹烈馬竟被盜馬賊一舉盜走，這等身手怎不驚人？

昭第姑娘驗看大圈裡所失的四匹，還不怎樣驚異；賊人只是用極好的芻豆，誘得牲口貪食，便把牠一匹一匹牽引出圈。

只那三匹烈馬，絕不是芻豆能誘得住的；可是小圈裡的蹄跡並沒有凌亂掙跳的形跡，獵狗也沒有鬧，這就可怪了！只不明白賊人用什麼法子，猶能倉卒間駕馭得了這種烈馬。並且三匹馬便被盜馬人的威力鎮住，憑這

種馬，就是不咆哮，也得嘶鳴一兩聲，在馬圈鄰近的守夜夥計也可以聽見，怎會一點聲息沒有？或者是馬走蹄聲雖有，卻被雨聲遮過，這是天與其便，由不得人了。

昭第姑娘驗看完馬圈，復到牧場外圍看了一遭，看罷又是驚異，又是憤怒。囑咐一班掌竿師傅，多加小心照管馬圈，自己折奔馬圈後的排房。

牧場裡夥計們住宿的房子，跟場主住宅的誇房瓦舍截然不同，這只是板築的窩鋪罷了。全用木板搭蓋，方丈小屋，高一丈二，每間只容兩個至四個人住宿。通體是木料，只有頂上蓋木板，外加一層茅草，為是搪雨雪滲漏。每一排八間，卻占十五間的地址，第一間跟第二間隔開一間木屋的地方，為是防備火災發生。假如第四間木屋著火，第三間、第五間不致被延燒。這些木屋拆卸時極易，再移挪到別處，依然能用。這因為畜牧的事業本是遊牧性質，水草一斷，這個地方便不能再住，立刻得遷移到水草豐肥的地方去。天時地利，變化無常，本是水草豐足之區，經過數年，或許水源乾涸，土脈起硝，或野燒太廣，也不得不遷。如到極邊遠的地方，連木屋全不用，一律用帳篷，全為遷移便利罷了。可是像快馬韓所設的牧場，地在龍崗山麓，襟山帶水，實是大好牧場，不會有變化的，不過不能不提防。

這木屋每五排，四十間是一部，在第五排排房後是一座龐大的飯廳。飯廳倒是按土著民房建築，是圓形葦把泥坯牆。光圓茅草的頂子，裡面軒敞異常，足容百餘人吃飯。後圈也是照樣搭著木板排房。另有客屋，其實也是板屋，無非稍為高大罷了。

昭第姑娘徑奔前面排房第二排查看；這裡的弟兄已全數出動散布開，每排只留一人看守。昭第姑娘查問白天那個自稱姓袁的奸細，現已逃跑，昨夜他有什麼口風沒有。

那留守第二排房的弟兄忙將周誠找來，周誠本奉命暗中監視袁承烈，不幸昨夜風起防雨時，他也搶出來幫忙；一時大意，竟令袁某逃走。此刻

站在昭第面前很覺抱愧。昭第姑娘抱怨他幾句話，跟著就問他昨夜監視盤詰的情形。

據周誠說：此人口風很緊，一點什麼也套問不出來。我們故意的拿江湖道上的話引他。聽他口氣，不過一知半解，好像實非此道中人。至於他是不是故意裝做那樣，就不得而知了。

當時我們又跟他談起走關東，練武功，打把式賣藝，到處吃香，受好朋友另眼看待；別管會的多會的少，總要手底下明白兩下子，才能在關東三省吃得開。這個姓袁的聽這個話時十分嘆息，據他說：關東三省是好漢出頭、英雄用武的地方，可也全靠老江湖，眼睛亮，有人緣才行。若沒有真才實學，眼裡又不認得人，好漢子一樣吃虧上當，跌倒爬不起來。手底下有根，滿不如心眼裡有數；江湖飯還得讓江湖人吃，言下頗有吃盡虧、上過當的意思。

昭第姑娘聽了，眉頭緊皺，向看守排房弟兄和周誠等一揮手道：「好吧，你們小心守護。如若那姓袁的萬一裝沒事人，溜回來，你們就把他看住了，別教他走了。他如敢支吾，你們就趕緊鳴警，召集留守的老師們，把他先拾掇了，等我來場發落；現在我要回家了。」弟兄們連聲答應著。

昭第姑娘又親自把排房裡查看了一遍，認定這新來投效的人，是盜馬賊的內應。自己趕緊上馬，折奔本宅，向姨奶奶屋裡打了個晃，忙返自己屋中。匆匆換了一雙鹿皮包尖靴，背鐵胎弓，挎彈囊，佩雙股劍，提一根花槍，收拾出來，對姨奶奶說：「牧場鬧賊，我要代父守場。」

快馬韓的侍妾固是長親，卻非嫡室，素日怕著小姐的。她看出昭第姑娘面容緊張，全副武裝，要問不敢，裝不知又不能，剛叫了聲：「姑娘，你昨兒晚上……」

昭第姑娘回眸一笑道：「姨媽，我不會偷跑！就是昨晚下雨，才鬧的賊。二當家追賊去了，我得替他守場子。」邊說邊走，已經上馬了；陳夥計策馬跟隨在後。

昭第姑娘重返牧場，進了櫃房，對司帳馬先生說：「我要帶幾個人，出去勘道。」

　　馬先生說：「這個……」昭第把眼一瞪道：「丟了馬，不找行嗎？」又放緩聲音道：「馬先生，你多偏勞，好好看著咱們的牧場。二當家往東南去了，我只打算往西北驗驗蹄跡；不到午飯，我準回來。」馬先生搔著頭皮道：「姑娘午飯在哪裡吃呢？」

　　昭第道：「我叫他們帶著乾糧水壺，不過是個預備，我也許午飯前趕回來呢。」

　　馬先生和一班馬師都勸不住，只得囑咐道：「姑娘多加小心，多帶幾個人去，能夠不再出事故才好。」

　　昭第笑道：「我也是關外土生土長，這種生活過慣了，有什麼可怕？何況又不是臨敵上陣。並且我這匹玉雪駒，只有場主的銀鬃雪尾駒追得上，可也就是短趟子；要是跑長趟，哪匹馬也比不了。萬一路上遇警，我縱馬一跑，立刻化險為夷了。我這回只要勘出形跡，一定先翻回來，和諸位從長計議，斷不教老師傅們懸念。諸位只把場子看好，不再在白天出錯，就很好了。」

　　司帳馬先生和留守的馬師們，被昭第姑娘這一番話，說得稍稍放心。昭第姑娘更不遲延，忙選了三位武師、一位馬師，伴她出尋。選人時她用了一番心思，單選那氣豪膽大的莽壯少年，免得他們畏懾不前。遂將玉雪駒牽來，接過韁繩，左腳微點鐙眼，騰身翻上鞍去。那根花槍就順在腿下。又一抖韁繩，這匹駿馬一聲長嘶，四蹄放開，衝出場去。隨行武師也忙上馬，跟了出來，卻忘了攜帶獵狗。

　　出離牧場，略勘近處，有許多蹄跡，越過一片草原，折向東南。眾人都說：「這是魏二當家率眾躧賊的遺蹟。」

　　昭第姑娘志在尋人，尤要於追馬，便說：「我們先勘東南。」

　　眾武師聽了，一齊加鞭策馬，往東南荒徑上走去。兩邊半人高的荒

草，被野風振撼，沙沙作響，夾著老林發出來的濤聲，倍增荒涼之感。舉目一看，天高地曠，把人越顯得特別渺小。在這一望無垠的野地上，只有這幾騎駿馬奔馳；昭第姑娘雖說膽大，但也覺得氣虛。走了一程，遇到有積水的地方，恐怕陷入泥澤，就得覓著較矮的草徑繞過去。草中的爬蟲狐兔之類，猛被鐵蹄驚起，吱吱發著怪聲逃竄。人們聽了，未免有些心悸；走久了，也就不理會了。遇到有岔路的地方，就駐馬審視地上是否有蹄跡。

昭第姑娘一氣兒中發出四十餘里，面前忽逢歧路。有三股岔道，都沒有蹄痕，更沒有一點馬糞遺溲。魏天佑帶著不少人，總該沿路留有蹄跡，怎的會一個追不上，連蹄跡也沒有了？莫非他們是踏荒走的？

韓昭第心中懷疑，下馬細勘。勘完，揣度情形，擇一條道，又走出十數里，估計著已到黑石岩不遠，離寧安只有一短站。驀地想起魏天佑臨離牧場，曾說這一帶有綠林的堆子窰，自己太疏忽，怎的當時竟沒留神；離牧場時也沒有向留守的馬師們細問。在平日閒暇時，郊原控轡，雖見過兩處小村落，但是絕不像綠林人出沒之區。遲疑了半晌，問隨行武師，他們也和自己一樣，只知近處有綠林，不知巢穴確在何處。昭第姑娘想了想，決計蹚到寧安城；實在追不上，只好翻回牧場，再作計較。

昭第姑娘拿定了主意，立刻重往前蹚。這一帶已近老林，無邊林木濤聲更大了，風過處，猛如牛吼。昭第姑娘拭汗揚鞭，駿馬如飛地又往東奔出十幾里的光景，前面又有一條道，分成兩股岔路，不知道該奔哪裡去。遂勒住了牲口，往南北望瞭望，什麼也看不出來。

昭第姑娘遂從馬上下來，走上一道高坡，憑高眺望。北面那股岔道，荒草甚深；南面那股岔道，不遠便有一片積潦，哪還看得出有人跡蹄跡。昭第本著先難後易的道理，立刻直趨南道。從草地裡，越過這段積潦去，走出十幾丈外，地上見了沒有積水的地皮。遂低頭仔細查看，發現地上確有蹄跡。往前又查看了十幾步，不禁大為失望，敢情只是一匹馬的蹄跡。

忖度著魏天佑絕不會一個人蹚下來；還有隨行的那班人，斷不會不緊跟著魏天佑的後蹤綴下來。這一定不是牧場的人了，當然也不是單行的賊蹤。昭第姑娘十分悵惘的折回來，復向北道尋去。

不意這一帶地勢凹凸不平，往北去的路口，又有荒草掩遮。直走出一里地，面前忽現泥澤，水面更大、積水更深，地下不能往前再走。昭第姑娘遂上了馬，招呼隨行武師，教牲口蹚著泥水往前探。直蹚了半里地，才見著平燥之地。昭第姑娘下得馬來，抽槍撥草，逐步往地上尋看。忽發現幾個蹄印，再搜下去，立刻驚喜十分。只見地上蹄跡散亂，留有馬糞，分明像是馬群經過的情形；並且雨後泥湥，尤易辨認。

昭第姑娘尋得了馬群趨向，心裡略微安慰。可是又想到這條路十分生疏，自己從前並沒走過，也不知這條道究竟通到哪裡。雖查出蹄跡，準是不是，還不敢定。萬一是別的馬撥子，那可糟了！昭第姑娘這一轉念，愈覺前路茫茫。她帶來的壯士卻很歡喜，不住說：「這裡還有蹄印！那裡還有蹄印！」以為很有把握了。

昭第姑娘默然不語，拄槍四望，暗打主意。無意中，忽一眼瞥見通左十數丈外，荊棘上掛著白素素的一團東西，遠望辨不出是什麼，可是特別刺目。昭第姑娘遂提槍撥草，一步步蹚到近前，往荊棘上一看，原來是一塊長大的布巾，正像自己牧場中人所用的。這種布手巾二尺長、一尺寬，兩頭全有藍色橫條子；這是快馬韓在寬城子布機房定織來的，凡是牧場裡的兄弟，每人全發給一條；工忙用他拭汗，不用時往脖頸上繫，用作本場人的標記；雖在昏夜，也可以一望而知是否自己人。

昭第姑娘手持這條布巾，不禁精神一振。心想：這定是場中弟兄由此經過時，遺落下的。這一來，足可以證明魏二叔確是從這裡蹚下去的；這倒免得教我大海撈針、望風撲影子。趕緊告訴三個武師、一個馬師；大家齊喜，遂飛身上馬。一抖韁繩，很踴躍地蹚了下去。

這條道盤旋曲折，忽左忽右；昭第姑娘走著，微微動疑。

　　天然的草徑，絕不會這麼曲折，看著頗像用人工開出來的，幸而走了一程還沒有什麼岔路。約莫又走出有五六里地，仍不見魏天佑等人的蹤跡。那個馬師說道：「怎麼蹄印馬糞又沒有了呢？」一個武師答道：「你得下馬細看。」

　　大家正在議論，昭第姑娘猛抬頭，望見前面林叢，忽有兩三隻飛鷹，盤空打旋，忽上忽下。趁著這荒天曠野，振振風鳴，另展開一種圖畫；昭第一心勘跡，也無心領略。一個武師在後面望見，出聲嚷道：「姑娘你看，那邊林子後頭，一定有什麼……」

　　一言甫了，忽聽林後「撲」的一聲，驚破長空，緊跟著又「嘭嘭」連響兩下。頓有一隻鷹雙翅一旋，一翻一覆落下來。

　　其餘兩隻鷹突然疾如駭電，穿雲直上，飛開了。一個馬師叫道：「咦！莫非是蒙古獵戶嗎？我們可是白蹚了。」

　　一個武師道：「繞過去一看，便知道了。」

　　哪知：他們五匹馬剛剛放開鐵蹄，遠遠地便聽見林邊道旁，草叢之中，「吱」的響起一聲胡哨。昭第姑娘這時恰在第二騎，不由詫然一驚；急一勒馬韁，把牲口放慢了。頭一騎那個武師也就勒住了坐騎，一齊張望。突見五六十丈外荊荊叢中，嗖嗖竄出兩個短衣壯漢，當途而立，高聲喝道：「來人少往前闖！是朋友，早報萬兒，免得誤事。」

　　昭第姑娘一聽，附近真有綠林道的堆子窯。昭第姑娘懂得規矩，忙翻身下馬，側身站住，剛要舉手發言；那第一騎武師早已抱拳高聲答道：「在下是快馬韓牧場差派來的，有緊急事，要在貴窯的線上借道。當家的請念江湖義氣，借道放行；改日快馬韓定然親身拜山道謝。」隨行的眾人全都下了馬，站在路邊。

　　那兩個綠林道彼此私語了一陣，才由內中一人答道：「原來是韓當家的牧場來的，我們久候了。但不知這個女子是誰？也是你們場裡的嗎？」武師答道：「那是我們姑娘。」

二賊相顧，私語道：「誰的姑娘？」一賊又大聲道：「你們諸位大約是找人來的吧？先下來的那些位，全在敝窯歇馬；你要見他們，請上馬吧。喂，這條線上，你們走過沒有？」

昭第姑娘此時不便抗言，知道一近他們堆子窯，定有埋伏；不如說實話，免得上當。連忙搶答道：「二位辛苦了。在下頭一次到這線上，請分神指示路徑吧。」

那人答道：「我們奉命守土，不便擅離。從這兒到我們堆子窯，還有五里地，共有三道卡子，從這裡往北，走出八里多地，見著樹林，早早打招呼。那裡自有人指點道路，躲避埋伏。過了那片樹林，奔西南走，又是三里多地的葦塘泥潭。把泥潭走盡了，就可以望見堡牆了，那裡設有兩道卡子。再走一段路，只要看見堡牆前的馬棚，你只管把牲口交給他們，自有人領你進堡。聽明白了沒有？別亂走，別處的埋伏很多，告訴你也沒用。請吧！」兩對賊眼不住地打量昭第姑娘。在他們心中，有許多奇怪猜想。

昭第姑娘已跟匪人答了話，不論前途怎樣，也只得闖一下子看。說了聲：「有勞指教！」騰身躍上馬鞍，一抖韁繩，衝了過去。隨行的武師自恃場主與這邊綠林有交情，竟不阻攔，反而緊跟上來；連魏天佑的情形也沒打聽，打聽也怕二賊不說。

那兩個賊登時往旁一閃，讓開了路。昭第姑娘馬走如飛，率眾闖出不遠，隱隱聽得那兩賊一陣狂笑的聲音；昭第姑娘看時，已經隱入草莽中，又看不見了。

昭第姑娘一邊走著，一邊盤算，就算魏天佑確已率眾奔到這裡，但是這裡匪巢是什麼情形，自己懵然不知；硬往前進，實在危險得很，只好硬著頭皮，往前直闖。這時馬走的不敢太快了，慢慢地往前蹓。不大的工夫，見前面黑壓壓的一片叢林；昭第姑娘知道第二道卡子到了。離著很遠，把牲口一勒，按規矩一打招呼；果然有人暗中出來答話，盤詰一過，

指點了道路。

昭第姑娘過了第二道卡子，順著草塘泥潭往西南走。這一帶形勢非常荒涼險惡。右邊是葦塘泥潭，左邊林深菁密。所幸雨早住了，並且這一帶土地是沙粒地，雨後水都瀉入泥潭，路上倒十分好走，塵土不揚。昭第姑娘和四個武師提起全副精神來，提防著暗處。又走過一大段泥潭，目光所及，西南遠遠浮起三兩點星星之光，測度著尚在半里地處。她雖說膽氣豪壯，究竟在這時，既不知人家底細，未免有些驚聳。眼前這條道是荒林夾峙的一股窄徑，有的地方枝葉低垂，人在馬上就得伏下腰去，不然枝葉會掃在頭面上。葉上面雨水未乾，只一碰便唰唰地落下來，灑人一臉一身。

五個人穿行林間，猛然間從左邊樹林裡發出「嘿」的一聲，跟著發出一件暗器，「啪」的打在馬前五六尺外的一株老樹枝上；枝葉隨響，紛紛落下。昭第姑娘正策馬當先，一勒玉雪駒，左腳退出蹬眼，往後一斜身，把鐵胎弓摘下來，右手探囊扣彈丸，預備迎敵。

韓昭第方要喝問，只聽左邊樹林裡有人發話道：「魏當家的連所帶的人，都陷身在商家堡，凶多吉少；姑娘明去不得，最好請回；如要救人，也必得乘夜暗入，騎馬不行的。我先走一步，姑娘還是請回吧。」跟著聽得一陣輕微的腳步之聲。

昭第姑娘忙驚問：「說話的是哪位？你先別走！」哪知林中寂然，聲息頓渺。

昭第姑娘急忙下馬，往林中搜尋，暗中示警之人已然去遠。此騎彼步，叢林荊棘，牽著馬難以窮追。昭第心中不禁著急。怎的魏天佑跟所帶的人全陷入賊巢？這一定是跟尋著盜馬賊的巢穴，一時失計，著了人家的道兒了。只這暗中示警的，卻是何人？為敵為友，善意惡意，都不可知，也許是故意嚇唬人。魏天佑落在賊巢，是真是假，也很難猜，怎的他們一群人，就會被人一網打盡？

昭第姑娘滿腹狐疑，一時拿不住主意。隨行武師說；「既已到此，不

能後退。」昭第終於咬牙說道：「不論如何，我們也要見個水落石出！」遂與四個武師低聲商議，為小心慎重計，一齊下馬步探。只是到了敵境，這幾匹馬卻須藏好。大家說著話，取出水壺和乾糧，略進飲食。

這時候天色已然不早，日光漸落；大家歇了一會，起身牽馬前行。在這遼東深山大林的地方，最容易迷路。乍走進去，還可以記住方向，工夫一久，入林漸深，稍不小心，就要迷忽。昭第姑娘五個人且探且用器械在樹桿上留標記。挨到夜晚，就可以辨星認方向了。

眾人走了片刻，漸近盜巢，昭第姑娘想要把這幾匹馬隱藏起來，卻須藏在林深樹密的地方，才免得被人盜去。大家在樹林中鑽了一陣，揀了一片枝幹較密的地方，把這匹玉雪駒和四個武師的馬，都拴在樹幹上。然後大家把弓劍全備好，穿著樹林，往正南蹚下去。曲折而行，不到三箭地，林盡見山，便已望見山麓下那商家堡的土圍子了。

昭第姑娘和四個武師停住了腳步，借林木障身，側目細細地打量著前邊土堡的形勢。這時候已到黃昏時分了。

這座商家堡建在山麓，地勢並不算太大，也就是方圓一里地大小；圍子尚不過丈餘，四角上也起著更樓。圍子上黑沉沉，看不出什麼來。五人所站的地方，只能看見堡牆北門；那裡出現兩三隻燈籠，被野風吹著，不住地搖擺。在黯淡的燈影下，隱約有人來回走動。距堡門數丈，東西各有一間房子，是否就是那放哨賊黨說的拜山接馬的所在；離著過遠，看不真切。

昭第姑娘打量盜窟形勢，想往裡闖，還不致費事。急忙退回林中，命那個馬師看馬，自己決計親率三個武師，進探土圍。當下繞林穿行一片片的蓬蒿荒草，從側面撲奔土堡的東牆，避開堡門上巡守的匪徒，伏身猛進。

昭第姑娘最擅長騎術，對於輕功提縱術會而不精；但是登土圍牆，卻還不難。今晚她是初試身手，和三個武師，輕登巧縱，轉眼間來到土堡切

近。這時已看清：這土堡只有南門上站著四名匪徒，全是短衫褲，光著頭頂，不打包頭，辮子盤在脖頸上；每人提一口雙手帶的大砍刀，來回在堡子附近走溜。堡門前東西兩排草棚，果是歇牲口的地方，馬棚黑洞洞的，並沒有馬。

昭第姑娘向三個武師暗打招呼，輕身提氣，撥草伏行，來到壕溝前。腰上一疊勁，藉著騰身猛進之勢，撲向圍牆。用「八步趕蟾」的身法，腳點土牆根，唰地騰身上了土圍子；三個武師也跟蹤而上。昭第已登堡牆，恐怕上面有潛伏的賊黨，趕緊向圍場箭堆旁一伏身，往左右查看。見兩旁並沒有瞭高的人，自己這才放心，一長身直起腰來。

只見這圍子內，附近沒有房屋，有住宅也全在數丈以外。

揣這情形，裡面房屋不在少數；當中走道縱橫，頗形寬敞。西南方一片火光，人聲鼎沸。昭第和三個武師聽這種聲音，心頭騰騰跳個不住。忙穩了穩心神，往四面看了看，徑奔那盛張燈火的地方撲過去。沿著東牆走了一半，前面的燈火之光反被房子擋著，看不見了。昭第姑娘輕輕現身，凝目往下面看。下面院子內也是黑暗無光，從這所房往西去，房屋相銜，接連不斷的有好幾十間；不過這些房子，散散落落，都不成格局；有的四五間一段，有的四面全是一排十幾間。當中有數十丈的大院落。很像堆穀場院，又像練武用的武術場子。

昭第姑娘與三個武師分做兩起，往土堡深處探視，越過兩三箭地，立刻眼前陡現光明。燈火掛在木柵上，木柵前面又是一片極空曠的地方；遠遠望見對面的堡門。在這空地旁，又有一道木柵欄牆，圈起一大片房子。這裡的房舍蓋造得較夠格局，數排長房，很是高大。從柵隙房角隱透燈光。更歷歷聽見人聲喧啾，可是聽不清一個字。昭第觀看良久，相度形勢，恐怕正是全堡的主房，必須冒險一窺才好。

昭第姑娘向伴行武師一點手，先後溜下平地；那分路踏勘的兩個武師就勢也跳下土牆。四人遂又合在一起，伏身急行，竄到東面；藉著房屋隱

身，仔細往柵院內看時，不禁驚然心驚。

柵欄內，正房前，燈光之下，赫然入目的是一個敞穿長袍的匪首，身旁站立著四五名頭目，兩邊散散落落聚著匪徒。倒有二十多只燈籠火把，或手持，或插壁，照耀著全庭。離開匪首數步，地上倒著幾個人，內中有一人身邊似有一大片血跡，不知是死是傷。又一撥匪人，各持著明晃晃的大砍刀，監視著地上被捆倒的六七個人。這被捆之人衣服穿著，越看越像是自己牧場的人。

空庭當中，有五個匪徒，牽著五匹棗紅馬；每匹馬全用絆繩拴牢馬身。繩子的那一頭，緊拴在地上被捆的一人身上，兩手、兩足和脖子，各拴一套。這分明是匪首要用慘無人道的酷刑「五馬分屍」法害人。地上這人手足脖子既被巨繩縛住，那邊五匹馬各拽一繩，只要牽馬的一鬆嚼環，一揮馬鞭，五匹馬五處一掙，這個人就得被馬分裂。即不然，也被繩套勒項，氣絕而斃。這本是塞外牧場相傳的一種酷刑，沒聽誰實行過。

昭第姑娘乍見之下，十分驚駭。尤可詫異的是，所用這五匹棗紅馬駒，很像自家牧場選出自用的馬匹。這樣看來，魏天佑等一定陷身這裡了。只是將被這五馬分屍的人，和地上別個被擒的人，究竟全是誰？自己隱身處，只看見背影，竟看不出面貌。

昭第姑娘心中著急，便忘了危險；一手提弓，竟順著柵牆，藏在黑影內，鼓勇往前面繞去。正面全是很軒敞的空地，柵門已經緊閉。昭第藏在木柵後，從柵縫往裡窺看。三個武師也照樣做；內中也有持重的，要把昭第拖出險地；昭第甩手示意，誓不後退。卻幸火把的光只照及空庭三兩丈以內，昭第伏暗窺明，居然看見那地上被擒之人，正是牧場中的馬師、夥計；一個個捆綁在地上，不能動轉。再看那將被裂屍慘刑的，正是魏天佑。

昭第姑娘這一看明，倍覺驚疑，想到魏天佑一身武功，並非泛泛，做事精幹，素為爹爹重視；這次竟會被人一網打盡，足見匪黨厲害。自己人

單勢孤，要想伸手救人，未必能行。只是目睹生死呼吸，哪有見危不救之理？她這裡焦急驚恐，進退兩難，急出一身汗來；她手下那三個武師全是魯莽少年，此時竟也不度德，不量力，一齊躍躍欲動。

就在這工夫，火把光中，群賊往前挪動，似得動手行刑；那匪首冷笑發話道：「牲口拴好了，趕緊動手。這幾位好朋友大遠地尋上門來，足見看得起我們。我們要好好待承人家。他們不是找馬來的嗎？咱們就教他跟著馬回去。」

匪首這一發話，立刻就有手下頭目們豁剌往前一衝，全撲奔過來。

昭第姑娘，這時剛把匪首的面貌認準。只見這個匪首年約四十來歲，肥頭大臉，下顎透青，一臉酒糟疙疸，從眉宇間流露出塞外一種獷野之氣。這班匪黨往前一衝，看這情形就要動手收拾人。

地上被縛的魏天佑好像才醒轉過似的，忽的破口大罵起來。昭第姑娘按劍細聽，只聽魏天佑高聲罵道：「我魏天佑在關東道上總算是條漢子，什麼樣的英雄人物全都見過，就沒見過姓姚的你這種朋友。好漢子講究一槍一刀，腦袋掉了，怨牠長得不結實。你這麼對付魏大爺，我就是栽在你手裡，絕不心服，使暗算的是什麼人物？姓魏的不過是牧場小夥計，可是，明去明來，我哪點不夠朋友，請你點出來。我要有違背江湖道的地方，你就是把我寸剮凌遲，我死而無怨。你這麼擺治人，我就是死在你手，也不心服；只算我瞎眼上當，日後總有找你算帳的。」

魏天佑一陣狂罵，那匪首勃然震怒，立刻奔過來，俯著身子冷笑道：「魏朋友，到了這時，你還道什麼字號。你還想唬我嗎？任憑你說得天花亂墜，我也得給我們拜弟報仇。你傷了他，讓他一輩子落殘廢，我只好對不住你。我商家堡在這條線上，這些年沒有招擾過好朋友。你們自尋苦惱，找到我們頭上，這是你們不睜眼。我要不給你們個厲害，也教別的好朋友們看著商家堡是容易沾的主兒了。姓魏的，就著你沒死前，把話聽明白了。你是英雄，教你死的也英雄；你是販馬的，教馬送你的終！我還教

你放心，快馬韓他不是你們的頭兒嗎？他在關東道上也有個萬兒，跟我也認識，我這是替他清理門戶。我發送完了你們哥兒們，我自然就去找他。我倒要問問他，上門口欺負人，這是怎麼講。我姓姚的專鬥的是人物，從這時起，算是定下約會，我倒要看看這名震遼東的快馬韓，是怎麼樣的英雄，我要領教領教他！話已說明，這總教你死得明白了。你就閉眼吧，相好的！」

匪首說到這裡，轉身揮手。那五個拴馬的壯漢，各把鞭子一舉，眼看魏天佑被五馬分屍，慘死在商家堡。

第二十章　韓昭第凌晨緝盜

第二十一章　飛豹子孤掌解紛

　　昭第姑娘再不能俄延，一咬牙，開了扣彈，將要冒險救人。就在這剎那間，突聽得側面木柵，有人用沉著的聲音發話：「你們別動，先看我的！」

　　昭第姑娘回頭驚顧時，一條黑影於身旁數丈外，斜掠而過；跟著身形一起一落，已到了魏天佑的頭前。這人手裡只拿一把短短的匕首，用輕靈迅捷的手法，「嗤」的把捆魏天佑的五根繩子，全都割斷。在場群賊譁然驚叫！五個牽馬的壯漢離得最近，就往前猛撲過去。

　　那救魏天佑的人忽然哈哈一笑，把手裡的匕首反往地上一扔，抱拳環揖，高聲說道：「朋友們，暫請手下留情！可否容我說幾句話？我在下明知油鍋，硬往裡跳，我沒有打算逃走！商家堡是哪位當家？我要會一會高人，請當家的答話。」

　　匪首姚方清立刻向前叱問：「什麼人大膽，擅闖我商家堡？你藐視我姚方清，相好的，你是誰打發來的？報上萬兒來！」

　　當此時，魏天佑乘間挺身躍起，在火把光焰閃爍中，急看來人：年約三旬以上，豹頭環眼，巍然站在那裡，不怒自威。

　　再不料此人竟是牧場中頭天來投效的那個姓袁的漢子！事非尋常，不但此間寨主驚詫，便是魏天佑和昭第姑娘也都覺得離奇。

　　這個袁承烈把魏天佑的衣袖一拉，教他跟自己並肩站立；復又面對姚方清，抱拳拱手道：「尊駕就是這商家堡當家的，很好！我袁某本是局外人，跟快馬韓一不沾親，二無友誼；不過是路經貴窯，見當家的你竟因一時的氣忿，要用這武林中不齒的非刑，來對付江湖道上的朋友，豈不招英雄恥笑？今日姓袁的不避刃鋸斧劍，要出頭領教領教，請姚當家的明示結梁子的情由。你要是不敢鬥快馬韓，想殺人滅口，在你堆子窯裡，那當然

由著當家的你施為了。你要夠得上關東道上的朋友，你應該大仁大義，放了他牧場的人，教快馬韓出頭。常言說得好，打狗看主。」

袁承烈用手指被擒的人道：「這些人全是快馬韓牧場中的夥計，他們做事有不對的地方，姚當家的應當看著快馬韓的面子。你若是硬把牧場夥計殺了、剮了，固然出氣了；可是憑你的身分，跟夥計一般見識，豈不是小題大做？好漢做事，要能擺在桌面上講。我在下既然多事，我再告訴一句話：快馬韓現時沒在家中。你把他手下人都殺了，只算是乘虛而入，人家總有回來的那一天，人家要是邀集附近出頭人物，登門賠罪，拿場面話來問你，你怎麼回答人家？……一槍一刃，您得跟快馬韓比劃，跟這班人生氣，怕不值吧？」

商家堡這位姚方清寨主，自從成勢以後，十幾年中，就沒遇見人敢這麼指名排揎他。今夜這青年竟敢如此目空一切，哪得不惹得他怒氣填胸？趕前一步，戟指指著袁承烈的鼻子，縱聲大笑道：「好辭！好辭！你不要管我做的對不對，我先問問你，你憑什麼，敢跟我說這話？我把快馬韓的手下人扣下了，要處置他們，不是我不通人情。你知他們趕上門來，是怎樣欺負人麼？他們說是丟了馬，抽冷子闖到我線上來，三言兩語，跟我們的周老弟動了手。他們難道不知周老疙瘩是我的盟弟麼？這姓魏的硬給砍傷，還削掉了四個手指頭，把我們人害成殘廢。我若不把姓魏的處置了，我手下人要笑我欺軟怕硬。袁朋友，承你出頭了事，你且報個萬兒來，我和快馬韓是怎麼個稱呼？我聽聽你的，再講我的。」

袁承烈插腰一站道：「當家的，要問我的來歷嗎？在下姓袁，名承烈，和快馬韓是慕名的朋友。我因訪友，路過貴處；既知你們兩家不和，不量斗膽，想給二家息爭，絕不敢偏向哪方，這一點請放心。」

姚方清把雙手一張，大聲道：「好！天下事本是天下人管的。袁朋友，你是光棍，你匹馬單槍，硬敢給我們了事，我先謝謝！你說快馬韓不在家，這話可真？」

袁承烈道：「快馬韓若要在家，我也不到這邊來了，他們也不到這邊來了。」姚方清把眼睛瞪得很大，登時將主意打好，突然說：「快馬韓和我是鄰居，彼此對兵不鬥，逢年遇節，也常來往。這回他手下的人太無禮，他們丟了馬，竟尋我的晦氣，我不能受這個。你閣下既然出頭了事，我別看不知你的來歷，只看你這股勁兒，我也得和你交交。來呀，把人全給我放了。」

　　手下匪黨怔了一怔，交頭接耳私語。姚方清不耐煩，又大喝一聲：「聽見沒有，把人全放了！」手下人這才把地上被捆的人，一齊鬆綁。

　　袁承烈舉手道：「我謝謝當家的！」姚方清忽然一笑，揮手道：「慢著！袁朋友，我把這幾個人放了，固然衝著我老兄，我還衝著『快馬韓沒在家』這一句話哩，你要明白！」

　　袁承烈顏色一變道：「我知道，我再替快馬韓謝謝！」姚方清猛然將身一橫，雙眼徬徨四顧道：「我現在把人放走，以後就專等快馬韓回來再講麼？」

　　袁承烈將身子一退，抱拳道：「我聽你老的吩咐！只要賞臉，教我怎麼樣都行。」姚方清冷森森的又笑了一聲道：「對不住，我們商家堡這小地方，有這麼一條規矩；不能教人家拿一口空唾沫，給了結正事。你閣下空手而來，我們這些人眼看著你閣下就這麼走了，我們未免短禮！」

　　袁承烈道：「哦！我在下確是空手而來，渾身只有刀劍口，兩掌並無百煉鋼。當家的不嫌我末學後進，要面加指教，我當然不敢退縮。……」

　　姚方清大喝道：「你們別看熱鬧了，過來陪袁朋友玩玩！」

　　商家堡群賊嗷應一聲，各亮兵刃，往上一圍。內中一個年青漢子，名叫裕海的，手底下又黑又快，挺七星尖子（較匕首長，比單刀短）刷地刺來。袁承烈猛翻身，往右一晃，鐵臂陡分，「砰」的一掌，打在裕海的胸口華蓋穴上。手爪箕張，又一探，刁住敵腕，只一拿，裕海立刻呻吟倒退。他的七星尖子不知怎的，竟到了袁承烈掌中了，手法非常的快。

305

　　賊人過來的不只一個，四周五六個賊，蜂擁齊上，把明晃晃的傢伙，上上下下遞過來。袁承烈已曾防到，縮身搶步，要踏虛而進，先放倒一兩個示威。二當家魏天佑血脈已活，大吼一聲，與被擒才釋的同伴，紛紛動手……

　　突然聽弓弦響處，啪啪啪，從柵外黑影中，飛來彈雨。撲撲撲，火把的火焰驟被打滅數只。兩邊的人不明敵己，霍然竄開，一齊扭頭，往柵牆縫影裡尋視。持火把的賊也騷動起來。寨主姚方清急急搶過一把刀，厲聲喝道：「什麼人在暗處搗鬼？」

　　柵外一個清脆的喉嚨叫道：「姚大叔，是我來了！」魏天佑大驚，這是昭第姑娘。「這可糟！」魏天佑驚惶無地，場主沒在家，自己失馬丟人，累得場主愛女來臨險地，簡直把他急壞。

　　抬眼看時，昭第姑娘憑柵一躍，率三個武師，直走向空庭。

　　寨主姚方清也是精神一聳，火把餘光中，急看來人：竟是二十許的一個姑娘，身量頗長，面容彷彿很美；穿著似旗妝、非旗妝的急裝緊褲，手弓背劍，姍姍走了過來。

　　姚方清忙道：「這位姑娘你是哪位？」韓昭第回手掛弓，雙手一垂，柳腰微俯，行了一個「蹲安」，含笑叫道：「姚大叔，不認得我了？您的好朋友快馬韓，那就是我父親；我就是他跟前沒出息的姑娘。記得前五六年，我還見過您老呢。那時您不是同著一位姓周的周大叔，到我們馬場參觀去了嗎？你老臨走，還賞了我一副碧玉鐲子，我父親教我給您道謝。另外我父親還送給您一匹狼掏臀的馬……我的名兒就叫昭第。」

　　姚方清把身子一挫，道：「哦！您是韓大姑娘！……五六年沒見面，你真成了大姑娘了。你從哪兒來？你父親呢？」

　　昭第笑道：「我父親真出門了，我是剛從牧場來的。你老還不知道嗎，我父親從來不敢得罪人；這回不知怎的，牧場接連出事。昨晚下雨，又丟了幾匹馬。丟馬是小事，無奈我父親沒在家，場子裡的人吃不住勁，可就

亂碰頭，瞎胡找，錯擾到大叔您這根線上來了。我一聽就很著急，才連忙追來。真是的，夥計們不知咱爺們的交情；你老別生氣，我給您陪罪。」

又深深一安，群賊愕然。

昭第姑娘明面出頭，姚方清窘住了，把臉扭到別處，口中說道：「姑娘你真不含糊，將門出虎女……」頓了一頓，轉臉來，一指昭第背後的弓，把語聲加重道：「姑娘的弓箭真高，剛才……」

昭第忙道：「讓您見笑！我只是閒著沒事，常打鳥玩。剛才大家要動手，我怕誰誤傷了誰，都不好，才胡亂將火把打滅。侄女可不敢在大叔面前逞能，我是勸架啊！」又賠笑前挪了一步道：「大叔，我跟您討臉，把他們放回去。他們得罪您，我父女賠罪。我父親過幾天就回來，他一定登門負荊。」

姚方清道：「這一位朋友又是何人？我卻沒聽說過，也沒有見過。」昭第姑娘道：「這位袁壯士嗎，人家是新朋友，大遠的慕名拜訪家父來的。聽見這事，也替我們著急，人家也是趕來勸架的。大叔，你放我們走吧。話說回來，您不賞句話，侄女可不敢偷溜走，你真格的不看我父親的老面子嗎？」

武林道中，男女界限很嚴，長輩尤不能跟晚輩較量。姚方清無計可施，抱拳笑道：「姑娘，你這是什麼話？衝著你父親，我絕不敢胡來，剛才我是故意試試這位袁朋友的膽氣，我商家堡不論吃多大虧，傷多少人，天膽也不能扣留快馬韓牧場子的人哪。」信手一揮道：「姑娘，這幾位既然都是貴場的人，你就把他們帶回去吧。」

昭第道：「那敢情好，我再謝謝！……大叔您可別跟侄女開玩笑，您教我領走，我就真領走了。來吧，夥計，咱們改日再來道歉。大叔，不怕您見笑，我們還得找馬去；我們丟了七匹馬呢，太丟人了。」

姚方清道：「姑娘太客氣了，姑娘先別走；大遠來了，我這裡有一杯水酒，略表地主之誼，要請大家賞臉。諸位放心，在我線上，如有人動諸

位一根汗毛，那算我姚方清紀律不周。」

吩咐手下人：把扣留之物也都檢還。又向魏天佑舉手道：「得罪，得罪！」

魏天佑道：「見笑，見笑！今天承寨主大仁大義，我魏某永遠記在心……」袁承烈忙推他一把，方不言語了。

袁承烈就說：「天已不早，賜酒改日叨擾。既承當家的仗義釋嫌，我們就含愧告退了。」

牧場眾人都覺得這樣下臺，似乎太易；大家湊在一起，羞慚無地，齊向姚方清告辭。這個新來壯士袁承烈，不明白塞外豪客相處之情，心中更不無惴惴。

看那姚方清，真如沒事人一般，向手下的黨羽揮手道：

「排班送客出堡！」堡中的黨羽互相傳呼，各持兵刃，列隊相送。姚方清手下受傷的人都不甘心，只礙著首領，全怒目相視。這一齊隊，大約商家堡的黨徒全出來了，由柵牆起，直排出堡門；兩行燈籠火把，照著一排雪亮的刀槍，光芒閃爍。魏天佑等走在當中，真覺得冷氣森森，韓昭第臉上也微露驚容。

只那袁承烈，昂然舉步，目不旁視，好似眼中沒有這些人似的。

姚方清督率著手下黨羽，往外相送，那幾個頭目就緊隨在背後。姚方清也只注定這姓袁的穿著打扮：此人絕不是久走關東的江湖道，居然穿行槍林，旁若無人，到底是從哪裡冒出來的這個人物呢？姚方清是一寨之主，不由把袁承烈多看了一眼。心想：快馬韓這傢伙不知從哪裡蒐羅來的，這人準是把好手。

當下直送到堡門前，這就該告別了。袁承烈和魏天佑，一先一後，夾持著昭第姑娘，轉身抱拳。姚方清直到這時，猝然發話道：「袁朋友這回翩然光臨，我深以為幸。可是的，韓場主哪天能到敝處來呢？這件事，請袁朋友保證一句。」

昭第姑娘道：「姚大叔，家父只要回場，準先到這邊來賠禮。」

姚方清笑道：「那可等不了，誰知他多咱回來？諸位是明白人，這件事不算了結；如果這樣模模糊糊完了，我怎麼對得住手下受傷的那幾個弟兄，我若不給他們順過這口氣，往後我怎麼再用他們？」

魏天佑臉都氣紫了，就搶著說：「那容易，五天以後，敝場一定有人來賠罪！」

姚方清不搭這碴，轉而看袁承烈。昭第忙道：「大叔，咱們一言為定，五天後準到您跟前來賠罪。」

姚方清笑了笑道：「咱爺們是自己人，姑娘，我不能跟您說什麼。老實說，我願意聽這位袁朋友一句話。」

這簡直要的是這麼一股子勁。袁承烈也不由紅了臉，道：「堡主把我太看重了。我說是快馬韓的生朋友，堡主大概不相信……」

姚方清笑道：「你這麼出力給我們兩家了事，不是韓老哥的親信，不會這麼賣命。」袁承烈一聽這話，咄咄逼人，也激出火來，抗聲道：「堡主既然這麼看，我也無須多辯，這件事就算我的事吧。剛才韓場主的令愛已經說了，我再重說一句：五天以後，我們準有人來，給您順氣。」

姚方清大指一挑道：「痛快！我謝謝您閣下賞臉。我說弟兄們，都聽見了吧？不是我姚某怕事，這裡頭礙著朋友面子；這樣辦，你們覺得怎樣？」緊跟在姚方清背後那幾個副頭目，聞言相顧低議。內有一人姓周，用布纏著手，便是與魏天佑動武，被砍落手指的人，此時忙說：「大哥看著辦，咱們弟兄不是不開面的人。我的傷不算回事，四個手指頭值什麼；腦袋掉了，不過是碗大的疤。五天後，咱就五天後；不過我得請魏朋友也到場。」

魏天佑冷冷地說道：「我一定給周爺賠禮來。」

袁承烈忙道：「就是這樣子吧，我們一言為定。天實不早，這裡有韓姑娘，是女眷；堡主沒有不開面的，我們可以早走一步吧？」

姚方清抱拳道：「請！」

袁承烈又道：「堡主，我們還有一個無禮的懇求，堡主可否派一位弟兄，給我們引路？」

姚方清哈哈笑道：「大丈夫一言出口，如白染皂。咱們已然說定，前途一準平穩無阻，盡請放心。……我還有一句話，不說不明白。大姑娘和這位袁壯士，你們以後如要光臨敝處，還請你在線上掛號，別這麼自己進來。你們幾位悄沒聲的闖進來，固然顯得武藝高強；您可知道我們卡子上的弟兄，有多少犯了疏階之罪？我若不罰他們，以後倘有急警，卡子豈不成了虛設？我若罰他們，諸位面子上過得去嗎？」這句話說得最辣，姚方清手下人聽了，方才心平氣和。

袁承烈和韓昭第微微一笑，口頭上連說：「對不住，對不住，是我們心急魯莽了！」這樣說法，就算很讓面子了。

姚方清順過這口氣來，把腰板一挺，說道：「恕不遠送！天實不早，諸位上馬吧。」跟隨魏天佑出來的一位馬師道：「我們的馬，姚堡主還沒有發還呢？」

姚方清故意矍然道：「忘了，忘了！來呀，你們怎麼不把人家的馬牽過來呢？」

魏天佑明知姚方清惡作劇，卻也無法。姚方清只送出堡門便回，另由副頭目率黨羽，持燈籠火把，伴送著出了頭道卡子。馬師向這夥綠林豪客作別；眾人牽了馬，走出數箭地，這才站住；回望盜窟，猶透火光。昭第姑娘見魏天佑垂頭喪氣，懊惱異常，也顧不得安慰；命手下武師，先入林中，找著看馬的馬師，把藏著的五匹馬牽出來。然後向袁承烈再三道謝：

「若不是你露這一手武學，只怕我們不能好好出來。」

這個投效壯士卻把昭第姑娘欽佩不止，以為有膽有智，巾幗丈夫，對昭第說道：「我還得謝謝姑娘哩。要不是你飛彈打滅燈火，我也要吃眼前虧呢。」

昭第姑娘轉問魏天佑：「您是怎麼和姚方清鬧翻了？咱們的馬是落在這裡嗎？」

魏天佑咳了一聲，道：「我們一路尋馬，被獵狗誤引入他們的卡子。他們那個姓周的太不講理，三說兩說，就給我一槍。我不能不還手，就把他的手掌劈了。姚方清一出頭，就施詭計，把我們誘入陷坑。饒沒訪著馬，夥計們反倒全受了傷。姑娘，我這回栽到底了！你爹爹把留守的事交給我，我竟給你爹爹丟這大臉，我沒法子再幹了！」

又問道：「姑娘，你怎麼也出來了？這太險了，你是閨秀千金，萬一出點岔，我拿什麼臉面見你爹爹！」雙手交握，樣子很難過。

武師們齊勸道：「二當家不要難過，麻煩遇上了，也沒法子。咱們是好漢搪不住人多，一刀一槍到底沒輸給他們。他們施的是埋伏計，不是咱們盯不住。咱們人受傷，他們受傷的更多；算起來還是他們吃虧，我們雖敗猶榮。」

昭第姑娘問：「都是哪幾位受傷？」這一回合打得很凶，周老疙瘩固然吃了大虧，牧場裡邊幾乎個個掛彩。所幸傷都不重！只是先中箭，後被擒，缺藥救治，失血稍多；此時都撕衣襟，縛住傷口。魏天佑傷得較重，他並不介意，只是心上難過。

昭第姑娘和大家都和袁承烈道勞。這個投效的人來歷不明，起初人們還猜疑他，想不到當晚便深得他的用。他是第一個發現盜馬事件的。大家慰勞他，他只向大家客氣，胸中另有祕計，要待機施展。

昭第姑娘總是惦記著失馬，忍不住又問眾人：「你們跟姚方清打了一陣，到底得著盜馬賊的線索沒有？」

一個武師道：「沒有訪出來，所以二當家的才特別著急；跟姚方清手下的周老疙瘩乍見面就說僵了，跟著動起刀來。」

昭第道：「哦，那是怎麼的呢？」

魏天佑負慚不願詳說，別個武師剛要述說原委，另一個攔阻說：「反

正今夜沒法子訪查了，咱們先離開這裡。現在乍離匪巢，耳目切近，我們回場細談吧。」

大家都以為然，魏天佑更怕牧場再出岔錯；當下各整雕鞍，立即遄返。查點馬數，竟比人數少了兩匹。那報效壯士袁承烈沒有騎馬；魏天佑一行中，和賊動武，傷了兩匹馬，還短一個人。魏天佑便挑選健馬兩匹，教體矮身輕的四個人共跨兩馬。給袁承烈勻出一匹來，立刻大家扳鞍認鐙，向牧場出發。

他們仍恐中途被襲，雖有燈籠，竟摸著黑走。他們的騎術個個很精，居然黑夜揚鞭，疾行毫無閃失。報效的壯士袁承烈，似乎騎術稍差，夾在馬群中，有人開路，也可以控縱自如。一路上但聞野風怒吼，荒草哀鳴；馬師們仰看天星，辨路前進。走了好久，居然一路平安。他們望見牧場中心挑出來的天燈了。

魏天佑長吁了一口氣，招呼大眾，把馬放慢。到牧場柵門前，下馬叩門。早有瞭望的人看見來騎，向櫃房討來大鎖的鑰匙；略作問答，把大家放入。司帳馬先生披衣起來，說道：

「二當家和大姑娘一路回來了，你們在哪裡遇上的？尋馬的結果怎樣？」忽抬頭看見袁承烈，被大家客客氣氣地讓進櫃房，馬先生不由一愣。

昭第姑娘用手巾拭汗，說道：「馬先生，你先別問，快給我們弄點茶水來。我們全沒吃飯哩，趕快叫他們做飯。」所有出門的馬師、武師，全讓進櫃房；櫃房已經人滿。昭第姑娘又忙命手下人，找刀傷藥、膏藥、棉布和人蔘湯、定痛藥，給負傷的人調治。忙了一大陣，各武師、馬師飯後都回宿舍歇息，櫃房只留下昭第姑娘、二當家魏天佑和這位投效便立功的袁承烈。昭第姑娘很優禮地說：「馬先生，您不知道，人家這位袁大哥，新來乍到，當晚就露了一手。這一回多虧人家，才把魏二叔救了。」底下的話沒肯再說，怕魏天佑臉上掛不住。

魏天佑自以對快馬韓交深責重，雖然栽了跟頭，口頭盡表歉意，實際仍須勉為其難，負責往下幹。歇了歇，便把訪馬結怨，和姚方清、周老疙瘩動手遭擒的事，勉強說出來，跟著商量五天後應付姚方清之策。

原來魏天佑在牧場裡，一發現有盜馬賊光顧，登時憤火中燒。想到快馬韓拿自己當親弟兄看待，這次煙筒山出事，快馬韓親往查究，把全場留守的事，全託付了自己；竟在受人重託之後，不及三日，出了這事，自己有何面目再見場主？所以在盛怒這下，先放出獵狗，繞場勘查了一回。認定西北和東南兩路可疑，這兩處都有蹄跡馬糞，未被雨水沖沒。遂將馬師、武師點派好了，分兩路勘尋下去。

魏天佑曉得西北和東南很有幾家綠林，在那裡安窯立櫃；不過他們多半都跟快馬韓有過來往，猜想他們關照情面，不會唆人出頭盜馬。卻有兩處綠林，不敢保準，東南一處是黑石岩的風子幫（馬賊），西北一處是赤石嶺的紅鬍子。但這兩處的匪黨首領歷來不在這附近百十里內上線開爬，並且他們不大跟江湖上的朋友通氣，和快馬韓的交情也比較疏淡一些；因此牧場中對於這兩處的細底也不大清楚。不過塞外吃風子幫的馬賊，歷來還沒有到寒邊圍這一帶做過買賣；如此推測，又似乎只有黑石岩、赤石嶺，這兩家難脫嫌疑。魏天佑遂決意分一撥人奔赤石嶺，自己便往黑石岩這路上蹚下來。

一路拈行，緊趕出十幾里路，細雨如絲，野風陣陣，廣漠的原野，越走越沒有一點蹤跡。獵狗在路上亂嗅，因當天大雨，也嗅不出什麼徵兆，反而仰天狂吠起來。

魏天佑暗暗著急，徬徨無計。隨行的武師有花刀吳鵬遠、飛行聖手劉雍，這兩人全是關東道闖蕩多年的江湖道。魏天佑向兩個招呼道：「吳師傅、劉師傅，你看這種情形，恐怕咱們哥們要栽跟頭了。按場裡勘查的情形，從出事到發覺，工夫可沒有隔多久，我想這夥風子幫的老合定不是俗手，我們場主的威名，他們一定有個耳聞。他們竟敢捋虎鬚，往太歲頭動

土，他們做的活又那麼乾淨俐落，得贓之後，他們『出水』，必有安排。我想著他們要往東南下去，奔營城子、九下臺，雖是岔道多，可全是明線，未必走得脫。我斷定他們全是個中老手，定然走岐路，避眼線，往霜頭寨、商家堡這一帶繞下去的。這條線既有兩處堆子窯，最易逃竄潛蹤。只是咱們緊趕了這一程，路上一點蹤影不見，難道咱們推斷錯了不成？」

馬師飛行聖手劉雍答道：「二當家，你先別急躁。你老推測的跟我心意一樣，我也覺得我們的馬怕落到這趟線上。不過這夥老合頗覺扎手；馬要是他盜的，他既得了手，絕不肯扎窩子不動。偏偏今夜這場雨給他留下老大便宜，道上一點腳蹤蹄印沒留下，獵狗的鼻子也靠不住了。我們還得提防他們離開了幫，穿老林，從草地裡走下去；那一來，我們就是追到寧安城，也未必能踩著他們的腳印。他們要是踏草地走，我們在大路上奔馳，我們馬撥子的響音，在這黑夜曠野地裡，離著幾里地，就能被人聽到。那一來不啻給人家送信，他們知道已經有人跟蹤綴下來，他們必然聞聲閃避，我們豈不暗中吃虧？依我說，我們不要成群結夥的從大道上追，我們還是一匹一匹散開了，從青紗帳裡往下趲。我們有三四盞亮子，沿途可以留心查看草地上的馬糞，也許能夠究出點跡象來。我可是胡出主意，二當家瞧著怎樣？」又道：「眾位若有什麼高見，也請說出來，咱們大家斟酌辦。」

魏天佑忙答道：「劉師傅說哪裡話來？我是當事者迷，只顧了氣忿，這種地方全沒想到，就依劉師傅的主張辦吧。」立刻把這隊人分散，成為兩隊，每隔開幾十丈，便放一騎馬；果然這樣穿行紗帳，儘管馬走如飛，竟沒有多大聲息。

約又走出二三里地，掌竿的余二虎用孔明燈忽照見路旁草地，遺有一堆馬糞。余二虎忙招呼大家察看；他自己也顧不得髒淨，逕自下馬，把馬糞拾起來，破開驗看。他知道遺糞不久，準是馬群過去工夫不大。魏天佑一見大喜，如逢暗室明燈，忙招呼右邊那一路的馬師弟兄，全歸到左路，

沿著這片草地追下來。

　　將次追到黑石岩，在路上又發現了一堆馬糞，魏天佑等越發斷定賊人是奔這條道下來的了。大家精神一振，各抖絲韁，往前急蹚下來。時已黎明，雨住雲濃，天色依然昏沉，十數匹馬並成一路。趕到距離商家堡岔路不遠，最前頭的是掌竿的余二虎，忽然把牲口一勒，向後面的武師們打招呼，說是前面有了動靜，請大家把牲口勒住了。後面聽見招呼，全把牲口勒住了；一齊側耳，果然聽見遠遠的草地裡一片蹄聲。

　　飛行聖手劉雍跟掌竿的余二虎，向二當家魏天佑說了一聲，忙翻身下馬，躡足輕步，從青紗帳裡趨奔前面，伏身在暗隅竊聽。剎那間，從東北的叢莽後，竄出一撥馬群，大約有十來騎，從大道橫馳，奔商家堡那趟道跑下去了。這時雨雖已住，烏雲未開，馬奔飛速，一掠而過，辨不出馬的顏色、人的形狀。

　　魏天佑跟蹤趕到，望著馳過的馬群，不由目瞪口呆，半晌說道：「唔？」……他固然斷不定是否是失去的那七匹馬，但是這馬群出現的地方跟時候，很惹猜疑。魏天佑還在發愣，那余二虎催大家趕緊上馬追趕。於是在這稍縱即逝的緊急的夾當，魏天佑等不由得各自飛身上馬，橫穿上路，往商家堡這條道緊追下來。只是稍一耽擱，那撥馬已經走得沒有蹤影了。

　　武師劉雍、吳鵬遠一齊叫喊道：「快追吧！現時好容易得著蹤跡，千萬別二愣。」大家匆忙急促間，不暇深思，豁剌的奔過來；全抱著一股勇氣，想追上盜馬賊，把馬奪回來，而結果反釀成極大的誤會！眾馬師展開熟練的騎術，揚鞭控縱，飛似地疾追。並將帶來的獵狗唆喚，也箭似地撲上前去。追出二三里之遙，傍林縱目，已望見馬影，眾人歡呼，說道：「加快，加快！」

　　猛然間，將近林邊，聽見一聲斷喝，眾人才一愣，陡然破空嗖嗖地連響起兩支響箭，從林叢和林叢對面叢莽中，奔竄出兩撥人，各三四名，往當路一橫。一個首領似的人厲聲喝道：

「！來人少往前進！是哪條道的朋友，趕緊報萬兒！要敢亂闖，我們可拿暗青子，拾你們了。」

第二十二章　魏天佑斷指結仇

　　魏天佑嚇然一驚，駐馬凝眸一望，忙招呼馬師們，把牲口一齊勒住；自己上前答話，先禮後兵，免得教人家挑眼。眾武師馬師也都是行家，見對面有人攔路，立刻勒韁退後，紛紛跳下馬來，往路旁一站。

　　由二當家一人上前，勒住馬韁，手掌一按馬鞍前的鐵過梁，立刻從馬頭上騰身飛縱下去。腳尖點地，挺腰站住，抱拳拱手道：「朋友，在下是龍崗山寒邊圍快馬韓牧場來的。在下姓魏，適才奉場主之命，綴下一撥吃風子幫的朋友，一路跟追，瞧見他們落在遺窯這條線上了。這裡既有安樁的朋友，我們不能不打招呼。請問老兄，貴窯大當家的，可是商家堡姚方清姚寨主嗎？姚寨主和敝場主都是朋友，請老兄賞面子，讓讓道吧。」

　　那守卡子的匪徒們一聽，互相低語，把魏天佑連看幾眼；仍由那個頭目大聲答道：「喂，朋友，你是快馬韓牧場來的，親眼見有吃風子幫的朋友落在我們這裡了？可有一節，我們眼拙，竟沒看見，再說我們也不認識你閣下呀！沒別的，我們先給你回覆一聲，你多等一會吧。」

　　魏天佑聽這話口風既硬且緊，暗含不悅，正色答道：「對不住！在下姓魏名天佑，在快馬韓牧場裡做點小事，難怪列位不認得我；可是提起來，你們姚寨主不會不曉得。我們是綴下風子幫來的，稍一耽誤，可就追不上了。列位，光棍一點就透，話不用多說。我們深知貴窯不在附近線上做買賣，可是別被外道上的老合擾了咱們兩家的交情。光棍借路不截財，我們不過借道用用，絕不騷擾貴窯。朋友請賞面，暫且撤開卡子。你們當家的跟敝場有交情，絕不會教你們落埋怨。就是姚寨主有什麼說的，我姓魏，訪馬回來，一定面見姚寨主，有一番交代！」

　　守卡的賊人嫌這話不好聽，一齊屬聲說道：「魏朋友歇著吧！聽你口氣，跟我們頭兒好像很有交情，可是我們沒聽說過。我們奉命守卡，沒有

頭兒的話，莫說是人，就連一隻狗也不敢私放過去。你們倚仗人多，一定要往裡擠，那就請便吧。」

魏天佑想不到這夥強徒公然不留情面，而且末句話近乎當面罵人了。卡子這一阻攔，前面馬群定已隱藏；一旦翻臉，證據毫無，反容易被人問住。況又當著自己部下這些人，臉上太下不去，立刻激起憤火，不顧利害，一聲斷喝道：「朋友，你們太不顧面子了！你再不借道放行，我姓魏的奉命出來，沒法子回去交差。只可……」賊人道：「只可怎樣？」

魏天佑抗聲道：「只可追我們的馬！」說到這裡，轉身向一班馬師弟兄喝道：「上馬追！」立刻眾武師、馬師、手下弟兄，潛提兵刃，各抖嚼環，豁刺刺衝了上去；一個個馬走如龍，蹄翻如飛。魏天佑橫刀跨馬，一騎當先，向手下人喝道：「加快，加快！他們如敢動咱們，咱們就用暗青子打他們！」

商家堡弟兄見這邊人多勢眾，公然奪路，便打了一聲胡哨，閃開了路，不加阻擋，可是嗖嗖地連射了三支響箭。魏天佑只想飛馬追上那馬撥子，把商家堡群賊，只可置之度外。可是那商家堡也不是好惹的，頭道卡子發出響箭，那商家堡各處伏樁全接著警報，立刻全往下傳聲報警。任憑魏天佑一行人馬走得怎麼快，也沒有人家響箭疾。一路飛奔，魏天佑心存戒懼，誠恐賊人中途暗算，哪知連闖過第二道、第三道卡子，反倒一點阻擋沒有；不過先前追的那馬群，已走得無形無蹤。

魏天佑十分懊惱，只這一耽擱，饒與賊人生隙，失馬反追沒了影。既已入卡，還得前趕，一面和同行的馬師們商議：這失去的馬是否落在商家堡，卻很難說。只想著商家堡不論怎麼難惹，好在快馬韓在這一帶沒跟人結過怨；縱稍有失禮的地方，也不會閃一點面子。索性登門拜山，當面揭破，盡拿客氣話擠兌他。如果馬在他處，把馬交出來，和平了結，兩不失面子。魏天佑和武師、馬師低聲商量一回，認為這樣打算不錯；遂不再遲疑，竟往商家堡的堆子窯撲來。

前行泥潭當路，忽從叢草後，遠遠地衝過來兩騎快馬。馬上兩名壯漢，各持利刃，轉眼間馳到近處；相離五六丈遠近，「籲」的一聲，把牲口勒住，高聲嚷道：「喂，朋友們可是快馬韓當家的手下人嗎？找馬的隨我來，我們堡主恭候多時了。」

說罷，不等答話，撥轉馬頭，在前引路。

魏天佑一看來人說話的神情，知道商家堡已有準備。來人說完話，回馬就走，分明不願再等自己的答話。卻見東南一帶，林木掩映，高高立起一桿紅旗，四下里嗖嗖的響箭胡哨連鳴。魏天佑等情知已深入商家堡的腹地，說不上也不算了，向眾馬師招呼道：「堡主既然看得起咱們，倒不能不領盛情，咱們上吧。」大家也知道闖入商家堡的圍地，再退出去也是栽，便各抖韁繩，緊追著前面兩匹牲口，奔紅旗馳來。

越走越近，不一時繞過林莽，現出一片土圍子，一座寬大的柵門大開，兩行排列著十名刀光閃爍的匪黨，當中站著兩三人，遠處看不甚真切。又往前行，離著這有兩箭地，前頭領路的兩個壯漢各自揮鞭，如飛撲向圍子前去報信。

魏天佑容二人走遠，向馬師吳鵬遠道：「吳師傅，商家堡的瓢把子姚方清雖沒會過面，可是聽說此人很有些難惹。我們雖是綴著點兒來的，他要是不認帳，還要費些口舌。我們的人只拿面子跟他講交情，不到不得已時，千萬不要莽撞了！」

武師吳鵬遠笑道：「魏當家不用囑咐，我們按著外場的規矩走；看他怎麼來，咱就怎麼接。」劉雍道：「人家是主，我們是客，我們總該以禮當先。」

魏天佑答道：「好。」用腳踵磕馬腹，一直竄向前去。距離堡門不遠，魏天佑頭一個翻身下馬，牽著牲口，高舉一手，往前緊走。商家堡的人仍在堡門兩旁直立，並不上前迎接。魏天佑納著氣來到近前，把韁繩往馬上鐵過梁上一搭，往前走近了幾步，抱拳拱手道：「哪位是姚當家的？我在

下魏天佑是韓家牧場來的，特來拜望。」說罷一躬身。

只見堡門前當中一人，越眾走出來。這人年約三旬，正當少壯，赤紅臉，鷹鼻巨口，目閃黃光，有一種難惹的氣象。披長衫，繫搭包，手團一對鐵球。兩人抵面，此人把鐵球往懷中一揣，拱手道：「少會少會，臺駕姓魏嗎？你跟快馬韓當家的怎麼論？彼此初會，我得先領教領教！」

魏天佑道：「在下跟韓場主是朋友，不過在場裡幫忙。我此來是因為……」那黃眼珠壯漢「哦」了一聲，把這話截住道：「你們是朋友。……快馬韓名震遼東，江湖道誰不敬仰。魏老哥今日到我們這裡來，真是賞光！魏老哥往裡請，有什麼事，咱們裡邊談。」這時後面的一班馬師、夥計全趕到，紛紛下馬，全聽魏天佑答話。

魏天佑往裡一讓，論理既到這裡，不論是什麼陣式也進去。只是魏天佑等不是這種來意，遂含笑答道：「當家的，這倒不敢從命，我們因事路過，衣帽不整，不敢拜山騷擾。只為昨夜有吃風子幫的老合，在敝場吃下一水買賣來，我們跟蹤追趕，眼看落到商家堡這趟線上。我們萬分不得已，才驚動到當家的這兒。請當家的幫個忙，這夥老合既走這趟線，貴窯伏樁守土的弟兄是多的，絕逃不出當家的眼皮底下，請當家的念在江湖道的義氣二字，指示一二。改日定教敝場主登門拜謝。」

那壯漢把鐵球又掏出來，「豁朗豁朗」的團著，呵呵笑道：

「怎麼？我就不信竟有風子幫的老合，敢動韓當家的一根汗毛，他是不要命了！可是又親眼看見到了我這條線上，我們更不能脫關係了。魏朋友，咱們打開窗子說亮話，這水買賣別是我手下無知的弟兄們剪的吧。我手下的人太多，難免他們要找個外快。要是外路的老合，魏老哥，說句不怕你見怪的話，凡是我商家堡安樁下卡子的地方，他未必有這種雞毛膽子敢闖吧？可是話也難說，連快馬韓老人家的馬也動了，我商家堡又不是銅牆鐵壁，焉能擋得住人家不走這趟線？魏老哥，先請裡邊歇歇腳；我敬不起別的，一杯清茶總管得起了。」

魏天佑忙答道：「當家的不要多疑，我們來得雖則冒昧，但是當家的在這趟線上，從沒剪過買賣，人所共知，我們絕不能無故誣衊朋友。這次敝場失事，已經算把萬兒折了，無論如何也得把面子找回。我們到貴窯來，也只是請教朋友幫忙代訪。既然姚當家的不知道是哪條道的老合剪的，我們還要往前追趕那撥馬群，免得教他逃出手去。姚當家的這番盛情，我們不敢當，請容事後再領，我們告辭了。」

那壯漢臉上不耐煩，把頭一揚，冷然說道：「我不姓姚！……」

魏天佑道：「唔，這怪我眼拙，把你老兄認錯了，沒請教你老兄貴姓？」

那壯漢面色越冷道：「我是無名小卒，倒無須乎叩名問姓。魏老兄，我請問你：你們諸位的來意，究竟是為什麼？咱們全是江湖道上的朋友，誰也不能跟誰說假話。魏老哥你們是懂得拜山的規矩的，請你看看你自己的身上，跟你們貴場的這些位好朋友，全是陳兵布陣來的。憑我周老疙瘩這麼遠接高迎，也就很夠朋友吧？」

魏天佑被他這幾句話說得臉一紅，本來按著登門拜山的規矩，講究寸鐵不帶。自己這次率眾深入商家堡，個個帶著全份的兵刃；若論拜山，實在是輸理，只得答道：「您老姓周？周當家的，我們有言在先，此來衣帽不整，實是訪馬路過，不是專誠拜山。既是當家的非教我們到貴窯騷擾，我們違命不入，似乎不識抬舉；我們遵命入窯，實在又非本意。周當家的，請你暫釋疑猜，替我們想想。我們固然是拿刀動杖，但我們本為追緝風子幫出來的，我們能空著手嗎？」

周老疙瘩微微一笑道：「魏老兄這話很漂亮！但是，不論怎麼講，好漢登門，我們得盡地主之道：您就是瞧不起我姓周的，也不會過門不入，硬教我丟臉吧。」側身拱手道：「往裡請吧！」

魏天佑倏地變了色，一咬牙，厲聲道：「我就遵命！」轉身向花刀吳鵬遠等招呼道：「弟兄們既來到這裡，要不進堡，也教這裡周當家的看著咱

們太不識抬舉了。來，咱們隨周當家的進堡。」魏天佑這一招呼，明是告訴大家趕緊戒備，死活也得往裡闖了。商家堡的四寨主周老疙瘩把大拇指一挑道：「這才夠朋友，魏老哥往裡請吧。」

　　魏天佑明知進堡如赴鴻門宴，已經到了油鍋邊上，哪能不往下跳。跟著也答了聲：「請！」立刻帶一班弟兄們，齊往裡走。前面早有四對槍手當先引路，周老疙瘩陪著走進堡門。魏天佑一看圍子裡，只有外邊這幾十名匪徒，堡內空空洞洞，並沒有什麼巡守的人，房舍也有限，只二十來間。此處竟不是商家堡的總盜窟，只是一道要緊的卡子，由周老疙瘩守著罷了。

　　魏天佑才隨著周老疙瘩走進圍子不遠，後面吱吱的兩聲胡哨響過，堡門外亮隊的匪黨分為兩隊，一小隊仍在堡門前留守，一大隊立即隨進堡門；「砰」的一聲，把堡門緊閉。匪黨各持兵刃，逕自在魏天佑等兩旁；同時從堡門起，一聲聲胡哨連鳴，裡外四下接聲；只聽得沿著的土圍子四周，陣陣步履雜沓，卻不見人蹤。魏天佑等早知周老疙瘩不懷好意；一見這般舉措，隨即暗向吳鵬遠、劉雍示意戒備。

　　魏天佑一行人的馬匹，都由馬師牽隨在後，周寨主向身旁隨行的一名弟兄喝道：「你們越來越不成規矩了，難道還教好朋友自己把牲口送到槽頭上嗎？」喝叱聲中，奔過來幾名弟兄，把馬師們的牲口全接過去。卻是匪黨們接牲口的神色頗令人難堪，全是一聲不哼，把韁繩奪過去，牽頭就走。

　　魏天佑冷然一笑道：「周當家的，何必這麼費事！這幾匹牲口已進了貴堡，哪還怕牠跑了？請當家的吩咐一聲，不用多費手腳，我們跟著還用哩。」

　　周寨主道：「高朋貴客，我招待不起；幾匹牲口來到我商家堡，我要連頓草料都不管，也顯得我做主人的太窮了。」說罷哈哈一笑，把手中的鐵球豁朗豁朗，團個不住。

魏天佑暗罵好個姓周的，拿我們當畜類，立即還口道：
「我倒沒想周當家的還會服侍牲口！」

周寨主一聲不響，引客人來到土圍子中心；忽的一轉身，向魏天佑道：「魏老哥，我跟你商量點事：請你們眾位把所帶的兵器先交出來。這商家堡不是我一人的，我還有幾位弟兄，性情太壞；你們哥幾個帶著刀槍暗器往裡走，他們一定誤認是抄我們來的。並且我周某的晚生下輩又多，我這家大人又不會管孩子，他們一點禮節不懂。一見你們哥幾個帶著傢伙，說不定就許先摸了你們。請老哥們別教我為難，把傢伙先下了吧！」

魏天佑見周寨主咄咄欺人，實在有些捺納不住火。內中那位掌竿的余二虎，歷來渾愣，早想答碴，只礙著有好幾位武師在頭裡，自己不便多插嘴。此時再忍不下去，未容魏天佑話說出口，他立刻從身後答了話道：「周當家的，不但武藝高強，恃眾唬人；並且還能口頭討誚，利口傷人，足見是個人物！不過像這麼倚著家門口發威，恐不是關東道上好漢子所為吧。你這商家堡就是擺著刀山劍樹，我們已然進來，就算夠朋友。你要想教我們把傢伙下了，你應該早說。已然來到你家炕頭上，你這叫關上門打老虎，縱然我們全折在你手裡，你也不算人物。當家的，你不嫌輸口嗎？」周老疙瘩一聲怒叱道：「咑，你是什麼人？敢出這種狂言？」

那花刀吳鵬遠屬聲道：「余老二不要多言！」回頭來向周寨主道：「當家的，咱們全是江湖道上的朋友，說話用不著繞脖子。你既是想教我們把傢伙全下了，一定連人也不想放走吧？可是你是幹什麼的，我們是幹什麼的，彼此全明白。只憑你這點陣式，就想教我們哥們丟盔卸甲，舍臉求活，你大概看錯人了。當家的，說痛快的，你劃出道來，我們準含糊不了，你就招呼吧！」

周老疙瘩雙臂一緊，怒吼道：「你們找上門來，尋我們的晦氣；教你們交兵刃，還是看在快馬韓的面子上。你們預備了，我姓周的這就擺道！」話沒落聲，把長袍一甩，待抄兵刃；突然身旁竄出一名賊黨，手使

一柄二刃雙鋒奪，惡虎撲食似的，竄奔魏天佑。

魏天佑早預備好了，正要迎敵；那花刀吳鵬遠一聲斷喝，揮刀上前。來賊姓蕭名龍，生的身量高大，形如黑塔，力大刀沉，撲過來，挾著一股勁風。吳鵬遠縱身一閃，沒容這黑大漢再撲過來，一個揉身進步，青光閃爍的折鐵刀，「五帶圍腰」，照著這姓蕭的攔腰就斬。這姓蕭的是堡主姚方清手下最得力的頭目，為人凶狠暴戾。凡是「上線開爬」，大半全由蕭龍帶人去做。只要遇上買賣，吃得狠，剪草除根，一個活口不留，只為他不在老窯近處開爬，他這商家堡又是隱僻的地方，所以能夠沒被官家抄捕。這次遇到韓家牧場失事，找到他門上來，依著他，一照面就把來人全拾了。那四當家周老疙瘩卻是個謀士角色；姚方清臨時派他來，把守卡子，查問韓家牧場的來意；不想三說兩說，到底動起手來。

蕭龍亮二刃雙鋒奪，向馬師驟攻過來。花刀吳鵬遠卻非弱者，略避鋒銳，將折鐵刀掣到手，施展開萬勝刀法，跟蕭龍拼到一處。周寨主屬聲向手下的黨徒喝道：「好朋友全想露一手，給咱們開眼，你們還不上去奉陪？」這一發話，商家堡手下有功夫的人立刻齊往上圍，把韓家牧場的馬師夥計，團團圍住。

魏天佑見已翻了臉，任說什麼也挽回不得了；便把青銅厚背刀一掄，撲奔周四。周四早把髮辮盤在頂心，甩衣緊帶，抄取一桿長鋒漆桿皂纓槍，指揮黨羽。魏天佑似水蛇般，從夾縫裡掄刀砍到。周四便將槍一顫，未容敵人近身，先照著魏天佑右臂就扎。魏天佑見敵人槍風甚勁，隨即往回一坐腕，往外一封敵人的槍，急往旁撤身，亮開動手的地勢。

周四兩眼瞪著魏天佑，冷笑道：「我要領教領教！」立即上步，一抖漆桿槍，倏地掄槍盤打，照魏天佑的下盤掃來。魏天佑咬牙切齒，往起一縱身，讓過槍鋒，揉身進步，刀點周四的華蓋穴。周四立刻往起一提槍把，朝天一炷香式，往外一攔，把刀磕開。

魏天佑施展開六合刀，崩、扎、窩、挑、刪、砍、劈、剁，一招一

式，沉穩輕健。兩人對走了十幾招；這四寨主周老疙瘩的花槍倒也有功夫，不過遇上勁敵，漸漸門戶有些封不住了。兵刃中「一寸長一寸強，一寸短一寸險」，雖是這麼說，也得在人運用。使用長兵刃，固然占著便宜，卻須封住門戶，不能教對手欺進來。只要門戶一封不住，定立於必敗之地。

魏天佑欺身進步，一招緊似一招，一式緊似一式。周四已覺出敵人厲害，自己槍法一散，稍一失神，定要傷在刀下，不如用敗中取勝的絕招勝他。正趕上魏天佑的刀劈到，周四單手抖槍，用槍桿把魏天佑的刀盪開。跟著用退步拖槍，往下一敗，口中連喊：「哥們快接應，這傢伙真扎手！」口中嚷著，嗖嗖地竟縱出丈餘遠。

魏天佑拽刀就追，堪堪追近，那周四陡從右往前一帶槍攢，槍頭的血擋唰地已到了手中；微一斜身，槍尖從左肩下疾如飛蛇，往後穿出。魏天佑正追的是一條直線，槍鋒奔胸膛扎來。魏天佑認得這招槍的厲害，只要往左右閃避，或是用刀往外封槍，準得受傷。這招是連環三式，刻不容緩。你往右閃，刀往右封；他的槍疾如電轉，倏然往回一吞，槍抽回來，復從左胸下穿出來，正扎你往右閃的勢子，往左閃也是一樣。

魏天佑此時箭在弦上，不得不發；故意的往右一斜身，刀往外一封，腳下步眼早變了式子，擰著身子，反往前一滑，周四果然的一吞一吐，槍頭又遞出來。魏天佑旋身揮臂，「烏龍探爪」，一個轉身，身形貼著槍桿一轉，反往周四的面前一欺，手中刀順槍桿往外一滑，「噗哧！」周四「嗥」的一聲慘叫，鬆手丟槍，身軀往後一竄；陡見鮮血迸濺，四個手指頭隨槍墜地，周四登時黃了臉。群賊譁然大噪，奔來一人，把周四攙入屋內。魏天佑往回一撤身，把刀一收，說道：「哎呀，對不住，我失手了！」

當此時，堡主姚方清已趕到，藏在窰內，沒有出頭。今一見拜弟負傷，成了殘廢，登時一跺腳，叫道：「好！」隨又大嚷道：「老四毀了，我們跟他拼吧！」提刀就要往上撲。

突然有人拉了他一把，附耳說了兩句話，姚方清怒叫道：

「對！……姓魏的，敢堵門口，傷我拜弟，我姚方清要教你們這群小輩逃出一個，我不姓姚了！」立刻傳令，教大眾往裡邊柵門前撤退，柵門裡「邦邦邦」一陣木柝暴響。

這時魏天佑所帶的馬師弟兄，一場混戰，也傷了三四名。

忽的群賊往下一退，這邊剛要跟追時，從左右唰唰連射來四五支弩箭。商家堡的群賊一齊退到二道柵門邊，又一聲胡哨，群賊逕自紛紛竄向柵門。就在這剎那間，圍牆四面梆子連珠般暴響。魏天佑情知不好，剛招呼大家往外撤退，左右身後，「啪啪」的弓弦響處，嗖嗖的弩箭，向眾人立身處射來。魏天佑頓覺情勢危急，見群賊才退進柵門；想到賊人一退淨，迎頭再一發箭，四面受敵，自己人難逃活命，忙大聲招呼：「弟兄們別等死，索性往裡撞，還可活得了！」一邊招呼著，頭一個先撲向內柵門。

裡面正要閉門，被魏天佑跟馬師們搶進來，刀閃處，閉門的人逕自撒腿就跑。急望柵門內，人影亂竄，似一個個正由首領引導，向裡逃去。魏天佑估摸那人許是姚方清，就大喊：

「姓姚的，你枉是商家堡的瓢把子！相好的，你跑到哪裡，爺們也得掏出你來。」頭一個縱身就往裡闖。馬師、夥計們明知越往裡走，更入了匪巢的腹地；只是弩弓從後三面逼來，只有往內柵門裡闖。大約賊黨因為有他本堡的人，不敢亂放箭，馬師遂拚命的全闖進內柵門。

這內柵門當中，是一趟平坦的土道，約有一丈五六寬，兩邊全有房子。再追出去十幾丈，才是一片寬敞的院落。商家堡的群賊奔到房檐下，全轉身站住；突從兩旁衝出來十二名弓箭手。魏天佑跟吳鵬遠腳底下快，一頓足竄到院心。夥計們稍稍落後，可也全闖進院心來了。這時梆子連響，利箭唰唰的射來，魏天佑一面用刀撥打，與吳鵬遠不約而同，往後一退。從外面闖進來的馬師也被後面箭手迫得往前擠。兩下裡湊到一處，正在柵門內的中間。

為頭賊人忽一陣狂笑道：「姓魏的，你已入姚某的掌握之中，死在目前，還不自知？下去吧，相好的！」

花刀吳鵬遠猛然醒悟，說聲：「不好，這塊地方有毛病！我們趕緊退。」這個「退」字沒說出口，突然聽得一聲暴響，有四五丈的地方，「悠」的往下一沉。魏天佑等猝不及防，還想往外跳；搪不住飛箭如雨，顧得了腳下，顧不得了四周，轟然一聲，翻板翻落！

這塊翻板長有十丈，在當中有橫軸，有專人管著撥門。只要踏到這十丈長的翻板上，前後全能往下翻。姚方清在這商家堡，預備下這咽喉要路的埋伏，並不是預備任意捉人。他們只想到據守商家堡為盜窟，終不能保永久不敗，一旦被官家抄捕，有這設備，阻擋追兵，好脫身逃走，沒想到今夜先用來拒敵。翻板往下一翻，魏天佑等全落到陷坑裡；依然逃走了兩人。一個是飛行聖手劉雍，一個是杜興邦。劉雍出身綠林，頗擅縱躍；在翻板往下一塌時，縱身竄上旁邊的檐頭。杜興邦因為腹背受敵，掄刀撥打柵門外的利箭；翻板一塌，身離柵門很近，便不顧命的往外一竄。外面的箭手見發動翻板的信號一起，登時停箭不發；杜興邦乘機逃走，直撲土圍子下。

劉雍躍登房頂，逃出陷阱，杜興邦奪路逃出虎口。

商家堡三當家郭占海在外面督促箭手，登時瞥見杜興邦，喝一聲：「拿下！」眾箭手見翻板收功，只顧喝彩；郭占海連喊數聲，眾箭手方才放箭。杜興邦竟跑出圍子；卻不防商家堡二當家蔡占江在外埋伏，只一箭，把杜興邦射倒；杜興邦白掙了半晌命。

那飛行聖手劉雍身法輕捷，居然從房頂跳落後牆；從更道闖上圍子，翻到外面，逃了出去。

大寨主土太歲姚方清哈哈大笑，認為把仇敵一網打淨。因這翻板是從外邊一頭翻起的，柵門這邊的翻板往下沉，裡邊的翻板往上起，正擋住姚方清這邊的視線。當即喝令匪黨，往上起繩網，把魏天佑等挨個上了綁。

在牧場中人一入卡子時，他們早就暗記了人數；現在逐個點數，才知漏網兩名。姚方清大怒道：「這可糟！他們在外面留下巡風的了吧！」說時，二當家蔡占江把杜興邦押來。周四呻吟道：「還短一個。」

姚方清到此勢成騎虎，不再顧忌什麼後患，立刻喝令手下弟兄，把這被擒的人，全押回總窰，在內柵門外曠場上，處置他們。又命同黨往外搜緝逃人。

快馬韓手下這班弟兄久走關外，視死如歸；身雖被擒，絕不輸口。竟一遞一聲的譏誚姚方清，不夠漢子，用翻板贏人，可惜失了身分。這麼肆口謾罵，姚方清越不得下臺，竟一怒要五馬分屍，把魏天佑處死。到危機一發的時候，袁承烈翻然馳至，跟著昭第姑娘也趕來相救。短刀示武，片言解紛，才得將危局暫掀過去，改為訂期相見。這在姚方清，關照著快馬韓的聲勢，已是很留情面了。

魏天佑述罷前情，昭第姑娘忿然說道：「二叔，姚方清這麼不留餘地，我們無論如何，也得跟他拼一下子。我看這事，五天限期，轉眼就到，我們也不用等我爹爹回來，我們調集全場的弟兄，跟他械鬥，先把他的窩給他挑了。既動他，索性就鬧個大的！」

魏天佑似乎意氣很消沉，半晌說道：「姑娘不要性急，咱們從長計議。」隨又向袁承烈問起聞警逐賊、仗義相救的情形。

袁承烈方待述說經過，突聽得前面一陣砸門聲，疾如風火。魏天佑眉峰一皺，趕緊派弟兄們隔門盤問，先查看來人。

弟兄們趕奔柵門，不一時回來，向魏天佑報導：「二當家的，來的是咱們自己人。不知怎麼得著信，由馮連甲馮師傅，督率著西場和房窰裡幾十名弟兄，接應二當家來了。」

魏天佑等忙迎出去，來的人果然是馮連甲，帶著西牧場的武師季玉川、李占鰲，率領幾十名武勇力壯的弟兄，趕來問訊。他們都聽說魏天佑因尋馬，和商家堡肇事了。魏天佑問他們，怎麼知道的訊息。

馮連甲說：他正代守西牧場，是劉雍劉師傅從商家堡逃出來；因知東牧場的人大半派出尋馬，劉雍這才折奔西牧場勾兵。又在半路遇上牧場派出來往西北追賊的弟兄，遂借騎了他們的牲口，疾奔西牧場。馮連甲得著這信，知道事情緊急，場中弟兄有知道商家堡底細的，斷定他們非遭毒手不可。馮連甲立刻鳴鑼聚眾，倉卒間，先招集了這幾十人趕下來。本要立刻撲奔商家堡，行至半途，遇上東牧場放哨的人，才知魏天佑已經安然出險。馮連甲道：「幸虧我們沒有魯莽，這一定是姓姚的講面子，不願跟咱們結隙了。」

馮連甲這樣說著，那劉雍跑得滿頭大汗，忽一眼瞥見昭第姑娘，跟那白天投效、事後失蹤的姓袁的，並坐在屋隅，不禁「咦」了一聲，向魏天佑道：「怎麼這位也在這裡了？他、他什麼時候回來的？」

魏天佑忙低聲道：「人家是好朋友。我們若不虧人家，還想回來？這時早沒命了！」劉雍和馮連甲不知袁承烈單刀解圍的事，都很詫異。杜興邦立刻跑在人群中，把大指一挑，叫道：「劉二哥，你早跑了，你哪知道？這位袁老哥真夠朋友，真給我姓杜的做臉；若不是人家，我們個個玩完大吉！哼，你們都說……哪知人家是真投效。人家才入場，就亮了這一手；匹馬單刀的叫字號，把姓姚的小子問短了！」

魏天佑皺眉道：「你嘴上清楚點！馮師傅，回頭我告訴你。」馮連甲滿腹狐疑，只得先和武師季玉川、李占鰲，向昭第姑娘打了招呼，又向餘人道驚，把帶來的人都安插了。魏天佑重把陷身商家堡，已經瞑目等死，竟蒙這新投效來的袁朋友奮身相救的話說了。萬沒想到這人竟是不露形跡的英雄，不止於膽子正，手底下還有真功夫。跟著又說：「我們雖然是暫時得了活命，事情並不算完；不但馬沒訪著，又和姚方清約定，五天內咱們場主親到商家堡領教。這種約會，也是這位袁朋友替咱們做臉，一口應承的。我們無論如何，也得圓這個場。」

韓昭第道：「那個自然。」

　　眾人七言八語，還在絮絮盤問；馮連甲站起來說：「天氣不早了。姑娘和二當家都很受累，該歇歇了。有什麼事，明天見罷。」大家這才出了櫃房。

　　昭第姑娘仍然留場，次日早晨，派人回宅送了個信，密囑司帳馬先生：「二當家此番栽了跟頭，很是難過；請你告訴大家，說話千萬留神。」囑罷，轉到魏天佑那裡。魏天佑果然臉色異常難看，似有病容；那一種強打精神的樣子，尤令人不忍看。昭第道：「二叔怎樣了？」

　　魏天佑搖了搖頭，道：「不怎麼樣，我們先商量正事。」昭第暗暗嘆息，和魏天佑坐下來，計議了一陣。遂在飯廳，擺了幾桌席，無非肥肉好酒；即煩馬先生和馮連甲做陪，普請出力受驚之人。另在場主快馬韓的屋內，單擺一宴，專給袁承烈道勞；並向他打聽前夜失馬、昨日尋馬的情形。這袁承烈既已挺身而出，失馬當時必有覺察。或者他已綴著盜馬賊跡，也未可知。

　　傍午，魏天佑和司帳馬先生親到客屋，去請袁承烈。哪知才一進門，便見屋內熱鬧異常。許多位馬師、武師，圍著袁承烈，以酒代茶，又吃又喝，大說大笑。這一群大漢俱是熱腸，把袁承烈佩服得不得了。魏天佑笑道：「我一步來遲，你們先偏我了。」

　　杜興邦嚷道：「二當家來了，喝一盅吧。我們正跟袁爺打聽他前夜冒雨追賊的事呢。」魏天佑道：「好，真有你們的。袁老弟，那邊擺上酒了，請到那邊談談；我和大姑娘都候你入座呢。」

　　袁承烈道：「這可不敢當！」魏天佑道：「走吧。」過來拉手腕就走。袁承烈道：「還有別位沒有？」魏天佑道：「擺了好幾桌呢。咱們大家先樂一樂，跟著還得辦正事，走吧，走吧！」

　　馬先生向杜興邦擺了擺手，另把眾人引入飯廳。

　　來到場主私室，早擺好圓桌，昭第姑娘已然在那裡恭候。

　　屋內只有昭第姑娘和書啟趙先生、武師劉雍、吳鵬遠。大家遜座，推

袁承烈首席。袁承烈忙道：「當家的，別客氣，我袁某雖是新到，可是專程投效來的，我就是你老的部下，這座位我絕不敢僭。」

吳鵬遠「喝」了一聲，首先落座道：「圓桌子四面為上，咱們誰也別跟誰客氣，袁老兄從直坐下吧。」魏天佑道：「請隨便坐，咱們好細談。」幾個人到底把袁承烈推到上首；魏天佑就了主位，昭第坐在末位，趙、吳、劉恰是陪客。敬酒之後，魏天佑向昭第姑娘微一點頭，昭第姑娘會意，站起來，跟魏天佑站在一處。

魏天佑向袁承烈深深一揖，昭第姑娘也恭敬致禮。袁承烈忙不迭地站起來，往旁撤身，還禮道：「二當家，姑娘，不要這麼客氣，我不過略效微勞，值不得介意。二當家和姑娘要總這麼著，倒教我袁某無地自容了。」

魏天佑道：「袁老兄，俗話說，大恩不言謝，我這不過是略示感激之心。此次本場失事，全由我疏忽所致。馬既沒有找回，反倒跟商家堡結了這個梁子；不止我栽跟頭，還給牧場留下禍患。我可不是當著袁老兄說人物話，遮羞臉；我倒願意一刀一槍，死在姚方清手裡，省得活著遭擒，當場現眼。哪知道教人家一翻板，全給誆在陷坑裡；足見我遇事不善應付，害得好些位弟兄，也跟我一塊挨捆，場主的威名全被我一人斷送了！頂糟的是我只顧硬闖人家的巢穴；反忘了在外面預留一個巡風的人，以致於全夥失陷，連個回場報警的都沒有。人家吳鵬遠吳師傅捨命衛護我，也跟著掉下翻板去。還虧著劉雍劉師傅，從虎口掙出來，奔往西牧場求援。可是遠水不救近火，我們當場眼看栽給人家。想不到袁老兄匹馬單刀，從天而降，才免了我們那場恥辱。這一來教姓姚的看看，我們牧場還有人物；好比快馬韓的牌匾教我弄砸，袁老兄竟給隻手托起來了。

不但救了我們的性命，更保全了快馬韓的臉面。我魏天佑但有人心，至死也忘不了袁老兄這份大恩。只怪我們肉眼不識英雄，一切怠慢之處，還望袁老兄多多原諒！」

331

昭第姑娘也說道：「袁大哥，你這次捨身急難，救了我們；更保住我父女的微名，我父女受惠實深。這種情形若是出在我們老東老夥，已是感恩不盡，何況袁大哥又是才到這裡。袁大哥！這人心都是肉長的；我父親沒在家，我先替他老謝謝您！」

說著又施一禮，滿臉堆下笑容來，要親給袁承烈把盞，慌得袁承烈耳根一熱，忙伸左手按住酒杯口，連說：「不敢當！」右手往外一擋，卻不防豁剌的碰翻鄰座酒杯，灑了一桌面；他雖老練，也臊得面紅過耳了。

昭第姑娘毫不在意，笑嘻嘻地接著說道：「袁大哥別客氣！我還向你打聽，您到底怎會竟知道我們魏二叔誤走商家堡呢？我們丟的馬是否就在商家堡？或是教別路風子幫給拾去了？袁大哥，請你務必費心，告訴我們，我們好想法子找找呀。」

袁承烈謙讓著，請魏天佑和昭第姑娘落座，自己遂把昨夜的事略說了一遍。

袁承烈自從跋涉山關，遠慕著快馬韓好客的名聲，前來投效；原期開誠自薦，借此立足創業，深懷熱望而來。偏逢牧群肇事，魏天佑動疑；雖將他安置在客舍，卻暗中防備著他。袁承烈不是不懂骨竅的人，冷嗤一聲，潛有去志。

客舍緊挨著排房，那些牧場中的武師、馬師們，這個過來盤問一陣，那個過來搭訕一回；自己明說投效，他們仍問來意，自己已陳身世，他們仍問來由。這些人內中也有受魏天佑密囑的，也有不知底細，閒來打聽的；問得袁承烈很不耐煩，應酬一陣，便稱疲倦要睡。不想外面又豁剌的進來數人，講起他們的場規來。從他們話中，得知牧場範圍很大，規約很嚴。前面圈各有掌竿馬師掌管，他人不能隨便走動。

有一個愣頭愣腦的漢子，自稱同鄉，對袁承烈說：「你是新入場的，我可不知派你歸到哪裡幫忙；這裡的場規，我是告訴你一聲，這裡一到起更，凡是不值夜的夥計，全得回排房睡覺，不準談笑賭博。熄燈後，排房

柵門不論閉門沒閉，無事不準私出柵門一步。夜間隨意出去，不止犯規，也很蹈險。守圈的獵狗二十幾條，入夜便全放出來，你既在關東道上走，總知道這種狗的厲害，含糊一點的小夥子，有兩條狗就許給活拆了。最好沒有事早睡。有用人的時候，響哨齊隊，那是大家的事。只要不生事，不打架，不賭博，絕碰不了釘子，吃不了虧。」袁承烈聽了，微微一笑，信口把這位頭目對付走了。

這時也就是正當酉末戌初，各處不值班的弟兄全回排房，這裡立刻火熾起來；人語沸騰，三個一堆，五個一夥，聚在一處，笑語歡欣。袁承烈默處客舍，心中暗想，快馬韓能得這麼大的威名，能成這麼大的事業，決非倖致，一定有過人之處。

就看牧場這班人，山南海北的全有，一個個粗暴狂野，快馬韓居然能駕馭得住，一個個甘心為他效命，他一定有足以服眾的手段。自己來到這裡投效，快馬韓恰沒在家，他手下人自然要加細盤查；塞外本多亡命之徒，他們這等慢待，也是情理之常。如此想，又把悶氣消釋了好些。

袁承烈又一轉想，自己奔波數百里，前來投效，也不必過爭禮貌，輕於去就；不妨等快馬韓回來，再看形色。但自己本想在此立足，若是沒點驚人的本領，不做兩件震動群倫的事情，就這麼碌碌的混飯吃，哪能樹立事業？這就要看機緣了；若沒有機緣，空有雄心，英雄也無用武之地，徒喚奈何！

袁承烈思前念後，把以前失意的事全兜上心頭；越思索往事，心裡越煩。轉瞬天黑，管守排房的頭目提著盞孔明燈，到各號房察看。袁承烈輾轉不能成寐；直到二更過後，外面狂風驟起，人聲嘈雜。袁承烈不覺欠身起來，向門外窺視。聽鄰舍的人說：「不好，要下雨！」一齊穿鞋奔出去。外面管排房的頭目果然提著燈帶著人，紛紛出來防雨。跟著風聲愈緊，草木振動，全牧場的人聲、狗吠、馬嘶，匯成繁響。又聽一人大聲吆喝，命各頭目從每排房裡，抽派弟兄，蓋草簾，擋馬棚，緊拴烈馬，唆回獵狗，

檢查圍棚裡瀉水溝的水道。出入奔呼，忙碌異常。

　　袁承烈是生客，堅坐不出，只側耳傾聽。轉眼間，一陣陣的東南風颳得非常猛，跟著大雨傾盆而下。雨聲繁密，再夾著陣陣的風鳴，任什麼旁的聲音也聽不見了。排房竟被風雨震撼得有些顫動，門窗雖都有雨簾子，哪裡遮得住疾風暴雨？工夫一大，屋頂未漏，風卻捲著雨水，從門窗灑進屋來。板舖位置靠裡，幸不被水淋，屋中人究竟不能安睡了。袁承烈只得坐起來，藉著電閃之光，見門內地上已然水汪汪的，雨點子有時隨風往臉上飛；恐怕被縟包裹被雨淋溼了，遂把包裹放在牆角，把被縟也推到牆根，避開迎門這一帶。自己盤膝坐在板舖上，覺得氣候立刻被這場雨變了，冷嗖嗖的，遍體生涼。隔牆排房裡的人也鬧起來，雖聽不真切，但是隱約聽去，想也因為雨水進屋才嚷。

　　過了好久，雨勢略剎；跟著門外燈光閃爍，嘩啦嘩啦的，有人蹚著地上的積水走過來，向隔壁排房，大聲發話道：「喂，歇班的師傅們，起來看著排房的水道吧；屋裡進點雨水，算不了什麼。你們想想出去加班的哥兒們，頂著那麼大雨，連氣全喘不出來，人家還一樣幹哩！你們這麼嚷，教頭兒說兩句，圖什麼呢？」

　　袁承烈聽這人吩咐完了，燈火移照，又來到客舍門口。旋聽這人在門外跟隨行的人說：「哦，這裡是新來投效的那位，不曉得醒了沒有？」板門驟啟，昏黃的燈光一閃。

　　袁承烈忙將身一倒，閉眼裝睡；微啟一目，欲看他們的舉措。在昏黑中乍見燈火，眼光一花，反看不清來人。凝眸偷認半晌，才知這是個生人，並不是魏天佑。這人晃著手中的孔明燈，把屋中遍照了一下，問了一聲：「哥們，怎麼樣？舖上還可以睡嗎？要是全溼了，換了地位。」袁承烈佯做乍醒，含糊答道：「不要緊，舖上還可以睡。」

　　這人跟著出去。又沉了一刻，排門夾道的柵門傳出一陣落鎖的聲音，和踏水的腳步聲，似有好多人，立在各排房的箭道裡，疏通瀉水的明溝。

客舍的板門沒有關嚴，外面的燈光射進來。

　　袁承烈俯視屋地，猶留水痕。只是狂風稍戢，雨水不再刮進來了。遂下了板鋪，從門縫往外張望；只見許多人穿著雨衣雨帽，和高筒油靴，在那裡忙，雨仍一陣大、一陣小的下著，這班人渾身全都披著雨水珠，被閃爍的燈光照著，發出一種異光。一個頭目手拿一支荊條木杖，指點著幾個壯漢，用長桿鐵鍬，正在豁通原來的瀉水溝。果然經過一番通掘，深有半尺的積水，轉瞬間暢瀉下去。不一時這裡修治完了，由那頭目率領著一班壯漢，走向別的排房箭道去了。

　　袁承烈站了一會，才把板門關緊，和衣重睡。也不知睡了多久，忽然凍醒，跟著又覺得一陣內急，似乎感受夜寒，亟須赴廁。記得白天看見牆角掛著一套雨衣、雨帽，黑暗中摸到手內。把雨衣、雨帽穿好，開門看了看，外面黑沉沉，雨聲淅瀝。好在廁所就在柵內近處，只要不出柵門，不算犯場規；遂悄悄出來，走向柵門。雖有雨衣，腳下並無雨鞋，藉著天上閃電之光，看準了地上水跡少的地方，連竄帶縱，到了廁所前，腳上幸喜沒溼透。

　　由廁所出來，方往門外邁步，袁承烈突然發現了一件意外的事，在柵門側面，陡現一條黑影，伏腰來到柵門附近，驟然止步。一摸柵鎖，竟用彈指傳聲的江湖手法，轉身連彈三下；「嗖」的一個箭步，又退回去了。

　　袁承烈急縮身凝眸，見柵後西北一帶，竟蹲著三條黑影。

　　那人奔過去，登時全站起來，竊竊私作數語，陡然的散開。袁承烈聽得末後兩句話道：「這是排房，風子圈還得往後走。」跟著黑影一晃，果然齊奔馬圈而去。

第二十二章　魏天佑斷指結仇

第二十三章　風子幫借交修怨

　　袁承烈目睹此狀，駭然心驚。這幾人舉止飄忽，定非善類，也決非牧場中人。自己既遇見了，就該察個水落石出。按說目睹歹人竊入，便應報告場中主事人。可是自己新來投效，萬一認錯了人，深恐輕舉妄動，徒惹笑柄。想到這裡，忙往馬圈那邊一望，漆黑無光，但聽雨聲滴嗒，此外不聞一點別的聲息。

　　袁承烈心想：「不對！這幾個人一定有毛病。」忍不住心頭躍然，欲往一觀究竟，猛又想到：「自己赤手空拳，任什麼沒帶。」遂一轉身，施展輕身功夫，腳尖輕點，騰身躍起，嗖嗖的連縱數步，已到了客舍門首。進得屋來，黑影中，抓著自己的包裹，把護身的短刀摸到手中，轉身往外走。身上穿的雨衣是油布的，非常生硬；只一轉動，立刻發出「刷刷」的聲音。

　　袁承烈心想：穿這種衣帽，哪能暗綴歹人？有多笨的夜行人，也給驚走了。遂不顧雨淋，轉身把雨衣雨帽全都甩掉，另取一塊油綢，頂在頭上；又把一雙鞋掖在腰間，包裹藏在別處；又取了一盞孔明燈，以便照看。然後急急出來，輕輕掩門；準知道來人奔了馬圈，便蛇行鹿伏，曲折先奔向東柵門。

　　柵門前懸著羊角燈，門旁木柵有人駐守。袁承烈想：剛才人影如是匪徒，必不敢從這裡走過。未獲歹人確跡，自己也不願現形。他忙伏身木柵邊，別尋出路。果然履行不到數步，發現左邊木柵，被拔下兩根柵木。袁承烈閃目回顧，暗道：是了！這一定是那幾人剛才走過，留下來的道，便微然一笑，伏身也從這兩根柵木空縫鑽了過去；仍然彎著腰，向馬圈那邊摸去。

　　這時雨仍未住，場中的一切景物，全隱在黑沉沉的雨夜中。袁承烈攏目光看了看，側耳聽了聽；但聞風雨聲，不見剛才的人影。袁承烈道：「唔？……」東張西望，往來搜尋半晌；突聽西南一帶，隱約似有踏水之

聲。袁承烈忙從黑影中，循聲蹤了過去；一面走，一面設法匿形；深恐場中人瞥見，難免動疑，又怕歹人聽見，必要逃跑。詎知他慢慢地一路勘尋，剛近馬圈，忽聞撲登一聲響，有人說出一句黑話；緊跟著蹄聲雜踏，似有人低喝了一聲：「籲！」

袁承烈驟然收腳，頓然明白；雨夜中確真出了意外事，牧場中確真有了盜馬賊！心似旋風一轉，打定擒賊炫技之心。一下腰，施展開輕身提縱術，在浮沙積水的地上，身形如飛鳥低掠，撲向馬圈側面。遠遠辨出西圈有黑影晃動，忙追過去一看，人影渺然不見。回頭再看櫃房一帶，依然黑洞洞無光。

袁承烈一點不放鬆，此處撲空，腳下加緊，急急又趕到東馬圈前，逐一驗看。馬圈上全掛著雨簾，卻有數處馬棚，所懸雨簾全被摘去，丟在地上。袁承烈心中一動，不顧一切，急縱身闖進圈去。張眼一望，見有三個馬槽，全沒有牲口；守馬圈的獵狗也沒有放出來。這一定是被盜，殆無可疑！袁承烈抽身出來，便打開孔明燈板，微露隙光，到別處往來照看；在另一馬圈，居然又發現三個單槽，槽已空，馬不見了。

袁承烈飛步出來，繞圍牆，尋找賊蹤，賊已得手，逃走無蹤；所有遺痕，尚未被雨沖盡。袁承烈把賊蹤勘準，冷笑數聲，急急撲回馬圈；一俯身，把綁腿上的匕首拔下來，選取一匹馬，割斷韁繩，牽了出來。卻沒有鞍韂，好在馬上功夫，自問還有把握。火速帶馬出圈，左手扯截韁繩，一按馬背，騰身竄上去。

這匹馬剛進大圈，還沒壓出來，烈性猶存，倔強特甚。騎者才挨上牠的脊背，便猛然一揚頭，撩起前蹄。袁承烈忙一合襠，使出九成力，幸沒被掀下來。右掌還握匕首，未及插入綁腿，緩不過手來；趕緊往口中一銜，騰出右手，一將馬鬃，左手緊韁，這匹馬「希律律」一聲長嘶，陡打一個盤旋，要將騎牠的人甩落；袁承烈襠下加勁，雙腿一扣，再用拳家所謂內力；這烈馬方才伏貼，不再咆哮。用兩腳踵，往馬的後腿胯一磕，又

一抖韁；這匹馬四蹄放開，奔了出去。袁承烈不敢大意，右手把馬鬃，不敢撒開，怕馬再犯性，把自己扔下去。

袁承烈驅馬直趨東邊牆，到了牆根，把馬拴住。循牆根提燈搜尋，把圍牆木樁逐一搖晃；費了好久工夫，發現數根柵木，借雨後土軟，也被拔下來，又浮按上。袁承烈大悅，順手拔下柵木，帶馬出柵；仍復虛按上，以防別賊。

於是，袁承烈縱目外望，這裡果然荒僻，從黑影中辨出緊貼圍牆，掘著一丈多寬的壕溝；過溝就是黑壓壓的深草，高及人身。圍牆內東西南北轉角處，高築更樓，派專人防守瞭望，備有蘆哨、響箭、望遠筒。每一角樓，尚有一兩桿打鐵砂的大抬槍，用以禦侮。各要口復有值更守夜之人，內外戒備。可是饒布置得這麼嚴密，設備得這麼周到，偏偏出了盜馬賊，他們竟沒有一點覺察，袁承烈不由暗笑。卻不知剛才一陣防雨，眾人大忙了半天；及至重入睡鄉，未免睡得死些。牧場地面又大，馬圈又多，加之因風雨交作，人們難免疏失一些，也就獲得疏失的結果了！

袁承烈出得圍牆，忙將腳跟一磕馬腹，一提馬韁，乘著往前疾衝之勢，竄過濠溝。他此時已打定緝賊立功的決心；到了場外，凝目張望，黑忽忽任什麼看不見，只遠遠聽見斜向東北一帶，荒草叢中，似有許多馬蹄聲，在那一帶奔馳，袁承烈遂也踏著荒草，瞄著聲音，追趕下來。

這事很湊巧，越追越聽得馬蹄聲近，居然沒有追錯。這自然是他發覺盜賊很早，又跟蹤急躍，才得奏效。遙望前途，袁承烈叫一聲「僥倖！」忙將馬放慢。他心想：馬賊人少，我便上前奪回，返場獻功。倘若人多，我就直跟到他們的老巢，認準地方，再回來報信。

袁承烈繼續追了一程，居然從黑暗中，望見馬群的濃影。

更察見前面盜馬賊所走的道路，全是荒僻的草地密青，絕不往正路上走。這麼忽東忽西，倏南倏北的繞走，工夫一大，逕自迷了方向。雖是道路荒涼，滿途荊棘，又是在昏黑的雨地裡，不致被前面的盜馬賊發覺，可是袁

承烈也不敢過於貼近了。約莫又追出四五里地，這簇人馬竄出草地，竟大轉彎，改往東南大路奔馳下去。袁承烈仍然穿著一段的叢莽密青，往下緊綴。

此時他全身被雨淋透；遠遠見那些賊人，仍不敢徑走正路，只是橫穿大道，又往落荒走去，分明是要不留逃走的準方向。

袁承烈約莫又追出十餘里，前面賊人竟把牲口放緩了。他心想：賊人這一緩轡徐行，於己十分不利。他們緊走時，蹄聲雜沓，我離的稍遠些，還不致被他們覺察。他們如今慢走，我這麼跟綴，非被他們聽出來不可。相度兩旁道路的形勢，趕緊下馬，牽到一片林木深密處，匆匆拴馬在一株小樹上；自己趕緊穿林而出，步行跟綴，這一來倒覺得便利了。仗著身勢輕靈，雖則耽擱了這一會，好在馬賊在前面走得慢，不似方才的疾馳，一會兒又被追上。藉著林木叢草隱身，反能緊步賊人後塵了。

袁承烈側目細看：盜馬賊一共四人，個個全是短打扮，不加鞍韉，騎著四匹馬、牽著兩匹馬，顯示出矯健異常。內中兩匹烈馬竟跟馴馬一樣，夾在馬群中，伏伏貼貼被驅著走；袁承烈看著十分驚異。果然這吃風子幫的人另有一種降服牲口的本領，竟不知他們用何方術，駕馭烈馬，能夠任意聽他的驅策。

他們一邊冒雨驅馬走著，一面在馬上任意談笑，似沒事人一般，一點也不顧忌後面有人追趕。

內中一個短小精悍的漢子，騎在馬背上，像個活猴子似的，扭著頭，向他旁邊並騎而行的同黨說道：「喂，劉老么，你這回還能不服我馬殃神的手段嗎？沒有點出手的能為，焉敢在老虎嘴上拔毛？這一下教姓韓的也嘗嘗咱的厲害，教他栽了跟頭，連影子全摸不著。」

那一個同黨答道：「侯二爺，你真成！衝著你一入窯，在圈裡那幾下子，凡是在關東立腳的風子幫，就得全拿你當祖師！我看小子們不追來，是他們的便宜；只要一追了來，咱們往商家堡領他，先教他們撞個大釘子。姚方清那傢伙素來難纏，周老疙瘩更氣粗，沒棗的樹全要打三竿子；

咱閃繞著商家堡的線上走，只要快馬韓派人來追，讓他們兩家先幹一場，咱們坐山觀虎鬥。這回快馬韓可要栽到家，任他有天大的本事，也禁不住這些好朋友照應他吧！然後咱們去見這個主兒交差，準得落個滿堂好。」

先前發話那個瘦猴，名叫馬殛神的笑答道：「這麼照應快馬韓，準有他的樂；早晚還不把老東西照應得歸了位？」又一個匪徒答腔道：「侯二爺，你別當是笑話，快馬韓好容易立起萬兒來，名也有了，利也有了；如今連著栽跟頭，還有什麼臉活著？氣也把他氣死了。」

第四個匪徒說道：「我可不是架起炮來往裡打，替姓韓的說話；咱們這是受人之託，忠人之事，為朋友賣命，沒有辦法；其實姓韓的跟我們沒冤沒仇。這回就是把姓韓的扳倒了，究竟是暗算人家，也不算怎麼人物。這個主兒既跟姓韓的過不去，即便自己不是敵手，邀了助拳的，也該明著鬥鬥人家；明鬥不過，改使暗算，就夠洩氣的了。他竟連頭也不敢露，只用借刀殺人的手段，教雕頭兒給他頂缸，未免給闖關東的老朋友丟人現眼。我不知道咱們瓢把子跟他有多大交情，依著我看，這種事犯不上管。我說侯二爺，你說是不是？」馬殛神哼了一聲，道：「別胡說了，雕頭兒也是情不可卻，被逼無法；誰教雕頭兒欠人家的情呢？」這四個盜馬賊，一個是馬殛神侯二，其次便是姓劉、姓彭和姓蕭的三人，他們全是坐山雕刁四福的部下。

四個馬賊驅著六匹馬，且談且走；袁承烈縱步下趕，只顧注意偷聽，稍一疏神，逕自把道旁的一叢茂草，帶得「唰拉」的響了一聲；急忙一閃，腳下又滑了一下。後面這姓蕭的匪徒，聽得了些聲息，猛一回頭，出聲道：「咦！」

袁承烈早一擰身，斜竄出丈餘遠，急往一叢亂草後一蹲，隱住身形。這匪徒一出聲，其餘匪黨全一領牲口，豁剌的散開。

那為首的馬殛神侯二喝問：「蕭老五，你又炸什麼，活見鬼了！」姓蕭的答道：「我恍忽看見，好像有個人往草棵子一晃；咱們得搜一下子，別

真有對頭綴了下來。」說著一抖韁繩，連牲口帶人，愣往草地裡蹚。

馬殍神侯二忙喝道：「蕭老五，別犯標勁，留神人家的暗青子！」儘管馬殍神這麼招呼，蕭老五竟把這一片半人深的荒草全蹚過來，任什麼也沒有發現。他自己覺著怪不得勁，嘴裡罵罵咧咧，把牲口圈回來。卻不知袁承烈身法何等輕捷，未等人到，早伏身旁竄，閃到另一邊去了。

那個叫劉老么的笑罵道：「蕭老五又炸屍！你是背得命案太多了，冤魂纏腿；你可千萬別走單了，提防著四眼井那個女冤家，早晚把你活捉活拿了！」

蕭老五也罵道：「劉老么少說現成話，我若沒有看出岔眼來，我抽這個瘋幹什麼？你小子蒙頭渾腦，你懂什麼。蕭老五使喚剩下的招兒，全夠你學一輩子的。蕭老五除了怕餓，就是閻王老子犯在我手裡，我也要剁他三刀，一個死婊子，算得了什麼？」劉老么笑道：「蕭老五你不用吹，你這工夫頭皮子準得發炸。你東張西望，你準是害怕，你別扯謊！」

蕭老五摸了摸腦門子，仍要還言，被那馬殍神攔住道：

「別管他是人是鬼，離商家堡已近，道上留點神吧。教姚方清手下的人撞上，頂多鬧個沒意思，若教牧場的人綴上了，那可是真栽。哥們，馬前點吧。」

群賊道：「侯頭說得對，咱們別騎著馬瞎闖了，還是牽著走吧。只要出了姚頭的卡子，咱們再上馬。」於是紛紛下來，四個馬賊牽了六匹馬，輕輕地落荒往岔道上走。

袁承烈這一路奔馳，棄馬步蹕，早累得通身汗下。這時雨雖住了，身上的衣服被雨淋汗蒸，也全溼透了；身上十分難受，欲罷不能。卻幸賊人越走越慢，也改為步行，袁承烈心中大喜。只是賊人已動了疑心，時時提防被人追趕；袁承烈便多了許多顧慮，不敢迫近，只遠遠跟著。匪黨們一味往岔道上走，好像取路前進，有所趨避似的。

袁承烈蹕跡跟追，又走了一段路。突聽見前面飛箭破空之聲，匪黨馬

群傈的往四下一分。袁承烈只道他們真撞上商家堡什麼姓姚的卡子了；不料那盜馬賊為頭的馬殊神竟昂然顯身，厲聲叫道：「這是哪位這麼胡鬧？故意賣兩下，教我姓侯的見識嗎？」

傈從草地裡，嗖嗖連竄出四五個彪形大漢，各提利刃，才露面，往兩下一分，散開了群。內中一個發話道：「來的可是侯二爺嗎？頭兒不放心，教我們給你們打接應來。剛才聽見馬蹄聲，我們猜著是你們幾位，不過昏天鶻兒盯不清，侯二爺別擺在心上。這回彩頭旺，一共六匹，我們哥幾個喝你老的喜酒吧！」

馬殊神一行四人這才聚在一處；侯二爺一邊緩緩往前走，一面帶玩笑的笑道：「好小子，原來是你。你小子心眼真不錯，打算喝喜酒，先請你二爺吃暗青子。小子你等著二大爺的，早晚準教你嘗嘗。」彼此笑罵著，兩撥合做一撥，復往前走。

前面忽現一片濃影。馬殊神對同伴說：「你們慢慢走；我先進去了。」同伴道：「你別忙，咱們一塊走，這不有六匹馬了嗎？」立刻有六個人，搶著上馬，一直奔黑影跑去。還剩下三個人沒馬，就罵道：「好東西，搶著報頭功去了。」三個人只得在步下走。

越走越近，袁承烈已辨出前面濃影，似是小小一座土堡，心想：這一定是賊巢。見前面三賊還在慢慢走，便要上前急襲，把三賊捉住訊問：但又怕三個人要嚷，距賊巢過近，似乎不妥。心中稍一游移，三個賊已經向土堡發出暗號，土堡也有人答應。袁承烈不敢再動，忙伏身蹲下，眼看三賊進入土堡去了。

袁承烈心中作難，這裡已是賊巢無疑，理應入探；但自己地理不熟，連這地名和方向都不知，進窺似乎太蹈險地。又想暗處必有巡風的賊人，貿然硬闖，被人喝阻，未免給武林道丟臉。搔頭尋思一回，忽然得計；退身草叢中，把附近地勢看好，隨將孔明燈板打開，把燈火捻亮，立刻衝著土堡，舉燈連晃兩下。黃光如電火似的掃射，登時驚動土堡藏伏的人；

「吱」的一聲胡哨，奔出兩個賊來，搜尋火亮的來由，袁承烈早把燈板關好，抽身退到別處去了。

兩個賊打圈尋找，口出詫怪之聲，只疑心是同道所為，喊出好幾句黑話來，見沒人答對，又尋不出蹤跡；兩個賊罵罵咧咧的回去了；仍藏在暗處，盯著這一面，不敢大意。袁承烈遠遠窺見，暗想：賊人的戒備，到底比牧場強，覺得此時已然不早，先遠遠地繞土堡周圍，踏勘了一遍，潛記住附近的形勢；打算等天亮，探明此處地名，和盜窟首領，即返牧場，教他們前來討馬。但又轉念：賊人存著嫁禍於人的心，我還是趕緊回去送信為是；免得牧場中人和什麼商家堡的姓姚的惹出枝節來。

袁承烈打定主意，轉身趨向原路，留神尋找那個藏馬的小樹林。預備找著馬，便可騎馬回場。哪知他究竟地理不熟，追賊時又很心急，亂鑽一陣，那匹馬竟找不著了。

袁承烈頗有點內愧，心想：我一個夜行人，當真忘了地方，迷了方向，可未免丟人！

此時天已破曉，雨已稍停，袁承烈非常發怒，正在四下張望；突聽得迎頭上一陣蹄聲雜踏，不時的爍起燈光；同時又在背後岔道邊，也隱隱聽見蹄聲。袁承烈心中詫異道：這都是馬賊不成？因不知兩者的來頭，遂趕緊縮身，走到草木深處。

迎頭來的馬是往東走，袁承烈忙側身讓道，從叢莽中往外察看：這一撥馬群匹數不少，卻並不坦然地順著大道走，反而不時出沒於兩旁荒地。袁承烈越發心疑，欲觀究竟。剎時間，兩下里越湊越近，相隔不到數丈。袁承烈借物障身，側目偷窺。這來的馬群走得很慢，時進時停，孔明燈也乍明乍暗；看那樣子，似一面走，一面察勘地上的蹤跡。再看岔道上的那一撥馬群，就在這時，如風捲殘雲般，遠遠地穿斜路，落荒走了。

袁承烈料這兩撥馬群心有蹊蹺；這徐行的馬群大概是牧場中尋馬的人，這疾行的馬群卻不知是另一撥馬賊，還是過路的馬群。但看人馬數倒

有七八個。斷定決非快馬韓丟的那一夥。

又想：快馬韓的牧場馬圈很多，也許東圈失馬，已被發覺；這一撥馬是另一撥風子幫偷的？現在既被自己遇上，理應根究，不可空放過。但有一樣，自己是追蹤這疾行馬群，尋究賊蹤對呢，還是跟追這徐行的馬群，向牧場中人報警對呢？一手不能遮兩處，萬一自己推斷錯了，豈不是顧此失彼，招人笑話？

此時天已大亮，袁承烈略一沉吟，頓足道：「還是追這徐行的馬群，比較要緊。」從潛藏處現出身形，斜抄著追過去，眨眼綴上，看這徐行馬群，果然是牧場中人，當頭那人正是魏天佑。袁承烈正要上前招呼，突見迎面叢莽中，「吱」的一聲響，竄出來幾名彪形大漢，把路擋住。魏天佑一行人紛紛下馬，上前答話，跟著似聞嘵嘵抗辯之聲。

袁承烈不由倒吸一口涼氣，心說：必要出事！忙伏身繞道，往前湊了湊；要看牠們遇到卡子，怎麼應付。不料他們三說兩說，忽然喊了一聲，魏天佑率眾猛衝上去，把守卡子的大漢竟不阻擋，往旁一撤，公然把馬撥子放過去。袁承烈猜疑道：「這分明是綠林道設的卡子，他們竟闖過去了；必是投字號，講交情，卡子上答應借道了。」

可是事實又不像；馬群才過，叢莽中便聞連聲狂笑；並且有人發著笑聲道：「小子們不用叫橫，來得高興，管保碰釘子回去，教他們快馬韓知道知道咱爺們的厲害，往後得拿正眼看咱們來。」

袁承烈一聽，驀地心驚，恍然大悟，暗道：不妙，這裡多半就是什麼商家堡？……這樣看起來，魏當家勢必要中狡賊的嫁禍詭計！我既然知道了，我、我……該怎麼樣呢？

袁承烈越遇難事，越有準主意；虎目一轉，當機立斷。忙把腰帶一緊，繞過卡子，斜跟著魏天佑後影，也一步一步，潛闖入商家堡的腹地。此時天已不早，繞過葦塘，忽逢柵院。袁承烈也和魏天佑一樣，把這裡當作商家堡賊人的老巢了；卻不知狡兔三窟，這裡只是他們的別巢。袁承烈稍稍

落後，魏天佑等業已進柵。袁承烈獨留外面，繞了半圈，竟不得近前。

賊人把魏天佑誘入自己的重地，把外面卡子撤回去一多半，改守柵院外圍，不住梭巡，此時又當白天，袁承烈武功盡好，卻不會隱身法；只可伏在暗處，遠遠瞭望，替魏天佑做了巡風人。探巡半晌，只望見賊人出入頻繁，不見魏天佑出來，也沒有見他到底怎麼進去的。

經過好久工夫，日影高懸，殆已過半，袁承烈餓得肚皮叫，有些耐不及了；距賊巢很遠，更聽不見動靜。忽見一大撥人，刀槍如林，跨馬從遠處奔來，直入柵院，也不曉得都是誰跟誰。袁承烈道：「不好！」他已是有閱歷的人，自知孤掌難鳴，不肯白晝冒險，正打算辦法。

隔過一會，忽聽柵院馬蹄聲亂，忙探頭外窺；柵中擁出一批人馬，穿叢莽走了。這許多人馬中，有十多匹棗紅馬，不是人騎馬，卻是馬馱人。袁承烈瞥見大驚，這正是牧場的一行人。他們被賊誘擒，捆在馬上，往老巢押解；手腳倒剪，馱在馬背上，一聲不哼，料想魏天佑也必在內。

袁承烈十分懊惱，現在救人又比找馬吃緊了。從草叢一躍而起，摸了摸綁腿上的匕首，連忙追綴下去。當下見群賊把魏天佑等押進商家堡的老巢；袁承烈悄悄退出，急找民家，打算覓食果腹，挨到天黑，再獨探匪窟……恰巧遇上昭第姑娘，於是各顯身手，各吐辯才，入商家堡，見姚方清，單刀解縛，飛彈打燈，把魏天佑等從危發千鈞中救出來。卻又話擠話，定了個五天後再見面的約會；這才從商家堡退出來，返回了寒邊圍東牧場。

袁承烈不矜不傲，把自己尋馬救人之事，一一述完。魏天佑、昭第姑娘，和陪座的武師，俱各驚服。魏天佑站起來，親給袁承烈斟上一杯熱酒，面向眾人說道：「行家一伸手，便知有沒有。袁師傅不但陸地飛騰術令人望塵莫及；就是武功，也很精熟。但不知你老兄屬哪一宗派呢？」

袁承烈道：「二當家不要這樣說，我在下倒是自幼好練，也許會個三招兩式；但從闖蕩江湖以來，實只靠著兩膀子笨力氣，跟一條不值錢的命罷了。你若誇我有膽，我可以說不含糊；要講到武功，我哪有什麼宗派師

承呢？」

飛行聖手劉雍道：「袁爺還是客氣，你的腳下竟這樣神速；拿兩條腿的人，追四條腿的馬，若沒有真實本領，焉能辦得了？」

袁承烈笑道：「那倒不是。我發現盜跡，起始追趕時，也是偷騎了牧場一匹馬；追上之後，才改為步行。」

眾人道：「哦，那麼，咱們只丟了六匹馬？」

袁承烈道：「正是，牧場丟了七匹，賊人實只偷了六匹。不過說出來是笑話，我偷騎的那匹馬，被我臨時藏在小樹林中，跟手找不著了。」

眾人說說笑笑，又歸到尋馬禦敵的辦法。魏天佑向袁承烈請教，袁承烈道：姚方清這一檔事，我們固然必須預籌應付之策；追緝盜馬賊，更是刻不容緩。他們的下落，僥倖已被我綴著，只是地名不大清楚，大約在商家堡西邊一帶。我看那地方，是他們臨時落腳地點，我們必須快去。若隔時間稍久，還怕他們遷場。他們動手偷馬時，一共四個人，為頭的叫做馬殊神。據馬殊神說：他們這次偷馬，不為圖贓，實為出氣；乃是他們的瓢把子受人所托，故意來跟韓場主搗亂。究竟真相如何，該怎麼下手，在下新來乍到，不明內情，這還得二當家和諸位師傅主張。」

魏天佑駭異道：「是馬殊神嗎？他是受誰的指使呢？」

袁承烈道：「他們說的全是黑話，在下沒有聽出來。」

昭第姑娘瞿然道：「這個馬殊神名字好怪，可知道他姓什麼？」袁承烈道：「大概姓侯行二。」

昭第姑娘道：「我說，魏二叔，你可知道這人的來歷嗎？」

魏天佑側首沉思道：「知道一點。吉黑牧場確有過這麼一個人物，從前他是在小白山；後來鬧了一件事，他們頭兒要懲治他，他不辭而別，盜馬逃走了。他們的頭兒曾經關照過我們，如遇此人，萬勿收留。現在可就不知道他投到哪裡去了？」

劉雍道：「既有這個人中，好辦多了，我現在就去查問查問。咱們的

馬師什麼樣人都有，或者能知道他的根底。」立刻推杯站起，徑到飯廳去問。稍過一會回來，向魏天佑、昭第說道：「這馬殞神果然姓侯，叫侯二旺，趙金祿趙師傅知道他。從前他也是牧場夥計；卻會幾手功夫，人瘦力大，善調劣馬。只是脾氣很壞，因爭嫖暗娼，把暗娼殺死，把牧場同伴砍傷。他見出了人命，就棄凶刀逃走；不知怎的，加入了風子幫，做起馬賊來。總是六七個人做一夥，不搭大幫，聚散出沒無常。恐怕要找他，不很容易，他本就沒準窩。」

昭第姑娘為難道：「這不成了大海撈針了嗎？」袁承烈忙道：「常時我還聽見他們四人互相問答，有姓劉的，姓蕭的；姓蕭的大概叫蕭老五。聽他們的口風，他們上邊的確還有總瓢把子。這次盜馬，僅看人數，他們至少來了十幾個人，這馬殞神一定加入吃風子錢的大幫了。」

魏天佑、韓昭第一齊問道：「他們有瓢把子，可知叫什麼名字嗎？」

袁承烈道：「這個？可惜我……沒有聽清。」賊人當時確曾說過什麼「雕頭兒」，袁振武也影影綽綽聽見了；卻錯疑這「鳥頭兒」一詞（鳥字丁了切）是句髒話。當著昭第姑娘，他遲遲不能出口，索性嚥回去，只推說：「他們一定有瓢把子，可惜我沒聽明白！」哪知賊人說的這「刁頭兒」，正是他們的瓢把子，姓刁，外號叫坐山雕。魏天佑以為袁振武既沒聽清，不便追問，就把這線索白丟下了。

當時筵罷，眾人向袁承烈深加慰謝；魏天佑立刻傳集武師馬師，就馬殞神的去向，細加推敲了一回。命書啟趙先生，修書一封，派遣急足，給快馬韓火速送信；言說場中出事，催他速回，以顧根本。又寫信分送附近出頭人物，轉煩他們，向商家堡姚方清遞話；能和解就和解，不然，索性械鬥。

這些事先安排好了，隨即商定：先派人根尋馬殞神的下落，次集眾應付商家堡的械鬥。這兩事全很吃緊，卻以尋賊之事稍縱即逝，刻不容緩，魏天佑決計親往。堅囑韓昭第留守，把快馬韓宅中的火器，分出大半來，放在牧場，以抗外侮的再來；所有巡更、放哨，自不必說，加倍加緊。然

後，魏天佑親率武師劉雍、馮連甲、季玉川、洪大壽、馬師杜興邦、張金朋等，共二十一人，由袁承烈做嚮導；立刻預備乾糧水壺、兵刃弓箭，上馬出發，直赴袁承烈當夜所到之處。當夜袁承烈走了大半夜，現在白天，可就用不了這大時候，按照沿路所留的標記，只兩個時辰，便已找到馬殃神投宿的土堡。袁承烈藏馬的小樹林也已尋著，只是拴馬處只剩斷韁，那匹馬想已餓極，掙韁逃走。

眾人暫不管牠，忙撲進土堡一看，竟是民家。找到堡中首戶，客客氣氣，細加詢問；果然前昨兩天，堡中來了一撥老客，約有十幾個人，在此地借宿。原知他們是馬達子，但他們明說過路借道，堡中住戶只得竭誠款待。這情形在常年荒原乍辟，本來常有清鄉的官兵來了，民家須好好支應；過路的馬賊來，也得好好款待。有時官兵與土匪會走個前後腳，賊剛去，兵便來；兵才去，賊又到。民家遇此，更得妥為應付；否則馬賊要給莊院擾亂，輕者放一把火，將柴堆燒了，難免延燒住房。官兵跟民家過不去，又會加以通匪的罪名，捉去軋槓子。

魏天佑拿出快馬韓的名望，向土堡民家，盤詢盜馬賊蹤。

關外民戶對待過路馬賊，也有不成文法律；賊人的姓名、去向，他們向來不敢打聽，更不敢對人說，就說也不可靠。賊人借住民宅，臨去全是大隊先發，末留斷後之人。走時也必采迂迴路線，眼看他往東，實則他們投奔西方。若認定他們是奔西，半路上他們也許忽然折回，又改奔東面。

魏天佑明知是白問，也不能不試著打聽一下；仗他設詞誘探，居然將馬賊的人數、馬數，和人的相貌，打聽出來，算來此行實在不虛。跟著告辭出堡，與馬師們商量；仍勘蹄跡，往前根尋。可是賊人所留的蹄跡，也不盡可靠。他們每人的腳底下，會裝蹄鐵，用人腳故意假造出倒行的蹄痕；也會把馬蹄包上，隱沒了蹄印。但任憑賊人用何方法，魏天佑一行久幹牧場，還帶著有經驗的馬師，若非遇雨，又逢意外，終能尋勘出賊人的行蹤。

魏天佑等二十一個人散開來，各窮智力，四面勘查。偏偏這盜馬賊十

分狡獪；他們當夜忽東忽西，一路亂走，在堡稍歇，未及天亮，便急逃走。把他自帶的馬群，和盜來的馬，分成三隊，按三個方向，分開走去了。魏天佑直尋到歧路口，發現蹄跡縱橫，頓覺計窮；袁振武也抱愧起來，虎目亂轉，潛思別策。杜興邦說：「我們當時窮追就好了，偏偏商家堡給打了擾；如今緩了一天，事情越發難了。」

二十一個人打算分三處，按蹄跡分勘。魏天佑權衡輕重，瞪眼說：「我們別忘了商家堡的事，現在只剩四天了！」袁承烈憤然道：「二當家無須著急！尋馬的事，我看可以交給我；你老撥幾位師傅跟著我，我們試著往下蹚。你老自己可以速返牧場坐鎮，專籌劃商家堡踐約之事。現在我們牧場並非泛泛失盜，實是有仇人暗中作對；你老回去最好，須提防再生別的枝節！」

本來魏天佑所處在此，聽了袁承烈這話，眼望眾人，進退兩難。杜興邦是一勇之夫，雖為馬師，偏好打架，當下就說：

「我陪袁師傅去，我管保尋著馬殃神，我要逗逗這小子！」季玉川笑道：「尋找馬殃神，鬥智不鬥力；你想逗人家，你可是找不著他，有勁沒處使！依我說，我們暫且別管這六匹馬，我們還是合集眾力，專心應付姚方清……」張金朋道：「剛才袁師傅說得很對，這不是尋常失馬，乃是仇人尋隙；現在不根究，五天後更沒影了。我們總得兩面並進，雙管齊下。」

魏天佑嘆了一聲，道：「我只好做沒臉的事吧！我可不是臨陣退縮。」向袁承烈舉手道：「尋馬的事，袁大哥，你多分神！可有一節，無論採訪的情形如何，兩天之內，務請你返回，咱們還得對付姚方清呢。」袁承烈道：「那是一定，我和他有約會，焉能不到！」

立刻把二十一人，分給袁承烈十四個人，內中三個馬師，六個武師，五個有力的夥計。魏天佑又諄囑道：「諸位前往，總以尋著賊巢，訪明對頭為要，千萬不可動武。不是我經不得險，膽小怕事，我們總該小心，不再生枝節為妙。商家堡一招，就怨我膽粗惹事。」把帶來的乾糧，都給袁承烈十五人留下；魏天佑灰心喪氣，帶餘眾返場；卻不一直走，仍存著萬

一之想，繞走別途，要順道尋勘馬賊的蹤影。

　　袁承烈容魏天佑去遠，自以新人做了領袖，先向十四人客氣了一陣，劉雍、季玉川這十四人心佩他武功出眾，甘受指揮，都無異言。這就是袁承烈年來飽經挫折，學出來的乖；再不像當年那麼豪氣凌人了。遂虛心商計，把十五人分為三撥，分路訪下去；仍以兩天為限，無論成果如何，必須返回。

　　袁承烈這一撥，是飛行聖手劉雍、洪大壽、李澤龍、杜興邦五個人。杜興邦地理較熟，就由他當先引路。塞外荒涼，縱目四望，往往十數里，不見人影。只在草原起伏處，初墾荒田邊，不斷發現土堡、莊院。僻區荒莊沒有店房；可是任何民家，都可以叩門求食，打尖借宿；就是投住十天八天，也不要錢，和蒙古包的風氣一樣。袁承烈、杜興邦就依著這塞外的風尚，每遇莊堡，便登門求飲、歇腳；順便用兩種措詞，打聽馬殃神的去向。或說：這馬殃神是他們的夥伴，路遇放荒的野火，中途失散，現在是專意尋找他們。或者徑說：自己是快馬韓牧場中的人，因場中有幾個夥計，起了不良之意，拐馬潛逃，故爾奉派沿路追求。饒這麼急迫巧探，尋訪出一百多里地，連投五六處莊堡，竟一點線索也沒問出來。人家異口同聲說：「這兩天就沒看見馬群。」這話是真是假，也自難言；袁承烈一行漸覺得一步來遲，無計可施了。

　　又走了一程，天色漸晚，亟須投宿。袁承烈在馬上昂首遠眺，沉思不語；杜興邦指著地上深淺的蹄印，還要往前再趕一站，以觀究竟。劉雍仰面看天道：「不能盡往前趕了，越走越遠，錯過宿處，明天可就趕不回去了。」杜興邦不以為然，兩人對拌起嘴來。洪大壽等齊說：「你們二位別亂，咱們聽聽袁大哥的。袁大哥，你是我們的頭兒，你說咱們是退回一站尋宿好？還是再趕出一站好？」袁承烈憬然若悟的說道：「諸位大哥別這麼捧我，那可是罵我了。若依小弟愚見，尋馬自然是急事，可是商家堡的事更要緊。若教我看……」眼望杜興邦道：

　　「咱們就此退回一站，好不好呢？不過小弟地理不熟，杜大哥，前站

離這裡近不近呢？」杜興邦忙道：「回去就回去，你別看我這麼說，我是跟老劉抬著玩。前站離這裡倒不很近，足有二十多里地，趕到準得很晚了；乾脆我們就往回走。」

大家都知照此訪法，決訪不出什麼來，全願意就此折回。

杜興邦滿心敬服袁承烈，頭一個撥轉馬頭，往回路走；仍不循舊道，略繞小彎，改走來時沒有走過的路。走了不遠，便逢岔道，隔著一片樹林。李澤龍道：「這麼走，對嗎？」杜興邦道：

「沒錯，這麼走抄近；你閉著眼，隨杜二爺走吧，絕不會尋不著宿頭的。這裡也有好幾個蹄印，我們湊巧了，還許摸著馬殃神的後影哩……」

天色說黑就黑，眾人縱馬疾行；忽然間，刮來一陣風，聽見林後一片鈴聲。洪大壽道：「怪呀！這半晌我們就沒遇見半個人影，這兒可有了鈴聲了？」李澤龍道：「像是拉駱駝的。」

飛行聖手劉雍道：「不對！」但是曠野聞鈴，究竟蹊蹺；袁承烈道：「咱們追過去看看吧。」

一言未了，鈴聲嘩啷啷大響著過來，眾人急勒馬尋看；從樹林中飛駛出一匹紫色健騾，和一輛「草上飛」大輪輕車，兩頭獵狗。這健騾項掛一串銀色鈴鐺，這駕車的牲口是一頭青騾，騾項也掛著一串銀鈴。車上一個蒙古打扮的少女，穿藍坎肩，棗紅旗袍，頭蒙紅巾，自己勒韁驅車；車上堆著許多野畜，狐也有，兔也有，鹿狍也有；還有火槍、弓箭、鉤叉，順放在車箱。那一匹紫騾，由那個男子騎著；男子肩背標槍，手提馬棒；挺腰攬轡，氣象強健。牧場群雄方在錯愕，聽那男子喝了一聲：「喂！」一車一騎從林後出來，疾如電駛，斜奔北方走下去；兩頭獵狗竄前逐後，跟著飛跑。

這男女與牧場五個壯士隔著路，斜打了一個照面。那女子似乎不甚理會，只微轉秋波，斜投了一瞥。那男子卻張眸直待縱騾過去，還回頭打量這哥兒五個。這哥兒五個也相顧疑訝了，覺得當此時，在此地，不會有此種人出現。劉雍、杜興邦等初疑這男女必是蒙古獵人，或者是滿洲射手；

哪知隔路迫視，才瞧出這女子唇紅齒白，眉目清揚，身段兒竟也苗條，腳下穿著「唐唐瑪」（一種短腰皮靴），也非常窄小，似是纖足女娘，故意改扮了旗裝。那男子遠看著腰板筆直，氣度英挺；這一對面，才發現他蒼顏皓首，長鬚飄飄，是個很上年紀的老頭兒；更不帶塞外粗獷之氣，眉目面型分明是南方人。

這一老一少，男女二人，竟引起牧場群雄的注意來。袁承烈目光犀利，雖只一面，已覺出那老漢不是尋常獵人；兩道蒼眉，一雙巨目，顧盼之間，猛如少年。那女子尤為奇特，「草上飛」巨輪疾轉，跑得飛快，顛得車中的活狐狸、活兔兒吱吱的叫。可是那女子盤一腿，垂一足，跨轅驅騾，不用鞭策，只用纖纖玉手，提著兩根韁繩，控縱自如，很有一種悠然自得之態，真是很好的駕御術。車儘管軲轆轆的猛顛，她把纖腰直挺，紋封不動，穩如泰山。杜興邦失聲叫道：「好俊的手法呀！」騾在前，車在後；那女子似乎聽見了（其實只聽見喊，沒聽清喊什麼），又回眸送了一瞥。把頭一昂，喊了一聲：「駕，窩！」

那老頭也回頭一看，回手一馬棒，巨騾狂奔起來。

那「草上飛」同時加快，連那兩頭獵狗，一陣風似的走過去了。

飛行聖手劉雍、李澤龍、洪大壽這幾人齊說：「怪道，怪道！」一個個把眼光直投了過去。他們此行只為尋馬，不相干的事應該少管。並且他們不是沒看透，這男女二人一車一騎，攜火槍，俘狐兔，分明是莽原遊獵，飽載而歸。但他們竟為這老叟少女的詭異形色所動，一個個著了魔，心頭躍然，都要追下去。再看袁承烈，駐馬垂鞭，也似直了眼。劉雍叫了一聲：

「袁大哥！」袁承烈忙回頭道：「劉大哥，你有什麼話？」劉雍道：「剛才這個老頭兒和這個蒙裝的漢家姑娘，好像是爺兒倆，瞧著很透邪行。咱們是不是綴綴他們？」洪大壽道：「可不是，這兩人真有點不倫不類，碰巧了，就許跟盜馬賊有關。」

袁承烈道：「追好嗎？」李澤龍道：「追！要追還是快追，你瞧人家繞

過這林子去了。」袁承烈道：「只恐怕錯過宿頭？」

　　杜興邦忙道：「追吧！尋宿的事你全交給我，那邊有的是人家；半夜砸門也不礙，只要咱們一報字號，再掏出咱們這條手巾來……」李澤龍掏出牧場特製的手巾，對袁承烈道：「咱們場主快馬韓的威名，在這寒邊圍方圓百十里內外，叫得很響，人人都關照著面子。場裡的人只要有這條號巾，到哪裡尋宿，都不用費話。」他只顧替牧場吹大話，可忘了最近碰的這兩個釘子；劉雍是在商家堡吃過虧的，忙攔道：「你別讓袁大哥見笑了！咳呀，人家的車可沒影了。」洪大壽道：「快追吧！」拍拍的一陣馬鞭子，五個壯士如飛似的趕下去。（老實說，他們多一半是為瞧女娘，看稀罕事；只有袁承烈和劉雍，卻知老叟少女不是泛常之輩，因存窺察之心。）

　　路邊淺草因經踐踏，長才尺許；人跡不到處的荒草有時高過人肩，遮蔽視線。五個人放馬直追，繞過叢林，那健騾和「草上飛」大輪車不見了；不知他們是鑽入林中，還是繞投別處。杜興邦嚷道：「趕緊追就好了。」劉雍道：「我不信我們的馬，會趕不上人家的騾子；咱們往林子裡搜搜。」杜興邦道：

　　「劉爺，你外行了。人家那兩匹騾子真不含糊，比咱們的馬還許快。」

　　幾個人在林邊探望，此時暮色漸合，林中似有曲折的狹徑。有的人主張進林去搜，杜興邦道：「別鬧了，道很窄，他們那輛大軲轆車進得去嗎？」袁承烈道：「我們只繞林邊看看吧，進去怕涉險；倘是歹人，又要受暗算。」眾人果然牽馬步行，繞看林邊。塞外木客們入森林採樵，慣在要口潛留標記；或者折枝，或者刻木，或者把幾條枝綁住一起，用來指示前途的險阻，林中的蟲蛇；留給後來人看，以資趨避。袁承烈、劉雍等都知道這一點，尋了一回；這林子很不算小，一時走不到頭，也沒尋出暗記。袁承烈手指天色，道：「杜大哥，找不著，算了吧。前邊如有人家，我們還是先投宿，一面跟人家打聽打聽。這男女奇裝異服，一定可以問出來。」眾人恍然道：「對！打聽馬達子，住戶們都不肯說；打聽獵戶，他們用不著避諱。」

杜興邦道：「我也找膩了。尋馬還尋不著，幹啥又尋大姑娘？你們跟我來，快投人家歇歇吧。餓倒不餓，我是真渴。」

　　五個人又扳鞍踏鐙，再尋土堡人家。走出一段路，忽見一帶草原，冒起炊煙，獨不見堡院。眾人驅馬迫近一看，有一帶高崗，環抱如半環；環內果有兩排草舍，大約每排五間七間；四周也挖著防火壕，立著防獸木柵，柵內也有柴堆、炭堆。這地方很隱僻，四面土岡滿生荒草，遠望看不出中有人家。大家吐了一口氣，道：「這裡有人家，咱們過去尋宿吧。」杜興邦駐馬登鐙望瞭望，說道：「這裡不行！」袁承烈道：「怎麼的呢？」杜興邦笑道：「袁大哥，你到底在關外待得不久。你瞧那草房，不是才兩排嗎？這一定不是墾田的農家，這是一座小小炭窯；那幾間草房定是他們的鍋夥，地方必定很窄很髒，又沒有馬棚，我們投宿去，人有處睡，馬可沒處放；拴在露天地，弄不好，半夜就教狼給咬炸了群。」劉雍道：「準是炭窯嗎？那窯呢？」杜興邦道：「你瞧岡後黑忽忽的，那準是窯。」眾人還想過去看，杜興邦道：「別走冤道了，我說這裡住不得，一定住不得。你們順著我的手看，這邊那幾棵樹後頭，不到五里地，就有座大莊堡，足有百十戶；我記得堡主姓黃。咱們一到那裡，好鋪好床，有吃有喝，還有好高粱酒，比這裡強得多了。而且咱們回牧場，又是順路。」

　　眾人聽他這樣說，也很有理，就道：「好吧，咱們就再趕五里地。」……卻不道天色漸黑，四野荒曠，杜興邦記錯了地方；直走出十六七里地，才尋著一座較大的莊堡；堡主也不姓黃，堡門也已上了鎖。杜興邦叫了半晌門，才得問明放入。

　　這堡主知道他們是快馬韓手下的人，居然很款待。堡主出來客氣幾句，便命他的侄兒陪著客人；特備酒飯，請他們吃。

　　又沏了一大壺釅茶，拿來一大包旱煙葉，並給他們特騰出一排長炕。杜興邦等飯罷道謝，向堡主的侄兒設法套問話。問及馬群的事，答說是頭幾天在堡前過了一撥馬，有四十多匹，這話不很對碴。問及一個老叟攜少

女驅車打獵的話，這位少當家的連說了好幾句：「不知道！」聲色似乎不大可靠。又閒扯些別的話，少當家打呵欠告辭，請客人安歇。袁承烈、劉雍、李澤龍、洪大壽、杜興邦五個人低談了一回，只好脫去衣服，上炕就睡。關外人睡慣了熱炕，夏天也不能睡涼炕，冬天也得脫光了，才能睡熟。這五個人，杜李洪等都是這樣睡法，只有飛行聖手劉雍和袁承烈是和衣而臥，只脫去長衫罷了。

劉雍這人不管心裡有多大煩事，該吃就吃，該喝就喝，而且該睡必睡。看那袁承烈，卻並不然；坐在炕邊，捧茶碗低頭深思；劉雍連催他就枕，方才脫鞋上炕。把油燈撥得小小的，側身閉目，呼吸細微；過了好久，很像睡熟了，其實沒有睡著。跟著杜興邦把馬殃神罵了幾句，把打獵女子胡批了一陣，翻了一個身，漸漸打起鼾聲來；和李、洪二人一遞一聲，越睡呼聲越響。劉雍翻了兩個身，也就迷迷糊糊，漸入睡鄉了；並且含糊催道：「袁大哥睡吧，有事明天再講。」

劉雍沉睡良久；此地莊堡較小，只有值更之人，沒有打更的梆鑼，也不知經過了多大時候，猛然間，似頭頂刮來一股涼風。劉雍登時看見那商家堡的姚方清，用板刀削自己的腦皮，那周四又拿花槍扎自己。劉雍一個抵擋不住，要跑又覺伸不開腿，急得呻吟了一聲，把眼睜開。定睛一看，長炕一排五個人腦袋，除了自己，只剩下杜興邦、李澤龍、洪大壽三個人；那袁承烈只留空鋪，不知哪裡去了。

劉雍把眼揉了揉，才看出油燈微光之下，已閂的屋門此時半掩，留下尺許寬的空縫，便從門縫刮進夜風來，正吹自己頭頂，自己的睡處最靠門口。劉雍心裡仍然迷糊，想道：袁爺許是出去解手了；等他回來，得教他閂上屋門。關外是大陸氣候，晌午極熱，早晚很涼；就到夏天，也須預備皮褥棉襖。這工夫夜已很深，劉雍凍得縮了縮脖項，裹被重尋前夢，不一時又睡著了。

這一覺又睡了很久的工夫，忽聽見一陣犬吠，飛行聖手劉雍驀然驚

醒。欠身望窗，微現曙色，屋中燈猶未滅。同伴杜興邦直挺挺睡在本宅借給的被內，一隻眼睜，一隻眼閉，似剛醒轉，還在戀枕未起。袁承烈穿一身短衣，正坐在炕沿邊，似要穿鞋下地，又似脫鞋上炕。杜興邦喃喃的說：「天還早呢，袁爺再睡一會吧。本家沒起，咱們老早的起來鬧騰，顯著不大合適……」袁承烈道：「是的，是的，我要解手……」忙把身子背過去。

杜興邦說完話，又閉上眼了。飛行聖手劉雍驀地心一動，忙擁被坐起，揉眼打量袁承烈，叫了一聲：「袁大哥沒睡嗎？」

袁承烈忙又把身子扭過去，含糊應了一聲；把一物往枕邊一塞，跟著脫鞋上炕，重欲入睡。但是劉雍早已看明白了，袁承烈並不是久睡乍醒，也不是要下地解手。他分明穿得衣履齊整。衣紐腰帶也都好好繫著。他一定剛從外面回來，卻不是解手。解手沒有穿戴得這麼齊全的；況且他雙目炯炯，額上又有汗。劉雍看了看屋門，屋門已關；又看了看袁承烈的臥處，被縟虛擺，不似有人睡過。再看看袁承烈的神情，把臉躲著自己，匆匆的脫襪子、解腰帶、扯被。可是他乍睡時，分明是和衣而臥，現在怎麼又要脫光了？

劉雍猛然一笑道：「袁大哥，您先別睡，我跟您打聽打聽……」說著掀被起來，下地，穿鞋。袁承烈道：「劉大哥，怎麼就要起來嗎？天還早呢。」伸手一扇，把殘燈扇滅。劉雍早趁探身覓鞋之際，把地上袁承烈的鞋摸了一把，很溼，有泥。笑說道：「袁大哥！」湊到袁承烈枕畔，低聲說道：「大哥別瞞我，由打二更天起，你就出去了，直到這時候才回來，你上哪兒去了，唵？你可以告訴我嗎？」

袁承烈本來要脫衣就枕，聞言住手，衝劉雍笑了笑，道：

「我剛才出去解手了。」劉雍道：「你是真人不露相，你上廁所，還帶兵刃？咱們是一家人，他們糊塗，小弟可是門裡人；這麼辦，出你之口，入我之耳，你只告訴我一個人行不行？你瞧，你的鞋都溼透了，您至少在外面奔波了半夜。」指一指枕底，又指一指地；把笑臉對著袁承烈。

袁承烈愕然一愣，不由得瞧著劉雍的手，看了看自己的枕頭。劉雍索

性上了炕，挨著袁承烈，打疊精神，詢問他隻身夜出，奔馳竟夕，究竟為什麼？再三說：「我不是刺探你，也不是信不及你；我是打聽打聽你，出去這一趟，有何發現？請恕我魯莽，我看你的神情，好像不甚得意；莫非徒勞奔走了？還是碰上勁敵了？和商家堡、馬殊神，有干係沒有？」

袁承烈笑道：「你老兄可是多疑，咱們五個人訪了一白天，還沒訪著；怎麼我隻身夜出，就會訪著馬殊神嗎？太笑話了！」

劉雍賠笑道：「那麼說，你可是搜尋那個短衫老叟，和那個蒙裝漢女去了吧？」袁承烈仍然搖頭道：「哪裡的話！我實在出去解手了。他們這裡的狗直咬，我沒法子，才帶著匕首，出去了一趟；解完手，我就回來了。」劉雍也搖頭道：「大哥，你還騙我！你要知道，從半夜裡您一不見，我就沒睡；直等到這時候，你才回來，兩個更次了。當時我不好意思跟綴你，怕誤了你的事。說實在的，你要是訪敵，有我跟著，雖當不了大用，也可以給你巡風。」正面問不出，他又從側面擠；但是袁承烈兀自不肯認，劉雍只得罷了。

他哪裡曉得：袁承烈真個追那老叟少女去了。卻不是他多事往尋，乃是老叟找了他來。當他們繞林搜巡，已被人家窺見。當他們行過高岡，駐馬遙望，杜興邦把草舍誤認做炭窯，哪知這正是老叟父女的隱居之所。當他們七言八語的猜議，人家父女也動了疑心，把他們當做沒安好心的馬賊。當他們驅馬尋宿，投入莊堡，老叟父女可就遙加跟蹤，認準了他們的下落。

二更以後，五人就枕，忽聞一聲犬吠，旋即寂然，跟著聽見彈窗低喝之聲；袁承烈忍不住攜刃潛出，欲勘真相。才出戶外，陡見群犬爭食地下的饅頭；一個人影向他點手，轉身飛奔堡外。袁承烈挺刃急追，不料奔波竟夕，不但未捉著人影，反被人影誘出大遠，更遭種種侮弄。不但未探著人家底細，反被人家猜出他們的來歷，知是快馬韓牧場的人，為丟了馬，出來尋賊。但是袁承烈的膽氣武功，卻頗為老叟所驚訝。這老叟實是南方大俠，自以不得已之故，攜女避怨，來到這邊荒之區，更名隱居，已有多年。這父女自與袁承烈有這一番的衝突，後來竟種下一樁意外姻緣。

第二十四章　商家堡對仗應敵

　　袁承烈一味支吾，劉雍自以新交，未便深問；跟著杜興邦、洪大壽等先後醒轉，天光照窗，大家悉起。宅中少當家的出來款待，打臉水，沖茶，備早餐。餐後，馬師們拿出一錠銀子，賞了宅中傭僕，又向堡主道謝；把馬牽出來，告辭出堡。

　　一路曲折行走，仍不斷的尋問；結果一無所得，大家只得老老實實的回牧場。

　　這時的牧場頓易舊觀，內外呼應，戒備森嚴；瞭望臺上架著火槍抬桿，圍柵外派出放哨的人，幾乎十步一崗，百步一卡。袁承烈五騎離著牧場還有一里多地，便遇上一道崗。兩個牧場壯士持武器迎上來，問道：「袁大爺，杜師傅辛苦！訪得怎麼樣？」跟著說：「二當家和各撥出訪的人已陸續返場，外面只剩一撥未歸，可惜都沒得著確耗。」袁承烈忙問：「韓場主回來沒有？」值崗的未及答，洪大壽插言道：「早呢，他老人家上煙筒山去了，最早也得五六天，才能轉回來。」

　　大家越過守崗，直往前走，又遇上兩道卡子，方近牧場。

　　未到場門，早由牧場瞭高的夥計，看清來人，報到場內；立刻由魏天佑率眾迎出來。袁承烈到此方才欽佩：人家快馬韓的牧場果然很有布置；前夕之事只是積漸疏忽，出於意外罷了。

　　袁承烈翻身下馬，夥計們忙接過牲口。魏天佑上前握手道勞，越過櫃房，把五人徑讓進議事房。這是座大廳，座上已經坐滿了人。一見袁承烈進門，紛紛起來，打招呼讓坐。環視在座的人，有好幾位不認識；卻是快馬韓附近的知交，聞變前來慰問、幫忙、獻計的。

　　魏天佑忙把袁承烈給來客介紹了，彼此互道欽仰。遜坐之後，略說出訪的情形；昭弟姑娘便道：「袁師傅，你來得正好；訪不著馬殊神的下落，

姑且丟下吧。現在商家堡的事很急，他們剛才又來了一封催駕的信；好像他們準知道場主沒在家，怕我們失約不到。」劉雍道：「場主有信回來沒有？」魏天佑皺眉道：「倒有急足送來回信，教咱們相機應付；他說他屆時恐怕趕不回來，想是那邊的事纏手。這裡我們正在計議著，後天無論如何，也得請大家幫忙，踐約赴會。商家堡就是擺上刀山劍樹，我們也得去比劃一下子。不然，對手絕不說場主沒回牧場，一定說是快馬韓不敢踐約。」

昭第姑娘拍掌道：「姚方清這小子真把姓韓的父女料短了！袁大哥，請你不要客氣，該怎麼預備，有高招務必請你提調一下。」又向大家說：「諸位叔叔大爺，沒別的，請多捧我們父女這一場吧。」這位姑娘性情特急，一口氣說出這些話來；就請大家分派踐約的人數，和踐約的步驟。魏天佑遂忙攔住昭第姑娘的話鋒道：「姑娘，袁師傅他們幾位剛回來，大概都還沒有吃飯呢；商家堡踐約的事還有明天一整天的工夫，咱們盡可從長計議。」隨招呼夥計們斟茶，打淨面水，備飯。

袁承烈見滿座是生人，忙說：「我們到飯廳吃飯去，別在這裡打擾了。」遂與杜興邦等一同出去。飯罷，擦擦嘴，連忙走回來。

大家環坐在議事房中，商量赴會的辦法，眾人因袁承烈是立過功的，都推他定計。袁承烈一力謙讓，謝不敢當。最後仍由魏天佑，把已商定之計，對袁承烈說了。

這回與商家堡定約，本由袁承烈代快馬韓答應的；故此赴會名帖共備三份，一是快馬韓，帖到人不到，二是魏天佑，三是袁承烈。商家堡姚方清部下的實力，牧場中人很有知道的；據說他們全數不及百人，有四位賊頭，姚方清為首，周老疙瘩居末。不過自己這邊現下大邀幫手，姚方清那邊也難免邀助；經派人前去密訪，還未得回報。魏天佑與昭第姑娘細細核計一下，把牧場師傅、炭窯夥計、墾田佃戶，全數湊起來，有的留守，有的赴會，計可赴會的僅能湊足六十人，勢力未免不敵。

魏天佑、昭第姑娘事先早已料到，已從寒邊圍西四十里外柳樹堡老何家，借妥三十名壯漢、兩位武師，說定明天準來，幫同赴會。現在老何家的少當家何元振，正在座參議，當即答道：

「明天我回去，一定早早把他們帶來。」但東西兩邊牧場經過這番抽調，留守馬師也稍感不足；遂又由魏天佑向開源牧場場主，借好二十人，駐場代看馬群。外援既已請定，再點本場赴會的人。魏天佑、袁承烈兩個首領以下，又點起季玉川、洪大壽、李澤龍、劉雍、黃震、李占鰲六位武師；還在鄰堡借來護院武師二名，連老何家那兩位武師，恰湊足十位武師。又牧場內掌竿的馬師，也不乏力健善鬥之人，從中也拔選出四位，是余二虎、張四愣、胡六、丁德山。

踐約之人派妥，再支配留守之人。以昭第姑娘為首，派馮連甲、周誠為副；用火槍、抬桿、弓箭，為禦侮的武器。萬一賊人明面訂約會鬥，暗地潛來偷馬，那就不客氣，開火槍轟他們。械鬥向來以刀槍當先，不許妄動火器；但若敵人暗襲莊圍，那麼，就用火槍打他們，到哪裡也說得下去。跟著，又將留守牧場、巡風值崗之人派妥。

眾人通盤計議之後，覺得大致已無遺漏，當下便要定局。

昭第姑娘站起來說：不願留守，要替父親，前往商家堡踐約。

經魏天佑等再三勸阻，她賴怏怏的坐下來，有點不高興。那邊袁承烈看了看眾人，似要說話；魏天佑忙道：「袁大哥還有什麼高見？何妨說出來，大家參議。」袁承烈這才推椅子，站起來道：「剛才的打算十分周密，赴會的、留守的、巡哨的全有了；只是從這裡到商家堡，似乎還缺少幾位傳遞消息的人。我們的人深入敵人重地，最忌前方和後方，兩邊的訊息隔絕。我想這也該派幾位弟兄，用連環報馬的法子，專司聯絡情報。不知眾位老師以為怎樣？」

魏天佑、昭第姑娘一齊點頭道：「這一著很要緊；還是袁師傅慮事周詳，我們全忽略了。」遂又派定西牧場的師傅崔振基，帶八名弟兄，專司

報馬。魏天佑復又問道：「袁師傅還有什麼高見？」

袁承烈道：「還有一點意思，不過說出來不大好聽。臨敵之機似應未慮勝，先慮敗。我們這次踐約拜山，按比武的常規，勝負一見，便該罷手。就按械鬥講，打敗了，逃回本村，也不致全軍覆沒。我們這一回卻是深入敵寨，名為拜山，實是決鬥。敵人又是一夥劇盜，須防他們蠻不講理。比如我們勝了，他們是否甘休？我們敗了，他們是否放我們出來？這一點，我們必須慮量一下。」

大家聽了，聳然道：「這可要緊，我們不能不慮。」魏天佑道：「袁師傅，依你之見，我們該當怎樣？」袁承烈道：「據我愚見，似應另外埋伏下一支接應之兵；萬一不勝，可以接應自己的人後退。幸而我們打敗敵人，須防他惱羞成怒，不肯認輸，到那時難免別施奸謀；我們有這支援兵，便可突陣上前，把失陷的人接救出來。」

在座武師哄然喝彩道：「好，袁師傅真有大將之材！」

但現有人數安排已定，哪一處人少了都不行，又從何處抽調這一支援兵呢？眾人齊望著魏天佑，面現難色；昭第姑娘問道：「二叔，我們明天還得另邀人吧？」魏天佑沉吟良久，忽然道：「有了，請打接應的兵，我已想好法子，全交給我吧。咱們先商量別的，眾位還有什麼妙策沒有？」

座上又有一人，因「深入敵寨」這一語，也想出一策，對眾說道：「這一次說拜山不是拜山，說械鬥不是械鬥，我們深入人家腹地，實在涉險。我們能不能跟他們說，另換個會面的地方？」昭第姑娘道：「怎麼不能？他們不是剛來了信，我們就答他一封；快馬韓別看沒回來，照樣有人踐約。不過我們不能堵人門口無理，也不能容人守著家門口發橫；要械鬥，乾脆在別處。」

魏天佑忙攔道：「別這麼說，我們仍得說是拜山賠禮。乾脆我們預先指定一個地方，要介在牧場和商家堡之間。」遂命書啟趙先生寫好一封回信，指定一片疏林曠野，準於午前，雙方相會。

昭第姑娘密問魏天佑：接應兵究竟怎樣調派？魏天佑不願當眾說出；

容得議罷，大眾退息，方將袁承烈和幾個要緊人物，請到己室，低聲說：「赴約的人已近百名，可將善用火槍的抽出二十名；再向鄰近獵戶，邀二十名助手，借數十支火器，湊足四十人，作為接應，埋伏近處。倘遇意外，自己人往兩旁一敗，立刻開火槍轟擊敵人。」這一招極毒，但只作為萬一之策；非待敵手逼人太甚，暫勿輕施。

當夜議畢，一宵無話；次日天明，趕忙調派。催借兵的，探敵情的，送信件的，紛紛出動。不到辰牌，外援均到；便提前開飯，盛設酒饌，請這些拔刀助戰之人。酒筵甫罷，整兵要走；那赴商家堡投書之人，氣急敗壞奔回來。急問原委，方知他們距賊寨尚遠，便被捉住；盤搜再三，才派人伴送到第三道卡子。匪徒把信代投進去，好半晌，那姚方清拿著信跑出來，又跳又罵，不知哪裡來的怒氣，竟當面撕碎了信。也不寫回書，只喝命送信人：「快滾回去，告訴你們場主；你們的人堵門口無禮，怎的不上山來賠話？倒教大爺跑到露天地，跟你們見面，你們懂人事嗎？我這裡是虎口，咬著你們沒有？」一味叫罵，把送信人硬往外趕。那個周老疙瘩還追出來說：「你們識相的，趕緊到這邊來；不敢來，我們可要找上門，掏你們去了！」

魏天佑聽罷大怒，立與袁承烈，率十名武師、四名馬師、七十個壯漢，刀矛並舉，整隊牽馬出發。那接應兵二十人已於天破曉時，由兩位武師分領，祕帶火槍，悄走後門，先到達獵戶家；與二十個獵戶喬裝打獵，早早到埋伏地方去了。昭第姑娘帶馮連甲、周誠留守牧場，把魏天佑一行送出場門外，懇切囑道：「二叔保重，不要中了他們的激將計。」魏天佑道：「姑娘放心！這一回我再掙不回面子來，我只有死了痛快。」讓牧場群雄一齊上了馬，他這才搬鞍踏蹬，說了聲：「姑娘請回！」

把馬豁剌剌放開。直等到赴會之人去遠，昭第姑娘雙蛾微蹙，慢慢走開牧場；一顆芳心又有一番打算。

這八十六個人一色短裝，鞍馬鮮明，刀光矛影森然如林，踏行荒野，

聲勢分外驚人。由李澤龍、杜興邦當先開路，魏天佑與袁承烈督隊在後；已商定辦法，這番不必繞走逕取直路。

屆時或直入賊巢，或當門索戰，且待到了地方，再相機應付。

於是走了一程，將到傍午時候，前面有一片叢林阻路。繞過叢林，便是商家堡頭道卡子；那裡本設著暗樁，如今竟改成明樁。十名匪徒遙聞蹄聲，立刻現身，一字兒排開，把路擋住。

杜興邦勒馬揚鞭，大叫一聲道：「呔！前面朋友聽真，快馬韓拜山來了！」跟著向魏天佑打一手勢道：「前面有人，十個數！」

魏天佑在隊後屬聲喝道：「不管幾個，闖！」回手一鞭，越隊先發，豁啦啦竄到前面；袁承烈也急忙策馬緊跟過來。到步子上，魏天佑瞥了一眼，略一拱手，刷的下馬，說道：「辛苦！」

又躍上馬去，身法極快。後面馬師照樣各逞身手，才下馬抱拳，便嗖地超乘而上。

那守卡頭目一見這舉動，左手提鬼頭刀，右手向刀鎖上一搭，說道：「快馬韓拜山來的嗎？好，朋友們往裡請！」這撥武師策馬如飛的走過去了。那頭目目逐征塵，對同伴說：「那是什麼拜山？他們弓上弦，刀出鞘，分明是械鬥來了，待我來報個信。」從嘍兵手內，討過弓矢，嗖嗖的連發五支響箭；這是說，來人夠百，並非少數。又射出一種奇響的響箭，通報老窩，說是：來騎都帶兵刃，並非徒手。

後面卡子登時得了警號，第二道卡子照傳響箭，通知了第三道卡子；第三道卡子也忙關照總窩。在這時候，商家堡的群寇大半聚在第三道卡子上（就是魏天佑刀削周四手指，姚方清發動翻板，擒拿眾人之處）。那姚方清聞警，急急的爬上瞭臺；臺上立著高竿，他又急急盤上高竿，凝神一望。牧場這一撥馬隊單排馳行，遠望足像一百數十號。姚方清搖搖頭盤下來，忙與本寨頭目，和邀來的各幫匪首，打點迎敵。

那邊，魏天佑、袁承烈已率大眾，闖近二道卡子。林邊登時過來十六

個賊人，騎著馬，上前迎接。為首賊目抱拳大聲說：「哪一位是快馬韓韓場主？」武師李澤龍也抱拳大聲道：

「朋友請了，這裡有帖。」翻身下馬，把三份名帖，一份禮單遞過去。賊人下馬，接帖一看，帖寫：「韓天池、魏天佑、袁承烈，率同仁再拜候教。」單開：「謹具良馬六匹，鞍轡俱全，奉申……」這賊人哈哈一笑道：「諸位太客氣了，咱們這一回分明是『刀矛候教』，何必備禮具帖？」魏天佑道：「不然，我們只是『專誠候教』，究竟是『以武會友』，還是『杯酒解紛』，悉聽尊裁。請你把這帖拿上去，我們在這裡候寨主的吩咐。」

賊目陡說一個好字，把眾人逐個盯了一眼，飛身上馬，持帖奔向三卡。餘賊十五騎就當先領路，請牧場群雄上馬：「既然來了，快請入寨！」魏天佑等一聲不哼，策馬揚鞭，跟著他們前走；越走越近，不一時望見三卡柵院。果不出牧場所料，柵前賊人已列出大隊，姚方清預備的人比他們還多，足有一百六七十人。魏、袁相顧示意，走到相隔數箭地，魏天佑潛擇形勝之處，喝一聲：「住！」八十六名牧場壯士一齊下馬。伴送賊黨道：「只管前請！」魏天佑道：「我們應該望門設謁。」

魏天佑、袁承烈立刻把七十名壯士，全留在空場；請本場武師李占鰲，外邀武師戴崇俠、褚永年，三個人在此督隊，相機而動。復請本場武師洪大壽、李玉川、黃震、劉雍，和外邀的顧憲文、施景仁，計共七人，隨同魏袁，齊摘兵刃，按拜山的做派，徒手前進。魏袁穿上長袍馬褂，正著臉色，向伴行賊人拱手。大聲道：「請過去言語一聲，就說快馬韓派人拜山來了；已到門前，不敢擅入……」話沒說完，就住了口。

兩邊相隔甚近，已能聽出話聲。這十五個盜馬賊監視著眾人，不肯離開。那先去的賊目又捧帖奔出來，喝問道：「諸位朋友，我們瓢把子說了，不敢當諸位的大禮；只請問一句，快馬韓韓場主可是本人親到的嗎？」

魏天佑登時怒起，對袁承烈冷笑道：「姚寨主好像明知故問，瞧不起我們。」轉臉笑道：「韓家牧場不是快馬韓一人的事，我們能替他來，有

事就能替他擔；請上復姚寨主，無須乎鑿真！」說時，記恨前恥，聲色俱厲。袁承烈忙道：「朋友費心，請轉達貴寨主：我們是話宗前言，韓場主有事不能前來，又恐失約，才托牧場二當家魏天佑，和在下袁承烈，專誠登門賠罪。貴寨主如認為草茅後進，不屑對手，那麼失約之罪，牧場不負；改期之事，還請再議；不過，那總得容韓場主回來。這話請你婉達，就由貴寨主看著辦吧！」魏天佑和洪大壽等一齊應聲道：「對！你們願意改期，你們看著辦！」

這賊目也是個利口，登時說：「哦，鬧了半天，韓場主有事不能來嗎？可教我們足足恭候了五天。敝寨上下三百多人，滿承望一瞻快馬韓，如登龍門；哪知道一場空歡喜，貴場換來換去，還是您這幾位。固然諸位也都是人物，無奈我們早領教過了；明珠雖是寶，見慣也不驚。……」魏天佑越怒，厲喝道：

「這話怎講？你認得我，我卻不認得你，我只知你是貴寨的一位頭目。剛才那張帖，就有我的具名；我來拜的是貴寨姓姚的，不是拜閣下。請你不必囉嗦，趁早把我這話原封傳過去！」

雙方的話越說越毒，偏這傳話的賊目不肯就走，拿出儳賴神氣，一句跟一句，和客人對項。同時，柵前群盜忽然移動，有一二十位領袖模樣的賊，現身出來；這裡面就有大寨主姚方清，二寨主蔡占江，三寨主郭占海，四寨主周老疙瘩周占源。

袁承烈忙將魏天佑攔住道：「當家的何必跟他們費話；你看，那邊姚寨主不是迎出來了嗎！」

魏天佑登時面現鄙夷之色，向傳話賊目睨視一眼，即刻把兩脅一拍，道：「我魏天佑和今天這幾位夥計，寸鐵不帶，前來拜山。我倒不知姚寨主的山規，會這麼七嘴八舌。—— 夥計，咱們走，找他們主事的人去。」把賊目丟在一邊，搶行數步，衝姚方清走去。姚方清與三位寨主，越眾而出，也恰同這邊迎來；並且搶先嚷道：「快馬韓在哪裡？韓場主在哪裡？

怎麼韓場主沒到嗎？」

　　牧場群雄叫了一聲：「姚當家！」忽然背後如風捲梨花，豁喇喇奔來雙騎白馬。馬未到，人先接聲；遙聽嬌脆的口音答道：「姚大叔，快馬韓本人沒到，他的女兒親來賠罪來了！」

　　魏、袁大驚，回頭，齊看果然是韓昭第姑娘，那並馬而來，是一個中年儒生，姓何，名延松；輕衣緩帶，舉止英邁，是少年何元振的叔父，當地的豪紳，有勢力，有錢財。因與快馬韓交厚，特趕來排難解紛；卻不知這場事內有宵小暗中「攏對」！

第二十四章　商家堡對仗應敵

後記

　　牧場英雄與商家堡盜群，既率黨羽，當場會見；雖各有知交，居中排解，顧仇家作祟，從中播弄，盜焰愈熾，終成僵局。盜賊助手有張開山者，為塞外劇賊，深以技擊自負，單人比拳，乃猝為馬師所敗。以此激怒，掀起械鬥。忽快馬韓，偕友馳至，喝破宵小嫁禍陰謀，姚周二盜憬悟，事暫得解。即而爭參場、奪金場，袁承烈屢試身手，連敗勁敵，快馬韓大加刮目。其愛女昭第姑娘與少年何元振，年貌相當，快馬韓將選為婿。而昭第意忽不願，獨於袁承烈，情有所鍾。遼東俠隱（即蒙妝少女之父）又與袁承烈邂逅示武，終結忘年之交；以絕技授袁，亦陰欲以女嫁袁焉；漠野邊荒，惹起情瀾。

中華民國三十年十一月二十五日初版

※　　　　　　※　　　　　　※

　　《爭雄記卷四》此日出書，就報刊原稿，遍加增削；內容變換，面目一新，既人物亦有出入也。中添遼東俠隱父女，既所謂蒙妝漢女是也；此女後與袁承烈自有一番姻緣。少年何元振，本與昭第姑娘為青梅竹馬交（昭第較長二歲），詎女大三變，竟棄兒時舊侶，傾心於袁。而紅錦女俠，既嫁喪夫，亦逃罪出關，以賊店女盜，與袁重逢。「三女為粲」，遂生波折。牧野雄風，最壯觀感：盜馬賊之生涯，亦恢詭動人。初稿未遑細繪，今稍增益，猶嫌未足。讀者有熟悉當年邊荒情事者，深願指匡，俾期近真。

　　羽自初夏患病，綿歷半年，今始痊復。筆墨生涯，不免廢頓；勞讀者紛詢，謹此歉謝！後當加勉，月呈一卷。

三十年十一月廿日白羽記

後記

整理後記

《武林爭雄記》是《十二金錢
鏢》的前傳，系白羽「錢鏢四部作」
之一部。白羽曾在本書初版的封面
上標明「十二金錢鏢三部作」。

本書始載於 1939 年 12 月北京
《晨報》，第 17 章以下系白羽倩友、
技擊小說名家鄭證因代撰。1940 年
8 月至 1941 年 11 月由天津正華出
版部先後分四冊出版單行本時，白
羽為求文筆的一致性，執筆重寫。
這次出版就是根據白羽重寫的正華
版整理、校訂的。

第一章　丁武師封劍閉門

第四章　丁雲秀踏沙行拳

第六章　飛豹子飄然遠引

第八章　飛豹子訪藝探監

第十一章　高紅錦留情陌路

第十四章　群徒亂踏青竹椿

第十七章　鷹爪王薦賢自代

第十九章　韓邊圍雨夜失馬

第二十二章　魏天佑斷指結仇

第二十四章　商家堡對仗應敵

武林爭雄記：

最真實的江湖，最精彩的武林，白羽武俠成名代表作！

作　　者：白羽

發 行 人：黃振庭

出 版 者：崧燁文化事業有限公司

發 行 者：崧燁文化事業有限公司

E-mail：sonbookservice@gmail.com

粉 絲 頁：https://www.facebook.com/
　　　　　sonbookss/

網　　址：https://sonbook.net/

地　　址：台北市中正區重慶南路一段六十一號八
　　　　　樓 815 室

Rm. 815, 8F., No.61, Sec. 1, Chongqing S. Rd.,
Zhongzheng Dist., Taipei City 100, Taiwan

電　　話：(02)2370-3310

傳　　真：(02)2388-1990

印　　刷：京峯數位服務有限公司

律師顧問：廣華律師事務所 張珮琦律師

定　　價：499 元

發行日期：2023 年 11 月第一版

◎本書以 POD 印製

Design Assets from Freepik.com

國家圖書館出版品預行編目資料

武林爭雄記：最真實的江湖，最精
彩的武林，白羽武俠成名代表作！
/ 白羽 著 . -- 第一版 . -- 臺北市：崧
燁文化事業有限公司 , 2023.11
面；　公分
POD 版
ISBN 978-626-357-732-9(平裝)
857.9　　112016274

電子書購買

臉書

爽讀 APP